壹卷
YE BOOK

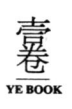

洞 见 人 和 时 代

论世衡史
- 丛书 -

宋学与宋代文学观念

〔修订版〕

李春青 著

四川人民出版社

图书在版编目（CIP）数据

宋学与宋代文学观念 / 李春青著. —— 修订版. 成都：四川人民出版社, 2025.5. —— (论世衡史丛书). ISBN 978-7-220-13828-7
Ⅰ. I207.227.44
中国国家版本馆CIP数据核字第202458XH94号

SONGXUE YU SONGDAI WENXUE GUANNIAN (XIU DING BAN)

宋学与宋代文学观念（修订版）

李春青　著

出 版 人	黄立新
策划统筹	封　龙
责任编辑	李淑云　孙　茜　兰　茜
版式设计	张迪茗
封面设计	周伟伟
责任印制	周　奇
出版发行	四川人民出版社（成都三色路238号）
网　　址	http://www.scpph.com
E-mail	scrmcbs@sina.com
新浪微博	@四川人民出版社
微信公众号	四川人民出版社
发行部业务电话	（028）86361653　86361656
防盗版举报电话	（028）86361653
照　　排	四川最近文化传播有限公司
印　　刷	成都东江印务有限公司
成品尺寸	145mm×210mm
印　　张	13.625
字　　数	310千
版　　次	2025年5月第1版
印　　次	2025年5月第1次印刷
书　　号	ISBN 978-7-220-13828-7
定　　价	82.00元

■版权所有·侵权必究

本书若出现质量问题，请与我社发行部联系更换
电话：（028）86361656

目 录

引言　中国古代文论研究反思……………………………………001

上篇　总论

第一章　宋代士人的文化心态……………………………………021
　　一、宋初士人所面对的问题………………………………021
　　二、宋代士人心态特征之一：帝师意识的重新膨胀………………024
　　三、宋代士人心态特征之二：以道自任精神的复活………………030
　　四、宋代士人精神特征之三：人格理想的重新确立………………036

第二章　北宋士人的政治诉求及其对文学观念之影响………………054
　　一、北宋士人政治诉求的三种呈现方式……………………056
　　二、北宋士人政治诉求的衍化形式及其在文学观念上的体现………066

第三章　宋学的基本学术旨趣及核心范畴…………………………074
　　一、宋学的本体范畴之一："心"………………………077
　　二、宋学的本体范畴之二："性"………………………088

三、宋学的本体范畴之三："诚" 098
四、宋学的工夫范畴之一：敬 104
五、宋学的工夫范畴之二：思 108
六、宋学精神之特质 112

第四章 "中"在宋学中的核心地位 118
一、先秦儒家典籍中"中"与"中庸"之诸义 119
二、程朱理学话语体统中"中"概念的功能与意义 136
三、"中"的文化逻辑与现代意义 147

第五章 宋代诗学的基本精神与价值取向 153
一、宋学与宋代诗学的意义生成模式 153
二、宋代诗学之基本精神 163

第六章 宋学对宋代诗学的一般影响 177
一、从"吟咏情性"到"以意为主" 177
二、"自得"范畴从宋学向宋代诗学的转化 195
三、从"涵泳"范畴看宋学与宋代诗学的相通性 209

下篇　分论

第七章 文人趣味与宋诗风格 225
一、文人与文人趣味 226
二、宋代文人趣味之独特性 230

三、宋诗风格及其所表征的文人趣味 237

第八章　欧阳修在宋代诗学中的地位 246
一、宋代士人主体意识的膨胀与欧阳修的人格追求 247
二、欧阳修的诗学理论与其人格追求之关系 255
三、欧阳修对后学的影响 259

第九章　蜀学与诗学 265
一、从生存智慧到诗性探求——论蜀学与苏轼诗学观念之关系 265
二、从人学价值到诗学价值——论苏辙"养气说"的深层含蕴 284
三、在有意与无意之间——黄庭坚诗学理论的文化心理内涵 296
四、在人学与诗学之间——心性之学对张耒诗学理论之影响 304

第十章　道学与诗学（一） 317
一、"宋初三先生"的诗学观念 320
二、邵雍的诗学观念 323
三、周、程之诗学观念 330
四、胡寅、吕本中的诗学观念 337

第十一章　道学与诗学（二） 346
一、体与用 346
二、文与道 354
三、诗文之独特处 358
四、道学意义结构与诗学意义结构之间的关系 366

第十二章　诗学对宋学精神的背离——从杨万里到严羽 ……………370
一、杨万里对诗歌本体的追问及其意义 …………………………372
二、严羽的"兴趣"说与宋代"以意为主"、道体文用诗学
　　本体论的终结 ……………………………………………………377
三、三种诗学本体论的文化底蕴 …………………………………381

第十三章　文本分析 ……………………………………………………388
一、宋诗与唐诗究竟何异——尝试一种文本分析的方式 ………388
二、宋词的兴起与宋代士人人格结构之关系 ……………………402

后记 ……………………………………………………………………424

引言　中国古代文论研究反思

中国古代文论或中国古代文学批评史亦如中国古代哲学、美学、哲学史、美学史一样，研究对象是中国古代的，但作为一门学科却是现代的、来自西方学术体制的。因此这门学科的发展进步实际上乃是现代学术观念、研究方法的体现。这就意味着，研究中国古代文论一定要有现代学术视野，要使自己的研究符合各种现代学术规范，并且不断从其他现代人文学科的研究中学习研究方法、寻找研究视角。简言之，研究方法的自觉对于中国古代文论研究的发展进步来说具有至关重要的意义。

一

二十年来，中国古代文论的研究虽然从未像美学、马列文论、西方文论等学科那样成为一时之"显学"，却始终以颇为稳健的步伐前进着。有质量的论文、专著层出不穷。特别是有几部大部头的文学批评史著作相继面世，使古代文论研究看上去成果颇为辉煌。

这些著作无论是材料爬梳之细密还是持论见解之深刻均远非当年老一代的创业者可以比肩，更不用说方法上的科学与合理了。

然而面对古代文论研究的丰硕成果，那种合乎逻辑的总结成绩与歌功颂德之举却好像并未出现；研究者们也丝毫没有踌躇满志的感觉。相反，从近年来一些研究论文和会议发言上，人们似乎不难感觉到一种惶惑与危机。大家实际上都在怀着同样的问题：古文论的研究与当前的文艺学建设乃至整个中国当代文化的建设究竟有着怎样的关系？面对纷至沓来、层出不穷的西方学术话语的"地毯式轰炸"，我们那无比丰富、无比精妙、千锤百炼、意旨高远的古代文论话语究竟以何种姿态作出回应呢？

问题无疑是极为严峻的：一种学术研究如果对于属于另外一个文化系统的同类学术话语的挑战不能作出回应，只是将自己封闭起来装作什么也没有发生，那么这种学术研究无疑是可悲的。中国古代文论研究如果不能将自身融入现代学术的潮流之中，不能成为现代学术文化建构工程的一部分，只是某些人的"雅好"，成了自娱自乐的方式，那么它的前途无疑是黯淡的。

说到底，人们之所以感到古代文论研究面临着危机，实际上只是由于存有一个疑问：这种研究究竟何用？换言之，它如何获得现代意义？这个疑问之所以存在或许是基于文论研究与文学研究的差异。从来不会有人问这样的问题：古代文学研究有何用？我们为什么研究李白、杜甫或者莎士比亚？一般不会有人提出这样的问题，因为文学作为一种精神创造本身就是审美对象，是精神消费品，一种文学作品只要还有阅读者，它就拥有存在的合法性。而文学研究本身也就自然而然地成为合法性学术活动，不需要有什么额外的理由。例如我们可以运用精神分析的方法或结构主义的方法研究莎士比亚的戏剧或者曹雪芹的小说，只要得出合乎各自逻辑的结论就可以了，人们绝不会追问说这种研究究竟为了什么，在文学研究领域研究本身就是目的。当然，像苏珊·桑塔格那样反对阐释的人也并不鲜见，但是他们只是反对"过度阐释"，并不是一般地否定文学研究。古代文论研究之所以不同于文学研究，是因为文论不是审美对象，这意味着它本身不能成为一种独立的精神产品——它是依附于文学作品的，或者总结文学创作规律，或者阐释文学作品意义功能，等等。这样，古代文论本身作为一种研究对象的合法性就会受到质疑：这种研究究竟有何用？如果说古代文论的研究是为了了解古代文学，那何必不直接去研究古代文学的作家作品呢？如果说这种研究是为了借助古人的文学观念与文学研究方法来为今天的文艺学建设提供经验，那么古代文论的话语系统如何才能进入现代文艺学体系之中呢？

于是人们处于两难之境了：如果我们希望对古代文论进行纯客观的研究，即为研究而研究，就很难使之进入现代学术话语的建构之中，这种研究也就成了纯粹的无用之学了；如果我们要对古代文论用现代学术话语进行改写，从而使之成为现代文艺学建设的一部分，那就再也见不到古代文论的本来面目了。在"有用"与"求真"之间不可兼得。

目前我们的古代文论研究正是以"有用"与"求真"为标志分为两派。

"有用"的一派有感于中国当前文艺学研究处于"失语"状态，希望通过古代文论的研究整理寻觅出一套纯粹中国式的文艺学话语系统，并以此作为与形形色色西方文论话语平等对话的依凭。这想法是何等好啊！可惜不知如何运作才好。不借助于现代通行的文论话语来整理或诠释古代文论中那套独特话语，就无法使之成为具有普适性的学术范畴与原则；而经过现代通行的学术话语再度阐释过的古代文论也就不再能够作为纯粹中国式的文艺学话语系统而充当治疗"失语症"之良方了——可见"有用"的一派是无法摆脱古代文论研究之两难境地的。在这种观点背后我们不难感觉到一种赛义德式的民族情绪的涌动，精神无疑是感人的，无奈的是学理是无情的。

"求真"的一派执着于古代文论本身含义与意义阐释，主要是进行古代文论范畴、观念发生、演变轨迹的梳理工作，追问"它何以如此"的问题。然而有些人把"求真"仅仅理解为文献资料的爬梳和整理，这就不免过于狭隘浅陋了。文献资料的研究毫无疑问是有学术意义的：这是一个学科的基础性研究，观念随时而变，资料却是历久而弥新的。因此做资料的学问历来被称为传世的学问。然而资料的整理是建立在学科本身具有存在价值的基础之上的———一个学科失去了存在的意义，那么这个学科的研究资料也就一文不值了。退一步说，即使学科有存在价值，资料或文献整理工作也只能是最基础性的研究，是研究的入门。任何学科建设都不能仅仅停留在整理资料的水平上。它必须对研究对象进行分析与评价，从而提供意义与价值。"求真"派的研究者往往以资料整理功夫见长，一涉及意义阐释就难免陈词滥调、人云亦云。

"有用"派的观点之所以只能说说而无法实施乃是因为言说者压根儿就没有真正深入思考过建立中国式的文艺学体系的可行性问题。他们只是提出口号，根本没有行动纲领，更谈不上具体行动了。俗话说：说着容易，做着难。正此之谓也。"求真"派之所以长于爬梳整理而短于分析评价乃是由于此派学人大都鄙视西学，对当代社会人文学科的诸种研究方法、思路、视角充耳不闻,其思考模式还是几十年前即已形成的陈旧观念与方法论。所以他们不分析评价则已,一分析评价就必然是一股陈腐气扑面而来。

二

既然中国古代文论研究存在着上述不足与局限,那么应该如何才好呢?正如前面所说:说着容易,做着难。对别人的研究冷眼旁观、挑剔指摘是再容易不过了,但要拿出自家的见解就不那么容易了。别人是如此,笔者同样如此。虽然没有什么真知灼见,毕竟还是要说出来,供大家参详,否则就真的难逃光说不练之讥了。

首先我们要绕过一个误区:似乎只有运用中国固有的文论话语建构起来的文艺学体系才是中国式的,否则就是得了"失语症"。我们暂不论对现在通行的文论话语来一番肃清甄别,看看哪是外来的,哪是本土的,是否具有可行性;也不论建构纯粹中国式的文论话语是否同时也要考虑恢复文言文,我们只要想一想这个问题就够了:即使全篇都是中国式的话语,是文言文,其所言说也不必然就是中国式的文论体系。例如鲁迅的《摩罗诗力说》通篇文言,而其意指却全然是西方文论观念。由此可见,一种文论体系是否是中国式的并不在于其所运用之话语形式,"失语症"其实不是真病。

其次,我们还要绕过一个误区:似乎只有中国式的文论体系才是有价值的。为什么说到冰箱、洗衣机我们不强调"中国式的",即使是中国自己制造的也必然有"采用了日本、美国先进技术"之类的广告词,而一说到社会人文学科,涉及价值观念时,我们就必然要标榜"中国式的"呢？这骨子里暗含的难道不是"中体西用"这一洋务派的陈腐观念吗？洋务派标榜"中体西用"是可以理解的，因为彼时中国是被排斥于世界潮流之外的没落帝国，只有坚持中国之"体"方能保持君主专制体制的合法性，所以诸事均可学西方，唯独体制与价值观动不得。现在我们已然凭借自己的努力跻身于世界潮流之中，世界影响着我们，我们也影响着世界。我们面对西方学术话语的进入何以要惊惶失措呢？处于同样一个世界潮流中的不同国家、民族之间的文化渗透、交流难道不是正常现象吗？中国先贤不是早就说过"以先觉觉后觉，以先知觉后知""闻道有先后，术业有专攻""道之所存，师之所存"的至理名言吗？西方的文学批评方法在某些方面比我们精密些、系统些、有效些，我们拿来用就是了，有什么值得大惊小怪呢？

"失语症"论者是害怕或者不甘心让中国传统中那些极为优秀的东西被丢掉。这其实也是多虑，真正的好东西是丢不掉的。事实上，我们的文论话语中依然包含着大量中国古代文论的内容——从价值观到方法论都是如此。即使是借鉴西方某家理论或批评观点，经过我们的阐释之后也往往暗暗渗透了中国传统的东西，例如朱光潜先生描述过的"移情论"与费肖尔、里普斯的"移情论"已有相当的差异了，而我们从朱先生那里间接地了解到的"移情论"就包含了更多的"中国特色"。王国维理解的康德和叔本华美学思想同样也是被"中国化"了的美学思想，例如著名的"境界说"就是典型的中西融汇的产物，带有浓厚的传统文人趣味。这是文化交流过程中的必然现象，是一种"合理误读"。我们固有的文化质素正是在这种"合理误读"中获得新的生命。

绕过了上述两个误区之后，我们可以谈谈中国古代文论研究的出路问题了。笔者认为，我们至少可以从下列三个方面做些努力：

其一，方法创新意识。我们的文论研究从来就是接受意识有余而创新意识不足——不善于用新的、独到的眼光去观察、判断、评价。或者说西方的批评方法如何如何，或者说中国古代文论如何如何，就是讳言自己的理论与方法如何如何，似乎我们都是生就的弱智、白痴，只能模仿祖宗和外国人，不可能有自己的创造。或许有人会说，古代文论研究有什么创新可言呢？我们当然无法对研究对象本身有所创新，但是我们能够而且应该对研究方法进行创新。研究古代文论，黄侃有黄侃的方法，郭绍虞有郭绍虞的方法，罗根泽有罗根泽的方法，朱东润有朱东润的方法，我们也应该有我们的方法。没有方法论的革新，即使在材料上较前人梳理、搜集得更细密完整那也没有多大的意义。一个时代有一个时代的学问，这主要是指方法的更新而言的。就目前的古文论研究来说，研究者大量吸收古今中外，特别是二十世纪以来西方学术界尝试过的种种研究方法，融会贯通，根据研究对象的独特性，创造出一种或若干种属于自己的研究方法，那真可谓功莫大焉了。

其二，古代文论研究应该成为一种文化研究。这有两方面的含义：一是在方法论上采取综合研究的视角，将古代文论与古代哲学、宗教、伦理、艺术以至政治制度、民风民俗、自然环境、民族交往等等文化历史因素视为一个彼此相连的整体，视为具有共同生成机制与深层意义结构的文化符号系统。因此在分析文论范畴与观念时往往需要在其他类型的学术话语中寻找根源与演变轨迹。于是就引出这种文化研究的第二层含义：在研究对象上扩大范围，不仅仅局限于古人关于诗、文、词、赋等文学类型的评论方面，对于其他非文学类中的诗性特征（或称诗意性、诗意境界）也作为重要研究对象来看待。这是因为中国古代学术话语本身常常即是合哲学、伦理、宗教、艺术为一体的综合性文化类型（例如儒、释、道三家学术均是如此），学科分类意识并不像西方人那样鲜明。我们倘若囿于现代学科分类的标准来衡量古代文论，就难免有圆凿方枘之虞了。可以这样说，无论老庄孔孟、易庸佛禅，其中俱有诗在，至于诗品诗话倒是等而下之的。

其三，摒弃古代文论研究中的功利主义倾向，只关注研究本身的圆融自洽。古代文论的研究不应该过于顾虑有用无用的问题，更不应该试图将古代文论的范畴与观念作为今日文艺学建设的主要理论资源。我们只要将古文论作为一种文化现象来探讨，作为一种话语系统或知识系统来考察，看看它是如何发生、如何演变的，这种发生与演变隐含着怎样的文化与政治观念的转变，这种知识系统与古代文化学术系统的整体性关系是怎样的，以及它究竟表征着古人怎样的生存旨趣，这就足够了。至于古代文论对于今日的文艺理论建设与文学批评实践具有什么意义与价值，这是一个文化流变中的自然选择问题，不是一个理论问题——无论我们怎样设想与呼吁都是毫无用处的，该逝去的总会逝去，该留下的总会留下。研究对象或许是陈旧的，研究本身却可以常新。

三

人们常常感叹中国传统文化的独特性，但一旦对之展开研究时就将这种独特性抛到九霄云外去了。从某种意义上说，自清末民初以来，在西学影响下的中国古代文化研究差不多就是消除其独特性的过程，因为摒弃了它的独特性才更符合来自西方的评价标准。譬如中国古代学术文化没有很强的学科分类意识，或者说中国古代学者的学科分类意识与现代通行的分类标准相去甚远。这本是人人知晓的常识，但在具体研究中却往往被忽略，非要严格按照西方的标准为我们的传统文化分类。于是整体的东西被强行割裂了。这一点在古代文论研究中表现尤为明显——人们经常抛开了中国古代文化的整体性而单独探索文论范畴与观念的产生与演变，好像中国古代真的存在着那么具有独立性的文论系统似的。事实上，中国古代文论的基本范畴与观念都是在与其他学术话语的交融、互渗、相互转化、彼此触发的过程中发生发展的，因此离开了对中国古代学术文化的整体性把握，要比较准确地理解古代文论的范畴、观念几乎是不可能的。

例如有一个现象大约是中国古代文论所独有的：许多诗学境界，或云旨趣、价值追求、审美趣味、风格特征，从发生学的意义上来说，其实并不是从诗歌作品中总结出来的，而是先在于诗歌创作的。换言之，诗人是按照已有的价值标准来创作的，是某种先在的哲学或道德观念"内化"为诗人的一种精神旨趣或趣味，然后又被他"外化"为诗歌的风格和境界的。那么这些诗学境界或价值追求从何而来呢？它们乃是来自前人的学术旨趣与生存智慧。可以毫无疑问地说，魏晋六朝时期诗学理论中所标榜的那些境界与风格，十有八九都是先秦老庄之学中早已开出的人生理想或乌托邦，而孔孟之学、易庸之学中的许多人格理想与生存智慧也在历代儒家诗人的创作中被转化为诗的境界，然后才在诗论家的著作中被总结为某种"体"，某种"格"，某种"境"。佛禅之学的情形也同样如此。

中国古代诗学的这一特征就要求研究者不能将目光仅仅局限于诗学范围，他必须有广阔的学术视野，必须对中国古代学术文化有相当程度的了解。很难想象，一个丝毫不通禅学的人对晚明诗学思潮能够有精深的理解。正如不懂德国古典哲学的人很难真正弄清楚谢林或黑格尔的艺术观念一样。因此从方法论角度看，中国古代文论研究的入手处常常不应是诗文作品，也不应该是诗文理论本身，而应该是特定的哲学、道德、政治观念。

另外，中国古代文论还有一个十分突出的特点：它与言说者的生存状态以及相关的精神状态联系过于紧密。西方学术文化早在古希腊时就产生了比较明确的学科分类意识，因而西方学者一般都能将学术情境与现实生活情境分开。就是说，西方学者在从事学术活动时一般能够与生活情境拉开一定距离，按照学术话语自身的逻辑去思考、探索。例如我们在亚里士多德的著作中就已经不太能够看出其生活经验来了，而在康德、黑格尔的著作中所感受到的就更是一个抽象概念与严谨逻辑的世界。这或许就是被后现代主义诟病的"逻各斯中心主义"的体现？在这里，活生生的人，或者借用费尔巴哈的话说，那种"饱饮人血的理性"是不在场的。我们中国古代的文化学术则迥然不同。其中含有十分明显的主体性的生命体验。读孔孟之书，我们处处可以感受到他们对社会人生的关怀与慨叹，即使玄虚抽象如老庄者，我们也不难从中感受到明显的生存智慧与人生经验。造成这种差异的原因自然是多方面的，但其中最主要的无疑有两点：一是中国古代文化学术的奠基者们（即雅斯贝尔斯所说的"轴心时代"那些中国哲人们）在建构自己的学术话语系统时怀有过多的"忧患意识"。他们生不逢时，正赶上一种社会体制解体，新的体制尚未建立之时（这也恰恰是这些言说者们得以出现的契机），社会极为无序，一片混乱。所以这些哲人最为关心的不是物质的构成与宇宙的构造，而是如何使这个动荡的世界安定下来，以及人们在这样的现实中应该如何自处的问题。于是他们建构的学术话语就必然充满了对社会人生的关注，对世界认知性探索的兴趣较淡而价值性关怀极重。人类文化的发展就是这样：处于源头的文化观念一旦形成，就会影响后世文化长河千百年的流变。先秦诸子创立的学术格局在很大程度上已经决定了中国两千多年文化学术发展演变的轨迹。

造成中国古代学术文化过多现实关怀的另一个主要原因是中国古代两千多年中一成不变的社会结构。在这样的社会结构中，学术话语的建构者、传承者即士人阶层始终处于官僚后备军的地位，他们进则有可能成为君权系统的一员，退则为平民百姓。这样，他们就受到来自上下两种力量的牵引：君权要求他们成为统治的工具，社会的管理者；百姓则要求他们成为自身福祉的看护者，民间声音的代言人。这样他们不管为官与否，其注意力和言说的兴奋点都被聚焦于现实生活，而他们在这种双重的牵引下，也就自然而然地认为自己对整个天下都负有重大责任。如此一来，中国古代学术文化的基本旨趣就必然指向社会，指向人际关系或者个体生命存在，而不会指向纯然客观的自然宇宙。

中国古代文化学术的这种特征见之于文学观念，就表现为文学的审美价值取向常常恰好是言说者人生境遇与精神状态的表征。换言之，中国古代文论中的许多范畴与观念不是首先出现在诗文作品之中，而是出现在士人阶层的生存方式与情趣之中。汉代诗歌的厚重淳朴，六朝作品的清丽玄远，唐代文风的纯真与豪迈，两宋诗文的雅丽与多思，无不是彼时士人阶层生活方式与精神状态之写照。

所以中国古代文论的研究者就不仅仅要熟稔思想史、学术史，而且要了解社会政治史，特别是士人心态史。否则也就难免望文生义或断章取义了。

总之，从古代文化学术的整体性入手，注意不同文类之间的互文性，同时顾及言说者主体心态——这应该是今天中国古代文论研究所宜重视的方法论原则。

四

近年来国内学术界渐渐重视起对宋代诗学的研究了。专著、论文层出不穷。特别值得肯定的是有些研究者意识到宋代学术与宋代诗学之间紧密的联系，例如陈植锷、韩经太二人的若干著述就在这方面做了比较深入的探讨。

宋代在中国文化思想史上肯定是值得大书特书的时代。这不仅仅是因为宋代无论在哲学、史学方面，还是文学艺术、科技方面都取得了震古烁今的成就，更主要的是表现在读书人那种昂扬奋进，人人欲有所建树、有所作为的积极精神上，表现在古代知识分子普遍的话语建构意识上。宋代知识分子的这种表现在各个方面的进取精神就形成了一种独特的时代精神，这主要表现于下列几个方面：

首先是在人格追求方面的自我规范、自我提升意识。宋代文人和唐代文人一个显著的不同在于，唐代文人不像宋人那样注重人格理想。唐代文人的确真纯可爱：他们想做官，想荣华富贵，想建功立业的欲望溢于言表，毫不掩饰自己。作诗为文也是真情流露，一片率真。相形之下，宋人就显得城府较深了：他们比较善于掩饰自己，大都不愿意将真正的内心世界坦露于众。这倒不是因为他们害怕惹祸，像魏晋文人那样，而是因为在他们价值观念的坐标中，那种齐宣王"寡人好色"式的坦诚是令人齿冷的。因为他们要成圣成贤——不断消解一己之私的自我而树立超越物欲、与万物浑然一体的理想人格。就是说，宋人不像唐人那样仅仅将建功立业、荣华富贵这些外在功利目的作为人生理想，而是在如何做人方面有自己的执着追求。

其次，宋人注重学理，诸事都要弄清楚。这又是宋人不同于唐人之处。唐人囿于现实功利目的，对那些于事功无直接帮助的形上之理兴趣不大（韩愈、李翱等在唐代只是特例，不足以代表时代整体精神）。宋人则事事都要搞明白，一书不读、一事不知而引以为耻，博学、慎思、审问是他们的普遍特征。

最后，安时处顺的人生态度。宋人虽有执着的人格追求，有关心国计民生的入世精神，但在人生观方面又有极为洒脱的一面：大体上能够将进退荣辱看透，该放下时能放下。这或许是从老庄、佛禅那里借来的生存智慧。与唐人相比，宋代文人似乎并不将出仕看得那样无比重要。能做官时他们绝不尸位素餐，尽力要有所作为；闲处时也颇能心平气和、闲适愉悦。他们从不自诩清高，但面对名利时确实能够保持比较从容的态度。

宋代文人的这种精神特征直接影响到宋代文化学术的基本倾向，也决定了宋代诗学的价值旨趣。

宋学是以儒学为核心的宋代诸派学术的总称，具体包括新学（即荆公新学或曰王学）、洛学（二程之学）、关学（横渠之学）、蜀学（三苏及其门人之学）、朔学（司马光及其弟子刘安世等人之学）等。宋学各派都有自己独立的学术旨趣与价值追求，彼此之间往往相去甚远，尤其是新学与洛学、蜀学与洛学、新学与蜀学之间分歧很大。学术上的分歧甚至还与政治上的矛盾密切相关：北宋的党争可以说即是以宋学内部的分歧为思想根源的。古人常说北宋的党争是君子之争，即是因为各派都有自己的思想系统，而且这些思想系统又都是从儒家的基本精神出发的，并不像其他时代的党争那样纯粹是不同权力集团的利益之争。

宋学内部的分歧尽管极为严重，却并不妨碍它在整体上的一致性。这主要表现在下列几个方面：

其一，以儒家的修身养性之学为基点。宋学各家都是以个体人格的自我提升、自我塑造为入手处的。荆公新学是要通过在包括帝王在内的官僚阶层中倡导人格修养进而重新建立一种类似"周礼"那样的社会秩序；洛学是要召唤起人们培养内心本有的道德意识的自觉性，使之成圣成贤；关学主张依靠人格修养来抑制气质之性而扩充天地之性，从而使人放弃个体之小我，而同化于宇宙大生命之流；蜀学是要将孔孟的心系天下、事事关心与老庄的超凡绝俗、逍遥自适融为一体，力求造就一种新的人格类型；朔学则以"诚"为核心建立一套打造君子人格的伦理规范。

其二，辨言析理、细致入微。宋学的一个共同特征是学理性极强。洛学、关学对心性本体及居敬穷理的存养工夫的精微剖析不必说了，即使主要旨趣在政治改革的新学当论及心性、情性之理时也是细密精审的。至于苏轼的《易传》、苏辙的《老子解》，同样是见解独到、学理深邃的哲思，绝不下于其他各派之学。善于把世间的道理抽象化，在一个"理"的层面上打通人世间与自然界的壁垒，以高远宏大的眼光审视世上的一切，这是宋儒的共同特征。

其三，"存无为而行有为"。宋儒都是关心世事的，没有消极遁世或自命清高的玄虚之谈。宋学的确在运思方式或探索精神方面有些近似于玄学，甚至可以说宋学是在玄学的思辨水平上来言说的。但是宋学却丝毫没有玄学那种空虚无根之论，其所言说均有实际经验为依据，均有改造世道人心之目的。玄学则往往为辩而设题，并无所关涉，且稍涉世事即遭哂笑。六朝玄学家把谈论玄远之理作为一种爱好，一种在士族文人共同体中获得尊重的手段，而宋儒则把讨论深奥的道理作为解决人生问题的方式，所谓"极高明而道中庸"者，此之谓也。

其四，信心满满，睥睨古今。宋学诸家均有十足的自信，无不以为自家之学乃当世唯一正确的学问。宋儒在人格上高自标持，不肯居于人下，在学问上同样如此。他们都敢于有所建树、独抒己见，绝不肯人云亦云，亦不满足于训诂章句之类修修补补之学，他们人人要像司马迁那样"究天人之际，通古今之变，成一家之言"。所以宋人不说则已，一开口就隐然以圣人，至少是得圣人真传者自居。在这一点上，宋学颇有些近于先秦子学的气魄，只是在宋人面前有一些已经成为偶像的圣贤人物矗立着，因此他们也不得不以代圣人立言的姿态出现。但他们骨子里那种挑战与质疑的精神却是掩藏不了的，故而不仅疑传，乃至于疑经。

宋学中这种普遍存在的精神倾向同样体现在宋代诗学之中。唐人承继六朝余绪，诗学上讲究"吟咏情性"——追求生命体验的本真性。与唐代诗学不同，宋代诗学提倡"以意为主"和"以理为主"——追求对社会人生深刻细致的体验与独特透彻的领悟，同时也讲求诗歌创作的高超技巧。盖宋儒欲有所言说必然深思熟虑而后可，极少率意而为者。在宋代诗学中我们处处可以感受到那种宋人独有的精神特征。

五

　　在方法论方面我们试图尝试一种新的研究视角：将诗学话语与学术话语（即宋学话语）平行置于普遍的文人心态之上进行对比，看一看二者之间有哪些共同之处，在各自的话语系统形成过程中它们又有怎样的内在联系，进而寻找其深层意义生成机制。这可以说是一种中国式的文化诗学或文学文化学，就其广义而言，也是一种文学阐释学。

　　当然，我并无意于将宋代诗学形成过程及特征归因于宋学的影响，无意于将诗学话语视为学术话语的表征，因为这是一种简单化的做法。事实上，无论从怎样的意义上说，宋学与宋代诗学都并不存在直接的因果关系。我们之所以将这两种不同的话语系统联系起来考察，是出于这样一种认定：在一个时代的知识分子普遍的心理状态作用之下，任何文化话语系统的建构都展示着同样的或近似的意义生成模式。换句话说，言说者的主体性特征对于话语系统具有无可争议的先在性，其他各种形式的话语建构都是言说者主体性特征所决定的意义生成模式的呈现。我们的工作既然是一种阐释行为，那么揭示这一意义生成模式就是理所应当的目的了。因此，我们将宋学与宋代诗学的联系视为此项研究工作的切入点，乃是为了从不同角度印证同一个深层意义生成模式存在的确然性。自然，我们也不会放弃对两种话语系统相互影响、渗透现象的阐释与剖析。在阐释过程中，我们将把宋学的思维方式与价值观念作为诗学话语生成演变的一种文化语境来看待。文化语境不是话语生成演变的直接原因，但对它却有着重要的影响与制约作用。

在论述过程中我们往往会先描述言说者（集体主体或个人）的心态，如他们的人生趣味、需求所在以及心理冲突、基本焦虑等等，然后分析其学术旨趣，最后再探讨其诗学观念。这种叙述顺序容易给人造成误解，好像由因及果、环环相扣似的。其实这只是出于这样一种考虑：言说者心态是作为话语建构的前提与基础存在的，自然要先行阐述；诗学则是我们这项研究工作的旨归所在，自然要置于文后。

我们的研究不是材料的爬梳与整理，也不是以往价值的"现代转换"。我们的目的是揭示宋代诗学观念①所蕴含的非诗学的，即社会文化的丰富内容，并梳理这种诗学观念生成的学理轨迹，最终借助于对宋学基本旨趣的阐释，寻觅出宋学与宋代诗学共同矗立其上的深层的意义生成模式。所以，这种研究同时也可以视为对宋代文化学术的整体性追问，或者综合性探索。总之，我们的目的在于揭示宋代文学观念所具有的复杂关联性，从一个角度进入到宋代文人营造的精神世界之中。

---

① 我们在下面的论述中所使用的"诗学""诗学观念""文学观念""文论"等概念的含义基本相同。

上篇
总论

第一章　宋代士人的文化心态

宋代君主优待士大夫的政策以及文人优越的社会境遇久已为人们津津乐道。究竟是什么原因令宋代君主那样礼遇文士并不是我们所要追问的问题。我们感兴趣的是，在较为宽松的政治文化情境之中士人们的文化心态究竟发生了哪些变化，形成了怎样的特征。因为在我看来，在中国古代，士人的文化心态正是一个时代文化学术话语建构最为重要的决定因素之一，因而也是我们阐释这种文化话语系统的基本切入点之一。这就意味着，我们要想准确把握宋学与宋代诗学的基本特征，深入揭示其文化内涵，就必须从分析宋代士人的文化心态入手。

一、宋初士人所面对的问题

中国古代士人阶层自春秋战国之际产生起即成为文化话语系统的建构者与承担者。他们一直试图通过话语的建构来使自己的价值观念成为社会普遍的价值秩序。他们以天下为己任，欲为全社会立法。他们不仅要使平民百姓成为自己的价值观念的奉行者,而且试图使君主同样成为自己的价值观念的尊奉者与实行者。这是一种可贵的"立法者精神"。先秦士人阶层开创的这种"立法者精神"为后代士人阶层所继承,就中国古代两千余年的社会发展而言,应该说士人阶层的努力是卓有成效的。他们所建构的那一套套文化话语系统的的确确对全社会起到了极大的引导与规范作用。在秦汉以降的"大一统"政治格局中,以君主为核心的君权系统(主要包括王室成员以及宦官、外戚等)必须依靠士人阶层的支持才能进行有效的统治,而士人阶层也必须依靠君权系统的支持方可推行自己的价值观念。这样在士人阶层与君权系统之间就形成了一种相互依赖、相互制约的利益关系,也就是说,在他们之间存在着权力的分配与权力结构的平衡问题。以权力的角逐为基点,中国古代文化形成了以君权为本位与以士人阶层的价值观念为本位的两大系统,二者分别表现为官方意识形态话语与士人乌托邦话语。它们彼此冲突,又相互渗透、相互转换,常常同时存在于某一时代或某一思想家的学说之中。二者此消彼长,交替演进,共同构成了中国古代文化宏大而悦耳的交响曲。

先秦士人阶层凭借着彼时极为特殊的历史语境,得到了建构自己话语体系的大好时机。古代贵族等级制的轰毁、政治中心的多元化、君权系统对文化建构的无暇顾及以及诸侯国为自身的生存发展而对文化人才的急需等等,都成为士人阶层之主体精神空前挺立的巨大推动力。因此先秦士人无论是在人格理想的追求还是学术文化的创造上,均表现出令后世士人艳羡不已而又决然无法企及的气魄和成就。汉唐以降,随着君权的不断强化,"尊君而卑臣"渐成趋势,士人阶层的主体精神受到极大压抑,他们被君权系统所利用，完全沦为其工具的危险性越来越大，而建构能显现自身价值观念的乌托邦话语体系的可能性越来越小。特别是自唐安史之乱至宋代重新统一天下这二百年间的藩镇割据与军阀混战，使士人阶层的文化建设几乎失去了现实的可能性与意义。这种情形使得那些在灵魂深处依然希冀先秦士人之超迈精神的宋代士人痛心疾首。他们有感于士人精神之堕落、愤激于传统文化命脉之不继，常常扼腕而叹，如欧阳修有云："学者不谋道久矣，然道固不弗废。圣人之书如日月，卓乎其可求。苟不为刑祸禄利动其心者，则勉之皆可至也。"① 苏东坡亦云："呜呼！士不以天下之重自任久矣。言语非不工也，政事、文学非不敏且博也，然至于临大事，鲜不忘其故、失其守者，其器小也。"② 陆佃称赞王安石时也说："嗟乎！道之不一久矣。而临川先生起于弊学之后，不向于末伪，不背于本真，度之以道揆，持之以德操，而天下莫能罔，莫能移。故奇言异行无所遁逃，而圣人之道复明与世。"③ 这都是讲，"圣人之道"——孔子所代表的先秦士人以天下为己任的主体精神，久已失去，而今日士人之首要任务即是重新振兴是道，使先秦士人那种自尊自贵、敢于有所建树的进取精神再次得到发扬。钱穆先生尝论宋代士人这种进取精神云："宋朝的时代，在太平景况下，一天一天的严重，而一种自觉的精神，亦终于在士大夫社会中渐渐萌出。所谓'自觉精神'者，正是那辈读书人渐渐自己从内心深处涌现出一种感觉，

---

① 欧阳修：《居士外集》卷一八《答孙正之第一书》，李之亮笺注《欧阳修集编年笺注》，巴蜀书社，2007，第300页。
② 苏轼：《苏轼全集校注》卷二四《乐全先生文集叙》，张志烈、马德富、周裕锴等主编，河北人民出版社，2010，第972页。
③ 陆佃：《全宋文》卷二二〇六《答李贲书》，上海辞书出版社、安徽教育出版社，2006，第185页。

觉到他们应该起来担负着天下的重任。（并不是望进士及第和做官）范仲淹为秀才时，便以天下为己任。他提出两句最有名的口号来，说：'士当先天下之忧而忧，后天下之乐而乐。'这是那时士大夫社会中一种自觉精神之最好的榜样。"①可谓极中肯之论。

宋代的政治文化环境既激发起士人这种自觉的、积极进取的精神，同时又为它的张扬与实现提供了极为有利的条件，于是一场轰轰烈烈的文化建设运动便拉开了序幕。其于深度、广度以及精神的积极进取方面也只有先秦的诸子百家差可比肩。由此我们可以说，宋代特定的文化历史语境向文化传承与创造之主体——士人阶层提出的问题是：重新接续并弘扬先秦士人那种以道自任、以天下为己任的主体精神，去积极创造，有所树立。而事实上，他们也的确没有辜负时代对他们的期望。

二、宋代士人心态特征之一：帝师意识的重新膨胀

先秦士人主体精神的重要标志之一即是做帝王之师的崇高志愿。他们凭借着自身拥有的文化知识以及各诸侯国急需人才的客观事实，在各国君主面前"高自位置，傲不为礼"。如子夏之于魏文侯，子思之于鲁缪公，孟子、颜斶之于齐宣王，郭隗之于燕昭王等等，都是最为典型的例证。君主们为了自己的生存与发展，往往对这类"师"们言听计从、恭恭敬敬。他们深信"帝者与师处，王者与友处，霸者与臣处，亡国与役处"（《战国策·燕策一》郭

---

① 钱穆：《国史大纲》，商务印书馆，1996，第558页。

隅语）的道理，因而"礼贤下士"在当时绝非虚语。然而好景不长，秦汉以降，随着天下一统，中央集权越来越严重，士人阶层渐渐失去自由选择服务对象的条件，因而越来越"君道刚强，臣道柔顺"，士人们再也不敢明目张胆地以"帝王之师"自居了。汉代的"循吏"也罢，"酷吏"也罢，本质上都是君权的工具。此时士人阶层的思想代表们诸如董仲舒、司马迁、扬雄等人，也只能谨小慎微地，并且采取极为狡猾的方式对君权予以某种制约。在当时思想界影响巨大，成为一时思想主潮的"天人感应"之说、谶纬之学以及公羊家的"三世三统"之论，就其发生而言，都是汉代士人这种既对君权心存畏惧，又要对它有所规范之矛盾心态的体现。

六朝时期的士人阶层在中国历史上是个特例。汉代"征辟察举"的选士制度与经学的传承方式以及以"名教"为核心的意识形态使士人阶层的思想代表与政治代表们渐渐成为一个新的特权阶层，这就是所谓"门阀士族"。这个阶层虽然仍然保留了士人阶层的许多特点与功能（比如创造学术文化，有独立精神，等等），但根本而言他们乃是士人阶层的异化。因此，这个阶层一方面创造了与任何一个时代相比都毫不逊色的精神文化产品（在某些方面还是其他时代无法比拟的），另一方面又表现出在主体精神上空前绝后的消极萎靡甚至堕落。

承六朝余绪，隋唐士人阶层在文化话语的建构过程中其实是处于两种矛盾的钳制之下。一是在士人阶层内部新兴的寒门知识分子集团与门阀士族集团之间的矛盾。这一矛盾决定了在文化价值观念上积极进取的、外向型的与消极的、内向型的两大倾向。二是士人阶层与君权系统之间的矛盾。这一矛盾决定着文化观念上官方意识形态与乌托邦精神两种价值取向。然而终唐之世，门阀贵族的思想趣味一直笼罩着士人阶层的文化建构活动。即使如李白、杜甫、白居易以及韩愈这样纯粹的寒门知识分子的代表者，也时时流露出某种贵族意识。而且，先秦士人那种超越的乌托邦精神在唐代士人这里显得过于孱弱，只是在韩愈、李翱倡导的儒学复兴运动中才显露出它的痕迹。对于绝大多数唐代士人来说，如何能够跻身于君权系统并作为其中之一员从而得以建功立业乃是最大理想。与六朝士人相比，他们的长处是积极进取，欲有所作为，其短处是功利主义、实用主义乃至工具主义的意识过于强烈，而超越的形上追求过于缺乏。这正是宋代士人看不起唐代士人的原因所在。

宋代士人得益于得天独厚的历史条件，他们不仅彻底摆脱了门阀贵族思想意识的缠绕，而且不再甘心于做君主的工具——他们心底里升腾起一种规范、引导君主，对其耳提面命的强烈愿望，这便是秦汉以降长期浸没不见，只是在韩愈那里偶一显现的先秦士人的那种"为帝王师"的伟大精神。

宋儒的帝师意识在宋初即已表露。例如，由南唐入宋的著名文学家、学者徐铉认为："君之有臣也，所以教其不知，匡其不逮，扶危持颠，献可替否，其任大矣。故君失之，臣得之，臣失之，君得之，上下相维，乃无败事，非徒承其使令，供其喜怒而已。故曰师臣者王，友臣者霸。《书》曰：'能自得师者王，谓人莫己若者亡。'自三皇以来，莫不由斯而致者也。"①这是对君主的警告：只有以臣为师者才能有天下。假如以臣下为仆役，就必然亡国。王禹偁在《既往不咎论》中说："且圣人立教，于君臣之道

---

① 徐铉：《全宋文》卷二三《师臣论》，上海辞书出版社、安徽教育出版社，2006，第212页。

最大，其为诳诰，固亦多矣，不可毕数，将引其尤著者以明之。夫训于君者，不曰：'能自得师者王，谓人莫己若者亡。'又不曰：'有言逆于汝心，必求诸道；有言逊于汝志，必求诸非道。为君者胡不奉而行之，独曰：既往不咎哉？'"①又云："噫，古之诤天下者，非己能之，必有师焉。力牧、广成，皇之诤师也；伊尹、吕望，王之诤师也；管夷吾、舅范，霸之诤师也；萧、曹、子房，汉之诤师也。总而言之，周公、孔子，诤之最大者也，天下之人师之矣。"②这都是明确教导君主要自觉地以士人为师。

随着士人主体精神的不断高扬，到了北宋中叶，这种"帝师意识"更得到进一步的发展。王安石说："余闻之也，先王所谓道德者，性命之理而已。其度数在乎俎豆、钟鼓、管弦之间，而常患乎难知，故为之宫师，为之学，以聚天下之士，期命辩说，诵歌弦舞，使之深知其意。……故举其学之成者，以为卿大夫，其次虽未成而不害其能至者，以为士，此舜所谓庸之者也。若夫道隆而德骏者，又不止此，虽天子北面而问焉，而与之迭为宾主，此舜所谓承之者也。"（《虔州学记》）苏洵也说："圣人之任腹心之臣也，尊之如父师，爱之如兄弟，执手入卧内，同起居饮食。"（《衡论·远虑》）从以上所引可知，宋儒极欲与君主建立一种如师如友的关系，而且丝毫也不掩饰这种企望。事实上，即如赵普之于太祖、太宗，寇准之于真宗，韩琦、范仲淹、欧阳修之于仁宗，王安石之于神宗，程颐之于哲宗，的确也庶几近于这种师友关系。至少

---

① 王禹偁：《全宋文》卷一五五《诤对》，上海辞书出版社、安徽教育出版社，2006，第38页。
② 王禹偁：《全宋文》卷一五五《既往不咎论》，上海辞书出版社、安徽教育出版社，2006，第40页。

从这些宋代士人精神的代表者们对君主的态度来看，他们毫无疑问是以"师"的姿态向君主言说的。

宋儒的"帝师意识"绝不仅仅停留在口头上，他们力图在具体行为中实现这一企望。这主要表现于下列几个方面：

其一，君主所作所为之方方面面无不受到士人舆论监督与规范。例如，据《邵氏闻见录》载："伯温尝得老僧海妙者言：仁宗朝，因赴内道场，夜闻乐声，出云霄间。帝忽来临观，久之，顾左右曰：'众僧各赐紫罗一匹。'僧致谢，帝曰：'来日出东华门，以罗置怀中，勿令人见，恐台谏有文字论列。'"①又如史籍载，程颐为经筵侍讲时，"一日讲罢未退，上（即宋哲宗——引者）折柳枝，先生（即程颐——引者）进曰：'方春发生，不可无故摧折。'讲书有'容'字，哲宗藩邸嫌名，中人以黄绫覆之。讲毕，进言曰：'人主之势，不患不尊，患臣下尊之过甚，而骄心生尔，此皆近习养成之，不可以不戒，请自今旧名、嫌名皆勿复避。'"②这都是对君主至高无上之神圣性的有意消解与抑制。北宋的言官不仅仅对君主政治行为和日常起居要管，甚至于他的家务事也要管。例如仁宗崩，无嗣，英宗自藩邸而入继皇位。后英宗欲称其生父濮安懿王为皇考，与仁宗并列，于是议论蜂起，司马光、王圭、范镇等人以为不可，欧阳修等人则以为可，一时相持不下。此事本身以今日观之自是无所谓是非，甚至可以说有点无聊，但如放到当时的文化语境中来看，则足见宋代士大夫对于君主的干涉与规范是多么严重。

---

① 邵伯温：《邵氏闻见录》卷二，中华书局，1983，第13页。
② 黄宗羲：《宋元学案》卷一五《伊川学案上》，《黄宗羲全集》第3册，浙江古籍出版社，2005，第712页。

以上所举数例说明宋代士人将规范、制约君主视为自己的主要职责，并且在实际上他们也确实令君主有所敬畏而不敢一意孤行，毫无顾忌。

其二，士大夫欲与君主平起平坐。据叶梦得《石林燕语》载："国朝经筵讲读官旧皆坐，乾兴后始立。盖仁宗时年尚幼，坐读不相闻，故起立欲其近尔，后遂为故事。熙宁初，吕申公、王荆公为翰林学士，吴冲卿知谏院，皆兼侍讲，始建议：以为《六经》言先王之道，讲者当赐坐，因请复行故事。"①熙宁元年王安石为翰林学士兼侍讲，曾请恢复坐讲之制，②无独有偶，元祐初，程颐为崇政殿说书亦争坐讲甚力③。侍讲讲经时的坐与立虽是个形式，但却有着重要的象征意义：这里涉及君臣关系上的根本性问题——君主是否承认侍讲的"师"的地位，实际上是君主是否礼敬士大夫的问题。荆公与伊川在政见与学术观点上多有不相入处，然而在维护士人尊严，挺立主体精神与帝师意识这一点上则毫无二致。

士人阶层与君权系统的关系实质上乃是以权力与利益为纽带的。二者之间自有相互依赖、彼此利用的一面，然而他们又有着权力与利益的角逐与分配的一面。君权过于强大，士人阶层就处于工具的地位，其主体精神受到压抑，其相应的文化话语建构也必然孱弱无力。相反，如果君权相对柔弱宽和，士人获得较大的权力和利益，他们的主体精神就会被大大激发起来，见之于文化话语，也必

---

① 叶梦得：《石林燕语》卷一，中华书局，1984，第13页。
② 此事又见毕沅撰《续资治通鉴》卷六六及顾栋高编《王荆国文公年谱》卷中，或另有所本。
③ 事见黄宗羲：《宋元学案》卷一五《伊川学案上》，《黄宗羲全集》第3册，浙江古籍出版社，2005，第712页；又见蔡上翔编《王荆公年谱考略》卷一四。

然颇有可观。宋代士人的帝师意识是特定历史语境的产物,同时这种意识也恰恰成为宋代文化学术的强大内在驱力。

三、宋代士人心态特征之二:以道自任精神的复活

"道"本是士人阶层赖以立身处世的基本价值准则,也是他们主体精神、超越意识的显现。从更深一层来看,"道"并非虚无缥缈的宇宙本体或万世不变的人生真谛,实质上,"道"乃是士人阶层权力与利益的话语表征。这一点在先秦士人那里已然呈露无遗了。例如孔子说:"志于道,据于德,依于仁,游于艺。"(《论语·述而》)曾子说:"士不可不弘毅,任重而道远。"(《论语·泰伯》)《中庸》说:"道不可须臾离也,可离非道也。"朱熹注云:"道者,日用事物当行之理,皆性之德而具于心,无物不有,无时不然,所以不可须臾离也。"[①]由此可知"道"对于士人阶层来说乃是作为言说者而存在的价值依据,是他们话语建构的合法性标志。孟子则明确将"道"与代表君权的"势"相对立,并提出"道"贵于"势"的思想,他说:"古之贤王好善而忘势,古之贤士何独不然?乐其道而忘人之势,故王公不致敬尽礼,则不得亟见之。见且由不得亟,而况得而臣之乎?"(《孟子·尽心上》)这就意味着,士人可以因"道"而贵,换言之,只是因为有了"道"的支撑,士人才有以与君权相抗衡,这样的东西自是"不可须臾离"了。自先秦而降,历代士人都是在"道"的激励下来规范

---

① 朱熹:《四书集注·中庸章句》,岳麓书社,2004,第22页。

君权，教化百姓并创造学术文化的。因此，"道"即是隐含着士人切身利益的话语，是他们与君权系统保持权力结构的张力平衡的理论依据。因此士人阶层对道的崇仰本质上乃是对自身价值的崇仰。

然而"道"之含义亦因士人阶层社会境遇的变化而有所不同。有时它甚至成为君主权力与利益的代名词。例如西汉前期与唐代安史之乱以前，彼时君权强大，士人阶层独立精神与主体意识萎靡不振，他们一心一意只想做君权系统的工具，因此他们所言之"道"，已非先秦儒家之意，而是指体现着君主意愿的官方意识形态。正是由于这个原因，韩愈才大声疾呼要重续"道统"。

"道统"即儒家思想学术之统序与命脉。对"道统"的自觉意识始于孟子。他说："由尧舜至于汤，五百有余岁。若禹、皋陶，则见而知之。若汤，则闻而知之。由汤至于文王，五百有余岁。若伊尹、莱朱，则见而知之。若文王，则闻而知之。由文王至于孔子，五百有余岁。若太公望、散宜生，则见而知之。若孔子，则闻而知之。由孔子而来，至于今，百有余岁。去圣人之世，若此其未远也。近圣人之居，若此其甚也。然而无有乎尔，则亦无有乎尔！"（《孟子·尽心下》）这里孟子虽未明确以儒家道统之传承者自任，但其中显然含有这样的意思。后世汉代儒家士人只重视传经解经的"师法""家法"，局限于章句训诂之狭隘范围，已然失却了"道"之真义，算不得"道统"的传承者。唐代士人务心于功名利禄与吟诗作赋，奉行实用主义原则，于独立精神、超越意识并不挂心，只是到了韩愈那里这才重新举起了"道统"的旗帜。他说："博爱之谓仁，行而宜之之谓义，由是而之焉之谓道，足乎己无待于外之谓德。……是故以之为己，则顺而详；以之为人，则爱而公；以之为心，则和而平；以之为天下国家，无所处而不当。……斯吾所谓道也,非向所谓老与佛之道也。尧以是传之舜,舜以是传之禹,禹以是传之汤,汤以是传之文、武、周公,文、武、周公传之孔子,孔子传之孟轲。轲之死,不得其传焉。荀与扬也,择焉而不精,语焉而不详。由周公而上,上而为君,故其事行;由周公而下,下而为臣,故其说长。"(《原道》)观昌黎所谓"道",乃指儒家所尊奉的行为准则,以之修身、处世、治国平天下,无施而不可。此道在孔子之前为圣哲的君主所持,"道统"与"政统"合而为一,故而此道得以实现为"事";在孔子之后,此道为臣下所持,"道统"与"政统"一分为二,故"道"只能存于"说"之中。而自孟子以降,就连存于"说"中之道亦已不纯,"道统"实际上是断了。昌黎大声疾呼、奔走相告,其所欲为者,一是重新接续久废之"道统",二是使"道统"与"政统"重新合而为一,由"说"而返"事",从而使儒家之道大行于天下,昌黎之志可谓大矣!这正是他为宋儒推崇之根本原因。

宋儒处于极为有利的文化历史境况之中,其主体意识遂能空前膨胀。对于"道统",他们视为身家性命一般。宋初即已有对"道统"之意识。王禹偁云:"某尝谓书契以来,以文垂教者,首曰孔孟之道。始否而终泰,则孟不足俾于孔子也。……孟柯氏没,扬雄氏作。……扬雄氏丧,文中子生,……文中子灭,昌黎文公出,师戴圣人之道,述作圣人之言。从而学者,有若赵郡李翱、江夏黄颇、安定皇甫湜,故其徒也。然位不足以行其道,时不足以振其教,故不能复贞观之风矣。独以词旨幽远,规正人伦,亦曰唐之夫子焉。下韩氏二百年,世非无其文章,罕能聚徒众于门,张圣贤之道矣。"①他在《东观集序》中也说:"士君子者,道也;行道者,位也。道与位并,则敷而为业,《皋陶》《益稷谟》《伊训》之类是也。道高位下,则垂之于文章,仲尼经籍,荀、孟、扬雄之书之类是也。洎三王道丧,五伯风行,有位之人以强兵为事业,在野之士以小辩为文章。……我法天崇道皇帝之宅天下也,守尧之仁,躬禹之勤,奋成汤之武,阐姬昌之文。……是以儒教兴,贤臣出,事业昭于上,文章灿于下。德生人而未有,道与皇而比崇。天下文明,我弗多让。"(《小畜集》卷十九)在王氏看来,"道"之传承自孔子而下,是一代不如一代。秉政者着眼于增强军事实力以巩固其统治;布衣之士务心于诗文之小道,以寄托其精神。唯有在大宋这样君主仁厚宽和,崇尚文教的条件下,儒者才能以道自任,重续"道统"。王氏之论已然透露出有宋一代有志之士的远大抱负。虽为颂君之辞,却也道出了某种事实。

欧阳修为一时文坛领袖,尝大量奖掖后进;同时他又是"道统"的极力倡言者,并以传道与卫道者自居。他说:"君子之于学也,务为道。为道必求知古明道,而后履之以身,施之于事,而又见于文章而发之,以信后世。其道,周公孔子孟轲之徒常履而行之者是也。"②其直承孟子之志昭然可见。然而在他看来,后世所谓传道之书已不可尽信,故而欲传孔孟之道,必先去伪存真,恢复其本来面目。其云:"余尝哀夫学者知守经以笃信,而不知伪说之乱经也,屡为说以黜之。而学者溺其久习之传,反骇然非余以一

---

① 王禹偁:《全宋文》卷一五一《投宋拾遗书》,上海辞书出版社、安徽教育出版社,2006,第414页。
② 欧阳修:《居士外集》卷一七《与张秀才第二书》,李逸安点校《欧阳修全集》,中华书局,2001,第978页。

人之见，决千岁不可考之是非，欲夺众人之所信，徒自守而世莫之从也。余以谓自孔子没至今，二千余岁之间，有一欧阳修者为是说矣。又二千余岁，焉知无一人焉与欧阳修同其说也？又二千岁，将复有一人焉。然则同者至于三，则后之人不待千岁而有也。同予说者既众，则众人之所溺者，可胜而夺也。"①正是基于这种传道、卫道的精神，欧阳修才大胆疑古，从而开出宋学敢于疑传、疑经，一切依自己的判断，善于标新立异，有独到见解的良好学风。

王安石虽热心于制度上的革新，是个注重实际的政治家，但作为宋学的代表人物之一，他同样也有明确的"道统"意识。据史籍载，欧阳修在《赠王介甫》一诗中有这样几句："翰林风月三千首，吏部文章二百年。老去自怜心尚在，后来谁与子争先。"②王安石答诗有云："欲传道义心尚在，强学文章力已穷。他日若能窥孟子，终身何敢望韩公。"③从诗中不难看出安石欲直接孟子以传大道，而不屑于仅以文章名世的豪迈精神。他的弟子陆佃尝论乃师云："自王者之迹熄而诗亡，夫子没而大义乖；道德之体分裂，而天下多得一体。诸子杂家各自为书，而圣人之大体始乱矣。故言体者，迷于一方；言用者，滞于一体。其为志虽笃，为力虽勤，而不幸不见古人之大体。长见笑于大方之家者，由此也。嗟乎，道之不一久矣！而临川先生起于弊学之后，不向于末伪，不背于本真，度之以道揆，持之以德操，而天下莫能罔，莫能移。故奇言异行，无

---

① 欧阳修：《居士集》卷四三《廖氏文集序》，李逸安点校《欧阳修全集》，中华书局，2001，第615页。
② 欧阳修：《居士外集》卷七《赠王介甫》，李逸安点校《欧阳修全集》，第813页。
③ 《临川先生文集》卷二二，诗句略异。此事见顾栋高编《王荆国文公年谱》卷上及蔡上翔编《王荆公年谱考略》卷五。

所遁逃，而圣人之道，复明于世。"（《陶山集》卷十二）这显然是将安石看作拯救孔孟之道，承续"道统"的人物了。

较之王禹偁、欧阳修、王安石等人，道学家们对于"道统"就更是当仁不让了。程颐云："周公没，圣人之道不行；孟轲死，圣人之学不传。道不行，百世无善治；学不传，千载无真儒。……先生（指其兄程颢）生千四百年之后，得不传之学于遗经，志以斯道觉斯民。……乡人士大夫相与议曰：道之不明也久矣。先生出，倡圣学以示人，辨异端，辟邪说，开历古之沉迷，圣人之道得先生而后明，为功大矣！"①这显然是以孟子的直接继承者相许了。在宋代大儒眼中，自孟子而下基本无可称道者。他们对于继承"道统"，颇有舍我其谁的气概。关学代表者张载也说："窃尝病孔孟既没，诸儒嚣然，不知反约穷源，勇于苟作，持不逮之资而急知后世，明者一览，如见肺肝然。多见其不知量也。方且创艾其弊，默养吾诚，所患日力不足，而未果他为也。"②又其门人范育《张子正蒙序》亦云："自孔孟没，学绝道丧千有余年，处士横议，异端间作，若浮屠老子之书，天下共传，与《六经》并行。……子张子独以命世之宏才，旷古之绝识，参之以博闻强记之学，质之以稽天穷地之思，与尧、舜、孔、孟合德乎数千载之间。闵乎道之不明，斯人之迷且病，天下之理泯然其将灭也，故为此言与浮屠老子辩，夫岂好异乎哉？盖不得已也。"③这同样是把他的老师视作孔孟之道的唯一捍卫者与传承者了。由此数例可以见出，宋儒在"道统"

---

① 程颐：《明道先生墓表》，王孝鱼点校《二程集》，中华书局，1981，第640页。
② 张载：《与赵大观书》，《张载集》，中华书局，1978，第350页。
③ 范育：《张子正蒙序》，《张载集》，第5页。

问题上是何等的自信而又自负。

由以上分析可知,"道统"对于宋代士人而言不啻精神生命。他们对"道统"如此看重,本质上是与他们自尊自贵之主体意识直接相关的。"道"之可贵即士人精神之可贵,将"道"置于至高无上的地位,亦即将士人精神看得高于一切。而对士人精神的如此高扬,实际上暗含着士人意欲按自己的意愿和价值观来安排社会的深层动机。换言之,宋代士人对"道"与"道统"的空前重视,是他们社会责任感、使命感与相连带的权力意识空前膨胀的必然表现。

四、宋代士人精神特征之三:人格理想的重新确立

所谓人格理想就是希望成为一个什么样的人。中国古代士人阶层关于人格理想的话语最早是先秦士人在春秋战国那样特定的文化历史语境之中提出的。先秦士人作为一个被抛到战乱相继、动荡不已的社会中的新兴知识阶层,极欲有所树立、有所作为从而摆脱自己"无恒产""无定主""惶惶如丧家之犬"的不利境遇。基于不尽相同的人生经历和对先前的文献典籍的不同选择,他们分别提出自己不一样的人格理想。其实质上乃是表明自己对社会状况的一种态度,也是他们面对各种外来刺激进行自我充实、自我砥砺以便维持心理平衡的有效方式。另外值得注意的是,先秦士人的人格理想也是他们为自己希望服务和规范的对象——诸侯君主们所设计的楷模。孔子"温、良、恭、俭、让"(《论语·学而》),"七十从心所欲不逾矩"(《论语·为政》),"邦有道则知,邦无道则愚"(《论语·公冶长》),"志于道,据于德,依于仁,游于艺"

（《论语·述而》）以及"君子坦荡荡"、"文质彬彬，然后君子"、"毋意、毋必、毋固、毋我"、"仁者不忧"（《论语·子罕》），等等，都是关于儒家人格理想的话语。孟子的"富贵不能淫，贫贱不能移，威武不能屈"的"大丈夫"（《孟子·滕文公下》），"无恒产而有恒心"（《孟子·梁惠王上》）以及善能"自反"（《孟子·离娄下》），"求放心"（《孟子·告子上》），"反身而诚，乐莫大焉"（《孟子·尽心上》）的"君子"，等等，也是儒家的人格理想。其他如墨、道、农、法等诸子百家也都依据各自的救世之术而提出自己的人格理想。事实证明，诸子的人格理想虽然他们自己也未必都能做到，但倘若一个时代的知识分子都不约而同地提出自己的人格理想，这本身即标志着一种主体精神的高涨，标志着知识分子自我独立意识的增强。知识分子的独立精神、主体意识和欲自我树立、自我提升的人格理想乃是文化大繁荣之前提。

秦汉以下，在大一统的中央集权与君主专制日益强化的情况下，士人阶层的人格理想也日渐委顿。战国末年的《吕氏春秋》极力宣扬限制、规范君权的士人精神，算是先秦士人主体意识和人格理想的回光返照。到了李斯之流，则已全然沦为君权的工具。汉代士人困于经籍——今文家阐发所谓"微言大义"而流于玄虚幽邈，最终趋于神学一路；古文家留意章句训诂，并不大关怀形上价值之域。因此，汉代士人能自我约束，有进取精神者亦不过以做循吏、守名教为理想，等而下之则不免为酷吏、做利禄之徒了。

六朝之士族为士人阶层之变体，其虽能与君权保持一定距离，不屑于做君主的工具，但他们由于高门大族的社会政治经济地位，在日常生活中大都沉溺于声色犬马的享受；在精神生活方面则过于倾心于与其高贵身份相埒的清谈玄言与日益雅化的诗文书画。六朝士族文人精神上的玄妙高雅与立身行事上的庸俗无聊常能并行不悖、相映成趣，雅则极雅，俗则极俗，也算是难能可贵。现代以来许多人对所谓"魏晋风度"艳羡不已，其实说到人格理想他们远不足与先秦士人相提并论。

唐代文治武功均震古烁今，诗文书画都大有可称道者。然而唐代士人的人格理想却并不那么超凡拔俗——他们的理想大抵仅限于能建功立业、封妻荫子。唐代君权的强大严厉与开明宽容并存，使得士人阶层一方面没有通过话语建构来超越现实、改造现实的冲动，另一方面又乐于为其效命、甘当忠臣，这大约是唐代士人在主体精神与人格理想上并无突出表现的主要原因了。即使如韩愈这样于有唐一代最有超越精神与使命感的人物，受时风浸染，亦奔走干谒而不以为耻。盖于彼时或面称，或谀墓，或自荐，或请托，为求一官半职而卑躬屈膝者，实为普遍风气，不足为怪。这是一个实用主义和功利主义价值观占主导地位的时代，所以"宁为百夫长，胜作一书生"（杨炯）实为普遍之价值取向。

宋儒却是要重新挺立主体精神与人格理想而"大做一个人"了。这也恰恰应了物极必反那句话：晚唐五代士风靡弱之极，在杀人如草芥的军阀面前，在如走马灯般的朝代更替面前，士人的最好表现就是像冯道那样左右周旋、虚与委蛇了。宋明道学家常常以极轻蔑的口吻贬斥冯道，其实是有失公允的。还是苏子由《历代论》中的评价算是较为通达中肯。宋代士人有鉴于五代士风之委顿，又适逢宋代君主极重文教之国策，于是一反五代之风，大力倡导自尊自贵、自我砥砺的人格精神。宋初虽承五代余绪，士人阶层大抵沉浸于浅吟低唱之中，然而追求人格理想的意识却已然开始觉醒。例如，太宗时的儒者赵湘尝作《正性赋》，谓："性，天性也，不可以不正。……从而正之,则为仁,为义,为刚直,为果毅。……士君子立身,将保太和,决利贞,非正性则不可得,……"①古文家孙何亦云:"何闻道所合,不以远近高下制其中。何尝执是说以内盟于心,而外俟于人,由是内必正,出必直,……何则?道者,天下重器也,非力古而经,勇乎义而仁者,殆弗克荷。……惟是立诚与儒,励心于文,舍乎文则盲无识矣。"②前者讲士君子立身处世必须修身养性,追求高尚的人格境界;后者则讲文章必以高尚的人格境界为依托才能写好。这里已然透露出宋代士人高扬人格理想之端倪。然而真正开风气之先,对造就一代优良士风起到至关重要之作用的还要算范仲淹。

范仲淹在宋初实为士人精神之代表者。这首先表现于他强烈的历史使命感与社会责任感。他在名垂千古的《岳阳楼记》中所说的"先天下之忧而忧,后天下之乐而乐"成为士人阶层"以天下为己任"之主体精神最为集中,也最为恰当的表述。在他看来,最好的帝王是那种重用贤德之士而自己却不干涉具体事务的人。其云:"圣帝明王常精意于求贤,不劳虑于临事;精意求贤,则日聪明而自广;劳心临事,则日丛脞而自困。"③这表明他在实际上是将士人视为国家的真正管理者,而将帝王视为为士人们创造有利条件的人。这种公然的"虚君"主张只是在先秦诸子的著作以及诸如《吕览》《淮南鸿烈》这样较多保留了子学时代之士人精神的著作中才

---

① 赵湘:《全宋文》卷一六六《正性赋序》,上海辞书出版社、安徽教育出版社,2006,第347、348页。
② 孙何:《全宋文》卷一八五《上杨谏议书》,上海辞书出版社、安徽教育出版社,2006,第195页。
③ 范仲淹:《范文正公文集》卷三《推委臣下论》;又见《全宋文》第18册,上海辞书出版社、安徽教育出版社,2006,第413页。

会见到。从这一点即可见出宋代士人伟大的进取精神。在人格理想方面，范仲淹赞赏那种敢做敢为，有担当精神的人物，他说："夫天下之士有二党焉。其一曰：我发必危言，立必危行，王道正直，何用曲为？其一曰：我逊言易入，逊行易合，人生安乐，何用忧为？"①他所欣赏的当然是那些"发必危言，立必危行"的人，而他自己也恰恰正是这样一种人。作为"庆历新政"的核心人物，范仲淹以实际的行动表明了自己的人格追求；同时作为名重一时的政坛、文坛前辈，他又按照既定的人格标准奖掖扶植了一大批优秀人才，为宋代文化学术的蓬勃发展起到了极为重要的作用。

对于范仲淹的人格以及他对于宋代士风、宋代学术所发挥的巨大作用宋儒已是有口皆碑。欧阳修说："公少有大节，于富贵贫贱毁誉欢戚，不一动其心，而慨然有志于天下。常自诵曰：'士当先天下之忧而忧，后天下之乐而乐也。'其事上遇人，一以自信，不择利害为趋舍。其所有为，必尽其力，曰：为之自我者当如是，其成与否有不在我者，虽圣贤不能必，吾岂苟哉！"②王安石尝于《祭文》中说他是"一世之师"③。朱熹亦说："祖宗以来，名相如李文靖、王文正诸公，只恁地善，亦不得。至范文正公时便大厉名节，振作士气，故振作士大夫之功为多。"④史家亦云："感论

---

① 范仲淹：《范文正公文集》卷四《上资政殿晏侍郎书》；又见《全宋文》第18册，上海辞书出版社、安徽教育出版社，2006，第292页。
② 欧阳修：《居士集》卷二一《资政殿学士户部侍郎文正范公神道碑铭》，李逸安点校《欧阳修全集》，第333页。
③ 王安石：《祭范颍州文》，李之亮笺注《王荆公文集笺注》下册，巴蜀书社，2005，第1639页。
④ 朱熹：《诸子语类》卷一二九，中华书局，1986，第3086页。

国事，时至泣下，一时士大夫矫厉尚风节，自先生倡之。"①由此观之，范仲淹是在特定文化历史语境的感召与激励下，首先起来重建儒家人格理想话语，并得到宋代士人普遍接受的人物。正是由于这个原因，尽管范仲淹在纯粹学术话语的建构方面并无特殊贡献，但他在宋代士人心态史以及宋学发展史上都有重要地位。"大厉名节，振作士气"八个字洵为中肯确当之评价。

范仲淹之后，重名节、重人格，自我约束，自我提升渐渐成为一种普遍的精神风尚。欧阳修直言敢谏，名重一时。王安石说他："果敢之气，刚正之节，至晚而不衰。"②史书说他"天资刚劲，见义勇为，虽机阱在前，触发之不顾，放逐流离至于再三，志气自若也"。③从中既可见出欧阳修的人格修养，又可见出宋儒所奉行的人生准则。王安石虽因变法过程的许多具体举措缺乏审慎的考虑而广召物议，但他的为人，即人格修养，却得到大多数士人的由衷赞誉。即如对其变法之举及其学术并不赞同的人亦往往称颂其德行。如黄庭坚说："荆公学佛，所谓吾以为龙又无角，吾以为蛇又有足者也。然余尝熟观其风度，直视富贵如浮云，不溺于财利酒色，一世之伟人也。"④朱熹说："安石以文章节行高一世，而尤以道德经济为己任。"（顾栋高《王荆国文公年谱》卷下）陆象

---

① 黄宗羲：《宋元学案·高平学案》，吴光点校《黄宗羲全集》第3册，浙江古籍出版社，2012，第83页；又见《宋史》本传。
② 王安石：《祭文》，李逸安点校《欧阳修全集·附录》，中华书局，2001，第2686页。
③ 黄宗羲：《宋元学案·庐陵学案》，《黄宗羲全集》第3册，浙江古籍出版社，2012，第238页。
④ 黄庭坚：《山谷全书》卷二六《跋王荆公禅简》；又见《全宋文》第106册，上海辞书出版社、安徽教育出版社，2006，第219页。

山亦云:"……而公以盖世之英,绝俗之操,山川炳灵,殆不世有……无乃议论之不公,人心之畏疑,使至是耶?"①这些亦足以说明,王安石在人格修养方面确实有卓然不群之处。

但是,宋儒的人格理想却不仅仅限于做一个有道德,有修养的"世间完人",他们更有超越的人格追求。盖于范、欧、王诸儒之时,这种人格理想尚未达于学理化,即是说,它还是一种自己身体力行的道德原则。只是到了道学家那里,这种人格理想才不仅是具有实践性的行为准则,而且成为具有细密学理的一门深刻学说。

道学家所追求的是一种圣贤人格,即所谓"圣人气象"。道学的"北宋五子",人人以圣人自居。周敦颐一部《通书》即是教人如何做圣人的。如论"诚"是讲"圣人之本",论"仁义"是讲"圣人之道",论"思"是讲"圣功之本",即实为所谓"作圣之功",等等,并直言圣人可学。②这无疑是对孟子"人人可以为尧舜"思想的继承,是宋代道学家追求超越凡俗的理想人格之精神的体现。张载更有"为天地立心,为生民立命,为往圣继绝学,为万世开太平"③的宏远志向,其"变化气质"与"大心"④之说,亦是他自家"体贴"出来的成圣成贤之法门。二程所谓"居敬""穷理""涵泳主一"⑤等等是人格提升的"工夫";"浑然与物同

---

① 陆象山:《象山先生全集》卷一九《荆国王文公祠堂记》,《陆九渊集》,中华书局,1980,第234页。
② 周敦颐:《通书·圣学》:"圣可学乎?曰:可;有要乎?曰:有。请问焉。一为要。一者,无欲也。"
③ 张载:《近思录拾遗》,《张载集》,第376页。
④ 张载:《张子语录》及《张子正蒙·大心篇》,《张载集》,第321、324页。
⑤ 程颐:《河南程氏遗书》卷一五,王孝鱼点校《二程集》,中华书局,1981,第169页。

体"①"廓然大公,物来顺应"②则是圣贤人格之境界。至于道学家那套在学理上探赜索隐、深刻细密的"心性之学",全然是关于如何发掘善根、存养涵泳,然后成圣成贤的本体与功夫理论。可以说,儒学发展到宋代,人格的自我提升与心灵的自我调节便成为主要的价值取向了。

宋代士人精神人格的重新确立是宋代文化乃至于此后整个中国古代文化发展中的一件极为重要的事情。这种重要性还不仅仅表现在士人阶层之主体精神的重新挺立,更重要的是,一种更为成熟的知识分子的文化人格结构形成了。宋代士人,准确地说是仁宗朝之后的宋代士人,不仅从传统儒家文化中承继了基本的人格精神,而且广采博取,于老庄佛释之学中大量汲取了精神营养,从而建构起一种新型的人格结构。这种人格结构与汉唐士人根本不同之处在于:汉唐士人的人格结构基本上是二维的——或进,或退,或仕,或隐,或以天下国家为本位,或以个体心灵为本位,二者取一。这是典型的二项对立的思维模式。宋儒则不然。他们渐渐形成这样一种人格结构——融进与退、仕与隐、以天下为己任与个体心灵的自由与超越于一体,他们不再以退隐作为修身养性的必要条件,也不再以仕进为人生最高目标。他们在进中能退,在仕中能隐,或因个性原因而不愿出仕,也决然不会于天下之事毫不萦怀。就其大体而言,宋代士人即使在仕途遭遇较大挫折,亦不轻言退隐;即使仕途极为顺遂通达,也不得意忘形、任意而为。在穷困塞滞之时能

---

① 程颢、程颐:《河南程氏遗书》卷二,王孝鱼点校《二程集》,中华书局,1981,第17页。
② 程颢:《答横渠张子厚先生书》,王孝鱼点校《二程集》,中华书局,1981,第460页。

关心社稷苍生并保持心气平和,在官运亨通之时又能存留一颗平常之心——这正是宋代士人所追求与向往的人格理想。苏东坡尝言:"君子可以寓意于物,而不可以留意于物。寓意于物,虽微物足以为乐,虽尤物不足以为病;留意于物,虽微物足以为病,虽尤物不足以为乐。"① 苏子由亦云:"士生于世,使其中不自得,将何往而非病?使其中坦然,不以物伤性,将何适而非快?"② 这是宋代士人普遍心态之反映。他们孜孜以求的正是以这种"自得""坦然"的心境去建功立业,去"治国平天下"。

这意味着,在宋代士人的人格理想中,除了积极进取、以天下为己任的社会性的主体精神之外,更有一个追求心灵自由,向往平和愉悦的个体性精神维度。这一维度的核心范畴便是一个"乐"字。由于对于宋代以后的士人阶层来说这是一个极为重要并且极为普遍的人格理想的维度,在宋学以至整个宋代及宋代以后的学术文化的方方面面均能见到它的印迹,故而有必要对这个范畴的历史演变及其内涵略作阐述。

我们知道,在宋儒眼中,汉唐以下儒者一概不值一哂,他们无不以直承孔孟自期。我们就来看看孔孟是如何看重这个"乐"的人格境界的。可以毫不夸张地说,在孔子的思想中,除了仁义礼智信等人伦规范之外,"乐"大约可算是一个最为重要的范畴之一了。尽管在孔子这里,这个范畴还主要是指一种心理活动或状态,它毫无疑问已经带有了人格理想的意义。例如,孔子称赞颜回说:

---

① 苏轼:《苏轼全集校注》卷三二《宝绘堂记》,张志烈、马德富、周裕锴等主编,第1122页。
② 苏辙:《栾城集》卷二四《黄州快哉亭记》,陈宏天、高秀芳点校《苏辙集》第1册,中华书局,1990,第410页。

"贤哉，回也！一箪食，一瓢饮，在陋巷。人不堪其忧，回也不改其乐。贤哉，回也！"（《论语·雍也》）又"子贡曰：'贫而无谄，富而无骄，何如？'子曰：'可也，未若贫而乐，富而好礼者也'"。（《学而》）由此二例可知，"乐"不是一时一事之乐，不是短暂的喜悦，它是一种恒定的心态。这种心态乃是一种对于物欲的超越，因而即使身处贫困中亦能保持不变。"贫而乐"并非因"贫"而"乐"，而是说"贫"不能使人本有之"乐"失去，也就是说"贫"不能影响到人的内心世界。这种人自是非常人可比。朱熹注引二程曰："颜子之乐，非乐箪瓢陋巷也，不以贫窭累其心而改其所乐也，故夫子称其贤。"又说："箪瓢陋巷非可乐，盖自有其乐耳。'其'字当玩味，自有深意。"①那么颜子究竟因何而乐呢？或者说，"乐"究竟是怎样一种精神状态呢？我们还是看孔子如何言说罢。

子曰："饭疏食，饮水，曲肱而枕之，乐亦在其中矣。不义而富且贵，于我如浮云。"（《述而》）朱熹注云："圣人之心，浑然天理，虽处困极，而乐亦无不在焉。"②细玩孔子文意及朱注，我们可以知道此处言"乐"与前引二条意近而异。盖前引乃言"贫"不能使已有之乐失去；此处则言于"饭疏食，饮水，曲肱而枕"之中自有可乐者存。宋儒周濂溪、程明道等苦思孔颜所"乐"何事，总以为必有某种可乐之对象在其心目中。其实以孔子之言观之，人生于世，一切均为可乐之事，一草一木、夏云暑雨都可激发起人的美感。关键在于心有所主，而不将一己之忧乐系于外在条件

---

① 朱熹：《四书集注·论语集注》，岳麓书社，1993，第124页。
② 朱熹：《四书集注·论语集注》，第138页。

的变化以及他人对自家的态度之上。

当然,孔子毕竟不同于一般人,他是有大志之人,他并不满足于在日常生活琐事中体验"乐"之情感。他的"乐"是与他的"志"相联系的。其自谓云:"其为人也,发愤忘食,乐以忘忧,不知老之将至。"(《述而》)"发愤忘食"是说他对"道"(社会理想与人格理想)的追求异常执着,全力以赴,以至于忘了吃饭,忘了忧愁,忘了老之将至。此"乐"即在奋斗过程之中而不在其结果中。朱注:"未得,则发愤而忘食;已得,则乐之而忘忧"云云,实为臆测之论。又如孔子说:"知之者不如好之者,好之者不如乐之者。"(《雍也》)前人均以为其所言"知之""好之""乐之"者为"道",这当然不错,但注家又大都认为这里所说的是求道的三个阶段,即所谓"知而未求""求而未得""得而乐之"。这是不够准确的。其实孔子在此是讲人们对于"求道"这件事的三种不同态度,即懂得求道之必要;愿意去求道;在求道过程中体验到愉悦。"知之"未必能够"求之";"好之"可出于多种目的;唯有"乐之"才是全身心投入,并因此忘却世间的进退荣辱,从而获得纯粹的精神快乐。这是孔子倡导"为己之学"的真义所在。

孟子言"乐"常与儒家的社会责任感、历史使命感联系起来。如"与民同乐","乐天者保天下","乐以天下,忧以天下",等等。这里的"乐"都不是在个体精神境界的意义上使用的,对此我们可不置论。在《孟子》一书中有两处涉及"乐"的地方对宋儒影响极大,应予以充分注意。其一:"君子造之以道,欲其自得之也。自得之,则居之安。居之安,则资之深。资之深,则取之左右而逢其原。故君子欲其自得之也。"(《离娄下》)这里虽没有直接用"乐"这个词语,然其所论毫无疑问是孔子那个"乐"的境界。"自得"在宋学中是个非常重要的概念,对此我们有专门论述,兹不赘。

《孟子》中另一处关于"乐"的论述尤应注意,其云:"万物皆备于我矣。反身而诚,乐莫大焉。"(《尽心上》)这里"万物皆备于我"并非说我拥有万物,而是说万物之理皆存乎一心,不必向外求索。这万物之理则主要是指仁义礼智忠孝等人伦之理,此理秉于天而具于人,是"合外内之道"的结果。因此求道求理的过程实际即是存心养性之工夫。人只需"反身而诚"则万理毕现,并"浑然与物同体",因此而享受到巨大的精神愉快——这是孟子所设计的人格理想,它对宋代士人有着巨大的诱惑。

宋儒对"乐"的重视可以说更超过孔孟。程伊川尝言:"昔受学于周茂叔,每令寻仲尼、颜子乐处,所乐何事。"[1]自此之后,"寻孔颜乐处"便成为道学家们经常谈论的话题。

对于"乐"的精神境界宋儒最为神往,对这一境界的描述也极多。黄庭坚尝赞周濂溪云:"人品甚高,胸中洒落,如光风霁月。"[2]《伊洛渊源录》又载程明道之言云:"自见周茂叔后,吟风弄月以归,有吾与点也之意。"[3]由此可知,宋儒所向往的这种"乐"之境界,乃是一种从容闲适,不以物欲累心的超然态度,是人的精神对功名利禄及肉欲的征服。明道先生有一首诗恰能充分呈

---

[1] 朱熹编:《伊洛渊源录·濂溪先生》,朱杰人等主编《朱子全书》第12册,2010,上海古籍出版社、安徽教育出版社,第926页。
[2] 朱熹编:《伊洛渊源录·濂溪先生》,朱杰人等主编《朱子全书》第12册,第925页。
[3] 朱熹编:《伊洛渊源录·濂溪先生》,朱杰人等主编《朱子全书》第12册,第925页。

现这一人格境界,其云:"闲来无事不从容,睡觉东窗日已红。万物静观皆自得,四时佳兴与人同。道通天地有形外,思入风云变态中。富贵不淫贫贱乐,男儿到此是豪雄。"①这里描写的是一种从容自得的"圣人气象"。"自得"即是"有主于心",不累于外物之诱惑,而能保持心灵之自由。因而"自得",即是"自由",即是"乐"。人到了这一境界就能使内心平和愉悦而不为外物所诱惑。如朱熹所说:"人当有以自乐,则用舍行藏之间,随所遇而安之。"(张伯行编《濂洛关闽书》卷十七)又如明道所说:"学至于乐则成矣。笃信好学,未如自得之为乐。"②惟"自得"方能"乐",惟"乐"方能"自得",二者同为一种超越的精神境界之表现。

为宋儒如此津津乐道的"乐"之境界是否有类于道家"坐忘""心斋"之类的遁世精神呢?二者表面看来颇有相近之处,而实则决然不同。二程说:"贤者安履其素,其处也乐,其进也,将有为也。故得其进则有为而无不善,其欲贵之心与行道之心交战于中,岂能安履其素乎?"③这就是说,儒家士人个体心灵的安乐与入世进取并不矛盾,关键在于他们入世并非欲以求富贵,而是为了"有为",即实现"治国平天下"的宏远抱负。宋儒所追求的正是这样一种于入世从政之时亦能如隐遁之时一样的平和愉悦之心态。

宋儒将"乐"作为他们所追求的人格理想的一个重要维度,并

---

① 朱熹编:《明道先生》,朱杰人等主编《朱子全书》第12册,第957页。
② 程颢:《河南程氏遗书》卷一一《明道先生语一》,王孝鱼点校《二程集》,中华书局,1981,第127页。
③ 张伯行集解:《濂洛关闽书》卷十,丛书集成初编本,商务印书馆,1936,第169页。

非仅仅为了寻求个体心灵的自由愉悦。除了所谓"安泊"心灵的功能之外,"乐"的境界还有如下作用:

首先,"乐"之境界可以拓展人的心灵,使之向更广阔、更绚丽的世界敞开。二程说:"学至涵养其所得而至于乐,则清明高远矣。"①又说:"观物于静中皆有春意。"②惟"乐"方能使心灵至于"清明高远"之域,惟"乐"方能令人于万事万物之上见出"春意"。前条讲识见,后者讲体验,均为"乐"对人之心胸有所拓展的结果。朱熹亦秉承程氏之论,其云:"人之所以神明其德,应物而不穷者,心而已矣。古之君子自其始则尽力于洒埽应对进退之间,而内事其心。既久且熟矣,则心平而气和,从容畅适,与物无际,观于一世事物之变,盖无往而非吾乐也。"③此言人之修养达于"乐"之境界后,便自觉与万物为一体,在一切事物的生成演变之中都能体会到丰富的美感。这当然是一种超越凡俗的博大胸怀。

其次,"乐"的人格维度还可以使人抵御消极情绪及不良欲念的诱惑,能够使人不陷入无谓的忧愁与疑虑之中。二程说:"中心斯须不和不乐,则鄙诈之心入之矣。此与'敬以直内'同理。谓敬为和乐则不可,然敬须和乐,只是心中没事也。"④这就是说,人之心灵稍有片刻不和乐,邪思妄想便会乘虚而入,令人入于邪僻之途。因此,"和乐"虽不是"敬",但却有着与"敬"相近的功能,而且它还是"敬"不可少的心理条件。可以说,"和乐"标志

---

① 张伯行集解:《濂洛关闽书》卷四,第92页。
② 张伯行集解:《濂洛关闽书》卷八,第144页。
③ 张伯行集解:《濂洛关闽书》卷一八,第312、313页。
④ 程颢、程颐:《河南程氏遗书》卷二上《二先生语二上》,王孝鱼点校《二程集》,中华书局,1981,第31页。

着一种健康的心态，它足以拒斥不良念头而保持内心世界的纯净无瑕。明道有云："'天下皆忧，吾独得不忧；天下皆疑，吾独得不疑'与'乐天知命吾何忧，穷理尽性吾何疑'皆心也。"①这即是说，人的忧与乐存乎一心，人心达于"乐"的境界，就不会如世俗之人为日常琐事而忧愁疑虑。

此外，"乐"与"道""理"等儒学核心范畴也有着紧密联系。张载说："和乐道之端乎？和则可大，乐则可久，天地之性久大而已。"清人张伯行释云："盖人心惟和则彼此无间，故可大；人心惟乐则始终不倦，故可久。"②由此可知，在道学家的话语系统中，"乐"与"和"是"道"得以实现的主观条件，因为"大"与"久"是"天地之性"即"道"的特性，它只有在人心"和乐"的状态下才能得以显现。换言之，"道"须于"和乐"中得之。借用西哲的话说就是，只有相对于这种和乐之心，大地才向人敞开，真理才向人呈现，惟和乐方能使存在者存在。明儒陈白沙尝言："义理须到融液处，操存须到洒落处。……是故道也者，自我得之，自我言之，可也。不然，辞愈多而道愈窒，徒以乱人也，君子奚取焉？"③又云："此学以自然为宗者也。……自然之乐，乃真乐也。宇宙间复有何事？"④这也是讲"道"与"乐"之关系——只有"自得""自然"，即从容和乐的心境，才能体悟大道。盖白沙为学不尚著述，不倡苦读，惟独标举"自然"，主张"静坐"，

---

① 程颢：《河南程氏遗书》卷一一《明道先生语一》，王孝鱼点校《二程集》，中华书局，1981，第133页。
② 张伯行集解：《濂洛关闽书》卷二，第42页。
③ 陈献章：《陈献章集》卷二《复张东白内翰》，中华书局，1987，第131页。
④ 陈献章：《陈献章集》卷二《与湛民泽·九》，第192、193页。

因而对"乐"之境界看得更重。

"乐"又与"理"密不可分。二程尝言:"阅天下之理至于无可疑,亦足乐矣。"①此言"理"为"乐"之原因,能穷尽天下之理,对一切均能默识心通,自然会产生一种"自得"之感,这自是"乐"的境界。其又云:"故知有深浅则行有远近,此进学之效也。循理而至于乐,则己与理一,殆非勉强之可能也。"又:"至于穷理而切切焉不得其所可悦者,则亦何以养心也?"②这又是说"乐"乃是"循理""穷理"到一定程度时的自然心理效应。此时人与理为一,动静进退既自然而然,平和愉悦,又中规中矩,不越雷池。这是一种精神自由状态。人在此状态中,既能"循理",又能"和乐","理"与"乐"达到统一。如伊川所说:"古人言乐循理之谓君子,若勉强,只知循理,非是乐也。才到乐时,便是循理为乐,不循理为不乐。何苦而不循理,自不勉强也。"(《河南程氏遗书》卷十八)如此看来,则"乐"又只能与"循理"相统一,不"循理"便亦无"乐"可言。

通过以上论述我们可以看到,宋代士人在人格境界方面的确有超过前人之处。他们不再满足于或进或退的二向选择,而试图建构起一种融进与退、仕与隐、"循理"与"和乐"为一体的新型人格境界。这种努力本身实际上反映了士人阶层在较为宽松的政治氛围中,既欲有所作为,有所建树,又要保持自家内心的充实完满,心灵自由愉悦的双重价值取向。在较为严酷的条件下,他们往往只能两者取一,但在宋代,他们认为二者大可并行不悖。

---

① 张伯行集解:《濂洛关闽书》卷七,第128页。
② 张伯行集解:《濂洛关闽书》卷四,第95页。

那么我们应该如何评价宋代士人这种新型人格境界呢？应该说，宋代士人不仅在学术上继承了子学、汉学、玄学及佛学的精华，并融会贯通，创造出一代新的学术，而且他们在生存智慧方面也充分吸收了往代士人之经验，从而达到一个空前的水平。这种生存智慧集儒家之阳刚、进取、入世与二氏的阴柔、潜退、出世于一体，在保全性命并保持精神愉悦和乐的前提下关心天下之事。可以说这是一种老到练达、炉火纯青的处世之道，是一种可以理解甚至值得敬佩的狡猾。宋代士人的这种生存智慧是中国古代士人阶层已经走向成熟的标志，是在中国古代君主制的文化历史环境中，士人阶层所能找到的最佳处世策略。这种策略使宋代士人既承担了士人阶层已经承担了千百年的历史责任，又充分享受了作为知识分子所应具有的精神生活之乐趣；既尽到了自己对君主、对苍生的义务，又对得起作为个体生命存在的自己；既承担了一体化国家意识形态的建构，又创造了生动活泼的个体精神乌托邦。他们平和闲适、从容不迫，立朝为官则刚正切直、义正词严，退而还家则温文尔雅、潇洒风流。是传承了上千年的精神文化以及可遇不可求的历史情境使宋代士人得以成就如此丰富的人格结构与精神世界。他们可以说是比较全面发展的人，比较完整的人。从现代新儒家，例如徐复观和方东美等人的角度来看，从孔孟到宋儒对"乐"境界的向往可以理解为对一种"生活艺术化"的追求——将自己一言一行、一举一动的日常生活打造成像艺术活动的审美境界那样自由自适、无拘无束、纯真无伪、从容愉悦，从而使人生获得最大程度的完满自足。这是宋儒的追求，是一种令人向往的人生理想和人格理想。

总之，宋代士人的主体精神具有三方面的价值维度：一是寻求人生存在的最高价值依据，即探索人何以为人、如何为人的问题；二是关心世事，力求凭自己的努力来重新安排社会秩序；三是对个体生命价值的高度重视，向往着心灵自由的境界。这意味着，宋代士人主体精神的张扬使他们试图在人生的各个重要生存空间都有所收获。这种对三维价值的追求就构成了他们精神生活的丰富画卷，而三者间的关系也就成为制约着宋学与宋代诗学学术品格与价值取向的意义结构。

宋学——这一在中国古代思想史上极为重要的学术思潮——就是在这样一种普遍的士人文化心态的基础上被建构起来的。宋代一流思想家大都注重谈心论性，这正是宋儒主体精神重新高扬的产物；宋学追求学理的精严深刻与践履工夫的统一，这正是宋代士人重新挺立人格理想的结果。所以完全可以说，宋学实际上乃是宋代士人阶层普遍心态的话语表征，是宋代士人主体精神和人格理想的学理化显现。在深奥谨严的学术话语形态之下暗含的是士人阶层活泼的精神与形态。宋儒在生活层面上自我约束、自我提升以追求高尚人格境界的精神，导致了宋学以"理性主义"（中国的道德理性而非西方的认知理性）精神为基本学术旨趣的特征，这是宋学不同于汉学、魏晋玄学以及隋唐学术的根本之处。

宋代诗学的发生、发展亦与普遍的宋代士人心态紧密相关。例如作为宋代诗学之核心命题的"以意为主"，即可以说是宋学基本旨趣的体现，从而间接地反映了宋代士人心态。因此，离开了对士人心态的准确把握，我们也就无法理解宋学与宋代诗学的真正意义。

第二章　北宋士人的政治诉求及其对文学观念之影响

宋朝立国之后统治者奉行的所谓"右文"政策的确起到了十分积极的作用：文人士大夫——主要是出身社会中下层的读书人——成为君权的唯一合作者与主要社会基础，功臣、宗室、外戚、宦官、地方豪强这些汉唐之时君权的主要合作者与士大夫的主要政治对手基本被排除在权力的核心之外，建立起一个真正的"文官政府"，在这个政府中甚至君主的权力也受到极大的制约。这是前所未有的事情，其结果便是极大地提升了文人士大夫的政治热情，激发起他们"以天下为己任"的社会责任感。于是士大夫与君主"共治天下"[①]的呼声产生了，"为天地立志（一作心），为生民立命（一作道），为往圣继绝学，为万世开太平"[②]的豪言壮语也出现

---

① 文彦博与神宗皇帝语："为与士大夫治天下，非与百姓治天下也。"见《续资治通鉴长编》卷二二一，第16册，中华书局，1995，第5370页。
② 张载：《语录中》，《张载集》，第320页。

了，继而"成圣成贤"①"收拾精神，自作主宰"②的人格理想也形成了。这些都实实在在地体现出宋代士人积极进取的精神品格。然而豪情壮志是一回事，真正建立起一套行之有效的政治经济体制和合理的社会秩序则是另外一回事。如果说太祖朝执政者们的主要精力还是在平定宇内上，内部问题还没有显现出来，那么到了太宗、真宗、仁宗时期政治、经济、社会各个层面的矛盾便成为困扰执政者的头等大事了。从王禹偁分别在太宗端拱、至道年间所上《御戎十策》及《应诏言事》二文看，宋朝开国不过二三十年，"冗官""冗兵""冗费"的问题已经十分严重了。到了仁宗时期除了"三冗"愈演愈烈之外，更增政令不畅、官吏扰民之病。王安石《上仁宗皇帝书》云："今以一路数千里之间，能推行朝廷之法令，知其所缓急，而一切能使民以修其职事者甚少，而不才苟简贪鄙之人，至不可胜数……朝廷每一令下，其意虽善，在位者犹不能推行，使膏泽加于民，而吏辄缘之为奸，以扰百姓。"③朝廷每出一令，无论是否合理，均不仅不能得到贯彻，而且成为贪官污吏贪渎搜刮的借口，这在任何时代都是很严重的政治问题了。在王安石看来这主要是缺乏真正人才之故，实际上却是整个政治体制本身的问题。对于这样的现实，那些"以天下为己任"的文人士大夫自然是无法接受的，于是便酝酿出一场轰轰烈烈的思想建设和政治改革运动。可以说，昂扬进取的士人主体精神与政治疲弊、矛盾丛生的社

---

① 周敦颐之一部《通书》就是教人如何成圣成贤的，即所谓"作圣之功"。继起之道学家人人以成为圣贤为最高人生理想。
② 陆象山：《语录》，《象山语录·阳明传习录》，上海古籍出版社，2000，第83页。
③ 王安石：《上仁宗皇帝书》，《临川文集》卷三九，四部丛刊本。

会境况之间的错位乃是宋代学术与政治运动演变的主要内在动力,在这一动力驱动之下,北宋文人士大夫在文学、政治、学术三大层面掀起了轰轰烈烈的改革运动,从而在文学史、学术思想史、政治制度史上都留下了浓重的一笔。在下面的讨论中我们将探讨如下问题:北宋士人政治诉求的主要呈现方式是什么?这种政治诉求究竟对思想学术与文学观念产生了怎样的影响?

一、北宋士人政治诉求的三种呈现方式

对于北宋初期的文人士大夫来说,其"政治诉求"主要包含这样几个方面:一是扭转国家颓势,达到富国、足民、强兵之目的;二是理顺人伦关系,建立和谐有序的社会价值体系;三是士大夫与君主相互支持、相互依赖、共治天下。这种政治诉求是造就无比辉煌的宋代文化的内在动力。

对于在政治经济上都受到空前礼遇的北宋士人阶层而言,在政治上有一番作为是他们最为普遍的人生理想。那么怎样才能实现这一理想呢?宋朝立国以来的实际经验告诉他们,仅仅凭借直接参与政治活动,在国家大事上建言献策似乎很难达到他们的预期目标,他们意识到,要达到天下大治必须开启一个综合性的复杂工程,这里的首要环节就是要寻求理论的支撑,换言之,就是要建构适合于现实政治需要的意识形态话语系统。只有在这样的前提下,一切政治措施才会获得合法性,人们才会有一个明确而一致的努力方向。于是寻求意识形态话语资源、统一文人士大夫的思想意识、建构新的社会价值秩序就成为北宋士人政治诉求的第一种表现形式。范仲

淹尝言:

> 夫善治国者,莫先育材,育材之方,莫先劝学,劝学之要,莫尚宗经。宗经则道大,道大则才大,才大则功大。盖圣人法度之言存乎《书》,安危之几存乎《易》,得失之鉴存乎《诗》,是非之辨存乎《春秋》,天下之制存乎《礼》,万物之情存乎《乐》。故俊哲之人入乎"六经"则能服法度之言,察安危之几,陈得失之鉴,析是非之辨,明天下之制,尽万物之情。使斯人之徒辅成王道,复何求哉?①

王安石也说:

> 今人才乏少,且学术不一,一人一义,十人十义,朝廷欲有所作为,异论纷然,莫肯承认,此盖朝廷不能一道德故也。②

范、王二人都是北宋著名改革家,同时又都是对宋代学术乃至文学观念产生重要影响的人物,他们的思想很具代表性。在他们看来,统一士大夫的思想,提升各级官吏的素质是实现政治目标的首要任务。那么如何来完成这一任务呢?首先当然是寻找可资利用的思想资源。在当时的文化语境中,可资利用的思想资源当然只能是儒家经典。然而儒家经典流传已然千年之久,其所蕴含的思想意

---

① 范仲淹:《上时相议制举书》,《范文正公全集》卷四;又见《全宋文》第18册,上海辞书出版社、安徽教育出版社,2006,第293页。
② 马端临《文献通考》卷三一,上海师范大学古籍研究所、华东师范大学古籍研究所点校《选举考四》第1册,中华书局,2011,第907页。

义经过历代诠释早已变得纷纭复杂,如何才能寻找到可以用之于今日的内容呢?宋儒既得旷世难逢之机遇,志向自然高远,在以范仲淹、欧阳修、王安石以及宋初儒学"三先生"、道学的所谓"北宋五子"这些一流人物眼里,延续千载的汉唐章句训诂之学根本不足以传承儒家经典之真谛,因此他们要直接回到经典本身,通过重新阐释其微言大义而为当下的意识形态建构寻找话语资源与合法性依据。这就导致了儒家"义理之学"的兴起。所谓"义理之学"乃与"章句之学"相对而言,其要旨在于超越字音字义的辨析考索而进行意义的阐发。仅从阐释学的角度来看,对于以前的经典是专注于其本来意义的考释还是致力于其可能意义的阐发是两种不同阐释思路,各有各的价值在。但从宋儒的立场看,则"义理之学"绝非仅仅是阐释问题,更是意识形态建构问题,其本身就是极具当下意义的政治性行为。"义理之学"的提出是宋儒政治、学术、文学之"综合性工程"的第一步,其政治意义更高于学术意义。就其所蕴含之政治诉求而言,宋儒的"义理之学"与西汉的"今文经学",特别是公羊学颇有深层的一致性,只是公羊学主要是为刚刚出现不久的大一统君主官僚政体本身提供合法性,并同时为士人阶层在这个新的政治制度之中所应具有的位置寻求学理依据,而宋儒的"义理之学"则主要是为建立更加合理的政治秩序与社会秩序寻求理论支撑,因为君权与大一统政治秩序的合法性以及士大夫的政治地位在宋代完全不能称其为问题了。这也正是宋儒既不把汉代古文经学开创的章句训诂之学放在眼里,对以阐发微言大义为鹄的的今文学同样不屑一顾的根本原因。

由于宋儒的义理之学本质上乃是一种意识形态话语建构,是士人阶层政治诉求的学术化形式,因此就必然极力寻求落实为政治实践的机会。这一点在范仲淹和王安石那里表现得最为明显。如本书第一章所言,范仲淹是一位开风气之先的人物,他在整个北宋政治生活和学术思想上的影响是很少有人可以比肩的。《宋史》本传说:

> 仲淹泛通六经,长于《易》,学者多从质问,为执经讲解,亡所倦。尝推其俸以食四方游士,诸子至易衣而出,仲淹晏如也。每感激论天下事,奋不顾身,一时士大夫矫厉尚风节,自仲淹倡之。①

范仲淹对于宋代士人积极进取的政治热情、昂扬向上的主体精神的形成,产生过重要影响。他是宋代士人的一个代表,在政治、学术、文学、人格修养等方面都起到了领风气之先的重大作用。观其"庆历新政"的要旨,乃是在制度上确保选举、任官、黜陟的合理性,也就是要搞好"队伍建设"。因为在宋儒看来,一旦用人的问题得以解决,其他事情都好办了。范仲淹说:"王者得贤杰而天下治,失贤杰而天下乱。"②这种言说看上去并没有什么新鲜之处,其实暗含着强烈的权力意识:贤能的士大夫队伍才是天下治乱的关键,换言之,帝王必须通过士大夫来治理天下才有望达到大治。他下面这段话说得更清楚:

---

① 脱脱:《宋史》卷三一四《范仲淹传》,中华书局标点本,1985,第10267、10268页。
② 范仲淹:《范文正公全集》卷三《选任贤能论》,《全宋文》第18册,上海辞书出版社、安徽教育出版社,2006,第410页。

> 惟清要之职、雄剧之任不可轻授于人。佥谐之外，更加亲选。圣帝明王常精意于求贤，不劳虑于临事。精意求贤，则曰聪明而自广；劳心临事，则曰丛脞而自困。宜乎屏烦细而广询访，其深于正道，有忧天下之心，可备辅相者记之；其精于经术，通圣人之旨，可备顾问者记之；其敢言正色，有端士之操，可备谏诤者记之；其能言方略，有烈士之风，可备将帅者记之。如斯之人，精而求之，熟而观之，然后置清要之职，授雄剧之任，使人人竭力，争为腹心，于是乎得以操荣辱之柄，制英雄之命，庶务委于下，而大柄归于上，始可以言无为矣。①

在这里范仲淹建议君主只要做好选贤任能的工作就可以了，其他事情不必操心。这里显然表达的是"君主无为""虚君实相"的思想。这种思想的实质乃是士大夫的权力意识，是与君主共治天下的政治诉求。那么选贤任能的标准是什么呢？范仲淹多次提到"孔门四科"，即政事、德行、言语、文学等四种能力，这是儒家关于人才的基本标准。可见范仲淹是要按照儒家标准培养一支官僚队伍，进而实现国家政治制度与社会价值秩序的合理化。这样就将政治诉求与学术观念统一起来了。"庆历新政"之所以进行不足一年时间便告失败，一方面是由于标准过高，操之过急，遭到一批既得利益者的反对；另一方面更是由于仁宗皇帝不可能真正接受改革者"君主无为"的建议，没有让他们按照自己的意志放手大干。这次

---

① 范仲淹：《范文正公全集》卷三《推委臣下论》，《全宋文》第18册，上海辞书出版社、安徽教育出版社，2006，第413页。

改革失败的直接结果便是士大夫政治热情的受挫与君权的强化。

但是锐意进取的士大夫们并没有因受挫而气馁，他们依然深信，只要君臣相得，上下同心，就一定会实现他们的政治理想。到了神宗熙宁年间机会终于到来了，这一机会落到了北宋士人的另一代表人物王安石身上。与范仲淹一样，王安石也是从儒家学说中寻找政治改革的标准与理想模式的，同样是欲将意识形态建构与制度建设融为一体。王安石与神宗皇帝之间的所谓"君臣相得"一直是后代士人艳羡不已的事情，就连反对变法的保守派士人也认为这是士人可以大有作为的千载难逢之机遇，只可惜王安石所操之"法"有问题，致使错失良机。但在今天看来，王安石的变法虽然在政治层面上未能取得预期效果，甚至还有许多负面作用，但对于北宋士人阶层的意识形态建构来说却具有十分重要的意义，在整个中国思想史上也值得大书一笔。

与范仲淹等人的"庆历新政"相比，王安石的"熙宁变法"准备更加充分，涉及范围更加广大，其社会效果也更加显著。在变法之前，王安石曾进行了长期的学术准备与实践准备。就学术而言，早在仁宗时代他已经名满天下，给他带来良好声誉的《淮南杂说》在他入朝任参知政事与神宗共谋变法的前十余年即已行乎世上并产生重要影响。这部十卷的《杂说》早已散佚，据各种史籍的零星记载可知，这是一部专门讨论"道德性命之理"的书，蔡卞《王安石传》载："世谓其言与孟轲相上下。"（见晁公武《郡斋读书志·后志》）我们知道，孟子心性之学的核心是寻求成圣成贤的学理依据，目的是挺立士人主体精神，进而通过推行"仁政""王道"实现"一天下"的高远目标。既然人们把《淮南杂说》与《孟子》相提并论，说明王安石也是试图通过阐明道德性命的道理来激发起士人积极进取的主体精神与自我砥砺、自我提升的自觉性,并进而实现天下大治的政治理想。这是从孔子即已开始的儒家奉行的基本策略:改造自我(立己、达己)—改造包括君主在内的他人(立人、达人)—施仁政与王道于天下。这一理路被《庄子·天下》概括为"内圣外王之道",被《礼记·大学》概括为格物、致知、诚意、正心、修身、齐家、治国、平天下所谓"八条目"。靠改造人心来达到治理国家的目的是儒家的基本策略,这种策略用之于"打天下"——改朝换代,无异于缘木求鱼、痴人说梦,但用之于已成之国的稳定与巩固则无疑是最高明的手段。然而范仲淹、王安石与大多数宋代杰出士人一样,都是实干家兼思想家于一身的人物。他们没有耐心,也没有时间按部就班地去实行儒家治国平天下的策略,他们采取的都是意识形态建设与政治改革齐头并进的办法。例如王安石就把意识形态建设当作政治改革的一项重要内容,通过政治权力来改造意识形态国家机器,再进而建立统一的国家意识形态。在王安石的整个改革事业中,那些具体政治、经济措施(均输法、免役法、青苗法之类)的确基本上失败了,但其推行的科举改革,亲自参与撰写的《三经新义》以及《淮南杂说》《原性》《性说》等文字却在北宋思想界产生了重要影响,对于宋代学术、文学观念的发展都产生了积极作用。钱穆先生尝言:

> 安石新法,虽为同时反对;其《新经义》,则虽同时政敌,亦推尊之。司马光只谓其"不合以一家之学,盖掩先儒"而已。刘挚亦谓:"王安石经训,视诸儒义说,得圣贤之意为多。"吕陶亦谓:"先儒传注未必尽是,王氏之解未必非。"时国子司业黄隐觊时迎合,欲废王氏经义,竟大为诸儒

所非。(事在元祐元年十月)盖就大体言,则当时反对新政诸人,固自与安石在同一立场也。①

观王安石新法,可谓具体而微;而其意识形态建设,乃以心性义理之学为其内核,又极为深邃高远。二者同时推进,可谓相辅相成。后元祐党人对诸新法几乎全部罢废不用,而对其推行之新学则推而广之。这说明,在意识形态建设上北宋士人思想家有着共同的理想,即通过对古代儒家经典的重新阐发确立一套能够统一人心、安定社会并足以富国强兵的价值观念系统。

宋儒的政治诉求除了表现为以"义理之学"为特征的意识形态建构和以富国强兵为目的的政治改革之外,在文学观念上也有明显印记:宋初的"古文运动"是彼时士人政治诉求的另一种表现形式。这可以从下面一段话中明显看出:

> 夫文,传道明心也,古圣人不得已而为之也。且人能一乎心,至乎道,修身则无咎,事君则有立,及其无位也,惧乎心之所有不得明乎外,道之所畜不得传乎后,于是乎有言焉。又惧乎言之易泯也,于是乎有文焉。信哉,不得已而为之也。既不得已而为之,又欲乎句之难道耶?又欲乎义之难晓耶?必不然矣。
>
> (《小畜集》卷十八)

王禹偁是宋初著名文学家、思想家,最早反对浮艳文风、倡

---

① 钱穆:《国史大纲》,第580页。

导古文的重要人物之一。在他看来,对于一个人的立身行事而言,"道"是最根本的依据,有道之人则无论修身还是事君,均能有所树立。至于文,则是古代圣贤为了不使"道"失传,而不得已为之者。在这里他的逻辑是这样的:道—修身与事君—文。在这里,"道"的重要性在于它既是"修身"——文人士大夫的人格自我提升、自我锤炼(这是士大夫的身份性标志)——的依据与标准,同时又是"事君"——治国平天下(此为士大夫最高政治理想)——的依据与标准;"文"的重要性在于它是"道"的载体,是圣人在"无位"之时不得已而用以"传道明心"的工具。可见,在王禹偁这里"文"直接就具有政治的意义与功能,文风的改造本来就是士人阶层政治诉求的题中应有之义。关于文风改革的政治内涵,范仲淹在一篇给仁宗皇帝论改革时弊的上书中说得更为直接:

> 臣闻国之文章,应于风化;风化厚薄,见乎文章。是故观虞夏之书,足以明帝王之道;览南朝之文,足以知衰靡之化。故圣人之理天下也,文弊则救之以质,质弊则救之以文。质弊而不救,则晦而不彰;文弊而不救,则华而将落。前代之季,不能自救,以至于大乱,乃有来者,起而救之。故文章之薄,则为君子之忧;风化其坏,则为来者之资。惟圣帝明王,文质相救,在乎己,不在乎人。①

显然范仲淹是把文章、文风与国家的兴衰治乱联系在一起了。此文与前引王禹偁的文章一样都是宋初古文运动酝酿时期的代表性

---

① 范仲淹:《奏上时务书》,《全宋文》第9册,巴蜀书社,1990,第582页。

观点。在他们所代表的那些充满政治热情的宋初士人看来,儒家之"道"的弘扬、政治秩序的革新与文风的改造是不可分拆的整体,都是一个综合性工程的组成部分。实际上宋代的古文运动本质上就是政治性的,并非纯粹的文学运动。

我们知道,宋初倡导古文者大抵奉韩愈为先驱,而弘扬"道统"者也把韩愈引为典范,但实际上无论是古文,还是"道统",宋儒与韩愈都有着很大差异。就"文"而言,盖昌黎倡古文之直接目的在于传道,儒者之道宜以先秦两汉朴实厚重之古文负载之,而不可用两晋六朝华丽绮靡之骈文出之;宋儒之倡导古文虽然也有"传道明心"之谓,但其更直接的动机却是政治功用,因为在他们看来文风不仅标示着"风化"之厚薄,而且可以导致兴衰,不可等闲视之。就"道"而言,则韩愈之"道"是针对佛释之道,乃泛指儒家学说,并没有十分明确的内涵,而宋儒之"道"却是极为系统细密的观念体系,例如在胡瑗等"宋初三先生"那里,"道"的核心是《春秋》的褒贬与《易传》的变化;在王安石那里是《周礼》与《洪范》的严格秩序;在周、程等道学之"北宋五子"那里则是《孟子》《中庸》与《易传》的心性及天人之学。虽同为儒家之道,却也是各道其所道,并不一致。

在宋儒眼中可以导致兴衰成败的那个"文"显然不是今天所谓"文学"之"文",甚至也不是古人所谓"言之不文,行之不远"之"文",这里的文真正是"经国之大业"那个"文",用今天的话说,就是作为国家意识形态话语系统的"文"。宋儒深切意识到文风改革之于政治改革所具有的重要意义,因此从一开始他们就不是在"文章作法"的意义上谈论古文与时文的。例如石介云:

> 文之时义大矣哉！故《春秋》传曰："经纬天地曰文。"《易》曰："文明刚健。"《语》曰："远人不服，则修文德以来之。"……故两仪，文之体也；三纲，文之象也；五常，文之质也；九畴，文之数也；道德，文之本也；礼乐，文之饰也；孝悌，文之美也；功业，文之容也；教化，文之明也；刑政，文之纲也；号令，文之声也，圣人职文者也，君子章之，庶人由之。[①]

在石介看来，文是圣人的事业，国家一切政治制度、价值秩序、道德规范都与文有着极为密切的关联性。用今天的话来说，这个"文"就是国家意识形态的别名，其核心是社会政治秩序和价值观念。宋儒大力倡导的古文运动本质上是一场政治思想革新运动，是建构国家意识形态的运动。其与范仲淹领导的"庆历新政"、王安石领导的"熙宁变法"以及"宋初三先生"、王安石等人提倡的义理之学都是宋代士人政治诉求的表现形式，具有内在的一致性。

二、北宋士人政治诉求的衍化形式及其在文学观念上的体现

如上所述，学术上的义理之学、政治上的革新变法、文学上的古文运动乃是宋初文人士大夫政治诉求的三大主要表现形式。但是到了神宗后期，随着古文运动的胜利、两次变法的失败、儒家义理之学的普遍展开，文人士大夫那种强劲有力的政治诉求似乎已然成

---

① 石介：《上蔡副枢书》，《全宋文》第15册，巴蜀书社，1990，第196页。

为无的之矢,不知向何处而发了。在这种情况下,政治上出现了所谓"旧党"与"新党"(稍后还有"蜀党"与"洛党")长时期的角逐;学术上出现了宋初"义理之学"的深化形式——心性之学;在文学观念上则由强调文学外在功能向探求文学自身特征转变。而在这种转变的背后,还是那种根深蒂固的政治诉求发挥着根本的推动作用。

首先我们说司马光等所谓"元祐党人"对王安石新法的否弃并非两种对立的政治诉求的产物,毋宁说,他们二人分别代表了同一种政治诉求的两种不同表现形式。如前所述,从范仲淹到王安石政治改革派们的政治诉求主要表现为富国、足民、强兵以及建立有序的社会价值观念体系。其实这也正是司马光等人一直追求的目标。就在王安石推行变法的十余年前,司马光在一封给仁宗皇帝的上书中提出著名的"五规"之说,其中"务实"云:

> 夫安国家、利百姓,仁之实也。保基绪、传子孙、孝之实也。辨贵贱、立纲纪、礼之实也。和上下、亲远迩、乐之实也。决是非、明好恶、政之实也。诘奸邪、禁暴乱,刑之实也。察言行、试政事,求贤之实也。量材能、课功状,审官之实也。询安危、访治乱,纳谏之实也。选勇果、习战斗,治兵之实也。实之不存,虽文之盛美,无益也。[①]

这种求实致用的精神以及整顿秩序的政治观点与范仲淹、王安石可以说毫无二致。那些"庆历新政"的支持者与直接参与者,如

---

① 司马光:《进五规状》,《全宋文》第27册,巴蜀书社,1990,第567页。

文彦博、富弼、韩琦、欧阳修等人之所以在"熙宁变法"时都成了反对派，并不是他们从激进转而为保守，也不是他们的政治诉求发生了根本性变化，关键之点有二：一是他们在策略层面上不同意王安石的许多改革措施，认为不仅于事无补，而且有可能适得其反；二是他们对于王安石一意孤行的行事风格以及大量任用新进之士的做法不能接受。在这两种原因的交互作用下就形成了一个新法的坚决反对派。严格言之，用"革新派"和"保守派"来区分王安石集团与司马光集团是不准确的。这就是说，在政治层面上，尽管"元祐党人"与王安石等人的确有着重要分歧，但在根本政治目标上却是一致的，都是同一种政治诉求的产物。他们之中并没有谁是站在天下百姓的立场上的，也没有谁是反对天下百姓的，他们都是站在文人士大夫立场上提出治国方略的①，他们的分歧不是立场上的，而是具体策略上的，其中也伴随着某些道德意识的，甚至个人意气上的因素。任何政治改革，只要不触动社会基本结构与政治体制，就只能是方式与方法的区别。因此我们认为，王安石二度罢相之后，无论是章惇、吕惠卿、蔡卞、蔡京等"新党"人物执政，还是司马光、富弼、文彦博、韩琦、苏辙等"旧党"执政，在国家政策上并没有什么根本性不同，这种状况可视为宋初士大夫政治诉求在政治层面的衍化形式。

如前所述，"宋初三先生"之学与王安石的新学都可称之为"义理之学"，他们的学说都是与当时的政治改革运动相呼应的。王安石的新学实际上就是他整个改革运动的组成部分。宋初的古文

---

① 至于过去史学界所谓王安石代表中下层地主阶级利益，具有积极的进取精神；司马光代表大官僚地主阶级利益，是保守、腐朽的云云，可以说都是主观臆断之说，并无实际的根据。

运动、政治革新运动、儒学复兴运动都是同一政治诉求的产物，是宋代士人主体精神的体现。但是随着两次政治改革运动的失败，随着"义理之学"与"古文"在各自领域里主导地位的确立，士人们那种昂扬的主体精神指向何处呢？变法失败的事实证明，在当时的政治体制之下要想实现士人们的政治理想（无论是范仲淹的，还是王安石的，抑或是司马光、欧阳修的）是不可能的，这就是说，士人们的政治诉求无法在直接的政治层面上得到实现。那么它作为一种冲动、一种内驱力，只有到其他途径寻求宣泄了。就像法国大革命精神在法国实现为政治革命，而在德国就转变为思想运动一样，北宋前期士人的政治诉求也最终酿成了一场学术运动和文学运动。

无论是"三先生"之学还是王氏新学，都是儒学复兴运动的组成部分。在宋代儒学的复兴似乎是一种必然的趋势——"五代无学术"的状况激发了士人有所言说的冲动；宋代大一统政治格局的意识形态需求赋予士人以话语建构的历史使命，而帝王奉行的"右文"政策则给予士人话语建构的权利与可能性，于是欲有所言说似乎是每一位北宋士人共有的自觉意识。但在"三先生"之学与王氏新学之后，儒学向何处去便成为重要问题。我们知道，"三先生"之学是以阐发《春秋》《周易》的义理为核心的，胡瑗的《周易口义》与孙复的《春秋尊王发微》是"三先生"之学的代表性文献；荆公新学则以《周礼》意义的阐发为核心，以《书》及《诗》为辅佐。它们的共同特征便是直接指向现实政治，并成为政治改革的思想依据。政治改革既然落下帷幕，学术研究也就必须另外寻觅依托了。就儒家学术的内在逻辑来说，如果"外王"之路不通，人们自然就要在"内圣"之途寻找出路了。事实也的确如此，在"三先生"之学与荆公新学基础上发展起来的周程之学正是沿着孟子"存心养性"的路子深入开掘的。

而就当时的文化语境而言，佛释之学，特别是禅学盛极一时，士大夫大都浸染其中，颇有成为中国思想文化之主流的趋势，这给予儒家思想家以直接而深刻的刺激。下面一段记载很能说明问题：

> 荆公王安石问文定张方平曰："孔子去世百年生孟子，后绝无人，或有之而非醇儒。"方平曰："岂为无人，亦有过孟子者。"安石曰："何人？"方平曰："马祖、汾阳、雪峰、岩头、丹霞、云门。"安石意未解。方平曰："儒门淡薄，收拾不住，皆归释氏。"安石欣然叹服。后以语张商英，抚几赏之曰："至哉，此论也！"
>
> （志磐《佛祖统纪》卷四十五）

北宋时期，佛学经过隋唐三百年的大发展，早已在中国牢牢扎下脚跟，并且已经被中国化了。宋代一流思想家大都浸润佛释之学极深，包括那些力主排佛的道学家也大都精通佛理。佛学关于人之心性细致入微的剖析与人心自我改造的深湛思想对儒者乃是极大的诱惑，同时也是严重的挑战。在这种情况下，如何坚持固有儒家传统，使儒学占据主流意识形态的地位，就成为宋儒政治诉求的核心所在。这看上去似乎是纯粹的学术问题，实际上却是关系到治国之本的大事情，而且就其难度而言，也绝对不亚于范、王之政治改革。道学的出现具有极为重要的意义，就中国思想史而言，其意义在于继承并弘扬了先秦儒家开创的思想传统，将外来之学（佛释）置于被借鉴、吸收的次要位置而不使其喧宾夺主；其于政治史上的重要意义在于通过对儒学的改造与翻新，重新确立了一种能够统一人心、为社会提供价值秩序的主流意识形态。濂洛关闽之学（道学）之所以能够在学理的细密深邃、逻辑的圆融自洽上达到中国古代学术的空前水平，即使较之西方任何古典哲学思想流派也毫不逊色，根本原因有二：一是它充分吸收了自己论辩对象的长处，特别是在思维的严密性与抽象性方面，道学得益于佛释与老庄之学者良多；二是作为理学与心学之内在动力的乃是一种强大的政治诉求，是只有先秦诸子可以媲美的那种以天下为己任的伟大的主体精神。因此，周程之道学乃是宋儒政治诉求在学术层面上的衍化形式。

毫无疑问，道学与作为其基础的"三先生"之学以及荆公新学都是同一政治诉求——富国、足民、强兵、为社会提供合理的价值秩序——的话语形式。但是二者的区别也十分明显。首先，新学等具有直接的政治性质，是对古代政治事件与制度的现代阐释；道学则具有间接的政治性质，其直接的指向是对人心的改造与提升。道学本质上是一种修身养性的学问，其功能在于为人生开出新的精神空间，为人们提供对待世界的一种新的立场与态度以及观察世界的新视角。道学家们似乎对于直接的政治改革已经不抱希望，或者根本轻视这种表面文章，他们要从根本上实现政治理想，也就是从改造人本身入手，最终达到改造全天下甚至整个宇宙的目的。可以说他们的政治理想较之范、王等实际的改革家们更为高远。在道学家看来，天地之间万事万物看上去林林总总、纷纭复杂，实际上却都统归于某种根本性法则，这个法则便是"道"，便是"理"或"天理"。一旦把握了这个"道"或"理"，人世间的一切就都迎刃而解了。二程论"天理"云：

> 万物无一物失所，便是天理时中。
>
> "鼓万物而不与圣人同忧"，天理鼓动万物如此。圣人循天理而欲万物同之，所以有忧患。①

那么对于这个作为天地万物之自然法则的"天理"，人如何才能把握到它呢？道学的逻辑是这样的："理"或"天理"是贯穿万事万物的根本法则，也同样包括人在内。所谓"天人合一"在道学语境中主要就是指在人与天地万物之间贯穿着这种一致的法则。人禀受天理而生，就称为"性"。在物为理，在人为性，性即是理，理即是性。因此人要想把握这个天地之间的根本法则是可以不假外求的，人们只要通过存心养性的工夫，反求诸身，就能把握它。于是把握天下之至理，进而达到治国平天下之目的的政治诉求就完全归结到个体精神空间的拓展与提升上了——这正是思孟学派开创的道路。在道学家看来，也只有他们的这一路向才是在最根本上解决问题的办法。

与道学家将宋代士人的政治诉求由"三先生"、王安石等包含着直接政治目的"义理之学"（外王之学）衍化为含有间接的政治目的的心性之学（内圣之学）相应，北宋中叶的文学家们也将直接服务于政治目的的古文理论衍化为一种"以意为主""以理为主"的文学观念。这种文学观念被贯穿于诗歌和古文的创作之中，渐渐演化为宋代诗文的一种独特风格。这种风格一反唐代诗文的自然天成，处处显示出匠心独运，将生命体验、情绪情感以及才学、技巧

---

① 程颢、程颐：《河南程氏遗书》卷五，王孝鱼点校《二程集》，中华书局，1981，第77、78页。

熔于一炉，统摄于强大的理性控制之下，无论是平淡还是奇崛，无论是典雅还是浅俗，一律是精心营构的产物，宋代文人沉浸其中，乐此不疲。

由于那些具有代表性的宋代一流文人往往是集政治家、学者、文学家于一身的人物，都有着极为丰富的精神世界，所以文学，如古文、诗、词、曲等在功能上也就表现出差异。一般而言，诗文主要是用来表现士大夫情怀的，或家国天下，或人生哲思，旨归于感发志意，启人心智，堂堂正正，有补于世，最能代表有宋一代士人昂扬进取的精神面貌。至于词曲则更多地被用来表达个人情趣，微妙细腻，常常是心灵深处隐秘情感、莫名愁绪之显露。有了词曲的繁荣，富于"理性精神"的宋代士人才显示出其文人特色，才展现出与宋学精神不那么一致的另一面。宋代士人通过诗文词曲展现出自己整体性精神世界，让后人看到了他们完整的、活泼的生命存在。

第三章　宋学的基本学术旨趣及核心范畴

宋代士人的主体精神与人格追求绝不仅仅表现为一种集体的或个人的实践活动，毋宁说它们更主要的是呈现为一套崭新的学术话语系统。至少对于中国古代文化的传承与更新而言，作为学术话语的主体精神与人格追求较之那种身体力行的实践活动更有意义，因为只有学术话语才更具有可阐释性。而且宋儒本有所谓"有有德之言，有造道之言"（伊川语）之说。我们尽可将宋代士人的人格追求视为一种话语系统而不必关注它们是否同时也是一种实践。

人们往往惊讶于宋学在学理上的深刻细密，有不少学者都以为宋学在逻辑的严密程度与思维的深刻程度上都不逊于西方近代哲学。然而很少有人能够意识到那样抽象深刻的宋学体系乃是宋代士人主体精神与人格追求的话语表征；更少有人意识到作为宋学之文化心理内涵的士人主体精神与人格追求下面还隐含着作为根本驱动力的权力意识——因而宋学话语系统的建构过程实际上乃是宋代士人阶层从君权系统那里不断分得（或争得）部分权力的过程。这种话语系统的建构本质上也就是一种权力的运作方式，是宋代士人与君主分权的方式。当然，君权系统之所以允许士人阶层进行文化话语的建构，一方面固然是因为它为了获得士人阶层的支持不得不分权于彼，另一方面又是出于要借助于士人阶层之话语建构来行使君权的考虑。与此相应，士人阶层为了能够顺利地通过话语建构来实现自己的权力运作，也不得不在一定程度上承担起为君权合法性和神圣性寻找话语形式的任务。其实，自孔孟始，中国古代士人阶层从来都是同时扮演着君权的制约者与实现者的双重角色的。因而他们的文化话语系统中也自然而然地包含着两种互相冲突的价值取向。在服务于君权的前提下规范、限制、消解君权——这是中国古代士人阶层一贯奉行的策略。实践证明，这一策略是颇为有效的，但也需要付出巨大代价。正是由于中国古代士人阶层这种社会角色的二重性，才使得中国古代文化成为君权利益与士人阶层利益的双重显现，成为"意识形态"与"乌托邦"的二重变奏。宋学便更为集中地体现了这一文化特征。

与子学时代的学术话语比较，宋学毫无疑问是缺乏那种否定精神与社会批判意识。宋代士人不像先秦士人那样生活在一个政治多元的乱世中，因而也就不能像他们那样毫无顾忌、痛快淋漓。然而在学术的理论化程度方面，即在逻辑的严谨、概念的清晰、见解的深湛、析理的精微等方面，宋学却远非先秦儒学所能比肩。如果说先秦儒学提出了"是怎样""应如何"等问题，那么宋学则提出并回答了"何以如此"的问题，在学理上毫无疑问是大大进了一步。为儒家政治理想和伦理规范建立系统的理论依据乃是宋学的基本任务。

与汉代经学相比，宋学既突破了古文家那种固守"家法""师法"，恪守章句训诂之学的狭隘视界，又摆脱了今文家那种近于神秘主义与宿命论的思想倾向，在学术上更为成熟，也更有说服力。

另外，汉代经学上的分歧与争论往往暗含着士人阶层自身的权力与利益之争，是出于功名利禄的考虑，这在很大程度上削弱了士人阶层对于君权的制衡力度，因此，汉代经学作为一种文化学术话语，它的"官方意识形态"性质，要大于士人阶层的"乌托邦"性质。而宋学则更多地体现了士人阶层欲有所作为，以天下为己任的社会关怀。宋学内部当然也有激烈的争论与严重的分歧，但这主要不是权力之争而是学理之争。就总体而言，宋学的士人"乌托邦"性质要大于官方"意识形态"性质。也许正是由于这个原因，汉代经学在中国古代文化思想史上的地位远远不能与宋学相提并论。

与魏晋六朝的玄学相比，宋学的长处也是显而易见的——在价值取向上它是积极进取、昂扬向上的，而玄学则过于消极委顿。毫无疑问，玄学在学理层次上也许并不亚于宋学——我们只要看一看王弼的《老子指略》与郭象的《庄子注》就足够了。而且也可以说，假如没有玄学在形上之域的探求与思辨上的训练，也许宋学就不可能取得这样的成就。但是，无论怎样，宋学与玄学在深层内蕴上可以说是截然相反的。即使二者共同重视的个体心性之学，在根本上也是不相入的。简言之，玄学追求的心性自由扩张乃是价值的消解，它在摆脱物累之后就无所驻足了。也就是说，玄学所探索的人生境界是虚无的，缺乏实际意义的。宋学所追求的心性扩张乃是一种价值的建构，是对主体精神的看护与培育，它一旦形成就会显现于人的行为的方方面面，作为一种人格力量而存在。玄学的价值指向归根到底只是一句话：人的一切社会行为都是毫无意义的；宋学的价值指向则是：人只有通过恰当的社会行为才得以为人，所以人应该"大做一个人"。

隋唐五代文化之于宋学的意义主要在两个方面：一是其在佛学

上的巨大成就为宋学的生成发展提供了不可或缺的思想资源；二是韩愈等人倡导的儒学复兴运动（重振道统）为宋学的勃兴起到了铺垫、预演的作用。可以说，宋学在运思方式上是对隋唐佛学的学习与模仿；在价值观念上是对韩愈的继承与发扬。韩愈、李翱重振儒学的精神加上佛学辨言析理的方法就等于宋学。后儒常常讥笑宋儒出入二氏，受佛老浸润太深，其言宋学之方法则可，言宋学之精神则否。

如果用几句简单话语来概括宋学基本旨趣与特征的话，可以这样来表述：宋学是宋代士人积极向上之主体精神与人格追求的学理化。它所要解决的根本问题乃是人生价值何在与如何实现这一价值的问题。毫无疑问，宋学的主调是儒家的心性义理之学。其基本学理路向乃是通过打通天人关系来印证人的主体精神之至高无上的本体价值。下面我们就通过对宋学中若干核心范畴的剖析来进一步把握宋学的基本精神。

一、宋学的本体范畴之一："心"

自宋学勃兴之后，"心性"遂为儒学学术话语中的核心范畴。这标志着儒者所关怀、追问的问题渐渐由外在之理归趋于内在之心。于是，心性之辨、涵泳工夫、孔颜乐处、惺惺戒惧等人格境界与存养手段就成为宋代儒家士人时刻萦怀之事。至此，儒学真正成为一种堪与禅学相媲美的"为己之学"了。这一方面确实是受到了隋唐以来高度发达的佛学的重要影响，一方面更是基于中国社会政治结构与发展状况之需求。从文化主体角度看，则主要是基于士人阶层社会角色之变化。就思维水平与学理深度而言，宋学的确臻于中国古代哲学的最高境界。也许正是由于这个原因，宋学理论观念并不容易梳理清楚，其难度主要在于一系列重要范畴在内涵及使用上的复杂性。实际上，支撑整个宋学理论构架的也只是数十个核心范畴而已。如果能将这些范畴的演变过程与基本含义弄清楚，则宋学的理论面目也就一目了然了。

"心"在宋学，特别是道学（理学）中是最核心的本体范畴之一。南宋时即已有人以"心学"名道学（如胡五峰），而明中叶以后，心学更取代理学成为学术主潮。"心"这个概念日益为学人所关注。可以说，宋学表征着自思孟以下，儒学的发展即呈现重心由济世救民的礼乐社会、仁政国家向安顿心灵的人格修养位移的逻辑轨迹之完成。

在儒家早期典籍中，《论语》尚未将"心"当作一个重要范畴来看待。《尚书·大禹谟》有"人心""道心"之论，并成为宋代儒者顶礼膜拜的话语。但《大禹谟》乃是伪书，不足为凭，何况它又语焉而不详呢！因此在儒家系统中，最早将"心"视为一个重要价值范畴并予以较为充分论述的应首推孟子。今观《孟子》一书，"心"大约有如下几层含义：

其一，指善念，或道德自律意识。其云："无恒产而有恒心者，惟士为能。若民则无恒产，因无恒心。"朱熹注云："恒心，人所常有之善心也。"[1]此处之"恒心"，观上下文义，是指一种奉公守法的道德自律意识。君子虽无固定产业，却有恒定不变的道

---

[1] 朱熹：《四书集注·孟子集注》，岳麓书社，1987，第306页。

德意识，不会因无恒产而肆意妄为。

其二，指一种道德价值之可能性或曰潜能。其云："恻隐之心，仁之端也；羞恶之心，义之端也；辞让之心，礼之端也；是非之心，智之端也。人之有是四端也，犹其有四体也。"（《公孙丑上》）在此，"恻隐""羞恶""辞让""是非"等"心"都是生而有之的先验道德能力，它不等于仁、义、礼、智等道德价值，但作为一种可能性或潜能，它可以实现为这些道德价值。它能否实现为道德价值主要取决于人的主观意志。能自觉把握它并"扩而充之"，它就会实现为道德价值；如"自贱""自暴自弃"，则它就会被扼杀于萌芽之中。此"心"人人禀受于天，但人长大后却有善恶之分，原因就在这里。

其三，指最终的选择主体。《孟子》云："公都子问曰：'均是人也，或为大人，或为小人，何也？'孟子曰：'从其大体，为大人。从其小体，为小人。'曰：'均是人也，或从其大体，或从其小体，何也？'曰：'耳目之官，不思而蔽于物，物交物，则引之而已矣。心之官则思，思则得之，不思则不得也。此天之所与我者，先立乎其大者，则其小者弗能夺也。此为大人而已矣。'"（《告子上》）依照孟子的逻辑，人都有道德价值之潜能（"四端"），有人"失其本心"，则沦为小人；有人"存心养性"，就成为大人。那么是何种力量进行这种重要的选择呢？或曰，是谁做出最终的裁决呢？"心之官则思，思则得之，不思则不得也。"这里的"心"已不是作为道德价值可能性的那个"心"了。它是能思之主体，"思"即是选择或裁决。

如此，则在孟子那里"心"已有了三层含义。孟子所讲之"求放心"之"心"是指"四端"言；"先立乎其大者"则指能思之主体言；他的逻辑是这样的：先树立起能思之主体，使选择裁定者立于胸中，再以此主体反观自身（"反身而诚"），捕捉那似现未现之善根（"四端"），然后存养之、扩充之，使之充盈于心灵之中，至大至刚。如此则成为"有恒心"之君子，即"富贵不能淫，贫贱不能移，威武不能屈"之"大丈夫"。

作为道德价值可能性之"心"与作为能思之主体之"心"均非观念形态，而是某种主体能力。它们均与生俱来。故而可称之为"赤子之心"。孟子说："大人者，不失赤子之心者也。"（《离娄下》）朱熹注云："大人之心，通达万变。赤子之心，则纯一无伪而已。然大人之所以为大人，正以其不为物诱，而有以全其纯一无伪之本然；是以扩而充之，则无所不知，无所不能，而极其大也。"[①]由此可知，孟子所言之"心"有两大基本特征：一是真诚无伪，是本真之心，与生俱来，无丝毫做作矫情。二是拒斥物欲。大人者，即能拒斥物欲诱惑之人。他们有纯一无伪的赤子之心。这样的"心"是什么呢？只能是一种先验的道德理性。它没有价值依据，因为它就是一切道德价值的最终依据，是万善之源。孟子设定一个这样一个自明性的"心"范畴，正是要为其整个由内及外（由内圣而达于外王）的价值建构工程找到一个逻辑起点。

宋学，即心性义理之学，实由王安石之"新学"发其端。南宋以后，理学大兴，人们只知周、张、邵、二程等"北宋五子"为"心性"之倡论者，对"新学"之论反无人顾及了。王安石论"心"云："敬者何？君子所以直内也，言五事之本在人心

[①] 朱熹：《四书集注·孟子集注》，第419页。

而已。"①所谓"五事",即《洪范》中之"貌、言、视、听、思"。这里王安石是强调"心"之于修身的关键作用。其又云:"齐明其心,清明其德,则天地之间所有之物皆自至矣。"②这是强调"心"对于人们把握天地万物的关键作用。其又云:"喜、怒、哀、乐、好、恶、欲未发于外而存于心,性也;喜、怒、哀、乐、好、恶、欲发于外而见于行,情也。性者情之本,情者性之用,故吾曰情性一也。"③此处所言实为后来理学家所谓"心统性情"之说的滥觞。如朱熹云:"性是体,情是用,性情皆出于心,故心能统之。"④由此数例不难看出,在荆公新学体系之中,"心"已是一个重要概念了。蜀学的代表人物苏轼亦尝言:"五脏之性,心正而肾邪。肾无不邪者,虽上智之肾亦邪。然上智常不淫者,心之官正,而肾听命也。心无不正者,虽下愚之心亦正。然下愚常淫者,心不官,而肾为政也。"⑤这里所谓"肾"乃指人的本能欲望;"心"则是人的理智与道德观念。东坡显然是将"心"能否为主宰视为人或为"上智",或为"下愚"的关键所在的。苏辙释孟子"浩然之气"云:"是何气也?天下之人莫不有气,气者,心之发而已。……人必先有是心也,而后有是气。"⑥孟子的"浩然之气"乃是一种由存心养性而致的主体精神。苏辙认为此"气"由"心"而来,亦即承认"心"为人的道德意识之本源,这是儒家

---

① 王安石:《临川集》卷六五《洪范传》,四部丛刊本。
② 王安石:《临川集》卷六六《礼乐论》,四部丛刊本。
③ 王安石:《临川集》卷六七《情性》,四部丛刊本。
④ 朱熹:《朱子语类》卷九八,朱杰人等主编《朱子全书》第17册,第3304页。
⑤ 苏轼:《续养生论》,《苏轼文集》,中华书局,1986,第1983页。
⑥ 苏辙:《孟子解二十四章》,陈宏天、高秀芳点校《苏辙集》,中华书局,1990,第949、950页。

心性之学的要点所在。

当然,对"心"的范畴剖析最细密深入的还是道学家们。张载有"大心"之论。其云:"大其心则能体天下之物,物未有体,则心为有外。世人之心,止于闻见之狭。圣人尽性,不以见闻梏其心,其视天下无一物非我,孟子谓尽心则知性知天以此。天大无外,故有外之心不足以合天心。"①此说自是由孟子"尽心""求放心""扩而充之"等观点而来。盖孟子将"心"当作一种善的萌芽,力求培育之,使其实现为一种超越的道德价值。孟子以为此心乃天赋所得,故而有通于天之道,因而尽心则知性,则知天。在孟子这里,"心"不能看作是主体把握天地万物的认知能力。而到了张载这里,"心"虽不仅仅限于耳目感官所及范围的"世人之心",但它毕竟成了一种认知能力而不再是善之萌芽。这是横渠不同于孟子之处。观横渠之意,所谓"大心",其实质是通过心灵自我提升,使之摆脱物欲之累,又超越于感官限制之上,如此则可以体会天下万事万物之理,即所谓"合天心"。在这一点上,横渠之"心"倒更近于荀子那个"虚一而静"便可"大清明",便可容天下之理的"心"了。这个"心"实际上是处于一种"悬搁"状态,它不依赖于感官,不受累于物欲,故能自然而然、自由自在,廓然大公、与物同体。这是求理之心、求道之心。

但是,横渠所论虽有别于孟子,却并不与之相冲突。盖横渠之"心"虽非"四端",而是一种把握天地之道的主体能力,但天地之道却并非客观规律,而是一种"至善",故"心"之归趋依然是道德价值。横渠云:"学者但养心识明静,自然可见,死生存亡皆知所从

---

① 张载:《张子正蒙·大心篇》,《张载集》,第24页。

来，胸中莹然无疑，止此理耳。"①这就是说，"养心""大心"本质上是"窒欲""去蔽"，使"胸中莹然无疑"，只剩下"理"。"理"即是"道"，而"夫道，仁与不仁，是与不是而已"。②由此可知，横渠的"大心"之论最终亦不出道德理性之樊篱。

二程有"人心""道心"之辨。《虞书·大禹谟》云："人心惟危，道心惟微，惟精惟一，允执厥中。"此为"人心""道心"之说的来源。宋儒于此颇多议论。二程释云："'人心'，私欲也；'道心'，正心也。'危'言不安；'微'言精微。惟其如此，所以要精一。'惟精惟一'者，专要精一之也。精之一之，始能'允执厥中'。中是极至处。"③氏兄弟以"私欲"释"人心"，以"天理"释"道心"，这就确立了二元心论的思路。这对孟子又是一个发展。这也是解决孟子心性之论的内在矛盾的有效方式。孟子以为人性无不善，而心则为诸善之端，即善之价值潜能。这样也就难以解释恶之所由生，也就难以驳倒荀子"从人之性，顺人之情，必出于争夺，合于犯分乱理而归于暴"的论点。孟子自是无须回答荀子，但后世儒者欲倡心性之学就不能不回答荀子的诘难。于是张载提出"气质之性"与"天地之性"的性二元论来弥补性善论的漏洞。二程又拾起"人心""道心"之说，以解决心为善端之论的内在矛盾。从某种意义上说，宋儒的心性二元论乃是孟子和荀子心性之论的调和。从逻辑上讲，这种调和是讲得通的。如后来朱熹弟子蔡沈发挥二程"人心""道心"之论云："心者，

---

① 张载：《经学理窟·学大原上》，《张载集》，第279页。
② 张载：《经学理窟·学大原上》，《张载集》，第279页。
③ 程颐：《河南程氏遗书》卷一九，王孝鱼点校《二程集》，中华书局，1981，第256页。

人之知觉，立于中而应于外者也。指其发于形气者而言则谓之人心，指其发于义理者而言则谓之道心。人心易私而难公，故危；道心难明而易昧，故微。惟能精以察之，而不杂形气之私；一以守之，而纯乎义理之正，道心常为之主而人心听命焉，则危者安，微者著。"①这实为公允确当之论。既承认人之肉体存在（形气）之于精神的制约影响，又强调人得于义理的精神结构对于肉体欲望的限制与引导作用。这种二元心论无论是较比孟子还是较比荀子，都大大前进了一步。这种见解的缺陷是将"人心"与"道心"都看作是与生俱来的。伊川说："心譬如谷种，生之性便是仁也。"②这就是说，心虽不即是仁，但仁却是心之必然。其实，"人心"（私欲）与人之肉体直接相联，故可称为与生俱来之本能，"道心"却是道德理性，乃后天习得。道学家为了强调"道心"之重要，自是不愿承认其后天性。

孟子曾有尽心知性，知性则知天之谓，言"万物皆备于我"，故以为天之理亦可从自家心中求得。这一观点大为宋儒所推崇。伊川云："自古儒者皆言静见天地之心，惟某言动见天地之心。"③此"天地之心"在人即为"道心"，在天地即为"道"或"天理"。其云："在天为命，在人为性，论其所主为心，其实只是一个道。苟能通之以道，又岂有限量？天下更无性外之物。"又云："大抵禀

---

① 蔡沈：《书集传》卷一，《新刊四书五经》，中国书店，1994，第21页。
② 程颐：《河南程氏遗书》卷一八《伊川语四》，王孝鱼点校《二程集》，中华书局，1981，第184页。
③ 程颐：《河南程氏遗书》卷一八《伊川语四》，王孝鱼点校《二程集》，中华书局，1981，第184页。

于天曰性，而所主在心。才尽心，即是知性，知性即是知天矣。"①如此则天地万物之理无不早已蕴藏于人之心中，只待人能自觉发明本心，尽心尽性，便能把握一切理、一切道了。如果说张载论心似有取于荀子而对孟子有较大修正，则伊川又回归于孟子了。

朱熹有"心具万理""心贯性情"之说。宋儒中辨析心、理关系，心、性关系之细微精到莫过于朱熹。首先，他把心分为肉体器官之心与精神之心。《朱子语类》载："问：'人心形而上、下如何？'曰：'如肺肝五脏之心却是实有一物。若今学者所论操舍存亡之心则自是神明不测。'"（卷五）这就将心分为形而上与形而下两部分了。其所论心与理之"心"、心与性之"心"均指形而上，即精神之心，但其中亦往往含有形而下，即器官之心的意义。其云："一心具万理，能存心而后可以穷理。"②此处之"心"基本上是在形而上的意义上讲的，但从其作为"理"之载体而言，则又近于五脏之"心"。在这里朱熹将"心"视为天地万物之理的容载物，它天赋自然地包容着众理，只是人们没有发现而已。一旦人能够存心养性，便可渐渐发现心中本有之理。其又论"性"、"情"与"心"之关系云："性为体，情为用，心则贯之。"③此说意指"性"乃心之理，是未发；"情"乃性之动，是已发。未发之性存于心，已发之情亦存于心，故曰"心则贯之"。北宋张横渠本已有"心统性情"之说④，此朱熹"心贯性情"之所本。其又

---

① 程颐：《河南程氏遗书》卷一八《伊川语四》，王孝鱼点校《二程集》，中华书局，1981，第208页。
② 张伯行集解：《濂洛关闽书》卷一三。
③ 张伯行集解：《濂洛关闽书》卷一三。
④ 张伯行集解：《濂洛关闽书》卷三。

云:"有是形则有是心。而心之所得乎天之理则谓之性。性之所感于物而动则谓之情。是三者人皆有之,不以圣凡为有无也。但圣人则气清而心正,故性全而情不乱耳。学者当存心以养性而节其情也。"①由此可知,心随形而生,乃天赋之物。心所包含的先验之理,即其潜在之价值指向(四端)与判断力(能"思"之主体)即是性;性因心与物接而动,动则生情。可知三者本为一物,只是此物在不同情况下以不同面目出现而已。在朱熹和大多数宋儒看来,心与心之理,亦即性,有善而无恶。此为"未发之中";一旦有外物触发则心与性向两个方向呈现,一是呈现为善,即"发而皆中节";一是呈现为恶,即心为物欲所蔽。此"已发"之有善有恶之性,便名之为情。对于圣人而言,因其禀赋异于常人,故不为物欲所蔽,心性之动亦有善而无恶;常人则须存养其心性,自我节持,时时守护本然心体,使为善之可能性实现,为恶之可能性杜绝。此处关节在于不是随情欲俯仰,而是引导舒泄情欲于当行之途。朱熹说:"所谓存心者,非拘执系缚而加桎梏也。盖尝于纷扰外驰之际,一念之间,一有觉焉,则即此而在矣。"又说:"学者常用提醒此心,使如日月之方升,群邪自息。"②这是强调"心"这一能"思"之主体的功能:使人自我警戒、自我约束,不至于沉落于物欲遮蔽之下。

对于二程等人的"人心""道心"之论,朱熹亦有独到之见。他说:"饮食,人心也;非其道,非其义万钟不取,道心也。"又说:"心体固本静,然亦不能不动;其用固本善,然亦能流而入于

---

① 张伯行集解:《濂洛关闽书》卷一三。
② 张伯行集解:《濂洛关闽书》卷一四。

不善。夫其动而流于不善者，固不可谓心体之本然，然亦不可不谓之心也。但其诱于物而然耳。"①在这里，朱熹没有像二程那样将"心"截然分为二橛，而是将"人心"与"道心"看作一个心体之不同表现。"饮食"乃根于人心之本然，原无所谓善恶，此为"人心"。基于此，人进而知如何去满足饮食之欲，应依据何种原则，于是方有善有恶，善者是为"道心"。换言之，人心之本然有善无恶，其蔽于物欲则流于恶，循理而行则存其善。"人心"在自然状态下存在，"道心"则在对"人心"的节持引导中呈现。这样，朱熹实际上已经扬弃了二程的二元心论。

陆象山的"心外无物"论。象山之学号称"心学"，自是更重心之意义。要而言之，心学乃是将道学家们反复辨析、追问的人心与道心、心与性、心与理、心与物种种复杂问题统归于一种膨胀起来的主体精神，即惟一之心。象山驳斥二元心论云："《书》云：'人心惟危，道心惟微。'解者多指人心为人欲，道心为天理，此说非是。心一也，人安有二心？自人而言则曰'惟危'，自道而言则曰'惟微'。'罔念作狂，克念作圣'非危乎？'无声无臭，无形无体'，非微乎？"②如此，则象山否定了心之二元性。从心性关系而言，性为心之体，存于心中，性即是理，故理亦在心中。从道德价值之不同项类而言，则仁、义、礼、智均为心之展开，不可于心外求之。

象山论心与二程、朱熹不同处还不仅在于他否定了二元心论与心理二元论，更重要的是他所讲的"心"不再仅仅是一种潜在的

---

① 张伯行集解：《濂洛关闽书》卷一五。
② 陆象山：《陆九渊集》，中华书局，1980，第396页。

道德理性，或道德价值的可能性。他所言之"心"更侧重于某种主体精神与独立意识。其云："万物森然于方寸之间，满心而发，充塞宇宙，无非此理。孟子就四端上指示人，岂是人心只有这四端而已。"①又说："四方上下曰宇，往古来今曰宙，宇宙便是吾心，吾心便是宇宙。千万世之前有圣人出焉，同此心同此理也；千万世之后有圣人出焉，同此心同此理也……"②此处之心显然已非一般的道德理性，而是指一种主体精神的包容量与力度——其至大无外，至小无内。此心可称为无限膨胀的人之意识。象山如此论心，目的是使人充分发挥个体精神力量，培养起一种独立的，敢于以天下为己任的精神人格。他说："人须是闲时大纲思量，宇宙之间如此广阔，吾身立于其中，须大做一个人。"又说："有一段血气，便有一段精神。"③又说："人须是力量宽洪，作主宰。"④这都是在强调一种超乎寻常的人格力量。

二、宋学的本体范畴之二："性"

"性"在儒学系统中成为一个核心范畴当然是由于孟子的"性善"之论。而在儒学的创始人孔子那里，只有一句"性相近也，习相远也"（《论语·阳货》），算是关于"性"的论述。所以子贡说："夫子之文章，可得而闻也；夫子之言性与天道，不可得而闻

---

① 陆象山：《陆九渊集》，第423页。
② 陆象山：《陆九渊集》，第273页。
③ 陆象山：《陆九渊集》，第451页。
④ 陆象山：《陆九渊集》，第453页。

也。"(《论语·公冶长》)孟子主"性善",荀子主"性恶",告子则主"人性之无分于善不善也"。(《孟子·告子上》)此后汉唐儒者则或承性善说,或承性恶说,或承性无善恶说,或将性善与性恶二说调和为"人之性也,善恶混,修其善则为善人,修其恶则为恶人"。[1]虽众说纷纭,然大抵皆在较浅的层次上立论,仅限于伦理学范围,尚未达到形而上的学理高度。

唐代儒学复兴运动的领袖人物韩愈和李翱因受佛学关于心性之论、性情之论的刺激与影响,作为一种理论的回应,也尝试建立较为系统,也较有理论深度的儒家心性、性情之说。韩愈尝作《原性》,提出"性也者,与生俱生也;情也者,接于物而生也"以及"性之品有三""情之品有三"等观点[2]。这可以说是后来宋儒"性体情用"说的理论来源之一。尤可注意者在于,韩愈还以仁、礼、信、义、智等五种道德范畴释"性",以喜、怒、哀、惧、爱、恶、欲等七种自然情感范畴释"情",此为后来儒者提出的"性善情恶"说之渊源。然而人禀受于天的有善无恶之性何以"接于物"之后就变为或善或恶的情了呢?韩愈之思似不及此。可以说,韩愈基本上也还是在伦理学范围之内来谈性论情的。到了其门人李翱那里,心性、性情之论才真正达到一个新的高度,从而突破了伦理学层面而进入形而上的哲学思辨之域。其云:"人之所以为圣人者,性也;人之所以惑其性者,情也。喜、怒、哀、惧、爱、恶、欲七者,皆情之所为也。情既昏,性斯匿矣,非性之

---

[1] 扬雄:《法言·修身》,诸子集成本,上海书店,1936,第6、7页。
[2] 韩愈:《原性》,屈守元、常思春主编《韩愈全集校注》,四川大学出版社,1996,第2686页。

过也。"①那么这个可以使人成为圣人的"性"究竟是何物呢？他说："……诚者，圣人之性也，寂然不动，广大清明，照乎天地，感而遂通天下之故，行止语默无不处于极也。"②这显然是《中庸》与《易传》中的思想。此"性"即是孟子的"四端"，即是《中庸》的"诚"，即是《易传》的"道"。③以往论者大都认为李翱的"复性"说是从禅学而来，这是不正确的。如说他受了禅学的影响方才想起建立一套儒家的心性、情性之论，那是毫无疑问的，但这并不足以证明其理论来源就是佛禅。我们可以看到，《复性书》中的概念、范畴以至于基本观念都可以在思孟之学（或易庸之学）中找到其来源。可以说，自汉唐以降，李翱是第一个真正从学理上继承思孟之学的人。④宋儒的心性之论即是在李翱的基础上"接着说"的。

在宋代学者中较早关注"性"之范畴并有独到之见的是太宗时期的赵湘。其尝作《正性赋》，从赋的名目上即可看出，在他看来，"性"是有善有恶、有正有邪的，否则就无须"正"了。

---

① 李翱：《李文公集》卷三《复性书上》，《全唐文》，陕西人民教育出版社，2002，第3799页。
② 李翱：《李文公集》卷三《复性书上》，全唐文》，第3799页。
③ 孟子的"四端"乃是性的不同方面，是与生俱来的禀赋。《中庸》的"诚"是个本体概念，既存乎人心，是万善之本原；又是"天之道"的存在方式，为万物之依据（"诚者物之终始，不诚无物"）。《系辞上传》云："一阴一阳之谓道，继之者善也，成之者性也。"可知人之性就其内容之类别而言即为"四端"；就其存在方式而言，即为"诚"；就其与天地相通处而言，即为道。
④ 韩愈以儒家"道统"的承担者自任，但他有取于思孟之学的主要是一种昂扬向上的主体精神而不是那种"合外内之道"与"反身而诚"的学理逻辑。

其云："性，天性也，不可以不正。……从而正之，则为仁，为义，为刚直，为果毅。……反而邪之，为诡，为诈，为淫乱，为错杂。"①这显然不同于孟子而近于扬雄。其又云："性情者，生乎人之心者也。七者（即道、教及仁、义、礼、智、信）治人之性情也，七者果存道焉。《易》曰：'圣人以此而洗心。'七者作于外而存乎内，喜怒哀乐之不生，冲冲然，寂寂然，以乐天下之不争者，是复之于无知也。故曰：教者本乎道，道本乎性情，性本乎心，非在乎无知有知之相害也。"②这意思是说，"性情"出于人心，它本身是"无知"的，它既可能趋于善，又可能导向恶。故而，圣人教之以仁义礼智信等，使其"性情"归于正也。统观赵湘的心性之论，虽有悖于思孟之学，而且还多有前后矛盾之处，但他毕竟较早地对这个重要的学术问题进行了探讨，应该说是开了宋学性论之先河。

到了仁宗时期，先后涌现出了一批硕儒，诸如胡瑗、孙复、石介、戚同文、范仲淹等等，他们都极重人格的修养，故而对于思孟学派的心性之论颇为推崇。于是谈心论性在当时学界已是蔚为风气。然与此同时，也有一些有实用主义倾向的儒家人物反对探究心性，以为是浮诞玄虚之论，其中欧阳修可为代表。他说："今世之言性者多矣，有所不及也，故思与吾子卒其说。修患世之学者多言性，故常为说曰：夫性，非学者之所急，而圣人之所罕言也。《易》六十四卦，不言性，其言者，动静得失吉凶之常理也。《春

---

① 赵湘：《正性赋序》，《全宋文》第8册，上海辞书出版社、安徽教育出版社，2006，第347、348页。
② 赵湘：《原教》，《全宋文》第8册，上海辞书出版社、安徽教育出版社，2006，第369页。

秋》二百四十二年，不言性，其言者，善恶是非之实录也。《诗》三百五篇，不言性，其言者，政教兴衰之美刺也。……或有问曰：'性果不足学乎？'予曰：'性者与身俱生而人之所皆有也，为君子者，修身治人而已，性之善恶不必究也。'"①欧阳修的理想是做一个政治家、文学家、历史学家，而不愿做一个耽于形上之思的理论家。因而他在宋学中的作用是在另外一些方面，而不在心性之学的理论建构上。欧阳修所代表的这种精神乃是一种"实学"精神，这种精神自先秦以迄晚清，代有传人，不绝如缕。即于宋学之中，亦前有李觏，后有叶适、陈亮等。只不过在宋代的文化语境中，这种重实际的事功而轻抽象的理论的学术旨趣只是个别的、边缘化的声音而已。

著名宋史专家邓广铭先生尝论王安石在宋学发展中的地位，认为"在北宋一代，对于儒家学说中有关道德性命的意蕴的阐释和发挥，前乎王安石者实无人能与之相比。由于他曾一度得君当政，他的学术思想在士大夫间所产生的影响，终北宋一代也同样无人能与之相比。……因此，从其对儒家学说的贡献及其对北宋后期的影响来说，王安石应为北宋儒家学者中高踞首位的人物"。②这确为真知灼见。王安石对儒家心性义理之学的阐发，特别是他借助于自己的政治地位和名望而对其学说所进行的弘扬、推广，在北宋熙宁之后渐渐构成一种普遍的文化语境，对于宋学之基本学术旨趣的形成与发展起到了至关重要的作用。

---

① 欧阳修：《居士集》卷四七《答李诩第二书》，李逸安点校《欧阳修全集》，第669页。
② 邓广铭：《王安石在北宋儒家学派中的地位》，《邓广铭学术论著自选集》，首都师范大学出版社，1994，第285页。

王安石对"性"及"性"与"情"的关系均有自己独到之见。其论"尽性"之过程云："气之所禀命者，心也。视之能必见，听之能必闻，行之能必至，思之能必得，是诚之所至也。不听而聪，不视而明，不思而得，不行而至，是性之所固有，而神之所自生也，尽心尽诚者之所至也。故诚之所以能不测者，性也。贤者，尽诚而立性者也；圣人，尽性以至诚者也。神生于性，性生于诚，诚生于心，心生于气，气生于形。形者，有生之本。……能尽性者，至诚者也；能至诚者，宁心者也；能宁心者，养气者也；能养气者，保形者也；能保形者，养生者也；不养生不足以尽性也。"①与以往儒家的心性之论相比，这里有两点值得注意：一是讲到了"诚"与"性"的关系，认为主体达于"诚"的境界乃是"尽性"的必要条件。也就是说，"性"比"诚"是更为根本的本体范畴。《中庸》只讲"自诚明"者为圣人，"自明诚"者为贤人，"诚"即为本体，也就是说，"诚"即是"性"。王安石则将"诚"理解为"性"实现的条件（尽诚以立性），或"性"所呈现的状态（尽性以至诚）。这在学理上无疑较《中庸》进了一层。二是将"尽性"与"养生"联系起来，也就是注意到了人的肉体存在与心性之间的紧密联系。这同样是对儒家心性之学的重要发展。以往儒家学者大都不能给予肉体以充分的重视，将肉体生命看作是精神生命的累赘。王安石则看到了肉体生命与精神生命之间的密切联系，指出"尽性"必自"养生"始，这是十分精辟的见解。从某种意义上说，王安石的这一见解乃是思孟之学与六朝玄学精神相融合的产物，是儒家旨趣与道家旨趣的沟通。可惜的是王安石在"性"的问

---

① 王安石：《临川集》卷六六《礼乐论》，四部丛刊本。

题上所开创的这一学术路向在后世儒家那里并未得到很好贯彻，他们始终将"尽性"与"养生"视为格格不入的二橛。

蜀学的代表人物亦对"性"的问题十分关注。他们论"性"同样很有个人见解而不肯拾人牙慧。东坡认为，以往论者往往将"性"与"才"相混淆而不知"性"究竟为何物。其云："夫性与才，相近而不同。其别不啻若黑白之异也。圣人之所与小人共之而皆不能逃焉，是真所谓性也，而其才固将有所不同。今夫木得土而后生，雨露风气之所养，畅然而遂茂者，木之所同也，性也。而至于坚者为毂，柔者为轮，大者为楹，小者为桷；桷之不可以为楹，轮之不可以为毂，是岂其性之罪耶？天下之言性者，皆杂乎才而言之，是以纷纷而不能一也。"在把"性"与"才"进行了区分之后，东坡得出结论说："由此观之，则夫善恶者，性之所能之，而非性之所能有也。……夫太古之初，本非有善恶之论，唯天下之所同安者，圣人指以为善；而一人之所独乐者，则名以为恶。天下之人固将即其所乐而行之，孰知夫圣人唯其一人之独乐不能胜天下之所同安，是以有善恶之辨。"①在东坡看来，人之"性"具有产生"善""恶"等道德观念的可能性，但它本身并无所谓善恶。而且善恶等道德观念的产生又须受到历史条件的制约，这是极为中肯之论，毫无疑问是对孟子性善论的突破与发展。

苏辙之论"性"亦承乃兄理路，认为孟子之性善论不足以服人。他说，人即有仁、义、礼、智所谓"四端"，又有不仁、不义、不礼、不智之"四端"，因而"是八者，未知其孰为主也？均出于性而已非性也，性之所有事也。今孟子则别之曰：此四者性

---

① 苏轼：《扬雄论》，《苏轼文集》，中华书局，1986，第111页。

也，彼四者非性也。以告于人而欲其信之，难矣"。①所谓"性之所有事也"是说"性""应物而后动"，即"性"在受到外物刺激之后而产生的反应。也就是说，善与恶等等道德观念都是"性"与外物相接之后所产生的"继发性"心理内容，而非生而有之的"原发性"心理因素。也就是东坡所谓"性之所能之，而非性之所能有"之意。

观王安石与苏氏兄弟对于"性"的论述均有自家独到之见，即使是先儒如孟子者亦绝不肯苟同，这正是宋学精神最突出的体现。盖宋儒虽推崇孔孟，而在实际上他们并不甘心仅仅做孔孟之学的传承者——他们自己都有成圣成贤的打算，因而也都有开宗立派，创立一家之言的雄心壮志。这正是宋代学术得以勃兴并取得其他时代难以企及的辉煌成就的主要原因所在。在对宋学之核心范畴"心"与"性"的阐发中，新学与蜀学各有贡献，但在学理的细密、见解的深刻方面，此二派学术毕竟远不及道学。可以说，只是经过道学家们的深入剖析之后，"心"与"性"才真正成为在儒家学术居于核心地位的本体论范畴的。

道学家中张横渠是较早对"性"有深入辨析的。他论"性"有两点值得重视。其一，在天人相通处观"性"之特征。其云："天人异用，不足以言诚；天人异知，不足以尽明。所谓诚明者，性与天道不见乎小大之别也。……故思知人不可不知天，尽其性然后能至于命。"②这种观察角度无疑高出新、蜀二家之学。横渠继承了思孟之学的观点，在天人相通处考察人之"性"，认为"性"并非

---

① 苏辙：《孟子解二十四章》，《苏辙集》，中华书局，1990，第954页。
② 张载：《张子正蒙·诚明》，第21页。

人所独有，它是天地间万事万物禀受于天的那种可能性，是决定着人之所以为人，物之所以为物的那种关键因素。人通过存心养性的工夫，可以使自己禀受于天的"性"得以充分展开（尽性），这样就能把握天地之道（知天），也就与天地浑然一体，达于人生最高境界了。这是对思孟之学"合外内之道"之学术路向的继承与发展。其二，分"性"为"气质之性"与"天地之性"。其云："形而后有气质之性，善反之则天地之性存焉。故气质之性，君子有弗性者焉。"[1]"气质之性"与"形"不可分，是指人之纯粹个体性的脾气禀性，以及植根于人的肉体生命的种种欲望、意念。"天地之性"则是脱离了人之肉体羁绊的人类共通性，它本是人人具足的天赋之性，是宇宙大生命在人身上的体现，但由于人首先是个体生命存在，是具体的"形"，故而其秉之于天的人类共性常常隐而不显——被个体性的禀性与欲念遮蔽了。这样就只有那些能够自我反思、自我提升的人才有可能突破纯粹个体性的限制而使人之共通性朗然呈现。用今天的话来说，人能否成为有道德的人，关键要看在他身上是属于个体的感性力量占上风还是属于人类共通性的道德理性占上风。[2]

观张载之论性，其过人处在于将人的无不善之性依托于天，即宇宙大生命。此宇宙大生命之特点乃在于生生不息、化育万物。这是至善，是超越人世间伦理道德的更高价值。植根于此一大生命之上的人之性自然是有善无恶的。孟子言性善乃就人的道德潜能而立论，故而难以回答他人关于人同样有恶之潜能的诘难。张横渠将

---

[1] 张载：《张子正蒙·诚明》，第23页。
[2] 用横渠的话说即是："德不胜气，性命于气；德胜其气，性命于德。穷理尽性，则性天德，命天理，气之不可变者，独死生修夭而已。"（见上）

人性之善归之于宇宙间的大化流行，将人之恶归之于个体的感性气质，这就使性善之说更加完满，难以推翻。说到底，这种理路还是将主动权交给主体自己——在你面前有善恶二途可走，选择哪条路就看你自己了。

二程之论性大体与张载同一思路，他们也是在两个层面上立论的。伊川云："性出于天，才出于气。"又："才则有善有不善，性则无不善。"①这里的"性"等于横渠的"天地之性"，"才"等于"气质之性"。在如何改造心性、变化气质上，二程也主张尽量发挥人秉之于天的"性"，使自己"浑然与物同体"，达到"合外内之道"的境界。明道说："夫天地之常，以其心普万物而无心；圣人之常，以其情顺万物而无情。故君子之学，莫若廓然而大公，物来而顺应。"②此"天地之常"即是"道"，即是宇宙大生命之运作流衍。"圣人之常"即是有善无恶之"性"，它完全是"天地之常"在"圣人"身上之显现。"廓然大公，物来顺应"云云，实质上是主体对一己之私，即"气质之性"的超越而对"天地之性"的认同与回归。

后来朱熹论性虽更为细密精辟，然其大旨亦不出张载、二程樊篱。

孔子之言性近习远乃是要求人们在后天之"习"上用功夫；孟子之言性善，是要激发人们道德修养的自信与自觉，挺立一种超越

---

① 程颐：《河南程氏遗书》卷一九，王孝鱼点校《二程集》，中华书局，1981，第252页。
② 程颢：《答横渠张子厚先生书》，王孝鱼点校《二程集》，中华书局，1981，第460页。

的主体精神；荀子之言性恶，是要强调外在之"礼"与"法"的重要性，其所谓修身主要不是挺立一种超越的人格，而是自觉地循着"礼"与"法"而行；宋儒之论性则是欲重新张扬久已衰颓的士人之主体精神与人格理想，是欲为其成圣成贤的个体乌托邦精神寻求学理上的依据。宋儒的圣贤意识并非出于纯粹的个人理想，这是士人阶层在特定文化历史语境中所产生的重建话语权力之深层动机的产物。他们把人之"性"与天地之道相贯通，将人世道德价值之本原置于宇宙大生命之洪流中，这就在学理上立于不败之地，可谓取之左右而逢其源；对于现实的君权系统而言，宋儒的心性之论使之处于两难之境：接受它就意味着套上了一种无形之网，成了士人阶层价值观的执行者；拒斥它则意味着自甘堕落从而失去作为君主不可或缺的神圣性。所以心性之学可以说是一种权力之网，是用特殊的话语形式编织而成的权力之网。

三、宋学的本体范畴之三："诚"

儒家学说到了思孟学派那里发生了很大变化——超越了纯粹的道德价值论层面而及于哲学本体论的高度。例如对"仁"与"诚"等范畴，他们都是在哲学本体论与道德价值论相契合处进行阐释的。换言之，诸如"仁"与"诚"这样的核心范畴都既是一切价值之本原又是万事万物之本体。大约正如一些学者所论及的，儒学的这种变化标志着儒学与道家学说的某种程度的融合互渗。这在中国古代思想史上是非常重要的事。宋学即是对这一理路的继承和发展。

孟子论"诚"云:"悦亲有道,反身不诚,不悦于亲矣。诚身有道,不明乎善,不诚其身矣。是故诚者,天之道也;思诚者,人之道也。至诚而不动者,未之有也;不诚,未有能动者也。"(《孟子·离娄上》)这里的"诚"显然有两层意思:一是诚实之"诚",是指内心的纯真无妄;二是作为"天之道"的"诚",是指一种形上本体。这意味着,"诚"首先是一种道德价值,可由"明善"而来;但它又不仅仅是一种道德价值,它还是天地万物的存在方式,是一个本体论范畴。然而作为本体论范畴,"诚"又并非与人无涉,它是"天之道"在人身上的体现。如此则"诚"就是一个道德价值论范畴与哲学本体论范畴的复合体,是"天"与"人"之相通处。但它作为"天之道"在人身上的体现却并非一个自然的过程,它依然要通过"人之道",即"思诚"的工夫来实现。也就是说,主体自身虽秉有"天之道"的可能性,但只有经过个人的艰苦努力才能使之实现为现实价值。

在《中庸》中,"诚"也同样是价值本原与万物本体之复合体。其云:"诚者,天之道也;诚之者,人之道也。诚者不勉而中,不思而得,从容中道,圣人也。诚之者,择善而固执之者也。"此论与孟子之论极为相似,只是在这里"诚者,天之道"成了圣人之品性;"诚之者,人之道",成了一般人的品性。圣人无须努力便可与天地浑然一体;一般人则须花费艰苦的努力。此外,《中庸》较之《孟子》对"诚"作为万物本体的意义更为强调:"诚者,自诚也,而道自道也。诚者物之终始,不诚无物。是故君子诚之为贵。诚者非自成己而已也,所以成物也。成己,仁也;

成物，知也。性之德也，合外内之道也，故时措之宜也。"①这里指出了万事万物均须以"诚"为存在依据，或者非以"诚"的方式存在不可，否则便不称其为物。而"合外内之道"一句，实在可以视为后来宋儒须臾不忘的进德修业之不二法门。《中庸》具体描绘这一"合外内之道"的过程说："唯天下至诚，为能尽其性；能尽其性，则能尽人之性；能尽人之性，则能尽物之性；能尽物之性，则可以赞天地之化育；可以赞天地之化育，则可以与天地参矣。"这是一个由内及外、由我及物的价值实现过程。而这一切都要以"诚"为基本运作原则。贺麟先生曾说："儒家的所谓仁，比较道德意味多，而所谓诚，则比较哲学意味多。《论语》多言仁，而《中庸》则多言诚。所谓诚亦不仅是诚恳、诚实、诚信的道德意义。在儒家思想中，诚的主要意思，乃指真实无妄之理或道而言。所谓诚，即是指实理、实体、实在或本体而言。《中庸》所谓'不诚无物'，孟子所谓'万物皆备于我矣，反身而诚，皆寓有极深的哲学义蕴，诚不仅是说话不欺，复包含有真实无妄，行健不息之意'。"②此诚为知言之论。可以说，正是思孟学派的"诚"论使儒学突破日用纲常的伦理学层面而提升到形上哲思之境的。也可以说，宋学正是在思孟之"诚"的基础上"接着说"的。

对于宋学而言，"诚"毫无疑问是居于核心地位的本体范畴之一。

道学之所谓"北宋五子"之首的周濂溪即以"诚"作为自己学说的核心范畴。在他看来，"诚"同样是兼有宇宙本体与人格

---

① 朱熹：《四书集注》，岳麓书社，1987，第48页。
② 贺麟：《儒家思想之开展》，罗义俊编《评新儒家》，上海人民出版社，第37页。

境界双重意义。他说："诚者，圣人之本也。"又说："大哉乾元，万物资始，诚之源也。"①可见此"诚"乃是"合外内之道"的产物——它既具于人心，又存于天地万物，人与天地因"诚"而相通。即"乾道变化，各正性命，诚斯立焉。纯粹至善也"。②在这里，自然宇宙与人类社会同为一个价值世界，其所贯通处即是"诚"。"诚"既是"至真"，又是"至善"。

对于"诚"兼涉天人的这一性质，张横渠则予以更为明确的论述。他说："天人异用，不足以言诚；天人异知，不足以尽明。所谓诚明者，性与天道不见乎小大之别也。"又说："天所以长久不已之道，乃所谓诚。仁人孝子所以事天诚身，不过不已于仁孝而已。"③观横渠所言，"诚"之所以重要，是由于它是使儒家忠孝仁义等整套道德伦理价值得以实现的重要保证。天地万物默默运作化生之性质，恰恰与人的诚实无妄有某种同构性，所以在儒家看来宇宙自然亦是价值世界，而人之心性亦有同于天地本然自在之性。这是横渠所言"性与天道合一存乎诚"④的真正意旨所在。

二程论"诚"则强调其人格价值而不大注意其"天之道"的一面。其云："夫道恢然而广大，渊然而深奥，于何所用其力乎？惟立诚然后有可居之地。"⑤这是说，人无法向外求道，因其远不可及，其深不可测。只有存诚于心，将自己的人格境界提升到一定高度，人之心灵就找到了安顿之所，也就体悟到了"道"的真

---

① 周敦颐：《通书·诚上》，《周敦颐集》，岳麓书社，2002，第15页。
② 周敦颐：《通书·诚上》，《周敦颐集》，岳麓书社，2002，第15页。
③ 张载：《张子正蒙·诚明》，第20、21页。
④ 张载：《张子正蒙·诚明》，第20页。
⑤ 张伯行集解：《濂洛关闽书》卷三。

谛。这意味着,"诚"其实就是"道",天地以"诚"的状态存在运演,人则靠存养工夫亦能使心灵臻于"诚"的境界,如此则可谓"合外内之道"了。在二程这里,"诚"是作为人格境界而获得价值的。其又云:"自性言之为诚,自理言之为道,其实一也。"①这个"道"显然不是与人无涉的自然之理,而是人的道德价值之本原。如此,则二程又将"诚"由一个具有本体意义的形上范畴还原为一个关乎人伦日用的道德范畴了。例如伊川说:"进学不诚则学杂,处事不诚则事败,自谋不诚则欺心而弃己,与人不诚则丧德而增怨。今末习曲艺亦必诚而后精,况欲趋众善为君子者乎?"②又说:"诚然后能敬。未及诚时,却须敬而后能诚。"③又:"诚亦有大小,有于一事一技之诚者,有以诚为永守者。"④这纯然是在伦理层面上立论的,显然与濂溪、横渠之论有所不同。

"北宋五子"论"诚"虽各有侧重,然大体上还是力图贯通天人的。后世儒者亦基本承继了这一思路。例如胡五峰说:"诚,天道也。人心合乎天道,则庶几乎诚乎!不知天道,是冥行也。冥行者,不能处己,乌能处物?失道而曰诚,吾未之闻也。是故明理居敬,然后诚道得。天道至诚,故无息;人道主敬,所以求合乎天也。"⑤此论可谓综合"北宋五子"之意而言之。其以天地万物之自在本然性为"诚",此为形上本体范畴,即濂溪、横渠所言作为"天道"之"诚"或曰"至诚"。其所言明理居敬而求契合天道之

---

① 张伯行集解:《濂洛关闽书》卷三,第87页。
② 张伯行集解:《濂洛关闽书》卷四。
③ 程颐:《河南程氏遗书》卷六,丛书集成本。
④ 程颐:《河南程氏遗书》卷一八,丛书集成本。
⑤ 胡宏:《知言·一气》,《胡宏集》,中华书局,1987,第28页。

论,则同于《中庸》及二程所言"诚者,合外内之道"之意。对宋儒而言,"至诚无息"的"天道"是一种人格的乌托邦,是终生奋斗的目标;"明理居敬"的存养工夫才是具体的入手之处。

从词源学角度来看,"诚"原本是关于人之品性的道德概念,就是指实在,不虚伪。到了思孟学派和宋儒那里,这个概念被阐释为一个贯通天地与人世的本体论范畴。其中暗含着一条贯穿整个中国古代学术话语的逻辑线索——天地万物之客观世界与人的内心世界是同质同构的。因此由发生学言之,则先有天地之道而后有人之道;由主体人格修养言之,则先经过内心的存养修持工夫而后达到天地之道的高度。天地万物最基本的特点是自在本然,无安排,无对待。此一自在本然性深为中国古代思想家神往,作为其话语表征,在道家是"自然",在儒家即是"诚"。由此可知,"诚"作为一个具有本体性、形上性的儒学核心范畴,它是中国古代根深蒂固的宇宙生命同一性观念之产物,它与老庄的"自然"是息息相通的。而它之所以能够成为儒学的核心范畴,又是与古代知识分子厌弃虚伪的繁文缛礼,向往生命的本真存在之深层动机紧密相关的。他们深知,一个人如果能达到"诚"的境界,那么他所获得的精神愉悦是在日常社会生活中不可能享受到的。事物的本然自在,即是其所是,本无价值可言。但是,相对于虚伪心机所导致的痛苦而言,人心的本然自在,即"诚"便是最富诱惑力的价值了。对老庄的"自然"亦可作如是观。宋儒标举"诚",正说明他们希望能够真实地活着,说明他们有足够的信心去做一个坦荡荡的君子。

四、宋学的工夫范畴之一：敬

在先秦典籍中"敬"的含义大致有三，主要是指在人伦关系中所表现出的一种态度，或敬重，或敬畏，或恭敬。在《论语》中，孔子还常常将之与"事"联系起来。如："道千乘之国：敬事而信，节用而爱人，使民以时。"（《学而》）又："君子有九思：视思明，听思聪……事思敬……"（《季氏》）这都是在讲人面对自己所从事的事情所应有的一种态度。是怎样的一种态度呢？朱熹注前条云："敬者，主一无适之谓。"①这就是说，"敬"就是做事时严肃认真，专心致志的意思。表面上看来，这个"敬"似乎不是一种道德价值而仅仅是一种做事的认真态度。其实孔子已经赋予这个概念以道德价值了。如樊迟问仁，孔子说："居处恭，执事敬，与人忠。虽之夷狄，不可弃也。"（《子路》）又如仲弓问仁，孔子说："出门如见大宾，使民如承大祭。己所不欲，无施于人。"（《颜渊》）朱熹注云："敬以持己，恕以及物，则私意无所容而心德全矣。"②如此看来，"敬"在孔子这里不仅仅是在人伦关系中应具的一种态度，而且还是人在为人行事时时刻存在的一种内在品质，或做人的一种准则。这样，"敬"就成了一个价值概念了。在人伦关系中它是谦恭有礼的行为规范；在处理事务时，它是严肃认真的敬业精神。

---

① 朱熹：《四书集注》，第67页。
② 朱熹：《四书集注》，第192页。

宋儒继承了孔子关于"敬"的思想并有很大发展。伊川之学以"敬"为最主要的工夫范畴。例如程门弟子尹和靖尝言："伊川曰，主一则是敬……宽（即祁宽，和靖弟子）问，如何是主一？愿先生善喻。和靖言，敬有甚形影？只收敛身心便是主一。且如人到神祠中致敬时，其心收敛，更著不得毫发事，非主一而何？"①由此可见，在程伊川看来，"敬"是为学之入门工夫。依尹和靖之释，则"敬"是指一种心理状态，或心境。其特点是"主一"——收视反听，专心致志。《濂洛关闽书》载："或问'敬'，曰：'主一之谓敬。''何谓一？'曰：'无适之谓一。''何以能见一而主之？'曰：'齐庄整敕，其心存焉；涵养纯熟，其理著矣。'"②此为程颐回答弟子之问。张伯行释云："敬者一心之主宰，万事之本根也。何以谓敬？收敛此心使之专一主一之谓也。何以谓一？内无妄想，外无妄动，无适之谓也。"③这均说明"敬"的首要特征是专心不二。但观二程"其心存焉""其理著矣"之谓，则"专一""主一""无适"虽云心无旁骛，但并非如老庄之虚静，亦非佛禅之空。此时心中有物，这便是孟子所讲的"四端"，即先验道德理性。人人心中本有善根存焉，只是由外来之闻见欲求所遮蔽，不得而见。主敬，作为一种存养工夫，正是要摒绝各种外在闻见欲求，使心灵"去蔽"从而澄明朗照，善根呈现。离开"敬"，则一切修身涵养俱为虚幻。

"敬"既为修身之关键，那么如何才能"敬"呢？能"敬"之后又是一种怎样的心理状态呢？对此可从下列两个方面来看。

---

① 朱熹编：《伊洛渊源录》卷一一，丛书集成本。
② 张伯行集解：《濂洛关闽书》卷三。
③ 张伯行集解：《濂洛关闽书》卷三。

一是有事与无事之间。《孟子·公孙丑上》尝言："必有事焉而勿正，心勿忘，勿助长也。"伊川释云："'必有事焉'，谓必有所事，是敬也。'勿正'，正之为言轻；勿忘，是敬也；正之之甚，遂至于助长。"①这就是说，孟子之言乃是一个"敬"字。换言之，"敬"则是"必有事焉"并"勿正""勿忘""勿助长"——心中有所警觉戒惧，但不过分强迫自己，只是不放弃而已。"必有事焉"亦即"常惺惺""心有所主"之意，其旨在于此心不为物欲所遮蔽。伊川说："人心不能不交感万物，难为使之不思虑。若欲免此，唯是心有主。如何为主？敬而已矣。"②可知，"必有事焉""心有所主"云云，亦即自我监督之意。但是这仅仅是问题的一个方面，因为一个人如果镇日心事重重、忧心忡忡，或小心翼翼、唯恐动辄得咎，那如何体现从容中道的圣贤气象呢？故二程又云："中心斯须不和不乐，则鄙诈之心入之矣。此与敬以直内同理。谓敬为和乐则不可，然敬须和乐，只是心中没事也。"③前引孟子云"必有事焉"，此处又云"只是心中没事"，岂不自相矛盾吗？其实不然。孟子所言"必有事"乃言自我警戒之意，并非说满腹心事。二程所言"只是心中没事"乃是讲处于"敬"时的心态：一切私欲杂念均不得入于心，故心中澄明朗净。可知二者并不矛盾。相反，正是因为自我戒惧成功，杂念不得入，才会产生"心中没事"之结果。所以二程说"敬"本身虽不是和乐，但它又离不开和乐，只有和乐——一种无私欲杂念缠绕的怡然自得心境——才能印证"敬"之效应。

---

① 朱熹编：《河南程氏遗书》，商务印书馆，1935，第188页。
② 朱熹编：《河南程氏遗书》，第186页。
③ 朱熹编：《河南程氏遗书》，第32页。

二是有意无意之间。如何能"敬"呢?《遗书》载伊川与弟子问答云:"问:敬还用意否?曰:其始安得不用意?若能不用意,却是都无事了。又问:敬莫是静否?曰:才说静便入于释氏之说也。不用静字,只用敬字,才说著静字,便是忘也。"①如此看来,"敬"须用意,即借意志之力强迫自己进行自我戒惧。"敬"与"静"的区别即在前者的主体自觉性更突出一些。但是,"用意"只是在"敬"之始方才需要,如自始至终一味用意,则必将失去和乐之旨。二程云:"鸢飞戾天,鱼跃于渊,言其上下察也。此一段,子思吃紧为人处,与必有事焉而勿正之意同。活泼泼地。会得时活泼泼地,不会得时只是弄精神。"②这就是说,"必有事焉"——"敬",是自然活泼的,否则就是白费精神。此二段引文参照言之,则谓"敬"乃是在有意无意之间,不可不着意,亦不可太着意。既能"常惺惺",又能"常舒泰";既自我节持,又和乐自适。

朱熹秉承并发展了二程观点,对"敬"极为重视。其云:"此心操则自存。动静始终不越敬之一字。伊洛拈出此字乃是圣学真的要妙工夫。"③又说:"敬者一心之主宰,万事之本根也。"④这说明朱熹亦如二程一样,将"敬"视为最重要的修身工夫。其释"敬"是不放肆的意思。又:"诚只是一个实,敬只是一个畏。妄诞欺诈为不诚,怠惰放肆为不敬。此诚敬之别。"⑤由此数例可

---

① 朱熹编:《河南程氏遗书》,第210页。
② 朱熹编:《河南程氏遗书》,第63页。
③ 张伯行集解:《濂洛关闽书》卷一九。
④ 张伯行集解:《濂洛关闽书》卷一四。
⑤ 朱熹:《朱子性理语类》,上海古籍出版社影印本,第83页。

知，朱熹论"敬"着重在"着意""有事""戒惧"一面，而对其"无事""和乐"的一面似乎重视不够。也许正是由于这一原因，他又认为仅靠"敬"还不能完成人格修养。其云："止恃一敬字，更不做集义工夫，其德亦孤立而易穷矣。"①"集义"，《孟子·公孙丑上》语，朱熹释云："集义，犹言集善，盖欲事事皆合于义也。"②"义"是行事准则，"集义"即处处按儒家人生准则行事。盖朱熹之意，乃以为仅有"敬"之自我戒惧只能使人不入于邪僻，却不足以令人之人格境界有所提升。只有再加上对各种道德准则的自觉遵守，才能使心灵真正充实起来。

总之，宋儒标举"敬"，一方面表现了他们自我规范、自我提升的主体意识，另一方面又体现了理性主义时代思潮的基本价值取向。

五、宋学的工夫范畴之二：思

"思"的概念在先秦儒家典籍中主要有两个来源。一是《尚书·洪范》所谓："五事，一曰貌，二曰言，三曰视，四曰听，五曰思。……思曰睿……睿作圣。"宋儒王安石释之曰："睿则思无所不通，故作圣。五事以思为主，而貌最其所后也，而其次之如此，何也？此言修身之序也。……思者，事之所成终而所成始也，思所以作圣也。既圣矣，则虽无思也、无为也，寂然不动，感而

---

① 张伯行集解：《濂洛关闽书》卷一四。
② 朱熹：《四书集注·孟子集注》，第334页。

遂通天下之故可也。"①又周濂溪释之曰:"无思,本也;思通,用也。几动于彼,诚动于此,无思而无不通为圣人。不思则不能通微,不睿则不能无不通。是则无不通生于通微,通微生于思。故思者圣功之本,而吉凶之机也。"②由王、周二人释文可以看出,"思"在《洪范》中是常人自我提升而达于"圣人"高度的关键一环。圣人生知,无须"思"而无不通;常人则须借助"思"获得智慧,成为圣哲。

在先秦儒家典籍中"思"的另一个来源是《孟子》。《告子上》载:"公都子问曰:'钧是人也,或为大人,或为小人,何也?'孟子曰:'从其大体,为大人。从其小体,为小人。'曰:'钧是人也,或从其大体,或从其小体,何也?'曰:'耳目之官,不思而蔽于物,物交物,则引之而已矣。心之官则思,思则得之,不思则不得也。此天之所与我者,先立乎其大者,则其小者弗能夺也。此为大人而已矣。'"在这里,孟子将"思"看作一个人成为"大人"还是"小人"的关键锁钥,也就是说,修身必须从"思"入手。观孟子所言,其所谓"思"至少有下列两层含义:其一,"思"是成圣成贤的意愿。所谓"先立乎其大者",即先确立起成圣成贤的自觉意识。这是修身的起始。其二,"思"是一种道德理性,是一种精神存在,它可以判断一切是非,是对物欲的超越,因此可以将人从物欲遮蔽之下唤醒。孟子强调"思"的重要,目的是激发士人阶层的主体精神,进行自我提升,成圣成贤,成为"富贵不能淫,贫贱不能移,威武不能屈"的"大丈夫",然后去

---

① 王安石:《临川集》卷六五《洪范传》,四部丛刊本。
② 周敦颐:《通书·思第九》,《周敦颐集》,岳麓书社,2002,第27页。

帮助各诸侯国的君主实行仁政，从而拯救天下。所以可以说，对"思"范畴的高扬，是先秦儒家士人主体意识与进取精神的表现，是儒家"内圣"一面逐渐加强的重要标志。

宋儒继承了先秦儒家对"思"的阐述，并有所发挥。二程说："不思故有惑，不求故无得，不问故莫知。"①又说："甚矣，欲之害人也。人不为善，欲诱之也。……然则何以窒其欲？曰：思而已矣。觉莫要于思，惟思为能窒欲。"②此谓"思"是去"惑"、"窒欲"之术，显然是将其看作道德修养的基本方式的，也就是说，"思"是成圣成贤之关键。我们知道，二程之学以"主敬"为基本修身工夫，那么在他们这里"思"与"敬"的关系如何呢？我们不妨做一点比较。伊川云："人心不能不交感万物，难为使之不思虑，若欲免此，唯是心有主。如何为主？敬而已矣。有主则虚，虚谓邪不能入；无主则实，实谓物来夺之。"③这是说，"敬"之作用在于使各种杂念妄思不得入于心。换言之，"敬"看护着人的心灵，使之保持虚静状态而不为外物所牵引。然而伊川又说："须是思，方有感悟处，若不思，怎生得如此？……思曰睿，思虑久后，睿自然生。若于一事上思未得，且别换一事思之。不可专守着这一事，盖人之知识，于这里蔽着，虽强思亦不通也。"④前言"敬"之功能在于使人不思，后面又强调思的必要性，这里的逻辑关系是怎样的呢？观伊川之意，盖所谓"敬"乃是运用意志的力量使主体自己收视反听，不为无谓之事所困扰，从而保持内心的清明

---

① 张伯行集解：《濂洛关闽书》卷四。
② 张伯行集解：《濂洛关闽书》卷七。
③ 朱熹编：《河南程氏遗书·伊川语一》，商务印书馆，1937，第186页。
④ 朱熹编：《河南程氏遗书·伊川语四》，第207页。

纯净。但仅此并不足以使人达于善的境界，它只是不让人流于不善而已。所以在"敬"的前提下，还是需要"思"——思何者为善，何者为恶，然后趋善而避恶。因此，"敬"与"思"的关系即"不思"与"思"的关系，"敬"则"不思"其所不当思；"思"则思其所当思。东坡亦尝论"不思之思"云："孔子曰：'思无邪。'凡思有皆邪也，而无思则土木也。孰能使有思而非邪，无思而非土木乎？盖必有无思之思焉。夫无思之思，端正庄栗，如临君师，未尝一念放逸。"①这种"无思之思"其实即是在"敬"的心态之下的思。东坡尝不满于伊川之言"敬"，而他欲修身养性，也毕竟不能离开"敬"。

苏辙亦尝论"思"与"无思"之理云："《易》曰'无思无为，寂然不动，感而遂通天下之故。'《诗》曰：'思无邪。'孔子取之。二者非异也，惟无思，然后思无邪，有思则邪矣。火必有光，人必有思。圣人无思，非无思也。外无物，内无我。物我即尽，心全而不乱。物至而知可否，可者作，不可者止。因其自然，而吾未尝思，未尝为，此所谓无思无为而思之正也。若夫以物役思，皆其邪矣。如使寂然不动，与木石为偶，而以为无思无为，则何以通天下之故哉？"②由苏辙所论可知，"思"对于任何一个追求人格理想的人都是必要的，关键是"以物役思"，还是以心役思。"以物役思"，则心随物转，以心役思，则心灵提升。

总之，对于宋儒来说，"思"（无思之思）是极为重要的修身工夫。他们之所以如此看重"思"，是其成圣成贤的人格理想之必

---

① 苏轼：《续养生论》，《苏轼文集》，中华书局，1986，第1984页。
② 苏辙：《栾城集》卷七《论语拾遗》，第1217页。

然。"思"是由"凡"转"圣"的必由之路。"敬"与"思"相结合构成了主体心灵提升的基本手段。

六、宋学精神之特质

以上我们分析了宋学的五个基本范畴。我们的目的并不仅仅是要梳理这些范畴的来龙去脉,我们是希望通过剖析这几个基本范畴来捕捉宋学精神的特质,以便了解笼罩在整个宋代文化学术上的某种总体倾向,因为在我看来,这一总体倾向正是构成了决定着宋代诗学基本价值取向的特定文化语境。在前面的分析中实际上已经显示出了宋学精神的基本特质,现概括如下:

其一,总体上的理性主义倾向。上述心、性、诚、敬、思五个范畴在总体上显示着一种理性主义精神。当然这里所谓理性主义并不同于西方近代以来的理性主义——其核心乃是道德理性而非西方的认知理性。所谓道德理性是指一种价值潜能,它使人成其为人。也就是说,人之所以不同于动物,就在于他们具有禀受于天的一种可能性,即形成"仁义礼智"等道德价值的可能性。这种潜在的可能性即是"性",其存之之所即是"心",其存在之样态即是"诚",其实现之途径即是"敬"与"思"。因此,这个可能性(即"性")乃是一种价值本原——人的一切道德价值均由此生发而来。又因为此可能性乃是秉之于天而来,故而它又与天地之道相通,于是又具有万事万物之本体的特性。伊川说:"在天为命,在人为性,论其所主为心,其实只是一个道。"又说:"大抵禀于天曰性,而所主在心。才尽心,即是知性,知性即是知天矣。"①"道"即是"天理"亦即天地万物之本体。由于人内在之"性"与外在之"道"（"天理"）实际上乃是一物，所以在宋儒这里，价值论与本体论是统一的——人世之价值本原，也就是天地万物之本体。所以人真正了解了自己，也就了解了天地万物。对此，我们可以从两个方面来看：一方面我们可以将这种观点看作是道德理性的泛化，是以人为自然立法。另一方面我们也可以把它看作是人向自然的自觉回归，即以自然为人立法。但无论怎样，道德理性在这里都居于至高无上的位置。对这一道德理性的探寻与追问乃构成了宋学的主要任务。宋儒高扬道德理性的实质乃是为其膨胀起来的主体精神寻求合法性的话语形式。因为只有通过话语建构他们才能使自己规范君权与重新安排社会价值秩序的理想得以实现；只有强调道德理性的至高无上性，才能凸现宋儒的主体精神。因此，就其发生而言，宋学的理性主义精神是宋儒特定心态的学理化呈现，或者说，那些负载着理性主义精神的学术话语，诸如"心""性""诚""敬""思"等等，之所以能够在北宋这一特定历史阶段成为人们普遍关注的核心范畴，乃是因为它们暗含了被重新激发起来的士人阶层的主体意识；而就其文化效应而言，则这种理性主义精神在客观上导致了宋儒于方方面面都要辨其理、究其义、抉其原的思维定式。这是宋代士人在思想文化方面不同于汉唐士人的主要标志之一。这种思维定式对于宋代诗学亦产生了重要影响。

其二，反思精神。由于宋儒将万事万物之理归本于人心固有之道德理性，而这种道德理性又是作为某种潜在可能性而存在，故而

---

① 朱熹编：《河南程氏遗书·伊川语四》，第225、230页。

对它的把握只能靠主体自觉的体认涵泳。这是一种反思精神，是主体对自身内心世界的省察。换言之，宋儒是将自己的心灵作为对象来观照的。宋代诗歌对心灵的呈现往往都是在一种冷静的心态中完成的——其内心的情绪意念是在经过意识的把握，即理解之后才被表现出来。这是宋诗与唐诗的主要区别之一。这种情形的产生应该说与宋学的反思精神有着密切关系。

其三，创新精神。宋儒对道德理性的追求既然有着现实的政治目的，而不是一种纯粹学理思考，所以他们就依据自己实际的需求制定了具体的价值标准与话语规则，并且还用这种标准与规则去量度、取舍一切往代遗留的思想资料。对于儒学传统，宋儒自然主要选择了其中关于主体精神、人格理想方面的思想。具体而言是选择了思孟学派关于心性的论述与易庸之学对人与自然生命同一性的阐发。对于老庄佛释之学，宋儒只是暗中汲取了其中与儒家心性之学及宇宙生命同一性的思想相通的因素。这种"汲取"主要也不是为了获得其观点或结论，而是为了学习其细致绵密的运思方式和话语形式，以便使儒家思孟之学与易庸之学中固有思想得以更为深刻与细致的表述。然而正是这种"汲取"，使得宋学在学理上与其思想来源相比出现了根本性变化——建构起一套完整的心性本体论的形而上学体系，从而使儒学达到一个新的高度。因此，宋学尽管可以说是先秦儒学合乎逻辑的发展，但它又是地地道道的创新，是对先秦的老庄之学以及后世的两汉经学、魏晋玄学、隋唐佛学的重新熔铸。正是由于有了如此广博的学术视野与海纳百川的胸襟，宋儒即使面对先秦儒学原典也绝不肯恪守成说，而是明目张胆地从自己的学术兴趣出发予以新的阐释。从这个意义上说，宋儒都是以"六经注我"的。宋儒在学术上的这种创新精神在诗学理论上有极为突出的表现——这种精神是宋诗能够突破唐诗之樊篱而别开一个天地的主要原因。

其四，怀疑精神。宋儒具有的怀疑精神是有目共睹的。他们基于强有力的主体意识与创新精神，对于一切前人思想均不苟同。他们不仅对老庄佛释之学有直接的严厉批判，而且对极为发达的两汉经学也以轻蔑的态度对之。欧阳修作《易童子问》，一反汉唐易学主张，对《易传》提出怀疑；又作《毛诗本义》，对《诗序》提出质疑；王安石则推倒汉唐经学家旧注，主持编写了《三经新义》。东坡的《苏氏易传》也是独出机杼，全然不顾汉儒成说。至于"北宋五子"及朱、陆等道学家，对汉唐经学家的传注笺证的怀疑指摘更是处处可见。只信自家所见，不做前人附庸——这是宋儒的一大特点。这种怀疑精神对于宋代诗学的破旧立新自是起到了极大的作用。

其五，言说的冲动。基于上述种种，宋儒较之前代儒者就显得特别善于言说。也可以说，宋代的读书人喜欢思考，更喜欢将思考的心得公之于众。有的学者认为宋儒的这一特点与宋代台谏的发达有关[①]，这当然也不无道理。但台谏制度的发达并不是宋儒喜欢言说并善于言说的内在动力，而是其现实条件。换言之，倘若仅仅有台谏制度发达这一个条件是不足以导致宋儒之言说的。而且在台谏之言说与学术话语的言说之间除了某种外在的相似之外，亦很难找到相互转换的必然轨迹。台谏制度的确在客观上营造起了一种自由言说的气氛，但这也仅仅是作为精神文化相对自由的显现，才对于学术话语的言说具有意义。至于这种言说的真正动因，那只能是宋代士人普遍的主体意识与理性主义精神（或者如钱穆先生所说

[①] 陈植锷：《北宋文化史述论》，中国社会科学出版社，1992，第35-58页。

的"以天下为己任"的"自觉精神")。宋儒喜欢言说,亦善于言说。看宋代稍有名气的文人几乎人人有文集行世,至少也有一两部野史杂记、笔记小说之类的东西。这一特点在诗学上就表现为"诗话"这一诗学话语形式的兴起。从某种意义上说,在宋人眼中,诗歌也主要是一种言说方式而不是情感思绪的自然呈现,用诗歌说理在宋人看来是天经地义的事情。这也是宋诗与魏晋六朝及隋唐诗歌创作的主要区别之一。

其六,对个体精神自由之渴求。如前所述,宋学以心性义理为核心,其所标榜的最终目标乃是所谓"治国平天下",但实际上宋学的主要价值指向却是指向人的内心世界的,而且也主要是实现于人的内心世界的。宋学的实际效果是拓展了人的精神空间,为心灵找到了驻足之所,从而使之通过自律而达于自由。这种自由当然不是政治意义上的(像法国启蒙主义语境中的自由那样),也不是哲学意义上的(像黑格尔与马克思所理解的那样),甚至也不是一般的伦理意义上的(像孔子的"从心所欲不逾矩"那样),这是一种主体心灵的无限拓展,以至于包容宇宙、与万物同体(像冯友兰先生归纳的所谓"天地境界"那样)。宋儒常常斥佛释之徒为"自了汉",其实宋学,即使是道学,就实际效果而言,也只是起到"自了"作用罢了。宋儒对自由的追求主要不是表现在对外部世界的要求上,而是表现在对内在世界的自我调节上。深为近世所诟病的"存天理,灭人欲"云云,就其本意来说乃是要求人们通过压制肉体欲望来实现心灵空间的拓展。因为在宋儒看来,只有有效地摆脱了物欲的缠绕,避免"心随物转",人的心灵才能最大限度地获得自由。

综上所述，我们完全可以说，宋学是先秦儒学理性主义精神的复兴，这一复兴又与宋代士人主体精神的觉醒密切相关。宋学与宋代士人心态这种极为密切的因果联系再一次证明了，至少在中国古代一个时代的学术旨趣与这一时代知识分子群体的普遍精神状态息息相关。以往的学术话语如何进入现在，它将获得怎样的新形态，这都取决于士人阶层对它们的选择与重构，而决定着士人阶层以何种方式和标准进行选择与重构的则是他们当下的精神状态与心理需求。宋学并不是先秦儒学的全面复兴，而是宋儒在对先秦儒学进行严格选择的基础上的重新建构。如果说先秦儒学还主要是寻求一种对社会现实的干预途径，那么宋学则主要是寻求一种安顿个体心灵的有效措施。以上所分析的五个核心范畴就足以说明这一点了。宋学之所以能够在一定程度上容纳二氏之学，原因正在于此。

宋代诗学毫无疑问是受到宋学的重要影响。但是二者毕竟是两套不同知识门类的话语系统，因此不能将宋代诗学看作是宋学的翻版。就是说，宋代诗学不是建立在宋学基础上的。二者的关系应该是并列的——都建立在宋代士人普遍的文化心态之上。它们都是普遍士人心态的升华与话语呈现。但二者间的相互作用也是极为明显的。尤其是宋学对宋代诗学的影响更是不容忽视。这种影响当然是多方面的：宋学的理性主义倾向对宋代诗学的价值追求产生了直接的渗透；宋学对个体心灵的看护则一方面与宋代诗文的陶情冶性功能发生矛盾，另一方面又为宋代诗文的这种个体价值提供了理论依据。这正是一部分宋学中人公然否定宋代诗文个体价值的合法性，而更多的人则将心性之学与诗文创作视为并行不悖的两种精神现象而兼收并蓄的原因。宋学与宋代诗学之间的这种既矛盾又统一的复杂关系我们将在后面深入探讨。

第四章 "中"在宋学中的核心地位

在讨论了"心""性""诚""敬""思"等宋学重要概念之后我们难免会产生一个问题：这些概念究竟是怎样一种关系？在宋儒眼中有没有一个更具有统摄性的概念把它们联系起来？在我看来这个概念是存在的，这便是"中"。在儒家的思想系统中，"中"一直属于核心范畴，它与"仁""义""礼""智""心""性""诚""敬"等概念存在着十分紧密的内在联系但又超越于这些概念至之上，常常是作为儒学全部价值范畴之内在依据而存在的。因此通过对这个概念的基本含义及其历史演变的分析考察，我们就可以从一个侧面切入宋学思想体系的内核之中，从而对其丰富意涵有比较准确的把握和阐发。在此章中，我们将按照时代的历史顺序展开对这两个概念含义生成与演变的考察，并在此基础上阐明它们所体现出的诸种文化意义以及它们在宋学概念网络中的核心位置。由于在儒家的思想系统中"中"与"中庸"两个概念联系紧密，难以分拆，所以在下面的论述中我们将对二者一并展开讨论。

一、先秦儒家典籍中"中"与"中庸"之诸义

在"诸子百家"之中，最有代表性的是儒家、道家、墨家和法家。其中只有儒家在比较抽象的意义上使用了"中"这个概念并赋予它丰富的内涵。孔子、孟子、荀子都对"中"或"中庸"有深入阐发，从而确立了这两个概念在儒学话语系统中的重要地位。

"中"这个字很早就有了，从甲骨文到金文再到篆书、隶书，直至今天通行的楷书，其字形从来没有太大的变化。东汉许慎具有权威性的字书《说文解字》对"中"的解释是"内也"。清代段玉裁的名著《说文解字注》的进一步解释是"别于外之辞也，别于偏之辞也，亦合宜之辞也"。可知这个字的本义是"在里面"，因此也就引申为"心里"或"内心"之义。例如《老子》有"多言数穷，不如守中"（第五章）之说，这里的"中"就是指内心而言。根据段玉裁的解释，"中"字的进一步引申就是"不偏""合宜"之义了，如此则从一个表示方位的词开始带上了价值属性，甚至哲学意味，可以用来评价人的行为是否恰当了。

孔子并不是最早把"中"作为一个价值概念来使用的人，在他之前，"中"即已作为一个有政治意味和哲学意味的概念被使用了。《尚书·虞书·大禹谟》有"人心惟危，道心惟微，惟精惟一，允执厥中"之语，虽然学界一般认为《大禹谟》是战国时期儒家伪托之作，并不是真的夏禹时期的文献，但这并不意味着"允执厥中"的说法必然是后于孔子而出的。因为在《论语》中记载了尧对舜讲的一段话，这虽未必真为尧所讲，却可信其为孔子之前流

传的典籍中所存。其云："咨！尔舜！天之历数在尔躬。允执其中。"（《尧曰》）《大禹谟》之"允执厥中"与《尧曰》之"允执其中"意思相同，二者应该有着共同的文献来源。对于《尧曰》之"中"字，朱熹释为"无过不及之名"①。清人刘宝楠《论语正义》注云："执中者，谓执中道用之。……执而用中，舜所受尧之道也。用中即中庸，故庸训用也。"②根据朱、刘二人的解释，并观上下文意，这里的"中"应该是指在处理政事时恰如其分，既无过激，又无不及。这大约是"中"从一个表示方位的自然概念演化为具有价值性的概念后最初的含义了。此时的"中"是一个属于政治范畴的概念，是指执政者的施政措施不偏不倚、恰到好处，因而得到百姓的拥护。

在孔子之前还有在另一个意义上使用"中"这个概念的情况。《左传·成公十三年》载刘康公之言云："吾闻之，民受天地之中以生，所谓命也。"孔颖达疏云："天地之中谓中和之气也。民者，人也，言人受此天地中和之气以得生育。"③可知此处所谓"中"又异于《尧曰》之"中"，乃指外在于人的"天地中和之气"，它是人之生命以产生的依据。人察受天地中和之气而生，此乃天命使然。显然这个"天地之中"的"中"较之《尧曰》的"允执其中"的"中"具有更多的哲学意味。

由以上二例可知，在孔子之前，"中"作为一个具有价值性的概念已有二义：一是属于政治范畴，即政治措施的恰当适度，无过

---

① 朱熹：《四书集注·论语集注》，岳麓书社，1987，第283页。
② 刘宝楠：《论语正义》，诸子集成本，上海书店，1936，第411、412页。
③ 《十三经注疏·春秋左传正义》卷二七上，北京大学出版社，1999，第755页。

无不及；二是属于哲学范畴，即天地之间存在的本原之物，乃为人与万物生命之源，亦即宇宙大生命之运演。"中"的这两种含义后来在儒家哲学中均有承续阐扬，在此我们先来看一看在孔子那里，"中"是如何被接受并赋予新的意义的。

在孔子的话语系统中，"中"衍化为"中庸"，并成为儒家最高道德准则。他说："中庸之为德也，其至矣乎！民鲜久矣。"（《论语·雍也》）朱熹《论语集注》注云："中者，无过不及之名也。"又引二程之释云："不偏之谓中，不易之谓庸。中者天下之正道，庸者天下之定理。"[①]这是后世儒者对"中"最通行的解释了，基本符合孔子本义。孔子又说："不得中行而与之，必也狂狷乎！狂者，进取；狷者，有所不为也。"（《论语·子路》）朱熹注云："盖圣人本欲得中道之人而教之，然既不可得，……故不若得此狂狷之人，犹可因其志节而激厉裁抑之，以进于道，非与其终于此而已也。"[②]刘宝楠《论语正义》引包咸注云："中行，行能得其中者。"刘宝楠"正义"云："中行者，依中庸而行也。"[③]由此可知，"中行"即指人能"中道而行"，即依"中庸"而行，做到不偏不倚，无过无不及。在这里"中行""中道"与"中庸"含义相近，都是"中"的衍生词。

"中"在孔子这里被衍化为"中庸""中行"，其含义亦发生了很大变化。它既不同于《尧曰》的政治哲学之义，又不同于《左传》哲学本体论之义，而是被赋予了伦理道德价值意义，从而变为一个道德哲学的概念。"中庸""中行"之"中"是指人的一

---

① 朱熹：《四书集注·论语集注》，岳麓书社，1987，第130页。
② 朱熹：《四书集注·论语集注》，第213页。
③ 刘宝楠：《论语正义》，诸子集成本，上海书店，1936，第294页。

切行为都中规中矩，即处处符合儒家道德规范。"中庸"虽然是孔子极为推崇的道德规范，却并非难以企及的，而是一般人都可以做到的。钱穆曾说："中庸之人，平人常人也。中庸之道，为中庸之人所易行。中庸之德，为中庸之人所易具。故中庸之德，乃民德。其所以为至者，言其至广至大，至平至易，至可宝贵，而非至高难能。"①这是符合孔子本意的。

这里有一个问题需要辨析一下，那就是儒家的"中庸"概念的含义与古希腊哲学家亚里士多德的"中庸"思想之间的异同问题。在古希腊，中庸被视为一种美德。在亚里士多德的政治与伦理观念中，中庸思想占有重要位置。他在《政治学》中说："我们都认为万事都是过犹不及，我们应该遵循两个极端之间的'中庸之道'。"又说："还有一条绝对不应该忽略的至理，而今日正是已被许多变态政体所遗忘了的，就是'中庸（执中）之道'。"②这就是说，在亚里士多德看来，"中庸之道"的意思是在两个极端之间寻求平衡，不偏不倚。它是一种政治治理原则。但亚里士多德的"中庸之道"又不仅仅是政治原则，它同时也是一种个体的道德准则。他说："现在，大家既然已公认节制和中庸常常是最好的品德，那么人生所赋有的善德就完全应当以［毋过毋不及的］中间境界为最佳。处在这种境界的人们最能顺从理性。趋向这一端或那一端——过美、过强、过贵、过富或太丑、太弱、太贱、太穷——的人们都是不顺从理性的引导的。"③由此可见，亚里士多德的"中

---

① 钱穆：《论语新解》，《钱宾四先生全集》第3册，联经出版事业股份有限公司，1963，第226页。
② 亚里士多德：《政治学》，吴寿彭译，商务印书馆，1965，第433页、273页。
③ 亚里士多德：《政治学》，第205页。

庸之道"与孔子的"中"或"中庸"思想看上去的确是很相近的，事实上也确实存在相通之处。但是如果深入了解的话，则可以说，二者并不是可以等同的概念。首先，在孔子这里，"中"或"中庸"主要是指一种道德修养，其衡量标准主要是儒家所遵循的"礼"的规定；而在亚里士多德那里，"中庸之道"就更多的是倾向于一种治理城邦的政治策略。其次，也是最重要的，在儒家这里"中"和"中庸"包含着在"天人关系"的框架内思考人的道德准则的丰富意蕴，这在亚里士多德的"中庸之道"那里显然是没有的[①]。

孟子对"中"的理解当然是秉承孔子之说而来，也主要是将"中"看作一个道德哲学范畴。他说："中也养不中，才也养不才，故人乐有贤父兄也。如中也弃不中，才也弃不才，则贤不肖之相去，其间不能以寸。"（《孟子·离娄下》）朱熹依然以"无过无不及"释"中"[②]。其实此处之"中"是指能"中道而行"，或行"中庸之道"的人，亦即指有德之人而言。他的意思是说有德之人善能教养无德之人，所以人们都以有贤德的父兄为乐；倘使有德之人弃绝无德之人，则有德与无德也就相去不远了。孟子在这里强调的是父兄在道德上对于子弟所应有的表率作用。

孟子又有著名的"执中"之说，他说："杨子取为我，拔一

[①] 关于儒家的"中"与"中庸"的含义与译法，以及其与亚里士多德的"中庸之道"之间的异同问题，可以参见安乐哲、郝大维《切中伦常：〈中庸的新诠与新译〉》，彭国翔译，中国社会科学出版社，2001，第20、21页，第104-109页。
[②] 朱熹：《四书集注·孟子集注》，第418页。

毛而利天下，不为也。墨子兼爱，摩顶放踵利天下，为之。子莫执中，执中为近之。执中无权，犹执一也。所恶执一者，为其贼道也，举一而废百也。"（《孟子·尽心上》）这段话可从两个层次来理解。一是说"执中"近于儒家之道。杨朱为我，墨子兼爱，前者过于自私，无君无父；后者之爱过于宽泛，没有等差，均不合于儒家之道。鲁国的贤人子莫主张"度于二者之间而执其中"，与儒家之道相近。二是仅仅是"执中"还不能算是儒家之道，"执中"还须有"权"，也就是懂得权变。"执中"而无权变，往往流于死板教条，反而有害于道。朱熹《集注》对孟子这段话有很精辟的解释，他说：

> 子莫，鲁之贤人也。知杨、墨之失中也，故度于二者之间而执其中。近，近道也。权，称锤也，所以称物之轻重而取中也。执中而无权，则胶于一定之中而不知变，是亦执一而已矣。程子曰："中字最难识，须是默识心通。且试言一厅，则中央为中，一家，则厅非中而堂为中；一国，则堂非中，而国之中为中。推此类可见矣。又曰："中不可执也。识得则事事物物皆有自然之中，不得安排，安排着则不中矣。"①

此言颇得孟子之义。盖以孟子观之，"中"是相对具体情况而言的，所以事事物物皆有各自之"中"，人要想"中道而行"则须识得各事各物之"中"而执之。倘不如此，而以为万事万物唯有一永恒不变之"中"，而执此"中"于事事物物之上，则与"中"

---

① 朱熹：《四书集注·孟子集注》，第510、511页。

之本义刚好相悖。"中"并不是一个恒定不变的东西，不同事物、不同情境都有不同的"中"，所以必须具体问题具体分析才行，这也就是"执中"而又能"权"了。孟子此言可以说是对孔子"中庸""中行"之说的补充发展，后世儒者多言"时中""随时而中"，其中就含有"权"的意思了。孟子关于"中"与"权"的思想无论是在日常生活中还是在政治生活中，都具有重要启发意义。今人吴小如先生阐释说："盖执中不知权变则太胶执，其实质乃执一，执一则害道矣。今之所谓一言堂者，其弊即在举一而废百也。故为政者往往其言似执中，而其行则执一，其弊至于铸大错而不自知，且不知悔，于是民不堪命矣。"①孟子所讲的道理是古今相通的，吴先生此说堪称知言之论。

荀子在坚守孔子传统的前提下广泛吸取道家、名家、法家思想。所以他对"中"的阐释与孔孟意近又有所不同。他说："先王之道，仁之隆也，比中而行之。曷谓中？曰：礼义是也。"又说："凡事行，有益于理者，立之；无益于理者，废之：夫是之谓中事。凡知说，有益于理者，为之；无益于理者，舍之：夫是之谓中说。事行失中谓之奸事，知说失中谓之奸道。"（《荀子·儒效》）他直接以"礼义"释"中"，可以说是符合孔孟"中庸""中行""中道而立"之本义的。然荀子又有"中事""中说""奸事""奸道"之谓，并以"治世""乱世"衡量之，则其所谓"中"与孔孟主要就个体道德行为言"中"之本义又有距离。盖荀子之"中"更多地带有政治哲学的色彩，似乎比孔子和孟子更接近亚里士多德了，这当然与荀子融儒法而为学的思想体系有关。

---

① 吴小如：《吴小如讲〈孟子〉》，天津古籍出版社，2008，第189页。

有学者认为这里"中事""中说"之"中"以及"比中而行"的"中"均应为四声,读作"仲",是"当"的意思[①],这一解释似乎不够准确,因为如此一来就距离孔孟所说的"中"比较远了。读若"仲"的"中"是个动词,即"中规中矩"或"随时而中"之"中"。而这里荀子明确说:"曷谓中?曰:礼义是也。"显然是把"中"理解为名词的。因此荀子所说的"中"虽然与孔孟有了一定的差异,但从基本精神上看依然是一脉相承的。

荀子又有"中正"之说:"故君子居必择乡,游必就士,所以防邪辟而近中正也。"(《劝学》)这里的"中正"是正直之义,主要指人的道德品行而言,是儒家"君子"人格的基本要求,这可以说是对孔孟的直接继承。又有"中声"与"中和"之说:"故《书》者,政事之纪也;《诗》者,中声之所止也……《礼》之敬文也,《乐》之中和也,《诗》《书》之博也,《春秋》之微也,在天地之间者毕矣。"(《荀子·劝学》)这里的"中声"与"中和"是紧密联系的,所谓"中声"也就是"中和之声"。"中和"是儒家对音乐的基本要求,含有中正平和、温柔敦厚的意思。孔子谈到音乐的时候有"尽善尽美"之说,要求音乐的声调不仅要美妙动听,更要符合道德原则。在这里最重要的就是情感的表达要有节制,不能过分激烈。也就是要"乐而不淫,哀而不伤"。(《论语·八佾》)或者用汉儒的话说就是"发乎情,止乎礼义"。(《毛诗序》)这是儒家用礼义规范文学艺术的基本原则的表现,也是中国古代以儒家为核心的美学思想的集中体现。

总之,经过孟子和荀子两位儒学大师的重新阐释之后,"中"

[①] 王天海:《荀子校释》卷四,上海古籍出版社,2005,第280页。

这个概念的内涵更加丰富起来，其中包含了政治、道德和美学等多重意涵，终于成为儒学话语系统中具有核心地位的价值范畴。

《易传》和《中庸》两部典籍对宋学影响巨大，其关于"中"的思想是宋学最直接的思想资源。下面我们先来看一看《易传》中的"中"概念。

《周易·师·彖》有"刚中而应"一语，①张载解释说："刚正、刚中，则是大人圣人，得中道也。"②（《横渠易说》）"刚"，意为刚健，"中"，意为中正无邪。这是说卦之人以儒家道德观念解读"师"之卦辞的结果。又同卦"六五"爻辞有"长子帅师"句，《象传》释曰："长子帅师，以中行也。"③"中行"即"中道而行"，是指人的行为合乎儒家伦理规范。又《比》之卦辞有"永贞无咎"之语，意为占问无害，其《彖传》释云："永贞无咎，以刚中也。"此"刚中"意为刚健而能行于中道，同样是以儒家观念来解读卦辞的产物。又如《同人》卦之卦辞有"同人于野，亨。利涉大川"，《彖传》释云："文明以健，中正而应，君子正也。唯君子为能通天下之志。"④这里的"中正"是指人正直无私，行事不偏不倚，这也是依据卦辞之意与卦中各爻所处位置来借题发挥式地阐扬儒家思想。

《易传》可以说是"究天人之际"的学问，其主旨是借宇宙万物大化流行、生生不息的特点来弘扬一种积极进取、自强不息的君子人格精神。因此，《易传》的"中"概念便常常与

---

① 楼宇烈：《周易注校释》，中华书局，2012，第33页。
② 张载：《横渠易说》，丁原明《横渠易说导读》，齐鲁书社，2004，第69页。
③ 楼宇烈：《周易注校释》，中华书局，2012，第34页。
④ 楼宇烈：《周易注校释》，第54页。

"刚""正""直"等概念相联。与孔、孟相比,《易传》之"中"似乎阳刚之气更多一点。《乾》卦《象传》云:"天行健,君子以自强不息。"《坤》卦《象传》云:"地势坤,君子以厚德载物。"是说君子既要像上天那样大化流行,奋斗不止,又要像大地那样承载万物,宽厚仁德。儒家就是要向天地学习,学习天地自然化育万物的神奇伟力与不自矜、不自伐、默默运作的谦逊品格。这就是儒家的人格追求,也是"中"与"中庸"的文化底蕴之所在。

我们再来看《中庸》对于"中"的论述。《礼记》中的《中庸》一文,古人都以为是孔子之孙,子思所作。经过近现代学者考证,认为其中既保留了部分子思的原话,又有战国中后期的儒家加进去的内容。《中庸》中所阐述的思想与《孟子》甚近,孟子又是子思的再传弟子,因此学界一般把二人所代表的思想系统称为"思孟学派"。此派学说从两汉至唐朝中叶长达一千年的历史长河中都不大为人所重,而到了宋代二程和朱熹等人那里,《中庸》和《孟子》就成为儒家心性之学的主要思想资源。

在《中庸》中,"中"既有道德价值意义又有哲学本体意义,具有极为丰富而深刻的思想内涵。其云:

> 喜怒哀乐之未发,谓之中;发而皆中节,谓之和。中也者,天下之大本也;和也者,天下之达道也。致中和,天地位焉,万物育焉。①

这里的"中"内涵极为丰富,从字面来看,至少包含下面五

---

① 朱熹:《四书集注·中庸章句》,岳麓书社,1987,第25页。

个层次的意义：第一，"中"是这样一种个体心理状态，它能够产生各种情感但是尚未产生任何具体情感，是混沌未凿的浑然状态。"未发"是指某种具体情感的潜伏状态，或者说是作为可能性而存在的情感。它确实存在着，但人们无法直接觉知它的这种存在。人们之所以知道它的存在乃是从它"发"之后逆向推导出来的。第二，"已发"是指喜怒哀乐等具体情感表现出来的状态，只要这种情感表现符合人伦规范，也就是"中节"，或者说是恰如其分、无过无不及，即称之为"和"。也就是说，"和"可视为"中"之外在显现。如果借用精神分析主义的概念，"未发"的"中"有点像"无意识"状态，人是无法直接觉知到它的；"发而皆中节"的"中"有点像是遵循着"现实原则"的"意识"，不仅为人所觉知，而且可以为人所操控。第三，"中"是"天下之大本"，即天地万物之本根。也就是世界上一切存在物之存在的根据。第四，"中"的外在显现"和"，则是"天下之达道"，即天地万物共同遵守的基本规则。第五，如果能够实现"中和"规则于全天下，那么天地万物就会各正其位，一切生命均得以孕育繁衍。如此看来，"中"既是一种人之内在世界混沌的存在样态（即未发之"中"），又是人的精神价值之实现（即"发而皆中节"之"中"），如果把这一道理推及宇宙世界，那么这个"中"还是天地万物存在之本原、运演之法则。

　　这就是《中庸》这段话表达的意思。但这如何可能呢？"中"这个概念既是主体性的，又是客观性的；既是认知性的，又是价值性的；既是功能性的，又是本体性的。其中的逻辑如何贯通呢？孔颖达解释说："喜怒哀乐缘事而生，未发之时，澹然虚静，心无所虑而当于理，故谓之'中'。喜怒哀乐虽复动发，皆中节限，犹如盐梅相得，性行谐和，故谓之'和'。情欲未发，是人性之初本，故曰'大本'。情欲虽发而能和合，道理可通达流行，故曰'达道'。'致中和'，言人若能致极中和，使阴阳不错，则天地得其正位，生成得理，故万物得其养育。"[1]这是程朱理学出现之前古人对这段话最通达的解释了。今人劳思光说："至正无偏的心灵境界，显出万有之最后根源；调和无滞的心灵境界，显出万事的普遍法则。能达成这两种境界，则宇宙定其位，万物流行不息。"[2]这里的意思是说，人所处的"中"的心灵境界就是天地万物存在的最后根源之显现；人所达到的"和"的心灵境界就是对世界上的事情之普遍原则的显现。能够实现这两种境界，则天地各安其位，万物繁衍不息。表述方式不同，实质上与孔颖达是一脉相承的。孔颖达和劳思光的解释如果成立需要一个前提：就是人与天地自然是一个整体，他们有着共同的存在依据与运动规则。对此我们可从下面几个层面进一步予以阐释。

其一，《中庸》赋予"中"以多重含义的逻辑前提是天人合一，物我一体的观念，这是儒家，乃至整个中国古代哲学中一个基本观念。离开了这一前提则无法解释"中"何以会具有"大本"与"达道"的双重意义。在《中庸》看来，人之所具均为天之所予，人与天地存在着紧密的内在关联性，天地变化会影响到人，人的行为也同样会作用于天地。虽然《中庸》的作者并没有像后来的董仲舒那样主张机械的"天人感应"，但对于天与人之间的紧密关联性却是丝毫也不怀疑的。因此按照《中庸》的逻辑，发挥人之主体力

---

[1] 孔颖达：《礼记正义》下册，上海古籍出版社，2008，第1989、1990页。
[2] 劳思光：《大学中庸译注新编》，香港中文大学出版社，2000，第44页。

量亦可参赞天地之运演。"中"既存之于人心,又具之于天地万物,所以"中"既是价值论、心理学范畴,又是本体论范畴。对于人来说,"中"就是"人伦",也就是"应该原则",即为社会所肯定的行为规范;对于天地自然来说,"中"就是"物理",也就是事物自身的固有特性与法则。把人伦道德与自然法则看作是一个有机整体,这恰恰是中国古代哲学范畴的一大特色。诸如道、性、理、气、诚等儒家核心概念都有这一特点,它们既表现在生命个体之上,又存在于自然宇宙之中。中国古人总是极力寻找人与自然之间的共同性,而对二者的差异性则似乎视而不见,明显缺乏追问的兴趣。这也是中国古代哲学与西方哲学传统的根本区别之一。

其二,"中"即是"道"。《中庸》篇首即言:"天命之谓性,率性之谓道,修道之谓教",可知"性"与"道"本为一体,无法分拆。"性"也就是"未发之中",是人秉受于天之道而来的。在天谓之道,在人谓之性。朱熹说:"喜、怒、哀、乐,情也。其未发,则性也,无所偏倚,故谓之中。……大本者,天命之性,天下之理皆由此出,道之体也。"①《中庸》引孔子之言云:"道之不行也,我知之矣:知者过之,愚者不及也。"可知"道"即是"无过无不及",即是"中"。朱熹亦注云:"道者,天理之当然,中而已矣。"②由此可知,"性""道""中"等根本上都是一回事,只是从不同角度来说而已。"道"存之于天地万物,叫作"道"或"天理",它存于人的身上,则称为"性",就其存在于人心之内且尚未表现于外而言又称为"中",其所存之处不同、

---

① 朱熹:《四书集注》,第26页。
② 朱熹:《四书集注》,第28页。

表现方式各异，而其理则一般无二。但人禀天地之灵气而生，自不会同于动植物，人具有自我理解、自我反思的能力，所以人能明确了解"道"既存于万物，又存于人心的特性，因此能靠有意识的努力去顺应、发扬大道，使内外相契合。《中庸》云："成己，仁也；成物，知也。性之德也，合外内之道也，故时措之宜也。"①此"成己成物"与"合外内之道"可以说是《中庸》之核心精神，也是儒家所理解"天人合一"的真谛所在。其关键之点就在于人作为有意识的个体生命自觉与宇宙大生命的和谐一致。因此，"中"作为"性""道"之异名，就必然是存于内而显于外了。

其三，在《中庸》的语境中，"中"也就是"诚"，指的是人与万物本自具足的、真诚无伪的基本特性。何以见得呢？首先，二者同为天地万物存在之依据——"中也者，天下之大本也""诚者物之终始，不诚无物"。可知没有"中"这个"大本"，天下万物就不会存在。同样，万物离开了"诚"，也同样不成其为万物。二者都具有本体性质，所以实为一体。其次，"中"和"诚"又都是指人之心理状态及万事万物自然而然、浑然未化之情状："喜怒哀乐之未发，谓之中。""诚者不勉而中，不思而得，从容中道，圣人也。""诚者自成也，而道自道也。"这都是在讲一种人与物共有的自在本然性。由此可知"中"即等于"诚"。《中庸》论"诚"即是以"合外内之道"为指向的，认为"诚"是人与万物的共同品性，亦是人靠个体人格修养及主观努力而能够参赞天地化育的必要条件。"中"也同样如此。

总之，《中庸》赋予了"中"以多重意义，从而使其成为儒

---

① 朱熹：《四书集注》，第28页。

学概念系统中最复杂难识而又最重要的一个核心范畴。所以说程颐的："中字最难识，须是默识心通。"①堪称知言之论。

除了"中"以外，《中庸》中又有"中庸"和"时中"两个重要的衍生概念："仲尼曰：'君子中庸，小人反中庸。君子之中庸也，君子而时中；小人之［反］中庸也，小人而无忌惮也。'"朱熹解释说："中庸者，无过不及而平常之理，乃天命所当然，精微之极致也。惟君子能体之，小人反是。"②这段话的基本意思是说，君子作为有教养的人，会自觉恪守中道而行的准则，随时随处都能够做到恰如其分，绝对不会失去规范，放任自流。小人作为没有教养的人就会唯利是图、肆无忌惮，根本不顾什么规则，他们的行为是与"中庸"背道而驰的。可知这里的"中庸"与前面论述的"中""中道""中行"含义是一致的。下面我们主要讨论一下"时中"这个概念。

在《易传》和《中庸》中都有"时中"这个概念。例如《周易》《蒙》卦之《彖传》云："《蒙》亨，以亨行，时中也。"《中庸》云："君子之中庸也，君子而时中。"张载释《彖传》之"时中"云："时中之义甚大。……教者但观蒙者时之所及则道之，此是以亨行时中也；此时也，正所谓时雨化之。如既引之中道而不使之通，则是教者之过；当时而道之使不失其下，则是教者之功。"③朱熹则注云："得其时之中。"④观二人之释文，可知"时中"是指在不断变化着的任何情况下（时）都能找到最正确

---

① 程颢、程颐：《二程集》上册，王孝鱼点校，中华书局，1981，第214页。
② 朱熹：《四书集注》，第27页。
③ 张载：《横渠易说》，《横渠易说导读》，第66页。
④ 朱熹：《周易本义》卷一，何誉整理，中央编译出版社，2010，第39页。

的行为路线（中）——其标准自然是儒家道德原则。"时"是指特定情境、条件，"中"则是恰当的行为准则。朱熹注前引《中庸》之"时中"云："君子之所以为中庸者，以其有君子之德，而又能随时以处中也。"①与前条注文相参照，我们可知"时中"并不是说在任何时候都要坚持一成不变之规矩，以不变应万变，而是说要根据情境与条件的变化随时调整自己的行为准则。在这里，"中"乃是一个"变量"，它随"时"而变。"中"乃"时"之"中"，"时"不同则"中"亦不同。一切"时"各有其"中"，君子则善于"随时以处中"——依据变化了的情势而找到特定的最佳行为准则。如此，则"时中"是使儒家一般道德准则在不同情况下得以具体体现的行为策略，已经是"执中"与"权"的结合了。

张载对"时中"的解释着眼于人内心的道德自律，他说："无成心者，时中而已矣。"清人张伯行释云："成心，私意也。"又说："其于万物万事随时顺应而各得其中，所谓君子而时中者也。"②张横渠以"无成心"来规定"时中"之义，其着眼点乃在主体人格修养之上。这意味着，只要人能无私心私意，则不论面临何种情势，均可中道而行。如此一来，就可以不必事先即存"随时""顺时"的准备，只预先营构好自身的精神世界就一切问题都解决了。这显然与孔子"天下有道则见，无道则隐"，孟子"穷则独善其身，达则兼善天下"的思想有了一定距离。一是随外在条件来调整个体行为，一是以个体修持来应付外在变化；一是强调外在条件，一是强调心灵建构。程颢尝言："心不通乎道……

---

① 朱熹：《四书集注》，第27页。
② 张伯行集解：《濂洛关闽书》卷二。

虽使时中，亦古人所谓亿则屡中，君子不贵也。"① "亿则屡中"是《论语·先进》载孔子评子贡之语。这里的"亿"是猜测、意度的意思。依朱熹之注，此"言子贡不如颜子之安贫乐道，然其才识之明，亦能料事而多中也"②。二程此言是说只有靠心灵自我提升而达于天地之道，才算真正完成了人格修养，倘靠小聪明而偶合于道那是不足贵的。然而如何才能"通乎道"呢？二程云："学莫贵于知言，道莫贵于识时，事莫贵于知要。"③这就是说，"道"与"时"具有某种相通之处，心能通乎道，亦能应乎时，能应乎时，亦能通乎道。"道"即含于"时"之中。因此，"应时""随时"亦即"中道而行"。"时中"于是便与儒家道德精神相通了。这里既有不可动摇的原则性，又有很大的灵活性，体现的是一种不同凡响的人生智慧。

先秦儒家之所以特别重视"中"和"中庸"并不是偶然的，考其原因，大要有三：其一，儒家学说的最终目的是改造现实社会，建立新的社会价值秩序，是政治性的，但是儒家士人手中既没有权力，也没有财富，缺乏有效的政治手段，他们就只好采取道德教化的方式，试图通过改造人心，首先是执政者之心来达到政治目的。因此儒家强调"中"和"中庸"的重要性，实质上是要告诫人们应该道德自律，要有原则，不要任意而为。其二，儒家士人有着远大理想，自知"任重而道远"，他们把"中"和"中庸"作为时时恪

---

① 程颢：《答朱长文书》，王孝鱼点校《二程集》，中华书局，1981，第601页。
② 朱熹：《四书集注》，第185页。
③ 程颐：《河南程氏遗书》卷一八《伊川语十一》，王孝鱼点校《二程集》上册，中华书局，1981，第320页。

守的行为准则，是为了使自己成为一个道德典范，以便于有足够的自信心和影响力去说服那些执政的诸侯君主们。他们认为，只要能够中道而行，就可以立于不败之地。其三，儒家奉行的是现实主义路线，反对偏激，无论是政治理念还是人格修养，都主张合情合理、恰如其分，不像墨家、道家、法家那样比较极端①。"中"和"中庸"就可以看作是他们这种现实主义品格的话语表征。

二、程朱理学话语体统中"中"概念的功能与意义

宋学继承并发展了先秦子思、孟子一派儒学以及《易传》精神，暗中又汲取了道家与佛学思想，发展成一种"新儒学"。"中"这一核心概念的含义与意义在宋学这里也得到了进一步丰富与深化，使之成为涵摄"心""性""诚""敬""思"诸宋学之核心概念的重要范畴。

宋代一流的文人士大夫大都有成圣成贤的伟大理想，作为理学"北宋五子"之首的周敦颐的一部《通书》，其主旨就是讲"作圣之功"，也就是教人们如何做圣人的。因此对于宋明理学，无论是程朱理学还是陆王心学而言，《易传》、《中庸》和《孟子》具有极为重要的价值，其重要程度甚至可以说不下于《五经》和《论语》。《易传》和《中庸》对"中"之标举也自然在道学中产生重大影响。

---

① 墨家的"兼爱"是极端，道家的"无为"是极端，法家的"法"也是极端，都与现实中的人情事理有较大距离。

在理学家中，张载在宇宙论以及天人关系方面贡献最大。他对"中"与"中庸"的阐释也是在天人关系角度立论的。他说："不悟一阴一阳范围天地、通乎昼夜、三极大中之矩，遂使儒、佛、老、庄混然一涂。语天道性命者，不罔于恍惚梦幻，则定以'有生于无'为穷高极微之论。入德之途，不知择术而求，多见其蔽于诐而陷于淫矣。"①又说："中正然后贯天下之道，此君子之所以大居正也。盖得正则得所止，得所止则可以弘而至于大。"②他的意思是说，如果不了解"中"或"中正"乃是贯穿于天、地、人三者之间的基本规范，其表现为阴阳之道的运行，那么就很容易把儒学与佛道之学混为一谈，陷入一种梦幻之境或虚无之中。人能够中道而行，即恪守"中"或"中正"的原则，就可以把握天地宇宙之间的大道，因为他知道应该在哪里停止，懂得应该在哪里停止方能把自己提升到高远广大的境界之中。

既然"中"是贯穿于天地宇宙之间的基本规则，并不仅仅限于人的世界，那么人与天地宇宙是怎样的一种关系呢？在张载看来，人应该顺应自然宇宙的大化流行，他说："神不可致思，存焉可也；化不可助长，顺焉可也。存虚明，久至德，顺变化，达时中，仁之至，义之尽也。"③他认为，人不能试图改变天地自然的运演变化，对于天地自然的化育万物，人应该积极顺应，并且时时按照最恰当的方式规范自己的行为，如此就达到仁义之极致了。这显然是对《中庸》"尽己之性，然后尽人之性；尽人之性，然后尽物之性；尽物之性，然后赞天地之化育；赞天地之化育，然后与天地

---

① 张载：《张子正蒙·太和篇》，《张载集》，第8页。
② 张载：《张子正蒙·太和篇》，《张载集》，第26页。
③ 张载：《张子正蒙·太和篇》，《张载集》，第17页。

参"的思想的继承与发挥。张载所热衷的正是这样一种"合外内之道"的大学问。他说:"知德以大中为极,可谓知至矣;择中庸而固执之,乃至之之渐也。惟知学然后能勉,能勉然后日进而不息可期矣。"①这段话中提到的"中道""大中"都是指贯穿自然宇宙与人类社会的根本法则,这是唯有圣人才能达到的至上境界,对于一般人来说,只有坚持不偏不倚、无过无不及的原则,勤勉学习,持之以恒,方能渐渐接近这一高度。

张载关于"中"的阐释显然是对《中庸》与《易传》思想的综合,其根本特点在于试图打通人与自然之间的界限,把个人的道德修养与大化流行的自然宇宙视为一个生命共同体。这也就是他在著名的《西铭》所描述的那种境界:"乾称父,坤称母;予兹藐焉,乃混然中处。故天地之塞,吾其体;天地之帅,吾其性。民吾同胞,物吾与也。"②因此在张载这里,所谓"中",其含义已经不限于一般意义上的道德伦理范畴了,根本上乃是人与自然宇宙所共有的生命法则。他的门人范育为他的《正蒙》所写的序准确地概括了他的这一思想:"故《正蒙》之言,……要之立乎大中至正之矩。天之所以运,地之所以载,日月之所以明,鬼神之所以幽,风云之所以变,江河之所以流,物理以辨,人伦以正,……本末上下贯乎一道,过乎此者淫遁之狂言也,不及乎此者邪诐之卑说也。"③这个"本末上下贯乎一道"者,也就是"大中至正之矩",是贯通天人的根本法则。

"二程"为宋明理学的代表人物,儒学之心性论正是在他们这

---

① 张载:《张子正蒙·太和篇》,《张载集》,第27页。
② 张载:《张子正蒙·乾称篇》,《张载集》,第62页。
③ 张载:《张子正蒙·乾称篇》,《张载集》,第5、6页。

里得以发扬光大的。对于《中庸》的"喜怒哀乐之未发谓之中,发而皆中节谓之和"一段话,程颐做如下阐释:"此章明中和及言其效。情之未发,乃其本心。本心元无过与不及,……所取准则,以为中者,本心而已。由是而出,无有不合,故谓之和。非中不立,非和不行。所出所由,未尝离此大本根也。……极吾中以尽天地之中,极吾和以尽天地之和,天地以此立,化育亦以此行。"①在这里,程颐把"未发之中"理解为"本心",也就是人禀受于天的本然之性。宋明理学秉承孟子"性善"之说,所以这种作为本然之性的"本心"是有善无恶的,故能无过无不及。人经过道德修养,努力提升自己,就可以使这种自在本然之性得到充分发挥,从而与天地自然的固有法则相契合,天地因此而得立,万物因此而化生。这就意味着人以自己的智慧参与到天地化育万物的伟大过程之中了,这是对《中庸》思想的准确把握和阐发。

然而"中"既然是"未发",那如何能够把握它呢?这是个问题。在程颐看来,实际上这个"未发之中"是无法言说的,请看下面这段对话:

> 或曰:"喜怒哀乐未发之前,求中可否?"曰:"不可。既思于喜怒哀乐之前求之,又却是思也。既思即是已发,才发便谓之和,不可谓之中也。"又问:"吕学士言:'当求于喜怒哀乐未发之前。'信斯言也,恐无著摸,如之何而可?"曰:"看此语如何地下。若言存养于喜怒哀乐未发之时,则

---

① 程颐:《中庸解》,王孝鱼点校《二程集》下册,中华书局,2004,第1153页。

可;若言求中于喜怒哀乐未发之前,则不可。"又问:"学者于喜怒哀乐发时固当勉强裁抑,于未发之前当如何用功?"曰:"'于喜怒哀乐未发之前'更怎生求?只平日涵养便是。涵养久,则喜怒哀乐发自中节。"①

这就是说,"中"不能作为"思"——自省、内省、自我追问——的对象,因为人之"思"一旦及之于"中",则已变为"已发",即是"和"了。这实际上便判定了"中"的不可言说性。也就是说,不能有意识地专门去寻找这个"中"。既然如此,那如何知道有着"中"存在呢?看程颐的意思是说,人只要去涵养,也就是用体认、涵泳的方式去进行道德的自我砥砺、自我提升,久而久之自然会达到行事中规中矩的境界,而到了这个境界,也就可以推知人的心中原有达于此境界的潜能,这个潜能也就是"中"了。换言之,"中"只是对那不可言说的潜能的命名而已。所以程颐又说:"喜怒哀乐未发谓之中,只是言一个中体(一作本体),既是喜怒哀乐未发,那里有个什么?只可谓之中。如乾体便是健,及分在诸处,不可皆名健,然在其中矣。天下事事物物皆有中,发而皆中节谓之和,非是谓之和便不中也。言和则中在其中矣。"②这就是说,那个"未发之中"并非现实存在之物,而是一个先验本体,只存于人的观念中。因此对它无法再予追问。至于已发之中,则不独于人,于万事万物俱有一个"中"在,它就存在于"和"之中。

---

① 程颐:《河南程氏遗书》卷一八《伊川先生语四》,王孝鱼点校《二程集》上册,中华书局,2004,第200、201页。
② 程颐:《河南程氏遗书》卷一七《伊川先生语三》,王孝鱼点校《二程集》上册,中华书局,2004,第180、181页。

用现代哲学话语言之，则"中"可以看作是万事万物正常生长之可能性。对人而言，则是其成为善良仁德之人的可能性。也就是说，"中"是使万物感其为特定之物的内在规定性，是使人成其为人的内在规定性。因此"中"也就是"性"。人与万物循此规定性而生成演化则称为"和"。由此观之，所谓"中""和"云云，不过是指人与物各自之所应是而已。应是与否的标准自然是儒家传统之宇宙观与人生观。所以归根到底，"中"和"中庸"都是强调必须遵守儒家道德准则行事。如二程又云："不偏之谓中，不易之谓庸。中者天下之正道，庸者天下之定理。"①又说："敬而无失便是'喜怒哀乐未发之谓中'也。敬不可谓之中，但敬而无失，即所以中也。"②如此，则"中"又被理解为儒家的道德准则了。它又从本体之"中"而回归为伦理价值之"中"。这个伦理价值之"中"不同于作为自然宇宙之本体的那个"中"，对它不仅可以追问、反省，而且能够"执"之。二程云："人心，私欲也，危而不安；道心，天理也，微而难得，惟其如是，所以贵于精一也。精之一之，然后执其中，中者，极至之谓也。"清人张伯行释云："中者，至当不易，增一毫则过，损一毫则不及，极至之谓也。"③所谓"天理"，字面上看是指自然之理，实际上也就是儒家风行的伦理道德。将其说成自然之理，是为了赋予其神圣性。按照二程的逻辑，则人之行为只要做到不偏不倚、无过无不及，也就是"执中"——

---

① 程颐：《河南程氏遗书》卷七《二先生语七》，王孝鱼点校《二程集》上册，中华书局，2004，第100页。
② 程颐：《河南程氏遗书》卷二上《二先生语二上》，王孝鱼点校《二程集》上册，中华书局，2004，第44页。
③ 张伯行集解：《濂洛关闽书》卷一一。

"中道而立"了。这样一来"中"之价值便实现于人之行为中,至于"中"在人心中究竟为何物,也就没有追问的必要了。儒家哲学常常都是这样让现实道德关怀,阻绝形上玄远之思的。

《中庸》言"中"可以说是"天人二元论"的:"中"既各具人心而自足,是为个体价值范畴,属伦理道德领域;同时又是天地万物之本根,无物不有,是为宇宙论、本体论范畴,属客观存在领域。这种"天人二元论"的思维方式在宋儒这里也得到继承。例如张载和二程共同的高足吕大临就说:"'天命之谓性'即所谓中,'修道之谓教'即所谓庸。中者,道之所自出;庸者,由道而后立。盖中者,天道也、天德也,降而在人,人秉而受之,是之谓性。……性与天道,本无有异,但人虽受天地之中以生,而梏于蓦然之形体,常有私意小知,挠乎其间,故与天地不相似,所发遂至于出入不齐,而不中节。如使所得于天者不丧,则何患不中节乎?"[①]吕大临开始是张载的学生,后来又投入二程门下,但在关于"中"的思考上,他似乎更多地受到张载的影响,在天人相通处言"中"时,更侧重于在"天之中"的一面。对吕大临的观点可做三个方面理解。第一,"中"本是"天道""天德",属于自然宇宙的基本属性,原本与人无干。后来人类才"受天地之中而生"。这即是说,"中"是天地自我生成、自我衍化的大道,同时也是人类产生的依据。第二,"中"不仅仅生成人类,而且还规定了人所以为人的特性,或者说是给予人以内在规定性。因此,在人的心里,与生俱来地都有一个"中"存在着。只是又由于人有肉体存在,有各种私欲、私意存在,故而其秉受于天的"中",在其

---

① 陈俊民:《蓝田吕氏遗著辑校》,中华书局,1993,第271页。

"已发"时，就表现得参差不齐，有"和"有"不和"，人的良莠贤愚也就因是而分。第三，"天地之中"降于人身则成为"性"，"性"也就是"恻隐、羞恶、辞让、是非"之心，也就是先验道德理性或仁义道德之潜在可能性。"中"是"天道"，"性"是"人道"。二者根本上是具有同一性的："在物之分，则有彼我之殊；在性之分，则合乎内外、一体而已。"吕大临综合张载和二程的观点，对"中"的理解可谓透彻。

吕大临有时候在思考"中"的问题时又倾向于二程，侧重在"人之中"，他说："喜怒哀乐未发之前，反求吾心，果何为乎？《易》曰：'寂然不动，感而遂通天下之故。'《语》曰：'子绝四：毋意，毋必，毋固，毋我。'《孟子》曰：'大人者，不失赤子之心。'此言皆何谓也？……唯空然后见乎中，空非中也，必有事焉。……由空然后见乎中，实则不见也。"[①]

此处同样是于天人相通处言"中"，而其侧重是在"人之中"。这里是在强调"中"为人本有之心，其存在与发用俱为自然而然之事。倘若人能任其本心自然发用，无丝毫私意私欲于其间，则人的行为就会"中节"，就会"和"。因此，人心之"中"必须于"空"处求得。所谓"空"即是摒除私意私欲之意，"实"则是心为私意私欲占据之意。只有"空"方可使本然心体澄然显露，人才能"中道而立"。孔子的"四绝"，孟子的"不失赤子之心"，颜回的"屡空"，均指人能够通过主观努力而使一己之心还原于"中"。

朱熹论"中"亦承续《中庸》及北宋道学家传统，在"天"与"人"相契合处言之。具体而言，他是将"中庸"之"中"与"中

---

① 陈俊民：《蓝田吕氏遗著辑校》，第273、274页

和"之"中"分别阐释。其论"中庸"之"中"云:"中者,不偏不倚,无过不及之名",又论"中和"之"中"云:"喜怒哀乐,情也。其未发,则性也,无所偏倚,故谓之中。发而中节,情之正也,无所乖戾,故谓之和。"①此处基本上乃继承北宋理学家之成说,尚不见有异于二程及吕氏之释。朱熹的独到之处乃在此基础上更进一步,以"体用"之说释"中"之义。

"体用"是中国古代哲学的重要范畴,"体"是指事物的内在规定性,它不可用感官来把握,却决定着事物的基本存在样式;"用"则是事物的外在表现,也是"体"的显现形式。"体"和"用"紧密相连,无法分拆开来。朱熹说:"大本者,天命之性,天下之理,皆由此出,道之体也。达道者,循性之谓,天下古今之所共由,道之用也。"②又说:"未发之中是体,已发之中是用。"③可见,在朱熹看来,作为"体"的"中"是指人的各种感情未生之时的浑然心体而言,其喜怒哀乐之情都处于寂然不动状态,故无所偏倚,所以称之为"中"。作为"用"的"中"则是各种情感发动之后所应守之"节"而言,它使情有所引导、规范而不至于滥。因其乃未发之"中"在"已发"之后的显现,所以这个"中"又具有"体"的性质,是"兼体用而言"的。这里的"体""用"之分,其实也就是西方哲学中的"超验"与"经验"之分。"体"之"中"是"未发",正因其"未发",故而在经验中是感知不到的,它只存在于逻辑推理之中,是"超验"的;"用"之"中"则可通过内省而自我觉察并自我恪守,是一种道德自律,因而是经验范围

---

① 朱熹:《四书集注·中庸章句》,第26页。
② 朱熹:《四书集注·中庸章句》,第26页。
③ 赵顺孙:《中庸纂疏》,华东师范大学出版社,1992,第118页。

的事。在此基础上，朱熹又把"中""中庸""时中"等概念做了细致区分。让我们来看朱熹和他的弟子的几段对话：

> 问："中庸名篇之义，中者，不偏不倚、无过不及之名。兼此二义，包括方尽。就道理上看，固是有未发之中；就经文上看，亦先言'喜怒哀乐未发之谓中'，又言'君子之中庸也，君子而时中'。"先生曰："他所以名篇者，本是取'时中'之'中'。然所以能时中者，盖有那未发之中在。所以先开说未发之中，然后又说'君子之时中'。"

> 至之问："'中'之含二义，有未发之中，有随时之中。"曰："《中庸》一书，本只是说随时之中。然本其所以有此随时之中，缘是有那未发之中，后面方说'时中'去。"

> "中庸"之"中"，本是无过无不及之中，大旨在时中上。若推其中，则自喜怒哀乐未发之中，而为"时中"之"中"。未发之中是体，"时中"之中是用，"中"字兼中和言之。

> "中庸"之"中"，是兼已发而中节、无过不及者得名。故周子曰："惟中者，和也，中节也，天下之达道也。"若不识得此理，则周子之言更解不得。所以伊川谓"中者，天下之正道"。①

---

① 朱熹：《朱子语类》卷六二，中华书局，1985，第1480、1481页。

朱熹以"体""用"释"中"之二义，的确较前人更为细密精审，学理亦更圆融。在朱熹看来，"中庸"之"中"和"时中"之"中"都是从"用"的意义上来说的，只有"未发之中"，也就是作为"天下之大本也"的"中"才是从"体"的意义上说的。作为"用"的"中"一点也不神秘，它就是一种具体的道德规范，是要求人们在人伦日用之间自觉遵守儒家道德准则；作为"体"的"中"则是天地自然存在的根本依据，也就是"天之理"，对人来说则是"人之性"，看上去有点神秘，实则也不难理解：天地万物为什么会繁衍生长？人为什么能够按照伦理道德原则为人处世？这些都不是凭空而生的，肯定有其内在依据，这内在依据就是那个作为"体"的"中"，换言之，作为"天下之大本"的"未发之中"乃是儒家思想家为包括人在内的万事万物之所以如此生、如此长的内在动因的命名。应该说朱熹的阐释是很透彻的，从孔子以降，儒家关于"中""中庸""时中"等概念的阐述都是在伦理道德，即"已发"的层面上展开的，如果仅从功用上说，原本没有必要去探究"未发之中"这一问题，但是自从佛学在隋唐时期大发展、大繁荣之后，迫使儒学必须在学理上为自己所主张的伦理道德寻找学理依据，于是儒学从章句之学、义理之学演变为心性之学，于是"未发之中"就成为宋明理学讨论的重要话题了。在理学语境中，"中"与"心""性""诚""良知"等概念属于同一层级的本体范畴，与"敬""静""思""涵泳""体认"等工夫范畴共同构成了儒家心性之学的主要内容。

三、"中"的文化逻辑与现代意义

儒家士人思想家标举"中"与"中庸"概念并不是偶然的,其中既表征着中国古人思维方式方面的某种必然性,也隐含着儒家士人的政治诉求以及话语策略。因此,对"中"与"中庸"的阐释可以从一个角度切入到儒家思想的深层之中,可以对中国古代知识阶层的文化心态及相关的意识形态建构方式有更加清楚的把握。"中"与"中庸"思想也体现着中国古人的生存智慧,是中国传统文化的集中显现。

通过以上评介与阐释,我们已将儒学体系核心概念之一的"中"与"中庸"之基本含义及其演变轨迹梳理清楚。现在还有几点值得进一步思考的问题:其一,"天地"之"中"与人心中"未发之中"如何具有一致性、相通性?其二,儒家士人何以标举"中"这样一个概念?这反映了他们怎样的心态?其三,"中"与"中庸"所代表的儒家文化精神对于我们今天的文化建设,尤其是道德重建有怎样的借鉴意义?

首先,"合外内之道"的根据。《中庸》的核心观点是"合外内之道",认为"中和"乃是贯穿人与天地的"大本"与"达道"。那么"天地"之"中"与人的"未发之中",一是客观的自然,一是人之心性,二者如何具有一致性、相通性的呢?这显然是个需要解决的问题。换言之,儒家是如何解决由标示自然宇宙之自在本然性的"中"向标示人之道德理性之"中"的转换问题的。在王阳明之前,儒家学者论"中"几乎无不兼及天人。《中庸》所谓"合外内之道"不仅是他们追求的目标,而且成为他们最基本的思维方式。但是如细加追问:为何"喜怒哀乐之未发"这个纯然内心状态的"中",会成为"天下之大本"呢?其已发之"和"作为纯粹的情感表现,何以堪为"天下之达道"呢?儒家思想家们是如何实现逻辑自洽的呢?在儒家心目中,天地万物无不各有其"中",这个"中"是指物自身的"客观合目的性",即物之所当是、所当有。但它如何内化为人的道德理性呢?对于这个问题宋儒吕大临和朱熹曾有过很好的诠释。吕大临说:"情之未发,乃其本心,元无过与不及,所谓'物皆然,心为甚',所取准则以为中者,本心而已。非中不立,非和不行,所出所由,未尝离此大本根也。达道,众所出入之道。极吾中以尽天地之中,极吾和以尽天地之和,天地以此立,化育亦以此行。"①朱熹也说:"盖天命之性,纯粹至善,而具于人心者,其体用之全,本皆如此,不以圣愚而有加损也。……惟君子自其不睹不闻之前,而所以戒谨恐惧者,愈严愈敬,以至于无一毫之偏倚,而守之常不失焉,则为有以致其中,……致焉而极其至,至于静而无一息之不中,则吾心正,而天地之心亦正,故阴阳动静各止其所,而天地于此乎位矣……"②统观二子之言,大致可代表儒家一般观点。这里的逻辑是这样的:人禀天命而生。天命在人身上便成为人之"性"。这个"性"在未发的时候处于"不睹不闻之前"的状态,也就是"人之中"。它是"天地之中"在人身上的体现。"天地之中"是看不见摸不着的,它就是天地化育万物的那种能力,所谓默而化之,是万物生存的根本依

---

① 吕大临:《礼记解·中庸第三十一》,陈俊民编《蓝田吕氏遗著辑校》,中华书局,1993,第273页。
② 赵顺孙:《中庸纂疏》,华东师范大学出版社,1992,第142、143页。

据，但它仅有客观自在性而不具主观性与价值性。"天地之中"具之于人，成为"人之中"，便具有了主观性与价值性。这便是"仁义礼智"等道德准则。在儒家看来，天地运演、乾坤变化、万物化育都是自然而然、顺理成章之事；人的恻隐之心、羞恶之心、是非之心、辞让之心以及忠孝等也都是吾性具足、自然而然，顺理成章之事，所以二者就具有一致性、相通性，均可视为"中"之显现。这一逻辑貌似贯通，实则不然。因为人之仁义礼智及忠孝等并非事物之本然自在性，而是人为之产物。因此"人之中"——人世间的"应该原则"并不能理解为"天地之中"——宇宙间的自然法则之另一表现形式。"天""人"其实并非一体。如此，则所谓"极吾之中"亦不能导致"尽天地之中"，而"吾心正"，亦不能必然使"天地之心亦正"。

儒家是如何解决这一难题的呢？他们找到了生命相似性。在他们看来，天地万物之"中"亦即"客观合目的性"是宇宙生命的运动法则，是物自身的合理性。因此合乎"天地之中"则"天地位焉，万物育焉"。那么"人之中"也同样是人世自身之合理性，即"主观合目的性"，即是善。其本质是人伦关系之和谐有序，是人的生命力的充分展开。这样，人就应该通过主观努力去维护人世间人伦关系的和谐有序，以契合宇宙万物的和谐有序。人世之间和谐有序，避免征战和掠夺，人们就可以腾出精力来帮助天地化育万物，参与到大自然的生命运动之中，如此人的生命便与宇宙大生命融为一体了。这就是《中庸》"合外内之道也，故时措之宜也"的真正含义。这里面隐含有反对暴虐，反对征战，重生贵生，向往和平公正的伟大动机。从这个意义上说，儒家强调"天地之中"与"人之中"的统一性是有其合理性的。当然我们可以说这种统一性是基于中国古人那种"关联性思维"而非现代人的逻辑思维的，然而我们也可以思考一下：作为把握世界的一种方式，关联性思维是不是也有其合理性呢？

其次，"中"与儒家士人心态。以往不少论者认为"中""中庸"之道主旨是调和矛盾，是一种圆滑的处世之道。这真可谓大谬不然。实则恰恰相反，"中"的概念倒是反映了儒家士人的一种执拗，一种坚守，一种为人处世的原则性。[①]"中"要求儒家时时戒惧，以道德自律，要求他们于大事小事都做到恰到好处，无丝毫偏差。这显然是极为高难的要求。《中庸》所谓"君子而时中"就是要求"君子"时时而"中"——在任何情况下、在任何事情上，都能找到最合理的行为路线。"中"是一种伟大的独立精神和主体精神，它要求儒家"中道而立"———一切都按自己的判断与标准行事，绝不蝇营狗苟、见风使舵。这里特别需要清楚的是，"中"或"中庸"并不是要人们教条主义地恪守某些固定不变的道德规范。"中"与"中庸"之中是包含着"权"的意义维度的。因此"中"并非要求人们把某一种具体的道德准则一成不变地用之于时时处处，而是要求人们根据时时处处的具体条件制定最佳行为路线，尽最大可能地实现儒家的基本精神。这里既有原则性，又有灵活性，因此不是无法企及的道德理想，而是切实可行的处事原则。那么儒家士人为什么要标举"中"这样一个概念呢？这大约有三个原因：其一，儒家士人是先秦士人阶层中最有社会责任感和历史使命感的

[①] 关于"中"与"中庸"的这一特点法国哲学家、汉学家弗朗索瓦·朱利安在《圣人无意——或哲学的他者》（商务印书馆2004）一书的23页到33页也有所论及，可以参考。

一批人，他们欲以自己的力量重新安排社会秩序，建构理想的政治制度与价值观念体系。诸如"知其不可为而为之"（《论语·宪问》），"士不可不弘毅，任重而道远"（《论语·泰伯》），"如欲平治天下，当今之世，舍我其谁也？"（《孟子·公孙丑下》）等等，都是这种伟大社会责任感与历史使命感的流露。儒家士人以"中"为自己最高道德准则，实质上是一种极严的自我约束、自我规范，以便让自己能够去完成这一伟大使命。其二，中国古代士人阶层是一个具有独立意识与主体精神的知识分子群体。他们心中有一个根深蒂固的愿望，那就是教育君主、影响君主，做"王者之师"，"格君心之非"，"致君尧舜上"，从而使君主成为自己一整套社会价值观念的信奉者与推行者。这是古代知识阶层对君权所采取的一种文化制衡策略。其实质是用形而上之"道"（价值观念）去规范现实之"势"（政治权力）。儒家士人是实行这一文化制衡策略最有力的代表。他们标举"中"，也就是高扬"道"，是为君主或执政者制定行为准则，目的是规范、制约现实的君权。其三，儒家士人的身份与处世方式有一个历史的演变过程：先秦时期是作为布衣之士著书立说，宣传其政治主张并直接向君主提出种种规范与要求，两汉以后是与君权合作，作为士大夫为君权服务，成为以君权为核心的庞大政治体系中的重要组成部分。表现在学术话语上，儒学则呈现一个不断"向内转"的趋势，也就是从对社会政治的直接干涉向内心的自我改造、自我提升转变，或者说是从政治哲学向道德哲学转变。这可以说是两汉经学与宋明理学之学的根本分野。宋明理学又被称为"新儒学"，其核心乃是心性之学，是一种真正意义上的"为己之学"。尽管儒者们口头上依然大讲"治国平天下"，而实际上，他们除了在仕途中做一个恪尽职守的官吏以外，全部精神主要都用在内心世界的自我营构上了。他们要寻求一种超越的人格境界，使心灵得以"安宅"，以便应付人世间的种种利害荣辱之冲击。与儒学这一历史演变相关联，"中"的含义与意义也有所变化：在两汉之时更多地侧重于政治哲学的一面，在北宋以后就越来越侧重于心性之学的一面了，渐渐成为儒家人格修养的理想境界。

总之，儒家士人思想家标举"中"与"中庸"概念并不是偶然的，这个概念既表征着中国古人思维方式方面的某种必然性，也隐含着儒家士人的政治诉求以及话语策略，体现着中国古人的生存智慧，是中国传统文化的集中显现。在儒家这里，"中"就是公正、正义、正当的代名词，作为"中"的阐释者和坚守者，儒家就有足够的自信心与合法性去规范君权了。儒家所代表的士人阶层是中国古代社会的"中间阶层"，他们流动于统治阶级与被统治阶级之间，因此他们标举"中庸之道"与其在社会结构中的位置具有某种同构关系，无论是完全站在统治者位置上还是完全站在黎民百姓的立场上，都不符合他们的利益，选择"中道"而行是他们的社会地位所导致的"政治无意识"所决定的。在这个意义上说，"中"与"中庸"实际上乃是士人阶层社会地位与政治立场的话语表征。

第五章　宋代诗学的基本精神与价值取向

如前章所述，宋学精神对于宋代诗学必有其重要影响。因为宋学所构成的那种特定的时代文化语境是笼罩于一切学术话语的建构活动之上的。但是从另外一种意义上说，我们又可以将这种影响视为共生于同样一个历史语境中的不同门类的话语系统之间的相通性。也就是说，宋代诗学与宋学之间的相通性也可以理解为更深一层的意义生成模式导致的两种结果。因此，在具体论及宋代诗学的基本精神倾向之前，我们有必要先考察一下这个决定着宋学与宋代诗学之相通性的深层意义生成模式。

一、宋学与宋代诗学的意义生成模式

所谓"意义生成模式"是指特定时期由社会政治经济状况所决定的某种社会关系、社会心理、价值追求、主体自我意识等因素所构成的结构样式，它决定着在这一时期各种话语系统建构中对先在的思想资料的选择与改造方式以及新话语的创造方式。在不同时期这种意义生成模式的诸构成因素往往不尽相同，即使相同，它们在整个结构中所居的位置以及所起到的作用也必然有所差别。因此这种意义生成模式都是具体的、特定的，而不可能是具有普适性的。

宋代，具体说是北宋中叶之后，即宋学与宋代诗学成熟时期的意义生成模式是由下列几个基本因素构成的：

其一，道。这个范畴对于士人阶层来说不管其话语蕴含究竟是什么，其深层意义始终是一种权力的运作——干预社会、规范君权、教化百姓。其话语蕴含的差异只是标示着权力运作的方式不同而已。所以，"道"本质上是一个价值论范畴，而不是认识论范畴，承认"道"的最高权威性实际上就等于否定君权的最高权威性。当然就整体而言，士人阶层从来没有否定君权的意思，他们标举"道"作为价值本原是为了限制、规范君权而不是否定君权的。在士人的价值体系中，君权自然有着重要位置，只不过它须在"道"所规定的范围内、接受"道"的权威性才获得合法性的。

当然，在君权过于强大时，士人阶层所言之"道"也会改变其内涵：变为维护君权的官方意识形态话语。但此时的所谓"道"也就不再是士人主体精神之显现了，因为士人也已经完全异化为统治者的工具，不再具有独立意识了。例如先秦时秦国的士人阶层（直到秦统一天下时）就基本上是工具化的士人，他们也就没有属于自己的价值追求。在意识形态上占主导地位的法家正是工具化的士人阶层最突出的代表。法家之"道"即是君权之道，是典型的统治之术。只是在战国末年吕不韦出于与君权争权的个人目的，纠集了一批各国士人撰成的那部《吕氏春秋》中才透露出真正士人阶层的声音。而在"以法为教、以吏为师"的秦朝，士人的独立精神就又销声匿迹了。

宋代的情况就大大不同了。宋代士人"治国平天下"的雄心壮志既已被激发起来,他们就要有所作为。政治上的革新是其欲有所作为的表现之一,以改造世道人心为旨归的学术话语的积极建构也是表现之一。因此宋代士人所标举之"道"毫无疑问是高于君权的价值范畴,是士人阶层独立精神的话语表征。在士人阶层的价值观念中,无论君主还是士人都要以"道"作为自己的最高价值追求。士人阶层与君权的联合乃是以共同遵守"道"为条件的。当士人思想家发现君主不能很好地遵循此"道"时,他们就埋起头来独行其道——用话语建构的方式弘扬"道"之价值与意义了。例如二程都曾极力规劝神宗、哲宗皇帝按他们的主张治理国家,都是得不到皇帝的支持然后退而从事学术话语之建构的。

其二,事功。由于中国古代士人阶层具有"以天下为己任"的进取精神,故而他们历来将事功视为人生最主要的价值追求之一。古代通俗文学中所谓"学成文武艺,货于帝王家"虽听上去不那么文雅,却是古代士人心态的真实写照。对于士人阶层来说,所谓"事功"有三层意义:一是个人的谋生手段。在这个意义上说,事功就等于做官。士人阶层基本上都是以做官为人生目标的,因为在最起码的意义上,做官就可以解决他们的生存问题,不仅可以过上优越的生活,而且可以光宗耀祖,获得他人的尊重。士人阶层中有相当一部分人就只是驻足于事功的这一意义层面上,优者为清官循吏,劣者为贪官污吏。事功的第二层意义是其字面意思,即建功立业。有一些士人不满足于仅仅以做官为谋生手段,他们还要有所建树,要青史流芳。这是一个较高的价值追求,较之那些纯粹为稻粱谋而做官者是不可同日而语的。事功的第三层意义是践履其道——将做官视为实现自己崇高价值理想的手段。换言之,是试图将作为学术话语的"道"落实为生活现实。这是事功的最高意义,历来只有士人阶层中那些第一流的人物才如此理解事功。

对于恪守事功之第一层、第二层意义的士人来说，"道"是一种虚幻之物，他们有时也会大谈其道，但从来不会真的相信它。对于将事功作为实现"道"的手段的士人来说，"道"才是最高价值，只是为了"道"，事功才具有真正意义。所以如果做官与实现"道"之理想发生矛盾，他们宁可不做官。这类士人乃是中国古代文化命脉的传承者、守护者。

其三，情趣。情趣是基于个体生命自由之需求的一种精神追求。中国古代士人阶层从产生之日起就是将社会价值关怀与个体精神自由统一起来的。孔子的"吾与点也"之志与孟子的"反身而诚，乐莫大焉"之说乃是儒家士人个体精神自由追求的表现；老子的清净自然与"致虚极，守静笃"、庄子的"游"与"心斋""坐忘"乃是道家个体精神自由追求之表现。盖士人阶层作为文化的承担者，其精神世界远远较一般人丰富。他们除了希望重新安排世界秩序之外，还要找到个体心灵的安泊之处，也就是说，他们一方面要救世，另一方面又要实现个体精神的超越。

先秦士人的这种对个体精神自由的追求在宋代士人这里表现得更为充分。如前所述，宋儒特别重视对"孔颜乐处，所乐何事？"的追问。他们自己也无时不在寻觅着使个体精神自由、平和、愉悦的途径。所谓"心性之学"一方面是儒家士人为实现"修、齐、治、平"即"内圣外王"之宏大理想而进行的理论准备，一方面又是他们寻求超越现实物质利益及肉体欲望之精神努力。程明道那首著名的诗作恰恰体现了宋儒的这后一方面的精神旨趣，其云：

闲来无事不从容，睡觉东窗日已红。

万物静观皆自得，四时佳兴与人同。
道通天地有形外，思入风云变态中。
富贵不淫贫贱乐，男儿到此是豪雄。①

　　这可以说是宋代道学家共同追求的人生理想。个体精神超越于现实利害之上，从而得到一种与物同体、从容自得的自由闲适之感。由此观之，宋代道学家也绝非镇日正襟危坐、不苟言笑的人物，他们也有自己的个体生命的展示方式，有自己的情趣追求。

　　道学家是如此，其他宋代士人就更有过之而无不及了。一般说来，宋代士人的个人情趣十分丰富。欧阳修立朝为官是一位敢于直言规谏、刚正不阿的清官，著书立说则是敢于疑经疑传、标新立异并以"移风易俗""治国平天下"为旨归的思想家，但一旦他退归个人的情感世界时就显示出无限的闲情逸致与文人情怀。如果说他的诗作还常常表现为对"道"的言说与对世事的针砭，那么他的词作就纯然是个人情趣的抒写了。其《归田录》也大抵为个人雅好之表现，并非为传道或事功而作。即如试图将事功与"道"融为一体，借事功来实现"道"之理想的王安石，在其许多诗文作品中也表达的是纯粹的个体生命意识。其他宋学与宋代诗文的代表人物也都是如此。在宋代士人的胸怀中蕴含着极为丰富的审美趣味，许多在现代人眼中熟视无睹的事物都能激起他们强烈的美感享受。

　　如此看来，道、事功、情趣三者乃是宋代士人精神结构中的基本构成因素。它们三足鼎立，各有各的空间。道是士人阶层作为"集体主体"而共有的主体精神之话语表征，是宋代士人话语权力

---

① 程颢、程颐：《二程集》，王孝鱼点校，中华书局，1981，第482页。

的运作方式；事功是士人在现实中安身立命的必由之路，是宋代士人试图与君权"共治天下"所不可或缺的手段；情趣则是士人个体生命体验之显现，是宋代士人保持个体心灵空间与丰富美感的产物。道的呈现形式是宋学；事功的呈现形式是宋代士大夫的两次变法革新及各种政绩；情趣的展现形式则是无数美妙的诗词歌赋与潇洒闲适的生活方式。

然而宋代士人精神结构的这三个维度之间又并非彼疆此界、毫无关联。宋代士大夫的事功无疑是受其所奉行之"道"的引导的。他们不是为事功而事功，而是要通过事功实现一种社会理想。同理，他们对"道"的追求与阐发也影响到其个人情趣之传达方式。宋代诗学的"以意为主""以理为主"就可以视为这种影响之突出表现。

宋代士人的这种精神结构只有在与其他时代的士人精神结构的对比中才能充分显示出特色来。一般说来，六朝士人有"道"之追求，有情趣的展现而少有事功的努力。而且其所谓"道"之追求亦大有别于宋代士人。盖六朝士人之"道"乃是一种纯粹的精神游戏——尽管在学理上极尽探赜索隐、辨言析理之能事，却无明确而具体的价值指向。除了标示言说者的高深莫测与拒斥世务之外，就没有其他价值内涵了。所以六朝士人之"道"是徒具形式的"道"，其所蕴含的也不过是某种个体生命体验与情趣而已。就是说，"道"之内涵与诗文书画的内涵一样都是一种贵族趣味，只是表现形式不同罢了。

唐朝士人的精神结构中则有事功向往、有情趣展现而无道之追求。由于唐代特定的社会历史语境，士人们将全副精神都投之于事功一途了，苦苦经营仕途经济之余才是个体生命情趣的展现。他们虽然也口不离"道"，但这个"道"既不同于六朝士人的纯粹学理之"道",更不同于宋代士人的儒家理想之"道",而仅仅是建功立业、君臣相得而已。他们缺乏宋儒那种超越精神,也不讲究什么人格理想,只是以一种功利主义的态度看待社会人生。

正是由于精神结构的这种差异,才使得六朝士人在学术与文学艺术方面有极大的贡献,但在政治方面毫无建树。他们留给后代的除了各种精妙的诗文形式与洞幽烛微的言说能力之外,就没有什么值得称道的东西了。唐代士人的情况就更等而下之了:他们只是在展示个体情怀的诗文书画等艺术形式方面给后人留下了丰富的遗产,在形上价值追求方面建树殊寡,事功只对他们自己,最多还有他们的时代有价值,对文化的传承是没有意义的。这也正是宋儒看不起唐代士人之所在。

宋代士人上述精神结构得以形成并不是由于他们主体方面的原因,而是得力于宋代特定的政治关系,具体说是得力于君权与士人阶层的独特关系。下面我们就分别对君权与士人阶层及其关系的独特性进行分析。

其一,君权。这一因素在中国古代历来都是影响文化学术话语建构的决定性因素之一。这主要是因为君权对于学术文化之主体,即士人阶层有着直接的巨大影响。自子学时代起,士人阶层就确定了中国古代文化学术的基本价值取向——在社会人生领域寻求价值理想,而不去关注纯粹客观的世界,即使言及自然宇宙也是将其作为人生价值的本原或者参照物来看待的,从来不愿意去了解自然宇宙自身的物质品性。然而士人阶层虽然全副精神关注社会人生,开出了形形色色的社会理想与人生境界,但他们却丝毫没有改造现实世界的物质力量,面对不尽如人意的现实世界,他们可以说是心有余而力不足。所以自先秦诸子起,士人阶层就将实现自己价值理想的希望寄托于君权之上——他们试图通过改造君主来控制君权，进而将自己的价值观推行于天下。所以君主采取的政策，尤其是他们对士人的态度历来都是左右士人阶层精神状态的最主要因素：君主重视、礼遇士人，放松对他们的精神控制，他们就精神大振，以为可以大展宏图了。殊不知，君主的恩典是十分有限的，其目的仅仅是笼络士人阶层支持君权、巩固其统治而已。此外君主并不想有什么作为。所以士人阶层的那满腔热望无不落空，其实际效应只是丰富了学术话语。倘若遇到自觉有足够的实力控制政权，不需要士人阶层特别的支持因而对他们不大敬重，甚至于以强力压制他们的君主，士人阶层就大失所望，往往就去吟诗作赋、游戏人生，在学术话语方面除了秉承君主旨意强化官方意识形态之外，说到独立意识则噤若寒蝉了。例如秦皇、汉武之时均为如此。君主退一步士人就进一步，反之亦然——这是中国古代文化学术建构方面亘古不变的逻辑。

北宋的君主可谓谨小慎微，这是由于其政权乃是巧取豪夺而侥幸得来，即使太祖、太宗也没有像其他朝代的开国之君那样在长期的征战中确立起了无可置疑的权威地位。这就使北宋君权缺乏坚实的社会基础。君主们既害怕武将的觊觎之心，复担心士人阶层不承认其合法性，是在惴惴不安中君临天下的。然而恰巧宋代君主又极为聪明，采取了依靠士人阶层的正确策略，这就使君权获得了强有力的支持，因此而渐趋稳固。倘若没有外族的侵入，宋代的统治真可谓长治久安，不知还要维持多少年。

中国古代的君权一般是由这样几种因素组成的：一是以君主为首的皇室成员，这是君权的核心部分。二是功臣集团。一般是在立国之初或者"中兴"之时，功臣在君权中居于举足轻重的位置。功臣一般是那些与君主一同打天下的武人，他们对士人阶层有某种天生的鄙视与戒备心理。三是外戚集团，即所谓"后党"。由于裙带关系，他们攫取了相当大的权力，一方面与皇室、功臣钩心斗角、瓜分利益，一方面又与之共同控制被统治者。四是宦官佞幸集团。他们利用常常居于君主身边的机会渐渐掌握权力。一般说来，无论功臣、外戚还是宦官集团，都是专制君主用来实现统治的一种工具。读中国历史人们常常会产生这样一种疑问：那些并不愚笨的君主何以偏偏会对那些横行不法、恣意妄为的奸佞之徒青眼有加呢？其实道理很简单，就是这些人都是君主利用来实现权力运作的得力工具。他们最能揣摩君主心理，并不遗余力、无所顾忌地为满足君主欲望而奔走。

但是君权也常常从君主手中丢失，那些功臣或外戚或宦官成为君权的实际控制者。但这仅仅是君权内部的权力分配问题，并不影响君权的性质。然而如前所述，宋代君权却有所不同：君主自太祖、太宗始就没有可信赖的功臣集团，他们选择了士人阶层作为权力运作的工具，因此也有效地遏制了外戚、宦官集团的形成与膨胀。在宋代君主看来，士人阶层无拳无勇且有智慧，正是有百利而无一害的合作伙伴。他们没有料到，士人阶层自有他们独特的分权方式。他们在维护君权的同时也对君权加上了种种限制与约束，君主倘有触犯，同样会被搞得不得安宁。

所以作为君权政策的附属效应（君主并没有意识到）是士人阶层主体精神的张扬，进而即是各种学术话语系统建构热潮的勃兴。士人阶层看到君主们对自己青眼有加，于是就当仁不让地要挺身而出，与君主"共治天下"了。士人阶层蛰伏已久的"治国平天下"意识被重新唤醒，但他们如何实现这种价值理想呢？一方面他们积极投身于君权系统,尽力通过自己的政治行为实现这一崇高理想,另一方面则是高扬"道统"来作为与君主平起平坐"共治天下"的精神支柱或曰价值论依据。这就使"道"这个无形的形而上范畴成为一种足以与君权相埒的实际力量。所以,"道"就成了宋代文化学术意义生成模式中的另一个重要因素。因此,士人阶层就不仅仅像君主所冀望的那样成为官僚,为君权服务,他们还成为言说者。

其二,言说者。这是指士人阶层中那些以"道"自任的思想家群体。中国古代自先秦以降,"道统"能够薪火相传、不绝如缕,主要是因为经常有这样一些士人:他们自以为是"道"的承担者,传道、卫道乃是他们的天职。与他们承担的"道"相比,个人的荣辱进退是不在话下的。只是在君权强大时,士人阶层绝大多数都被吸引到事功一途,甘于寂寞、独立思考的思想家少之又少。例如子学时代君权削弱,其向心力就大打折扣,又无暇顾及意识形态的一体化建构,故而独立的思想家就层出不穷。而汉代天下一统,君权强大,自汉武之后的帝王都致力于官方意识形态的建构,士人中有独立思想者就很少见了。在这种情况下,士人们最为关心的问题乃是跻身于以君权为核心的统治者序列之中,就是说,做官成为士人最主要的价值追求。当时的主流学术,即经学也是与做官密切相关的,是地地道道的"读书做官论"。

宋代士人的情况又有不同。由于君权对于士人阶层的特别倚重,士人的主体精神空前挺立,就使得他们将做官与独立思考奇妙地统一起来。宋代的一流士人一般不会自命清高而避世退隐,也不会因做官而放弃言说者的独立性。他们做官时能够兢兢业业、恪尽职守,并尽力有所建树;同时,他们又时时不放下对价值理想的探求,锲而不舍地进行学术话语的建构。在宋代士人的价值观念中对

"道"的看护与探求是第一要事，做官则是为了实现其所奉行之"道"。离开对"道"的言说，即使官做得很好，在彼时士大夫心目中也绝不会获得很高评价。例如包拯为官清正刚严、多有政绩，但在当时士人眼中却只是一个"峭直少文"的人。

在宋代，君主与士人阶层之间相互依赖又相互制约的关系就导致了士人阶层同时扮演言说者与官僚两种身份。作为官僚，他们是君权系统的一部分，是君权运作的工具；作为言说者，他们是更高于君权的价值的追求者、看护者，因而也是君权的压迫力量。士人阶层的这种双重身份不仅构成了他们与君权关系的复杂性，而且也决定了他们话语建构的复杂性——乌托邦与意识形态的交汇互渗。总之，宋代士人部分地恢复了子学时代那些布衣之士的言说权利与兴趣，这是宋学勃兴的主要原因，同时也是宋代诗学基本精神旨趣形成的真正原因。而宋代士人的双重身份以及由此而来的与君权的复杂关系乃是造成宋学与宋代诗学在价值取向上的多元倾向的主要原因。

二、宋代诗学之基本精神

宋代诗文创作与宋代士人的精神结构直接相关。六朝士人的精神结构中缺乏对事功的兴趣，故而其诗文既有"道"之色彩（当然是玄学之道。例如嵇康、阮籍的诗作及游仙诗、山水诗、田园诗中均有"玄"味儿，更不用说玄言诗了），更有个体生命体验之展示，唯独缺乏对世事的关怀。唐代士人的精神结构中缺乏对形上之道的兴趣，故而其诗文中有世事关怀，有个人情怀，却少有玄远之思。宋代士人的精神结构中三者俱备，故而其诗文亦有三方面的价值取向。

另外，由于宋代士人能融出世与入世、进与退、形上之道的探求与建功立业、对世事的忧虑与个体心灵的平和愉悦为一体，故而其诗文中殊少疾首蹙额、捶胸顿足的穷苦之声，而多积极欣然之音。尤其是纯粹个人的愁苦孤寂之言绝少。盖其心有所属故也。

宋代士人主体精神的重新挺立首先表现为对"道"的高扬，而对"道"之高扬又表现为两种相关的价值取向的形成：一是对社会人生根本道理孜孜不倦的探索精神，二是对人格理想的自觉追求。这两种价值取向又构成对观念形态的宋代诗学精神决定性影响。这种诗学精神主要表现在下列几个方面：

其一，对诗文价值本原的探问。宋代士人在人生价值、社会理想方面殚思极虑，务求有明白答案。他们要追问人生意义何在，如何活着才算有价值的问题。影响所及，对于诗文这样在士人生活中具有重要地位的精神存在也自然要拷问其根本价值依据之所在。概括来说，他们对诗文价值本原的追问大体有下列几种结果：

一是诗文之价值本原在自然宇宙。六朝诗学受玄学精神熏陶亦曾对诗文之价值本原进行过思考，也有人将之归为天地自然。例如刘勰云：

> 文之为德也大矣，与天地并生者何哉！夫玄黄色杂，方圆体分，日月叠璧，以垂丽天之象；山川焕绮，以铺理地之形，此盖道之文也。仰观吐曜，俯察含章，高卑定位，故两仪既生矣；惟人参之，性灵所钟，是谓三才。为五行之秀，实天地之心，心生而言立，言立而文明，自然之道也。……

> 人文之元，肇自太极，幽赞神明，易象惟先。庖牺画其始，仲尼翼其终。而乾坤两位，独制文言。言之文也，天地之心哉！①
>
> （《文心雕龙·原道》）

看这两段文字，可知刘勰是将人视为天地所化育之万物中最具灵性者，因而堪称"天地之心"。天地万物皆有"文"，人作为"天地之心"自然更应文采焕然。所以人之"文"不仅仅是个体精神之显现，而且是天地运演的"自然之道"之产物。换言之，"文"的价值本原即是天地自然之道。

宋代诗学也同样将诗文的价值本原归之于自然宇宙。王禹偁云：

> 造化之功，功大而不自伐，故山川之气出焉。为云泉，为草木，为鸟兽，必异其声色，怪其枝叶，奇其毛羽，所以彰造化之迹用也。山川之气，气形而不自名，故文藻之士作焉。为歌诗，为赋颂，为序引，必丽其词句，清其格态，幽其旨趣，所以状山川之梗概也。②

又孙仅云：

> 五常之精，万象之灵，不能自文，必委其精、萃其灵于伟杰之人以涣发焉。故文者，天地真粹之气也，所以君

---

① 刘勰著：《文心雕龙注》，范文澜注，人民文学出版社，1958，第1、2页。
② 王禹偁：《桂阳罗君游太湖洞庭诗序》，《小畜集》，商务印书馆，1937，第506页。

五常、母万象也。①

　　此种议论见之于宋人文集中甚多，可以说是一种普遍性的观点。亦与刘勰之论乃同一旨趣，盖为神化诗文之价值也。隐然含有"代天立言"之意。

　　二是直接将"道"视为诗文之价值本原。早在太宗年间赵湘即云：

　　　　灵乎物者文也，固乎文者本也。本在道，而通乎神明，随发以变，万物之情尽矣。……大哉！夫子之言，皆文也；所谓"不可得而闻"者，本乎道而已矣。后世之谓文者，求本于饰，故为阅玩之具，竞本而不疑，去道而不耻，淫巫荡假，磨灭声教。将欲尽万物之情性，发仁义礼乐之根蒂，是邹克为长万之行，吾不见其易矣！②

　　这显然是将诗文当作"道"之显现了。其所谓"道"即是儒家之道。又王禹偁云：

　　　　夫文，传道而明心也，古圣人不得已而为之也。且人能一乎心，至乎道，修身则无咎，事君则有立。及其无位也，惧乎心之所有不得明乎外，道之所畜不得传乎后，于是乎有言焉。又惧乎言之易泯也，于是乎有文焉。信哉，不得已而为之也。

---

① 孙仅：《读杜工部集序》，《全宋文》第7册，巴蜀书社，1990，第273页。
② 赵湘：《南阳集》卷五《本文》，《全宋文》第4册，巴蜀书社，1990，第760、761页。

既不得已而为之，又欲乎句之难道耶？又欲乎义之难晓耶？必不然矣。①

在王禹偁看来，文是"道"之自然流露，所以不必句之难道，义之难晓。士人学道存乎心，若能有相应之位，就行其道于天下；倘道高而位下，则传之于文，行诸后世。又古文家孙何云：

> 文者，炳天蔚地，括群品、贯五常之器也。……横乎古而上亘乎尧舜周孔，……故历代学者好称之。尚其意而不专其词谓之工，取其词忘其意谓之剽。……文之道岂不大哉！②

这同样是将诗文当作阐扬儒家之道的工具了。真宗时的孙冲更云：

> 文者，道之车舆也，欲道之不泥，在文之中正。③

这与后来道学家的说法几无二致。以上所引均为宋初士人之言论，尚非士人主体精神充分张扬之时，亦非"心性义理之学"大兴之时。此足以说明一个时代之风气旨趣绝非一时陡兴，必有长期之酝酿。

三是以"治教政令"为诗文之价值依据。宋代士人中有一派

---

① 王禹偁：《答张扶书》，《小畜集》，商务印书馆，1937，第253页。
② 孙何：《上杨谏议书》，《全宋文》第5册，巴蜀书社，1989，第174页。
③ 孙冲：《重刊绛守居园池记序》，《全宋文》第7册，巴蜀书社，1990，第432页。

执着于将儒家之道实现为现实政治秩序者，以李觏、王安石为其代表。他们将"道"即理解为"治教政令"而不愿空谈形上之理。因此亦将诗文之价值依据归之于"治教政令"，带有明显的功利主义色彩。与以往那些强调诗文之政治教化作用，如元结、白居易者不同之处在于：李觏、王安石等乃是将"治教政令"即视为"文"，亦即将诗文之价值依据归为"治教政令"，而元白等则是将诗文当作政治教化的工具。李觏云：

> 贤人之业莫先乎文，文者岂徒笔札章句而已，诚治物之器焉。其大则核礼之序宣乐之和，缮政典，饰刑书。上之为史，则怙乱者惧，下之为诗，则失德者戒，发之为诏诰，则国体明而官守备，列而为奏议，则阙政修而民隐露，周还委曲，非文曷济。①

在这里李觏是将"文"，包括一切文体作为一个"类"来看待的，它们本身就是"治物之器"，只是分工不同而已。王安石讲得更明确了：

> 治教政令，圣人之所谓文也，书之策，引而被之天下之民，一也。圣人之于道也，盖心得之；作而为治教政令也，则有本末先后，权势制义，而一之于极。其书之策也，则道其然而已矣。彼陋者不然，一适焉，一否焉，非流焉则泥，非过焉则不至。甚者置其本，求之末，当后者反先之，无一焉不悖于极。彼其于道

---

① 李觏：《上李舍人书》，《李觏集》，中华书局，1991，第288页。

也,非心得之也,其书之策,独能不悖耶?① 又云:

> 尝谓文者,礼教治政云尔。其书诸策而传诸人,大体归然而已。而曰:"言之不文,行之不远"云者,徒谓辞之不可以已也,非圣人作文之本意也。②

王安石的逻辑是这样的:圣人"心得之"者是谓"道","道"见之于外是谓"治教政令",书之于简策则为"文"。所以"文"之根本乃在于"治教政令",亦即"道"之显现。故而"文"应是"道"或"治教政令"的自然流露,而不应是强作出来。

上述几种关于诗文价值本原的探问均可以视为一种本体论思维倾向之产物。唐人作诗为文往往只是有感而发、天机一片,不大有兴趣追问诗文存在的价值本原这类诗学本体论问题。这是因为唐代士人是将眼光专注于现实的功利层面的,对形而上的领域置而不论。宋代士人则从根本上追问社会人生的价值与意义,并进而要探寻人生价值的本体论依据,余风所及,也就影响到诗学旨趣。

其二,创新精神。宋代士人主体精神的重新挺立不仅使他们积极入世并热衷于学术话语的建构,而且还赋予他们一种不甘居于人下、落于人后的开拓精神。王安石不仅"一事不知、一书不读,则引以为耻",而且敢于直言"天变不足畏,祖宗不足法,人言不足恤"这样振聋发聩之语;欧阳修居然敢于对汉儒以降奉为神圣的儒

---

① 王安石:《与祖择之书》,《临川先生文集》,中华书局,1959,第812页。
② 王安石:《上人书》,《临川先生文集》,第811页。

家经传表示怀疑；程伊川也信心十足地坦言在他们兄弟之前、孟子之后"道不行，百世无善治；学不传，千载无真儒"。这是何等的气魄，何等的自信！在宋代，这种唯我独尊、傲视古今的精神是极为普遍的，是时代风尚。其见之于诗学，则表现为一种可贵的创新精神。王安石云：

> 诗家病使事太多，盖皆取其与题合者类之，如此乃是编事，虽工何益？若能自出己意，借事以相发明，情态毕出，则用事虽多何所妨？①

安石作诗为文均能"自出己意"，从不蹈袭前人。而且这是他的一种自觉的创新意识。其又云：

> 孟子曰："君子欲其自得之也，自得之则居之安，居之安则资之深，资之深则取诸左右逢其原。"孟子之云尔，非直施于文而已，然亦可托以为作文之本意。②

"自出己意"与"自得"都是指诗文创作要独出机杼，反对人云亦云。安石为人如此，为学为文也同样如此。而且，这种独创精神又绝非王安石所独有，它是宋代诗文家所普遍遵循的诗学原则。《后山诗话》云：

---

① 参见胡仔纂集：《苕溪渔隐丛话·后集》卷二五，人民文学出版社，1993，第190页。
② 王安石：《上人书》，《临川先生文集》，第811页。

> 为文者因事以出奇。江河之行，顺下而已。至其触山赴谷，风抟物激，然后尽天下之变。①

这种"出奇"意识正是宋代诗文家所追求的价值取向。《吕氏童蒙训》论苏东坡之作文云："老坡作文工于命意，必超然独立于众人之上。"东坡评往代诗文则云：

> 苏、李之天成，曹、刘之自得，陶、谢之超然，盖亦至矣。而李太白、杜子美以英玮绝世之姿，凌跨百代，古今诗人尽废；然魏晋以来，高风绝尘，亦少衰矣。李、杜之后，诗人继作，虽间有远韵，而才不逮意。独韦应物、柳宗元发纤于简古，寄至味于澹泊，非余子所及也。②

观东坡之于前人的褒扬完全是着眼于其所创新之程度。"天成""自得""超然""英玮绝世"云云，均为对往代诗人不同流俗之独创性的赞赏。东坡固然尝云："用事当以故为新，以俗为雅；好奇务新，乃诗之病。"③但此乃专指"用事"而言，谓作诗专用生僻新奇典故乃为"病"。其实"以故为新，以俗为雅"正是指创新而言。所谓"故"与"俗"是指那些人们耳熟能详或经常使用之事，倘能运用得当，恰能化腐朽为神奇，达到创新的目的。后来黄庭坚的所谓"脱胎换骨""点铁成金"之论正是对东坡这种主张的继承发挥。

---

① 陈师道：《后山诗话》，何文焕辑《历代诗话》，中华书局，1981，第309页。
② 苏轼：《书黄子思诗集后》，《苏东坡全集》，中国书店，1986，第559页。
③ 苏轼：《东坡题跋》卷二《题柳子厚诗》，中华书局，1985，第37页。

其三，理性主义精神。如前所述，宋代士人主体意识的空前膨胀导致了一种理性主义精神，这种精神既见之于学术话语的建构，复见之于诗学观念。这主要表现在下列三个方面：

1. 讲求作诗为文之法。关于作诗为文之"法"早在六朝时就有人提出了。例如刘勰就说："是以驷牡异力，而六辔如琴；并驾齐驱，而一毂统辐：驭文之法，有似于此。去留随心，修短在手，齐其步骤，总辔而已。"①这是说作文的方法就像驾车一样，关键在于提纲挈领，抓住根本。然而此时"法"还没有作为诗文创作的普遍意识进入诗学话语之中。诗学中普遍重视的乃是"情以物迁，辞以情发"（刘勰），"气之动物，物之感人，故摇荡性情，形诸舞咏"（钟嵘）之类的感物之说。尽管在实际的诗文创作中人们已然悄悄地讲求声律、体式等属于"法"之范围的规矩准则了，但在诗学观念中却并无"法"的位置。唐人的诗文创造虽然较之六朝更有"法"可依，但诗学观念中依然不讲"法"，所倡导的还是"情动于中而形于言"式的自然创造论。明人李东阳尝云：

> 唐人不言诗法，诗法多出于宋人，而宋人于诗无所得。所谓法者，不过一字一句，对偶雕琢之工，而天真兴致则未可与道。其高者失之捕风捉影，而卑者坐于粘皮带骨至于江西诗派极矣。②

盖明人法唐宗汉，对宋人极为贬抑，故而对宋人倡言之"诗

---

① 刘勰著、范文澜注：《文心雕龙注》，人民文学出版社，1958，第651页。
② 李东阳：《怀麓堂诗话校释》，李庆立校释，人民文学出版社，2009，第27页。

法"亦贬损有加。但其所言"唐人不言诗法，诗法多出于宋人"，却是实情。宋代最有影响的诗歌流派是江西诗派，而最讲诗法、文法的也是江西诗派。黄庭坚说：

> 杜之诗法出审言，句法出庾信，但过之尔。杜之诗法，韩之文法也。诗文各有体韩以文为诗，杜以诗为文，故不工尔。①

又《王直方诗话》云：

> 山谷对余言：谢师厚七言绝类老杜，但人少知之耳。如"倒着衣裳迎户外，尽呼儿女拜灯前"。编之杜集，无愧也。师厚方为其女择对，见庭坚诗，乃云："吾得婿如是足矣。"庭坚因往求之。然庭坚之诗，竟从谢公得句法，故尝有诗曰："自往见谢公，论诗得濠梁。"②

黄山谷在诗学理论上既倡言"诗法""句法"，在诗歌创作中亦具体实现之。惠洪《冷斋夜话》载其言曰：

> 诗意无穷而人之才有限，以有限之才追无穷之意，虽渊明、少陵不得工也。然不易其意而造其语，谓之换骨法；窥入其意而形容之，谓之夺胎法。③

---

① 陈师道：《后山诗话》，《历代诗话》，第303页。
② 胡仔纂集：《苕溪渔隐丛话·前集》，人民文学出版社，1962，第198页。
③ 惠洪：《冷斋夜话》，中华书局，1988，第15、16页。

又云:

> 但熟观杜子美到夔州后古律诗,便得句法简易,而大巧出焉。①

我们且不论这所谓"夺胎换骨"之法是否是"剽窃之黠者"(王若虚语),但仅此即已充分说明黄山谷的确有着十分明确的"诗法意识",并且努力在诗文创作中将这种意识具体化。

然而宋代诗人讲究诗法并非恪守某种僵死的创作教条,而是要在一定的规矩之中尽量发挥创新精神。苏东坡尝论吴道子之画云,"出新意于法度之中,寄妙理于豪放之外"②,这是一种讲求"法度"而又不囿于"法度"的创作态度。这种创作态度对黄山谷及其他江西诗派中人影响至巨。黄山谷云:

> 宁律不谐,而不使句弱;宁用字不工,不使语俗,此庾开府之所长也,然有意于为诗也。至于渊明,则所谓不烦绳削而自合者。虽然巧于斧斤者,多疑其拙;窘于检括者,辄病其放。……渊明之拙与放,岂可为不知者道哉!③

此所谓"合"者,合于法也;"不烦绳削"者,看上去好似无法也。这即是在倡导"无法之法",这也就是所谓"活法"之意。

---

① 黄庭坚:《与王观复书》,《黄庭坚全集》,四川大学出版社,2001,第471页。
② 苏轼:《书吴道子画后》,《苏东坡全集》第306页。
③ 魏庆之:《诗人玉屑》卷一三,上海古籍出版社,1978,第286页。

姜白石论"活法"云：

> 学有余而约以用之，善用事者也；意有余而约以尽之，善措辞者也；乍叙事而间以理言，得活法者也。①

又吕本中论"活法"：

> 学诗当学活法。所谓活法者，规矩备具，而能出于规矩之外；变化不测，而亦不背于规矩也。是道也，盖有定法而无定法，无定法而有定法。知是者，则可以与语活法矣。②

对"活法"的追求一方面体现出宋代诗人在诗歌创作上的方法意识，一方面也体现出他们不肯囿于前人樊篱，欲有所创新的精神。可以说"活法"的根本之处即是继承与创新的统一。如果从更深一层来看，则"活法"又是宋代士人之生存智慧在诗学上的显现——东坡的"寓意于物而不留意于物"之谓乃是这种生存智慧的恰当表述。

2. "以意为主"与"以理为主"。六朝隋唐诗歌创作基本上是自然率真、天机一片的。在诗学观念上则表现为"吟咏情性"之说。宋代诗人将作诗视为一种自觉的话语建构，讲求方法得当与内涵深刻，故而主张"以意为主""以理为主"。山谷云：

---

① 姜夔：《白石道人诗说》，《历代诗话》，第681页。
② 吕本中：《夏均父集序》，郭绍虞主编《中国历代文论选》第2册，上海古籍出版社，2001，第367页。

> 好作奇语，自是文章一病。但当以理为主，理得而辞顺，文章自然出群拔萃。观子美到夔州后诗，退之自潮州还朝后文，皆不烦绳削而自合矣。①

但宋人的所谓"以意为主""以理为主"倒并非要诗文做政治教化的工具。他们的"意"与"理"乃是指诗文之主脑，亦即今日中学生所言之"中心思想"者也。其主旨在于令诗文作品的意象、文辞、事例都围绕一个中心安排。这个中心当然可以是"治教政令"之类的大主题，也可以是一事一物、一山一水的自然之理。无论如何，"以意为主"与"以理为主"是体现了一种理性主义倾向的诗学原则，与"诗缘情而绮靡"及"吟咏情性"的主张是大异其趣的。对于这个问题我们后面还有进一步探讨，这里暂不赘言。

3. 诗文评论的空前繁荣。宋代诗学的理性主义精神还表现在诗人们大都不仅仅作诗，而且乐于发表自己对诗歌创作方法、规律以及各种创作经验的理解，这就导致了诗文评论的空前发达。宋代文人大都喜欢写一些笔记之类的文字，其中有相当部分乃是对诗文的评论。而且宋人还创造出"诗话"这样一种专门的诗文评论形式，并能迅速发展，蔚然成风。

总之，对诗文价值本原的追问、诗文创作上的创新精神以及表现在各个方面的理性主义精神构成了宋代诗学的基本特色。这些特色与宋学的基本精神息息相关，都是宋代士人主体精神的表现形式。

---

① 魏庆之：《诗人玉屑》卷一四，上海古籍出版社，1978，第312页。

第六章 宋学对宋代诗学的一般影响

宋代儒学与宋代诗学作为不同的知识形态,有着各自的指涉与功能,也有着不同的思想资源与评价系统。但二者又同为特定历史语境的话语形态,都包含着彼时文人士大夫阶层明显的意识形态建构企图与政治诉求,因此又有着深层的一致性。这种一致性的形成原因有两种情况:一是同一历史语境所构成的相近的"意义生成模式"使然,二是它们之间的相互影响使然。在下面的讨论中,我们将对后一种情况进行探讨。

一、从"吟咏情性"到"以意为主"

我们这里所要探讨的是中国古代诗学本体论观念的转变问题。所谓"诗学本体论"是指那些关注诗歌"本体"——使诗歌成为诗歌的最基本的构成因素的诗学理论。毫无疑问,这个"本体"虽是从哲学话语中借过来的,但它并不完全等同于哲学意义上的本体概念。

以往人们在论及中国古代诗学本体论观念时大都持"言志"

与"缘情"二分之说,也有人曾试图在"志"与"情"之间找到相通性,但结果也只是证明了"诗言志"之中是包含着"情"的因素的。也就是说,在人们看来,中国古代诗歌的"本体"或为"志",或为"情",至多再加上"情""志"混合。这种根深蒂固的观点实际上是很不确切的。在这里我们试图通过对"吟咏情性"与"以意为主"这两个命题的深入剖析,力求在中国古代诗学本体论的问题上有新的认识,从而将研究引向深入。在论述中,我们将着重分析在宋代诗学本体论观念由"吟咏情性"向"以意为主"转变的文化逻辑,从而揭示出宋代诗学的本体论特征。倘若未能达到这一目的,那我们只能说"非不愿也,是不能也"。

(一)"情性"内涵辨析

"吟咏情性"历来被人们视为"缘情"说的典型命题,"情性"亦被理解为"情"的同义语。其实这是不准确的。为了弄清"吟咏情性"的确切含义,我们有必要对"情性"一词词义的历史演变略作辨析。

先秦时"情性"一词已出现在诸子的著作中。荀子说:"今人之性,饥而欲饱,寒而欲暖,劳而欲休,此人之情性也。"又云:"夫子之让乎父,弟之让乎兄;子之代乎父,弟之代乎兄:此二行者,皆反于性而悖于情也。然而孝子之道,礼义之文理也。故顺情性则不辞让矣,辞让则悖于情性矣。"(《荀子·性恶》)韩非子说:"人之情性,莫先于父母,皆见爱而未必治也。"(《韩非子·五蠹》)从这些引文中可以看出,"情性"是指人生而有之的先天禀性,主要是指人的本能欲求。盖荀、韩二人均为"性恶"论者,在他们看来,"性"或"情性"是指人与生俱来的本能冲动,是与仁、义、礼、智等后天习得的道德观念毫不相关的。孟子所言之"性"与荀、韩的"情性"属同一层次的概念,均指人的本性,只不过孟子的"性"是善的,是先验的道德意识;荀、韩的"情性"则是恶的,是纯粹的本能冲动。孟子论"性"而不及"情",荀、韩论"情性"则专指本能冲动以及建立于本能冲动之上的情绪和情感。荀子说:"故人苟生之为见,若者必死,苟利之为见,若者必害;苟怠惰偷懦之为安,若者必危;苟情悦之为乐,若者必灭。故人一之于礼义,则两得之矣;一之于情性,则两丧之矣。"(《荀子·礼论》)可知,在荀子这里,"情性"与"情"完全同义,即是指人的本能,人的天性。因此,"情性"一词从一开始就含有"天然""本真"等意义,它包含了情感,但不仅仅等同于情感。

荀子又将"情性"("情")概念引入文艺理论之中,他说:"夫乐者,乐也,人情之所必不免也,故人不能无乐。乐则必发于声音,形于动静,而人之道,声音动静,性术之变尽是矣。"(《荀子·乐论》)这里的"人情""性术"均指"情性"而言,是音乐发生的主体心理依据。由于它本身并非"善"的,其自然流露"则不能无乱",故而"先王制《雅》《颂》之声以道之"。这即是说,"先王"制作的音乐一方面基于人之"情性",一方面又以改造人的"情性"为目的。

最早把"情性"概念引入诗学理论的是《毛诗序》,其云:"国史明乎得失之际,伤人伦之废,哀刑政之苛,吟咏情性,以风其上,达于事变而怀其旧俗者也。故发乎情,止乎礼义。发乎情,民之性也;止乎礼义,先王之泽也。"[①]这里的"情性"一词与荀

---

① 孔颖达:《毛诗正义》卷一,北京大学出版社,1999,第15页。

子已有所不同：荀子的"情性"是指人的本能欲望以及与之相关的情绪情感；《毛诗序》的"情性"则指人们因"人伦之废""刑政之苛"所产生的哀伤与愤懑，是指百姓的真实感受和切身体验。荀子是讲圣人"制礼作乐"的必要性，他将"情性"视为人之本性，认为它是恶的，必须通过圣人制定的"礼义"来规范、引导和改造。《毛诗序》讲的则是"变风""变雅"产生的社会心理原因，这个"情性"（对现实的愤懑与不满）也不必然是"善"的，只有对它进行了必要的规范改造并以适当的方式呈现于诗歌作品之后，它才获得某种价值："以风其上"，即令当政者知道"民"的不满从而调整自己的政策。荀子注重的是人的本质的本然自在性，《毛诗序》注重的是普遍社会心理的真实性。

以上所论荀子与《毛诗序》的观点显然与孟子的学说不相入。按孟子的思路，人之本性有善而无恶，因而只需存心养性、求放心即可形成充实完满的内在精神。这种内在精神一旦形成，则人之言谈举止无不中规中矩。形诸诗文，亦文采斐然、焕然成章。后世"仁义之人，其言蔼如也""气盛言宜"（韩愈）；"夫性于仁义者，未见其无文也"（李翱）；"道胜者文不难而自至"（欧阳修）；"有第一等襟抱，第一等学识，斯有第一等真诗"（沈德潜）等等说法，均可谓与孟子一脉相承。荀子和《毛诗序》的以"情性"为人之本性、诗乐之主体依据的观点，在后世成为"缘情"说之理论基础。但"缘情"说不再以"情性"为恶，因而也就不再坚持对其进行规范和引导了。

荀子的"性"即是"情"亦即"情性"；孟子则论性而不及情。但后世却有一种很有影响的观点将"性"与"情"分而言之，并且主张"性"善而"情"恶。这种观点滥觞于《礼记》的《中庸》与《乐记》二篇。《中庸》云:"喜、怒、哀、乐之未发,谓之中;发而皆中节,谓之和。"这种将人的各种情感分为"未发"和"已发"两种形态的观点成为后世儒者"性""情"二分之说的理论根据——他们以"未发"为"性","已发"为"情";前者有善无恶,后者则善恶相混。《乐记》似乎较《中庸》讲得更清楚些:"乐者,音之所由生也,其本在人心之感于物也。是故其哀心感者,其声噍以杀;乐心感者,其声啴以缓;其喜心感者,其声发以散;其怒心感者,其声粗以厉;其敬心感者,其声直以廉;其爱心感者,其声柔以和。六者非性也,感于物而后动,是故先王慎所以感之者。""六者"即哀、乐、喜、怒、敬、爱六种情感,"非性也"是说这六种情感并非人心之常,而是因感物而生的随机性心理反应。这里已含有"性""情"二分的意思。《中庸》和《乐记》的这种倾向到了唐代李翱那里有了进一步发展,形成了"性"体"情"用、"性"善"情"恶的理论观点并对宋明理学产生了重大影响。李翱《复性书》云:"性者,天之命也;圣人得之而不惑者也。情者,性之动也,百姓溺之而不能知其本者也。"这是讲"性"为体,乃纯然至善,惟圣人能依之而行;"情"为用,乃令人沉溺者,百姓即陷于其中而不能自拔。其又云:"人之所以为圣人者,性也;人之所以惑其性者,情也。喜、怒、哀、惧、爱、恶、欲七者,皆情所为也。情既昏,性斯溺矣。"这即是说,"性"虽是善的,但作为其"动",即具体表现的"情"却可能是"昏"的,而且善的"性"还会被"昏"的"情"所遮蔽。"性"与"情"处于一种紧张关系状态之中。这一观点对宋儒影响至深,是著名的"天理""人欲"之辩的理论准备。自道学产生之后,如何压制和消解"情"(人欲)而使"性"(天理)朗然呈现就成了使宋明儒者殚精竭虑的第一要事；而如何通过人格的提升、胸襟的拓展而使诗文臻于上乘境界也就成了儒家文学家们时时萦怀的大问题。

（二）"吟咏情性"所负载的诗学本体论观点

如前所述，最早将"吟咏情性"引入诗学理论的是《毛诗序》。在《毛诗序》中，"情性"是指人们对时政的不满情绪，这是一种带有普遍性的情感，或者说是一种社会心态。汉儒认为"变风""变雅"的价值在于真实地表现了百姓的普遍心态，有助于当政者了解民风、民情，从而改革弊政。另外，汉唐儒者还秉承了荀子之说，认为诗乐具有改造人之情性的作用。《毛诗序》所谓："故正得失，动天地，感鬼神，莫近于诗。先王以是经夫妇，成孝敬，厚人伦，美教化，移风俗。"即是此意。又如班固所云："人函天地阴阳之气，有喜怒哀乐之情。天禀其性而不能节也，圣人能为之节而不能绝也，故象天地而制礼乐，所以通神明，立人伦，正情性，节万事也。"① 这完全是从维持社会大系统的平衡的角度来规定诗歌本体的，可以说是一种功利主义的观点，这种诗学本体论观点是以经学思潮为主导的汉代文化语境的必然产物。

魏晋六朝时期，在为玄学思潮所笼罩的文化语境中，"吟咏情性"被赋予了与《毛诗序》迥然不同的含义。玄学隐含的人文精神是个性的张扬，通过著名的"才""性"之辩（如"四本论"之类）和人物品藻的洗礼之后，"情性"一词不再有普遍社会心态的含义，而是指纯粹个体性的才情性灵，是个人心态。刘勰说："气以实志，志以定言，吐纳英华，莫非情性。是以贾生俊发，故文洁

---

① 班固：《汉书》，上海古籍出版社，2003，第678页。

而体清；长卿傲诞，故理侈而辞溢……。"①看其所举例证可知，在此处"情性"是指人的才气、性格、气质、心境等纯粹个体性心理特征。又如钟嵘说："至乎吟咏情性，亦何贵于用事？'思君如流水'，既是即目；'高台多悲风'，亦惟所见……。"②观其所举例证亦不难看出，这里的"情性"主要是指人的情感、思绪，同样是纯粹的个体心理。在六朝人看来，"吟咏情性"可以说是文学创作的别名，这或许正是"文学的自觉"的最有代表性的体现。裴子野说："自是闾阎年少，贵游总角，罔不摈落六艺，吟咏情性。学者以博依为急务，谓章句为专鲁。"③萧纲也说："未闻吟咏情性，反拟《内则》之篇；操笔写志，更摹《酒诰》之作。迟迟春日，翻学《归藏》；湛湛江水，遂同《大传》。"④这里都是将"吟咏情性"视为文学创作的专指了。换句话说，在六朝人看来，文学创作必须以"情性"——个人的内心世界为最主要的表现对象，这自是对儒家诗学本体论的突破与超越。但由于这种突破是以玄学思潮为依托的，故而算不得是儒家诗学自身的进步。

唐代文人虽大都对六朝门阀制度及其观念深恶痛绝，在审美精神方面也有较大突破，但总体而言，他们是继承了六朝文人崇尚个性的精神；在诗学观念上，也坚持以个体性的"情性"为诗歌本体。如令狐德棻说："原夫文章之作，本乎情性，覃思则变

---

① 刘勰：《文心雕龙·体性》，范文澜注《文心雕龙注》，人民文学出版社，1958，第506页。
② 钟嵘：《诗品序》，《历代诗话》，第4页。
③ 裴子野：《雕虫论》，严可均辑《全梁文》卷五三，商务印书馆，1999，第576页。
④ 萧纲：《与湘东王书》，《梁书》卷四九，中华书局，1973，第690页。

化无方，形言则条流遂广。"①皎然说："曩者尝与诸公论康乐为文，直于情性，尚于作用，不顾词彩，而风流自然。"又说："若遇高手，如康乐公，览而察之，但见情性，不睹文字，盖诣道之极也。"②司空图也说："情性所至，妙不自寻。"③这里的"情性"都是指个人的才性、气质、情绪情感等。这说明唐代诗学与六朝诗学有其内在一致性。二者的区别是：六朝诗学更强调"情性"的本体地位，目的是区分文学作品与非文学作品的本质差异；唐代诗学则侧重于探讨诗歌本体与其表现技巧和表现形式之间的关系，这大约是因为在六朝时士族文人要消解汉代工具主义诗学思想的束缚，所以不得不突出"情性"的本体地位，而在唐代文人看来，诗歌本体问题早已不成其问题了。

到了宋代，"吟咏情性"已极少见之于诗学论著之中。这是由于宋学的勃兴使文化语境发生了根本性变化，在以"义理之学""心性之学"为核心的学术话语的影响下，宋代诗学对诗学本体的认识由"情性"变为"意"或"理"。因而在宋代，"吟咏情性"的提法是作为主流诗学话语之外的声音而存在的。或者根本就不是在六朝及唐代诗学的意义上使用这个概念的。例如程颢说："兴于诗者，吟咏情性，涵畅道德之中而歆动之，有'吾与点'之气象。"④这里不能说不是在谈诗歌欣赏活动，但又无疑不同于一般的诗歌欣赏活动。因为二程强调的是在诗歌欣赏过程中激发起人

---

① 令狐德棻等：《周书·王褒庾信传论》，中华书局，1971，第744页。
② 皎然：《诗式》，《历代诗话》第30、31页。
③ 司空图：《二十四诗品·实境》，《历代诗话》第43页。
④ 程颢、程颐：《二程外书》卷三，王孝鱼点校《二程集》，中华书局，1981，第366页。

的"未发之中",亦即"性",即人的先验道德意识。就是说,在二程心目中的"情性"不是指情感或气质而言的,而是指"性"而言的(不是荀子的"性",而是孟子的"性")。这纯然是道学家的观点,不是宋代诗学的主调。又如严羽说:"夫诗有别材,非关书也;诗有别趣,非关理也。而古人未尝不读书,不穷理。所谓不涉理路,不落言筌者,上也。诗者,吟咏情性也。盛唐诗人,惟在兴趣,羚羊挂角,无迹可求。"①沧浪矛头所向正是宋代诗学观念与诗歌创作之基本倾向,自是与宋代诗学的价值取向迥异其趣。下面我们就来考察一下宋代诗学本体论的大致情形。

(三)"以意为主"与宋代诗学本体论的基本倾向

由魏晋迄唐的诗学本体论可以说是以"吟咏情性"之说为基本倾向的。当然,这期间又包含着对"情性"理解的种种细微差别。但论者均以人们的自在心态作为"情性"的主要内涵则是毫无疑问的。宋代诗学在"以意为主"的旗帜之下突破了以"吟咏情性"说为主要倾向的诗学本体论的樊篱,从而在中国古代诗学观念领域开出又一重要本体论倾向。

"以意为主"之说并非宋人的首创。"言意之辩"及"言""象""意"三者之关系问题、"辞"与"理"的关系问题都是中国哲学史上的大公案,先秦儒学和魏晋玄学均曾对此产生过极大兴趣。即于诗文理论中倡言"以意为主"亦不始于宋代。南朝宋范晔就说过:"文患其事尽于形,情急于藻,义牵其旨,韵移其意。虽时有能者,大较多不免此累,政可类工巧图绩,竟无得

---

① 严羽:《沧浪诗话·诗辨》,《历代诗话》,第688页。

也。常谓情志所托，故当以意为主，以文传意。以意为主，则其旨必见；以文传意，则其词不流；然后抽其芬芳，振其金石耳。"①唐杜牧也说："凡文以意为主，以气为辅，以辞彩章句为之兵卫。……是以意全者胜，辞愈朴而文愈高；意不胜者，辞愈华而文愈鄙。"②范、杜二人所言之"意"即是意旨的意思，是说作诗为文应有一个主要意旨贯穿其中，并要求文辞章句为表现这一意旨服务。至于此意旨的具体内涵为何物则无关紧要。然细味二人所论，则其所谓"意"与"情性"并无根本区别：如果诗文中有某种一以贯之的"情性"的话，那么人们意欲表现这种"情性"的想法也就是所谓"意"了。在宋代诗学中，"意"的内涵则要复杂得多了。

梅尧臣《续金针诗格》云："有内外意：内意欲尽其理，外意欲尽其象，内外含蓄，方入诗格。如'旌旗日暖龙蛇动，宫殿风微燕雀高'。旌旗喻号令，日暖喻明时，龙蛇喻君臣，言号令当明时，君所出臣奉行也。宫殿喻朝廷，风微喻政教，燕雀喻小人，言朝廷政教才出，而小人向化，各得其所也。"③这里所谓"外意"指诗的字面意思，"内意"指诗的隐含义，前者可以看作是后者之能指，后者可以看作是前者之所指。"内意欲尽其理"说明诗的隐含义是某种道理，譬如其所引诗句，乃是讲君臣和谐、天下太平的道理。由此可知，在宋代诗学中，"意"作为本体概念与"理"相通，就是说，"理"也是一个诗学本体论范畴。对此我们还可以找

---

① 沈约：《宋书·范晔传》，中华书局，1974，第1830页。
② 杜牧：《樊川文集》卷一三《答庄充书》，《上海古籍出版社，1978，第194、195页。
③ 参见胡仔纂集：《苕溪渔隐丛话·后集》卷三四，人民文学出版社，1952，第259页。

到许多证据。例如王安石说："某尝患近世之文，辞弗顾于理，理弗顾于事，以襞积故实为有学，以雕绘语句为精新。"①苏辙说："李白诗类其为人，俊发豪放，华而不实，好事喜名，不知义理之所在也。……汉高祖归丰沛作歌曰：'大风起兮云飞扬，……'白诗反之曰：'但歌大风云飞扬，安用猛士兮守四方？'其不识理如此。"②黄庭坚说得更明白："好作奇语，自是文章一病。但当以理为主，理得而辞顺，文章自然出群拔萃。观子美到夔州后诗，退之自潮州还朝后文，皆不烦绳削，而自合矣。"③看这些引文可知，在宋代诗学体系中，"以意为主"与"以理为主"是相通的提法。但是如果细加考察就不难发现，"理"的内涵较之"意"要狭窄得多，换言之，"意"包含了"理"，"理"却不能包含"意"。"以理为主"不过是"以意为主"的一个层面而已。

"意"的又一重含义是诗人的观点和见解。《中山诗话》云："诗以意为主，文词次之，或意深义高，虽文词平易，自是奇作。世效古人平易句，而不得其意义，翻成鄙野可笑。"东坡云："作文亦然，天下之事，散在经、子、史中，不可徒使，必得一物以摄之，然后为己用。所谓一物者，意也。不得钱不可以取物，不得意不可以明事，此作文之要也。"④这里的"意"都是指诗文中所蕴含的诗人的观点和见解。在宋人看来，惟有一以贯之并有一定深度的观点与见解作为诗文作品的核心，它才能成为好的作品。

---

① 王安石：《王文公文集》卷三，上海人民出版社，1974，第38页。
② 苏辙：《栾城集》卷八《杂说·诗病五事》，中华书局，1990，第1228页。
③ 黄庭坚：《与王观复书》，《全宋文》第104册，上海辞书出版社、安徽教育出版社，2002，第297页。
④ 参见葛立方：《韵语阳秋》卷三，《历代诗话》第509页。

宋人有时还将"意"分为"文义"与"意思"两个层次。如朱熹说："如昔人赋梅云：'疏影横斜水清浅，暗香浮动月黄昏。'这十四字谁人不晓得！然而前辈直恁地称赏，说他形容得好。是如何？这个便是难说，须要自得他言外之意，须是看得他物事有精神方好。若看得有精神，自是活动有意思，跳掷叫唤，自然不知手之舞之，足之蹈之。这个有两重：晓得文义是一重，晓得意思好处是一重。"又说："杨大年辈文字虽要巧，然巧中自有浑然意思，便巧也使得不觉。欧公早渐渐要说出，然欧公诗自好，所以喜梅圣俞诗，盖枯淡之中，自有意思。"①此处"文义"乃指诗文中所含客观之理或诗人主观之见解，"意思"则指附于整个作品之上的某种意味、意趣。前者可由文词词义的辨析而得，后者则只能得之于体验、感受，或者说是得之于审美的直觉。前者或许还包含着伦理的、政治的因素在内，后者则是纯而又纯的审美属性。朱子谈及读诗之法时尝言："诗须是沉潜讽诵，玩味义理，咀嚼滋味，方有所益。"②这里的"义理"应属"文义"范围，而"滋味"则应属"意思"范围。盖朱子虽为道学家，却洵属深谙诗中三昧者，故能在强调"义理"的同时顾及"滋味"。诗并不讳言"理"，关键在于能否达于"理趣"；诗亦不讳言"意"，关键是能否升华出"意思"——这大概是宋代诗学所悟到的独得之秘了。

总之，"意"这个概念的内涵比较丰富，凡属人意识层面的心理内容基本均能涵盖进去。宋人之所以重"意"而轻"情"，这自然与宋学思潮所构成的特定文化语境有着直接关系。宋代无论是

---

① 并见魏庆之：《诗人玉屑》卷六，上海古籍出版社，第125、126页。
② 魏庆之：《诗人玉屑》卷六，第267页。

重"义理"而轻"章句"的新学（王学）系统，还是高标"心性之学"的道学系统，抑或以俯仰人生、追求个体精神自由为鹄的的蜀学系统，无不探赜索隐、辨言析理，务求洞幽烛微，明察秋毫。这就造成了宋儒事事要弄清楚，处处要讲道理的文化习性。现之于诗文，则亦不免于其中发议论、言事理。全然不似汉魏、盛唐诗歌那样自然浑成、天真一片。

（四）"吟咏情性"与"以意为主"的比较

从南宋后期开始，宋代诗歌创作及其诗学观念即已为人们所诟病。其中最为痛快淋漓且言之成理的自然应属严羽的《沧浪诗话》。沧浪重新标举"吟咏情性"的口号，并佐之以"妙悟""兴趣"之说，对宋代诗学观念予以彻底否定。沧浪确然是深于诗者，他对历代诗歌的评价极为准确，对宋诗弊病的分析亦切中肯綮。然而严沧浪也有两大局限：一是评诗标准过于狭隘，只知汉唐那些纯真无伪、天真烂漫的"吟咏情性"之诗为佳作，不知宋人那些刻意求新、戛戛独造、讲求技巧的"以意为主"之作亦大有可读。二是易说而难做——他所向往的"惟在兴趣"的"盛唐之音"恰恰不是"有意为之"所能奏效的，其之所以能获得如许成就，正在于它是"不知其所以然而然"的。

自严羽之后直到清中叶以前，宋代诗学不断受到法汉宗唐的复古主义者的抨击。其所抨击的要点大抵为宋诗过于重"意"，重"理"，好"议论"以及"诗史"说，等等。这实质上是"吟咏情性"与"以意为主"两大诗学本体论观点的冲突。例如杨慎说："宋人以杜子美能以韵语纪时事，谓之'诗史'。鄙哉！宋人之见，不足以论诗也。夫六经各有体：《易》以道阴阳，《书》以道政事,《诗》以道性情,《春秋》以道名分。后世之所谓史者,左记言,右记事,古之《尚书》《春秋》也。若《诗》者,其体其旨,与《易》《书》《春秋》判然矣。《三百篇》皆约情合性而归之道德也,然未尝有道德字也,未尝有道德性情句也。"①这是对宋人"诗史"之说的批评。杨慎反对在诗中直接说教,主张采用比兴手法作诗。他所持的诗学本体论观点无疑是"吟咏情性"之说。明清之际的黄生亦有近似的观点,他说:"自宋人尊老杜为诗史,于是填故实,著议论,浸入恶道,而诗人之性情,遂不复见矣。"②同样是高标"情性"而反对"议论"及"诗史"说的。也有人更是直接否定"以意为主"诗学本体论观点,如王船山就说:"诗之深远广大与夫舍旧趋新也,俱不在意。唐人以意为古诗,宋人以意为律诗绝句,而诗遂亡。如以意,则直须赞《易》陈《书》,无待诗也。"又说:"宋人论诗以意为主,如此类直用意相标榜,则与村黄冠、盲女子所弹唱亦何异哉!"③这些批评都是坚持以"情性"为诗歌本体,而反对以"意"为诗歌本体。那么"情性"与"意"究竟有哪些根本性区别呢?

"情性"与"意"都是指诗歌作品中包含的主体心理内涵。二者最根本的区别在于:"意"是认知性的心理因素,而"情性"是非认知性的心理因素。前者包括人们对外在世界与内心世界的认识、理解、判断、评价等等,按其内容性质而言,其中当然有

---

① 杨慎著、王仲镛笺证:《升庵诗话笺证》卷四,上海古籍出版社,1987,第125页。
② 黄生:《诗麈》卷二《皖人诗话八种》,黄山书社,2014,第87页。
③ 王夫之:《明诗评选》卷八,文化艺术出版社,1997,第361页;又见王夫之:《古诗评选》卷一,文化艺术出版社,1997,第49页。

政治、伦理、哲学等等方面的观点；后者包括个性气质、情绪情感等，其中必然有大量无意识心理内容。也可以说，"情性"是未经逻辑思维梳理，没有抽象概念侵入的那种混沌一片的心理状态。在诗歌创作中，以"意"为诗歌本体的诗人喜欢在作品中讲道理、发议论、铺陈故实；以"情性"为诗歌本体的诗人则更愿意借助作品来表现自己那些飘忽的思绪、无名的闲愁、瞬间的感慨、隐秘的幽情等等。"意"是理性的、意识层面的，"情性"是非理性的，有时是无意识层面的。"以意为主"的诗作所传达的是普遍的社会话语，往往是占主流地位的意识形态；"吟咏情性"的作品所呈现的是个人话语，是无关国计民生的闲情逸致。因而，"以意为主"的作品背后常常隐含着一个"集体主体"，即某个社会阶层或社会集团的价值观念，诗人不过是它的传声筒；"吟咏情性"的作品的背后却只有人的生命存在（有时是纯个体的，有时是全人类的）。

上面是从"体"（诗之内涵）的层面上来说的，如从"用"（创作方法）的角度观之，则"吟咏情性"的作品讲究率性而为，自然呈现，坚决反对精雕细琢、刻意安排。"清水出芙蓉，天然去雕饰""如羚羊挂角，无迹可求""知其妙而不知其所以妙"是此类诗作的最高旨趣。"以意为主"的作品讲究"意新语工"，"言之有物"。提倡"诗法"，重视"格调"；"含不尽之意见于言外""外枯而中膏"的作品是这类诗歌追求的目标。

总之，"情性"与"意"是创作主体不同层面的心理内涵，在诗歌中则成为两种迥然有别的本体因素。"情性"并不仅仅指情感而言，它既包含"已发"之情，更包含"未发"之性。"性"在这里可以理解为人禀受于天的一切个体性的心理因素，如性格、气质、才情等等。例如，刘勰说："然才有庸俊，气有刚柔，学有深浅,习有雅郑,并情性所铄,陶染所凝,是以笔区云谲,文苑波诡者矣。故辞理庸俊,莫能翻其才;风趣刚柔,宁或改其气,……"①此处的"情性"不是指情感而言,而是指"才"与"气"。可见"情性"是个内涵十分丰富的综合性概念。一方面,它是指人与生俱来的诸种心理特征,可理解为"天性";一方面,它又指主体对自身生命存在的感受和体验,可称之为"生命体验"。因此,"吟咏情性"也绝不能简单地理解为"表现情感",它比较确切的含义应该这样来表述:自然而然地玩味、呈现人自身的天性及其对自身生命存在的感受和体验。古人用"吟咏情性"来表示一种诗学本体论观点,主要目的在于强调诗歌内容的绝假纯真、诚实无伪以及创作手法的自然而然、不假绳削。在这种诗学本体论观点的影响下,中国古代诗歌形成一种追求"浑然天成""真率自然"风格的价值取向,产生过无数脍炙人口的名篇佳什。

"意"则是纯粹后天生成的,是理性的。它一方面来自外在世界向主体的呈现,一方面来自主体对外在世界的评价。因此,"以意为主"一方面是展示事物固有的道理,一方面是讲表现诗人的观点和见解。古人提倡"以意为主"的诗学本体论观点,旨在突出认知性心理因素以及普遍的社会价值观念在诗歌作品中的重要性。对于"吟咏情性"的诗作来说,主要价值标准是真诚与虚伪;对于"以意为主"的诗作来说,主要价值标准是对与错、深与浅。可以说,"以意为主"成为宋代诗学具有普遍性的本体论观念,这是宋代文化中的理性主义精神之必然产物。

---

① 刘勰:《文心雕龙·体性》,范文澜《文心雕龙注》,人民文学出版社,1958,第505页。

(五)两大诗学本体论观点产生的原因

那么,"吟咏情性"与"以意为主"何以能够成为中国古代两种主要诗学本体论观点呢?

从一般的意义上来说,这两种诗学观念是文学所固有的价值二重性的体现。任何文学无不基于个人与社会的双重需要而生。从个人角度看,文学能够满足人的自我观照、自我宣泄、自我实现的心理需求,具有调节人的心理状态、维持人的心理平衡的客观效果。这是人类不能离开文学的主要原因。那些以"饥者歌其食,劳者歌其事"或"感物吟志""摇荡情性,形诸舞咏"为创作特征的"吟咏情性"之作正是以这种个体性心理需求为基础的,它实现的是一种个体的人性价值。从社会角度看,文学又具有伦理教化的功能,能够在一定程度上控制和改变人们的思想观念,从而维持社会的平衡与稳定。那些以讲道理、发议论、述故实为特征的"以意为主"的作品就是建基于这种社会需求之上的,它们负载的是一种社会价值。

如果具体到中国古代直接给予诗歌创作以决定性影响的历史语境和文化语境,那么可以说,士人阶层的文化人格及其心态的变化是两大诗学本体论观点形成的更为直接的原因。作为古代文化的主要传承者和建构者,士人阶层具有一种根深蒂固的人格冲突:一方面他们作为从政者或从政者的后备军拥有极强烈的历史使命感和社会责任感,向上要匡正君主,致君尧舜,向下要教化百姓,移风易俗,的的确确是"以天下为己任"的。另一方面,他们作为有很高文化修养和丰富精神世界的知识分子,又有很强烈的个体性精神需求:超越物累,保持心理平衡,安顿心灵,获得精神自由,满足审美需要,等等。这种二重人格现之于诗学观念,便形成了"以意为主"与"吟咏情性"两大本体论倾向。"以意为主"意味着欲有所言说,有所干预,是士人阶层要建构社会文化价值体系的进取精神之显现。"吟咏情性"是要沉浸于自我内心世界之中,借助于暂时放弃现实关怀而使心灵实现"内在的超越"。

士人阶层的这种二重人格及其在诗学观念上的显现又要受到特定历史语境的制约。这意味着在不同的历史境况中士人的人格理想与诗学观念会于两大倾向间有不同的侧重。魏晋六朝直到唐中叶之前都是"吟咏情性"说占主导地位,这是因为六朝士族文人特殊的政治和经济地位以及极不稳定的社会政治状况使他们在价值取向上将家族利益置于国家利益之上,因而将个体价值置于社会价值之上。唐代社会结构和政治制度的变化使庶族文人获得文化上的主导地位,但他们在被大大激起的政治激情的驱动下,一心一意投身于君权系统之中去建功立业了,尚无暇顾及一体化的学术话语体系的建构。这就使他们在文化上并没有明确一致的价值取向。他们的个体性精神活动主要是吟诗作赋、琴棋书画。在没有明确一致的文化价值取向为指导的情况下,士人的精神活动基本处于"自在"状态。也就是说,他们吟诗作赋基本上是个体"情性"的自然呈现。宋代则大不同。由于宋朝特殊的历史条件和治国方略,宋代士人不仅要建功立业,而且更要建立强大的文化价值体系和学术话语体系。被后人称为"宋学"的文化学术思潮,尽管内部有诸多差异,但在总体的价值取向上却有其一致性,在言说方式上更是完全相同。这样强大的学术思潮及其言说方式必然会不可遏止地渗透到社会文化的各个角落。"以意为主"说就是它在诗学观念上的必然表现。在"宋学"价值观及其言说方式的比照之下,仅仅"吟咏情性"的诗歌作品即使不是"害道"的"闲言语"(伊川语),无论如何也是达不到诗的最高境界的。

二、"自得"范畴从宋学向宋代诗学的转化

"自得"在宋学中是一个很重要的概念,同时在宋代乃至宋代以后的诗学中也是一个很重要的概念。人们用这同样一个语词来标示两个属于不同系统的范畴,这并非偶然的巧合——它正表明了这两个不同系统的范畴之间的紧密联系,而这种紧密联系又恰恰反映了宋学对宋代诗学的某种重要影响。

(一)"自得"诸义

"自得"一词之所以在宋学中获得重要意义,无论从语源学上还是从思想史上说,都是由于孟子的一段话:

> 君子深造之以道,欲其自得之也。自得之,则居之安。居之安,则资之深。资之深,则取之左右逢其源。故君子欲其自得之也。

赵岐注前句云:"造,致也。言君子问学之法,欲深致极竟之以知道意,欲使己得其原本,如性之自有也。"[①]朱熹注云:"言君子务于深造而必以其道者,欲有所持循,以俟夫默识心通,自然而得之于己也。"又引二程注云:"学不言而自得者,乃自得也。

---

① 焦循:《孟子正义》,《诸子集成》第2册,岳麓书社,1996,第372页。

有安排布置者，皆非自得也。然必潜心积虑、优游餍饫于其间，然后可以有得；若急迫求之，则是私己而已，终不足以得之也。"①

统合各家注释，我们对"自得"一词可做如下理解：其一，君子欲得之对象并非一般知识，而是"道"，即万物之本体与一切价值之本原。其二，此"道"非由他人传授而得，只能靠自己"默识心通"，自然而得。其三，此"道"非来自外在之自然宇宙，而是存之于自己内心世界，是"性之自有"。其四，求道的过程是从容不迫、自然而然的，就是说，这是一种体悟而非强刮狂搜。

以上理解的前三条是符合孟子本意的，这可以从孟子整个学说体系中得到印证。第四条则是宋儒注入的新意。在孟子看来，作为道之具体表现的仁、义、礼、智并非向外习得，它们乃植根于人们心中，即所谓"四端"。因此得道的过程亦即"发明本心""求放心"的过程。他说："万物皆备于我矣，反身而诚，乐莫大焉。强恕而行，求仁莫近焉。"（《孟子·尽心上》）按照这一逻辑，求道即等于存心养性、自我探寻，因而用"自得"来指示这种求道工夫，可谓恰如其分。当然，孟子也并非否认"道"的客观自在性，他只是认为存于宇宙自然中的"外在之道"与存乎人心的"内在之道"是一个东西罢了。"天听自我民听，天视自我民视"，知人亦即知天。这正是儒学"天人合一""合外内之道""浑然与物同体"等等命题的主旨所在。孟子善于谈心说性，讲存养工夫，因而诸如"自得""自反""思""诚"之类的概念在其学说中就十分重要。宋代士人大多服膺孟子，将其视为儒道的真正传承者，对孟子关于存心养性的思想推崇备至。作为宋学之主体的心性之学即是从孟子学说衍生而

---

① 朱熹：《四书集注》，第419、420页。

来。"自得"亦为宋儒得之于孟子的思想遗产之一。

对于"自得"这一概念的内涵，宋儒在使用时一方面继承了孟子的原有之意，一方面又有所发展。这里略引数条并稍加分析：

学莫贵于自得，非在人也。

人患居常讲席空言无实者，盖不自得也。为学治经最好，苟不自得，则尽治《五经》亦是空言。

学者须敬守此心，不可急迫。当栽培深厚，涵泳于其间，然后可以自得。但急迫求之，只是私己，终不足以达道。

（以上均见《程氏遗书》）

闻见之善者，谓之学则可，谓之道则不可。须是自求于己，能寻见义理，则自有旨趣，自得之则居之安矣。

（张载《经学理窟》）

某常有数句教学者读书之法云：以身体之，以心验之，从容默会于幽闲静一之中，超然自得于书言象意之表，此盖其所为者如此。

（杨时《龟山语录》）

由此数条中不难见出，宋儒使用"自得"这一概念重在强调自我体验、自我感悟之于读书治经的优先地位。再结合前引程朱注孟子之言，则宋儒于"自得"之中还注入了一种其于孟子处所没有的含义——从容不迫、优游闲适、超然远引的精神状态。简言之，在孟子那里，"自得"的主要意义是强调为学求道须反诸内心而无须旁索。在宋儒这里其意义则一是高扬独立意识与主体精神,二是倡导一种自由平和的精神境界。程颐说:"学至涵养其所得而至于乐,则清明高远矣。"①程颢也说:"学至于乐则成矣。笃信好学未如自得之为乐。好之者,如游他人园圃;乐之者,则已物尔。"②(《程氏遗书》卷十一)正此之谓也。

(二)"自得"与宋儒心态

孟子讲"反身而诚",讲"自得""自反""求放心"并非纯粹从学理上考虑。盖孟子学说的真正旨趣其实是在治国平天下,然而身为无拳无勇一介布衣,孟子与其他所有先秦士人思想家一样,并没有操纵社会政治的实际力量。于是他们便不约而同地采取了文化制衡的策略——建构一套价值观念体系来间接地影响社会政治。在士人与社会政治之间的中介环节便是君主和其他执政者。在孟子看来,要实现自己的政治理想只有先做好改造君主的工作。而要改造君主,唯一的办法是说服他们自觉自愿地接受并实行自己那一套价值观念。于是孟子便试图在"人人可以为尧舜"口号的诱惑下令君主们就范。因此,"自得""自反""求放心""存心养性""反身而诚"云云,固然亦含有士人的自律意识在内,但主要还是对君主们提出的要求与规范。它们作为士人阶层的"话语"暗含着某种"权力"——对社会政治的干预与控制。

宋儒在建构自己的话语系统时所处的文化历史语境与孟子有很大不同。秦汉以降,中央集权的君主专制体制已历时千载。"君

---

① 程颢、程颐:《二程集》,王孝鱼点校,中华书局,1981,第1189页。
② 程颢、程颐:《二程集》,王孝鱼点校,中华书局,1981,第127页。

道刚强,臣道柔顺"早已成为不可逆转的事实。汉唐士人大都以投身于以君权为核心的政治序列为至上荣耀,即使不能建功立业而被"倡优蓄之"亦不以为耻。六朝士族文人依仗雄厚的经济基础与稳固的政治地位试图与君权分庭抗礼,最终也只是以牺牲世俗权力为代价换得了精神上有限的自由与自主。千年之间,只是中唐的韩愈激于国势之衰与释教之盛,振臂而呼,试图重建"道统"以挺立先秦士人那种独立人格与主体精神,但囿于时代政治黑暗与士风靡弱的积重难返,韩愈的声音在当时并没有得到普遍的响应,倒是被他放在次要位置上的古文写作受到许多人重视而喧嚣一时。

然而对于宋儒来说,韩愈却有着重要的象征意义——在他身上宋儒看到了一种昂然挺立的精神人格。当然,韩愈对于宋儒之所以具有这样的意义,还因了宋代(主要是北宋中叶以前)特定的历史情境:统治者倚重士人阶层。宋代统治者对士人既委以重任,又对他们的精神活动持较为宽松的态度,这自然大大增强了他们自强自立的意识。于是在宋代,特别是北宋中叶以前韩愈便成了榜样和旗帜,通过韩愈,宋儒重新受到先秦士人那种以天下为己任、为帝王师的主体精神之感召,他们因此而将独立人格的自我建构当作自己的首要任务。在使用从前辈那里继承下来的一套学术话语时,宋儒往往自觉不自觉地将自己这种人格建构意识渗透其中。对于这种情况的存在,在解读他们的学术话语时,我们不可不予以特别的关注。

宋儒对"自得"这一概念新的诠释正是基于他们那种强烈的人格自我建构、自我提升意识。这可从两个方面看出。其一,宋儒在使用"自得"这个概念时暗含着一种自我建构、自我树立的主体精神。也可以说,在宋儒这里,"自得"意味着个体人格价值的自我发现,意味着士人安身立命的价值依据乃在他们自己身上而不在于君主的态度以及一切外在因素。如此则士人阶层便可以完全依据自己的标准和理想去创造社会文化价值观念体系和话语系统了。因此可以说，宋儒强调"自得"显示了他们的某种自信心和责任感，也显示了他们在精神上不肯依傍他人的主体独立意识。其二，从纯粹个体意义上看，"自得"这个概念也表现出宋代士人对心灵自由的向往与追求。在他们看来，"自得"是一种没有任何外在束缚与强制的个体性精神活动。它的特点是自由、自觉与自主。因此，"自得"这一概念还包含着一层含义：对那种超越了一切束缚与强制的以自由为特征的人格境界的向往。

从以上分析中我们不难看出，在"自得"这一概念中实涵盖了宋代士人人格建构的两个基本维度，或者说两种人生理想：向外则是为世人立法，为君主立规则的巨大历史使命感和社会责任感，亦即所谓"为天地立心，为生民立命，为往圣继绝学，为万世开太平"（张载）的精神；向内则是开辟一片心灵的净土，使心灵有个安顿处的精神需求。二程尝云"贤者安履其素，其处也乐；其进也，将有为也"[①]，正体现了这两种人格维度。

行文至此，我们有必要对"宋儒"和"宋学"这两个概念略作解释。"宋儒"是个泛指，并不仅指以儒家正统自居的道学家，亦包括新学、蜀学中的人物，也包括不属于某一学派的宋代儒者们。"宋学"亦为泛指，包括宋代主要儒家学术流派，主要是新学（王学）、蜀学、道学（濂洛关闽之学）等。在这里，我使用这两个概念旨在说明，"自得"一语所暗含的文化价值意蕴并非一家一派所独有，而是宋代士人共同追求的人格目标，同时也是宋代主流学术

---

① 张伯行集解：《濂洛关闽书》卷二，第169页。

的基本旨趣之一。前文所引大多为道学家言论，下面让我们来看看新学和蜀学的代表人物的看法。

王安石毕生以孟子自期，曾于一首给欧阳修的和诗中说："他年若得窥孟子，终身何敢望韩公。"他对于孟子的推崇主要是在精神人格方面。其《孟子》一诗有云："沉魄浮魂不可招，遗编一读想风标。何妨举世嫌愚阔，故有斯人慰寂寥。"由诗意可知，王安石有取于孟子者乃在其"风标"——"富贵不能淫，威武不能屈，贫贱不能移"的大丈夫精神。观王安石一生为人、为政、为文无不独自树立、标新立异，从不依傍他人，恰如孟子所言之"大丈夫"。这是宋儒普遍具有的主体精神、创新精神的突出展现，亦为"自得"之人格境界的一个重要方面。作为著名政治家、改革家，王安石当然是个积极的入世者，但同时他又能超越现实功名利禄而达到某种个体精神的高度，就是说具有"自得"之人格境界的另一方面：心灵的宁静与自由。明儒邹元标尝言安石为"儒而无欲者"和"儒而有为者"。[①]黄庭坚亦赞安石为"真视富贵如浮云，不溺于财利酒色，一世之伟人也"[②]。"无欲"即超越，即心灵的宁静与自由；"有为"即有所进取，有所树立，亦即主体精神之高扬。二者统一，正是宋儒典型的人格特征。

蜀学代表人物苏氏兄弟也都是特立独行、高迈远举的豪杰之士。东坡于新旧党争之间傲然独立，决不依附因循；尽管屡遭打击、仕途坎坷，但其昂然挺立的独立人格和主体精神却毫无改变。

[①] 邹元标：《崇儒书院记》，蔡上翔《王荆公年谱考略》卷首之二，上海人民出版社，1973，第29页。

[②] 黄庭坚：《跋荆公禅简》，《全宋文》第106册，上海辞书出版社、安徽教育出版社，2002，第219页。

苏辙甫登仕途，便以对朝政的激烈批评而引人瞩目。观二苏一生，其关心时政、积极进取的入世精神昭然可见。但他们又绝非只知忠君爱国、保境安民的"循吏"，他们同样有着对个体精神自由的向往与追求。东坡尝赞秦观云："以君为将仕也，其服野，其行方；以君为将隐也，其言文，其神昌。置而不求君不即，即而求之君不藏。以为将仕将隐者，皆不知君者也。盖将挈所有而乘所遇，以游于世而卒反于其乡者乎！"①这里虽是说秦观，其实乃是东坡毕生为人处世的基本准则。其又云："君子可以寓意于物而不可以留意于物。寓意于物，虽微物足以为乐，虽尤物不足以为病；留意于物，虽微物足以为病，虽尤物不足以为乐。"②这即是人们所谓的"存无为而行有为"，"以出世精神做入世的事业"。苏辙也说："士生于世，使其中不自得，将何往而非病？使其中坦然，不以物伤性，将何适而非快？"③既要积极入世有所建树，又要保持内心的和乐与自由，这就是宋儒的人生旨趣、人格理想之核心所在，也是"自得"概念的文化心理内涵的主旨所在。

（三）"自得"概念由宋学向宋代诗学的位移

"自得"这一包含了宋儒人格理想的价值范畴不仅在宋学的范畴系统中居于重要位置，而且它还进入了宋代诗学的范畴体系并同样居于重要位置。对这一"概念位移"现象首先具有明确意识的是王安石，他说：

---

① 苏轼：《秦少游真赞》，《苏东坡全集》，第276页。
② 苏轼：《宝绘堂记》，《苏东坡全集》，第389页。
③ 苏辙：《栾城集》卷二四《贵州快哉亭记》，上海古籍出版社，1987，第513页。

孟子曰："君子欲其自得之也，自得之则居之安，居之安则资之深，资之深则取诸左右逢其原。"孟子之云尔，非直施于文而已，然亦可托以为作文之本意。①

王安石十分敏锐地发现了人格修养与作文之间的相通性，也揭示了"自得"之于文学创作的重要意义。此后，在宋代乃至明清的诗学观念中，"自得"便获得了普遍重视从而成为一个至关重要的诗学范畴。下面我们就简略分析一下这一范畴的含义和意义。

首先，"自得"是指吟诗为文时有自主性。现举数例如下：

作诗者，陶冶物情，体会光景，必贵乎自得。盖格有高下，才有分限，不可强力至也。

（《西清诗话》）

《诗说》之作，非为能诗者作也；为不能诗者作，而使之能诗。能诗而后能尽吾之说，是亦为能诗者作也。虽然，以吾之说为尽，而不造乎自得，是足为诗哉！

（《白石诗说》）

曼卿自少以诗酒豪放自得，其气貌伟然，诗格奇峭，又工于书，笔画遒劲，体兼颜柳，为世所珍。

（《六一诗话》）

---

① 王安石：《临川集》卷七七《上人书》，四部丛刊本。

以上所引数条大致含有二义，一是说作诗须自出机杼、戛戛独造，不可拾人牙慧。二是说作诗者只要依据自家性情，自成一体，便必有可观，不必强学他人。前者是说要"独自获得"，强调的是艺术上的独创性；后者是说要"由自家而得"，强调的是性情上的真实性。此二义无疑是很重要的，但却是比较浅层次的，下面我们来看看"自得"这个概念更丰富、更深刻的内涵：

"采菊东篱下，悠然见南山。"此其闲远自得之意，直若超然邈出宇宙之外。俗本多以"见"字为"望"字，若尔，便有褰裳濡足之态矣。

（《蔡宽夫诗话》）

近世僧学诗者极多，皆无超然自得之气。往往反拾掇模仿士大夫所残弃，又自作一种体，格律尤凡俗，世谓之酸馅气。

（《石林诗话》）

苏、李之天成，曹、刘之自得，陶、谢之超然，固已至矣；而杜子美、李太白以英伟绝世之资，凌跨百代，古之诗人尽废；然魏晋以来，高风绝尘，亦少衰矣。

（苏轼《书黄子思诗集后》，见《苏东坡全集·后集》卷九）

若但以诗言之，则渊明所以为高，正在其超然自得，不费安排处。

（《朱子语类》）

以上数条则不仅涉及创作态度问题，这里更主要的是在描述和倡导一种诗歌的境界。如用今天的眼光来看，这种诗歌境界至少有这样两种含义：其一，"自得"与"超然"相连，是指诗歌作品具有不同凡俗的高情远致，或者说，作品具有某种艺术品格，给人以超尘拔俗之感。这种艺术品格并不是那种诗人独有的艺术特征，而是一种高度，是作品达到成熟完美时所必有的性质。借用俄国形式主义理论的术语即是"文学性"，是艺术之所以成为艺术的决定因素。只有真正的艺术才能使人"超越凡近，自致远大"——进入空灵纯净的精神自由境界。其二，"自得"是这样一种艺术状态：让人看上去它仿佛不是被创造出来的而是天然形成的。诸如"池塘生春草，园柳变鸣禽""采菊东篱下，悠然见南山"之类的诗句无论所表现的内容还是其语词形式与技巧，都看不出有何特别之处，可以说极为平淡。但是恰恰是其平淡之处包含了至上的艺术境界。个中的奥妙并不在于这些诗句"真实地"表现了自然，也不在于它表现了自然的"真实"，这些都不必然地具有艺术品格，这里的真正奥妙乃在于它们"自然地"表现了客观的真实。这就是"不费安排"，就是"自得"。康德曾经说过：自然看上去像艺术时才美；艺术看上去像自然时才美。（《判断力批判》）也说明同样的道理。当然，"不费安排""自得"云云亦有两种情况，一是确然没有刻意搜寻雕琢，只是在"心目相取""情与境谐"的艺术直觉中便完成了遣词造句的过程。这样的名篇佳句实乃天成，殆非强力可致。二是看上去"不费安排"，毫无人工雕琢痕迹，实则饱含了作者的构思锻炼之苦。宋人之佳句名篇大抵属于此类。诸如"红杏枝头春意闹"（宋祁）、"云破月来花弄影"（张先）、"春风又绿江南岸"（王安石）之类，都是看上去浑然天成，不虑而得，实则搜肠刮肚，煞费苦心。

不管形成过程如何，其最终所达到的"自得"境界都让人感到如"水中之月、镜中之象"，"如羚羊挂角，无迹可求"。（《沧浪诗话》）这是真正的艺术境界，只有在这样的境界之中，人才会感到自由自觉，才会使个体心灵"取之左右而逢其源"。康德尝言，在审美鉴赏中，人的诸种心理机能和谐一致，心灵从而获得自由。席勒认为只有在以感性冲动与理性冲动（形式冲动）和谐一致为特征的游戏活动（审美活动）中，人才是真正的人，他的精神才是自由和快乐的。而当代"西方马克思主义"的美学家、文艺理论家们（马尔库塞、布洛赫、阿多尔诺、本雅明等）更是以文学艺术作为保持人的真实本性，维护人的心灵自由，抵御工具理性、文化工业对人的束缚与压抑的唯一有效方式。如果说文学艺术真的具有这些功能的话，那么就正是由于它能够引导人们进入"自得"的艺术境界之中。这恐怕也正是中国古代诗学特别重视"自得"境界的深层心理原因。

（四）从"自得"看宋学与宋代诗学之关系

"自得"由一个标示个体人格修养的伦理学概念衍生为一个关于艺术境界的诗学概念，这本身就是个颇有意味的现象。从这一现象中我们可以看出，宋学与宋代文学理论之间具有某种非常密切的内在联系。当然，在任何一个时代，在哲学、伦理学等学术话语系统与诗学话语系统之间无不存有某种密切的关系。但在宋代，这种关系却有其特殊性。这是因为宋代是我国文化史上罕有其匹的学术昌明时代。在这样的时代，社会文化的主流是哲学或伦理学的形上沉思，因而学术话语对于诗学话语的"入侵"往往是极为明显而严重的。我们可以这样来表述：在一个共同的文化语境之中，宋学对于宋代文学理论起到了具有决定意义的影响与制约作用。换言之，宋代文学理论的基本价值取向与话语形式在很大程度上是被宋学所规定的。我们只要看一看荆公新学、二程洛学、三苏蜀学各有各的学术旨趣，同时也相应地各有各的文学观念，就不会怀疑宋学对于宋代文学理论的决定作用了。从总体上看，宋学长于说理与论辩，影响到文学观念，也重视在诗文中议论与说理；宋学以超越的人格境界为主要学术旨趣，影响到诗学观念，也重视诗的"超然自得"与"出群拔萃"的艺术境界。宋代文学理论对于宋学可谓亦步亦趋，响应景从。

当然，在宋学与宋代文学理论之间也还存在若干中介环节，二者并非直接一一对应的关系。对人格境界的向往与自我建构或许可以视为诸多中介环节中最重要的一项。宋学，特别是其中的心性之学，主要是从学理上阐述建构理想人格境界的可能性与可行方式；宋代文学，特别是诗歌，则主要是通过创造意象来具体描述与呈现那种理想的人格境界。由于这种对理想人格境界的向往与追求牢牢植根于宋代士人心中，也就使得以其为共同内涵的宋学与宋代文学理论产生了密不可分的联系。或许可以这样来表述：宋代特定的文化历史语境决定了宋代士人欲挺立独立人格与主体精神的文化心理取向，在这种文化心理取向的促动下，宋代士人建构了以心性义理为核心的宋学体系，而支撑这一宋学体系的若干范畴与命题则在同样的文化心理取向的基础上被"移植"到了宋代诗学体系之中。这便是宋学对宋代诗学影响过程的基本轮廓。

在作为宋学体系之主要内容的心性之学中主要包含着两个系统的范畴和命题：境界系统（本体系统）、工夫系统。

属于境界系统的范畴和命题，如"仁""诚""乐""时中""道""心""性"等等，是指理想中的人格状态或人所固有的道德价值潜能。属于工夫系统的范畴和命题，如"居敬""穷理""存养""涵泳""戒惧""常惺惺"等等，是指为达到理想的人格境界所必需的心理自我调节、自我修持活动。"自得"这个概念的特殊之处在于，它既属于境界范畴，又属于工夫范畴。作为工夫范畴，"自得"是指在追求人格境界过程中的独自体悟与发现；作为境界范畴，它是指达于自由、自觉、自主之后的人格高度。正是这个概念内涵的二重性决定了作为诗学概念的"自得"同样具有作诗为文的独立性与诗文超越的艺术境界这二重内涵。由此我们更可以看到宋学之于宋代诗学影响的严重程度。

当然，诗学毕竟是不同于哲学和伦理学的观念系统和话语系统，它有自己的特定范围。在其发展演变的过程中也有自己独立的历时性延续与传承。即使在宋代这样特殊的情况下，诗学也还是有许多范畴和命题与宋学并无明显的联系。我们所谓宋学对于诗学的决定性影响主要是在价值取向与思维方式的意义上而说的。在这里也许涉及了一个重要而又复杂的文化史现象：某种诗学观念和相应话语系统的形成往往是以往诗学观念及其话语系统的历史遗留与当下其他学术观念及话语系统相互触发、相互渗透进而形成某种新的组合的产物。这是一种历时性的、本系统的观念及话语与共时性的、其他系统的观念及话语之间的交互作用，是作为一个整体的大文化系统内部的协调与整合，而这一切的发生与演化又都基于在特定时代居于主导地位的文化心理取向。对于这一文化史现象，我们在进行包括诗学在内的学术史专题探讨时必须予以足够的重视。

三、从"涵泳"范畴看宋学与宋代诗学的相通性

宋学与宋代诗学的密切联系既表现在二者价值观念系统的某种深刻一致性上，也表现在两种话语系统的相互转换上，同时话语系统的转换又表征着价值观念上的相通性。在这里，我们拟通过对"涵泳"这个概念的分析来从一个角度揭示道学与宋代诗学之间的这种内在联系。

（一）"涵泳"的含义

"涵泳"原本不是一个学术概念，据我所掌握的材料看，至迟在魏晋时，这个语词已经出现在文学作品中。左思《吴都赋》有"涵泳乎其中"之句。李善注云："涵，沉也。扬雄《方言》曰：'南楚谓沉为涵。'泳，潜行也。"[①]可知"涵泳"的本义乃指鱼鳖之属深潜于水中游动。观左思赋中之意似有"水深凭鱼跃，天高任鸟飞"的意味。然而到了宋儒这里，"涵泳"却变成了一个重要的学术概念。现引数例如下：

> 要见圣人，无如《论》《孟》为要。《论》《孟》二书于学者大足，只是须涵泳。
>
> （张载《经学理窟》）

---

① 萧统：《文选》卷五，中华书局，1977，第83页。

> 志道恳切固是诚意,若迫切不中理,则反为不诚。盖实理中自有缓急,不容如是之迫。
>
> 观天地之化乃可知学者须敬守此心,不可急迫。当栽培深厚,涵泳于其间,然后可以自得。但急迫求之,只是私己,终不足以达道。
>
> 学至涵养其所得而至于乐,则清明高远矣。
>
> 入德必自敬始。故容貌必恭也,语言必谨也。虽然,优游涵泳而养之可也,迫则不能久矣。
>
> (《河南程氏遗书》)
>
> 为学不可以不读书,而读书之法又当熟读沉思,反复涵泳,铢积寸累,久自见功。不惟理明,心亦自定。
>
> (《濂洛关闽书》)

从以上数条引文可以看出,"涵泳"在宋儒这里作为一个学术概念大致有如下几个层次的含义:其一,指一种为学的方法。其二,这种为学方法不是一般的读书或理解书中之意,而是深入体察、玩味和沉思。其三,从现代心理学角度看,"涵泳"这种为学方法不是靠意志的强力驱动,而是从容不迫、循序渐进地进行的。其目的并不是要获得某种客观知识,而是要达到一种心灵的境界。因而在"涵泳"的过程中,主体在心理上不是感受到紧张,而是感受到和乐愉悦。

这就是说,道学家给"涵泳"一词注入了全新的含义,用以表示儒家主体在追求理想的人格境界时所进行的心理活动。从以上引文及其他处宋儒对这一概念的使用来看，这种心理活动有如下几个特点：首先，这是一种意向性活动，即它具有明确的指向性而不是任意的心理流动。但与一般认知活动不同的是，这种意向性的心理活动不以获得客观知识或对任何外在事物的把握为目标，而以调整人的心态——提升人格境界为鹄的。其次，这种心理活动主要不是一种逻辑思维的过程，而是对内在意念的体悟与省察。在"涵泳"过程中，主体既是在自我警戒、自我引导的"自律"状态下，同时又时时体验到发现个体心性价值后的喜悦。再次，"涵泳"还部分保留了其词源学上的固有之义——自由而从容地优游于大泽深渊之中。只是借助于某种相似性原理而稍加引申，使之成为人的心灵自由的象征。换言之，"涵泳"所标示的是一种自由和谐、愉悦平和的心理状态。

（二）"涵泳"与道学旨趣

道学是儒学在宋代的新发展，由于其学术旨趣已与先秦及汉唐儒学有很大不同，故而人们又称其为"新儒学"。先秦儒学本是一种治国平天下的学说，是彼时士人阶层为君主们开出的诸多救世药方之一。由于士人阶层独特的社会境遇，他们压根儿就没有拯救世界的实际能力。因此，他们不得不试图在"人主"的心灵上下功夫，于是，在儒学这一就其本质说来应属于政治学的思想体系中就带上了过多的伦理学内涵。其治国平天下之宏远目标的逻辑起点却是个体心灵的自我锻造。所谓"内圣外王之道"其实是儒家不得已的、一厢情愿的社会乌托邦而已。汉唐儒学虽云直承先秦，而实际上在大一统的君权专制制度下，儒者们大都已然蜕化为君主政体的工具，不可能像先秦士人阶层那样自由地表达充满主体意识与批判精神的思想。于是儒学演化为经学——原本作为一种旨在重新安排世界的洋溢着革命精神的学说，却被当作解读探索的对象，从而演化出一套纯粹技术性的文本阐释学。这是儒学的悲哀，也是古代士人阶层的悲哀。韩愈于中唐之时曾高标道统，以为自孟子而下，儒学之道后继乏人，隐然以孟子的继承人自居。我们如果将孔孟的主体精神与独立人格视为儒道之真精神，那么韩愈所言孟子之后道统中断，是有充分根据的；以韩愈的特立独行、卓然高标，的确也颇有些孟子的"大丈夫"气概。可惜，唐中叶以后士风日渐萎靡，韩愈接续道统的倡导并没有得到普遍响应。从古代思想史的发展来看，韩愈的作用似乎主要在于为道学的勃兴做了一点铺垫，埋下一个伏笔。

宋代士人由于许多偶然的原因，得到了得天独厚的自我发展、自我表现的机会。考之历朝历代，君权系统对于知识分子的宽容与重用，无过于宋代（尤其是北宋的真、仁、神、哲数朝）者。于是宋代士人在精神上就有了比较值得称道的建树。他们当然同样要治国平天下，要建立不朽业绩。然而他们面对的局势却并不乐观：外有契丹、西夏的环伺，内有多年的积弊以及君主专制制度固有的局限，他们要在政治上有大的建树其实是不可能的。庆历、熙宁两次变法的失败便是有力的证明。那么宋代士人那被激起的精神能量往哪里去宣泄呢？他们在这种精神能量的驱动下做了三件事：一是建立义理之学、心性之学，在学理上探赜索隐；二是于诗文书画之域精益求精、穷极雅妙；三是恪尽职守，在可能的范围内尽量做些利国利民之事。具体到个人，则或者偏重学术，或者偏重诗文，或者偏重吏事。道学家正是宋代士人阶层中那些全副精神都用之于学术探讨的一部分人。

由于道学家政治上无可为，诗文上不屑为，又不再满足于空谈治国平天下的大道理，他们便将先秦儒家当作手段的修身、存养视为目的，将个体人格境界的建构看成世间第一要事。至于先秦儒家所关心的大同、小康、王道、仁政之类的社会理想则实际上被"悬搁"了起来。这样，他们便成了心性之学的主要承担者了。

心性之学既是一种探究人性奥秘和天人关系的本体论学说，同时又是一套守静居敬、默视玄通的修身工夫。其修身是目的，学理辨析是手段。二者又是统一的过程——在道学家看来，终极之理（道或天理）既在宇宙万物之上，又在人之心中。故而人只须反求诸己，即可穷尽天下之理。此即谓穷理尽性乃是一事。程颢云："道即性也。若道外寻性，性外寻道，便不是。"[1]又说："圣贤千言万语，只是欲人将已放之心约之使反，复入身来，自能寻向上去，下学而上达也。"[2]可见道学家所热衷的心性之学本质上是将学术探讨与修身统为一体，即所谓"合外内之道"。如此一来，心性之学的对象就是变动不居的心灵而非客观的存在，因而它就不可能采用归纳推理、综合判断等逻辑的方法，而只能采用自我体察、自我观照的内省方法。对于这种方法，道学家即以"涵泳"一词概括之。"涵泳"就是主体将全部注意力集中于自己的内心世界，沉潜其中，体察玩味，其结果是获得某种心灵上的完满自足。二

---

[1] 程颢、程颐：《河南程氏遗书》卷一，王孝鱼点校《二程集》，中华书局，1981，第1页。

[2] 程颢、程颐：《河南程氏遗书》卷一，王孝鱼点校《二程集》，中华书局，1981，第5页。

程说:"圣贤论天德,盖谓自家原是天然完全自足之物。"① "涵泳"即是通过自我体察使"自家"那被遮蔽的"天然完全自足"的心灵敞露出来,因此,"涵泳"即是"去蔽"。此外,作为标示心性之学主要方法的概念,"涵泳"还与其他几个重要概念有着密切联系。在这里我们只做些简要分析。

"涵泳"与"敬"。在道学体系中,"敬"是"主一"或"心有所主"的意思。其心理学含义是:注意集中于一点,心不旁顾,或者说在大脑皮层上有一个强兴奋中心。这是"涵泳"所必不可少的心理条件。二程与弟子对话有云:"或问敬。曰:'主一之谓敬。'何谓一?曰:'无适之谓一。'何以能见一而主之?曰:'齐庄整敕,其心存焉,涵养纯熟,其理著矣。'"又说:"涵养须用敬,进学则在致知。"② 此处"涵养"为动词,与"涵泳"同义。这些引文说明,"涵泳"与"敬"密不可分,离开"敬","涵泳"则无入手处。

"涵泳"与"思"。在道学中,"思"也是个工夫概念,亦指修身过程的意向性心理活动。孟子尝言,"心之官则思,思则得之,不思则不得也。"(《孟子·告子上》)在孟子这里,"思"是一个人成为"大人",即有道德修养的人之关键。所谓"得"并非得到客观知识,而是达到人格的高度。宋儒对"思"亦极为看中。周敦颐认为"思者,圣功之本而吉凶之几也"。③ "圣功"即"作圣之功",是成圣成贤的方式与功夫,可见"思"在宋儒心目

---

① 程颢、程颐:《河南程氏遗书》卷一,王孝鱼点校《二程集》,中华书局,1981,第1页。
② 张伯行集解:《濂洛关闽书》卷三、卷四。
③ 周敦颐:《通书·思第九》,《周敦颐集》,岳麓书社,2002,第27页。

中的重要性。二程云："觉莫要于思，惟思为能窒欲。"①在这里"思"是消除或抑制"人欲"的手段。在宋儒看来，本来完满自足的心灵正是由于"人欲"的遮蔽才变得晦暗不明的，因此要人格提升，要成圣成贤就必须从"窒欲"入手，而要"窒欲"，则离不开"思"的工夫。我们不难看出，"思"与"涵泳"的含义几乎完全一致，只不过"涵泳"在语义上侧重"扬善"的一面，"思"则侧重"抑恶"的一面而已。如果说"涵泳"也包含了"思"的意义的话，那么，从心理学角度看，这种意向性心理活动虽然不是纯理性的逻辑思维，但它同样是一种复杂的、多种心理机能共同参与的活动，除了需要意志、注意、想象、联想等之外，还有高层次意识内容，譬如价值判断的参与。

"涵泳"与"乐"。"乐"在道学的话语系统中有着重要位置，它指示着道学家理想人格境界的一个特征——从容不迫、平和愉悦。在先秦，孔子已有"仁者不忧"（《论语·子罕》）之谓，孟子亦有"乐天"及"反身而诚，乐莫大焉"②等提法。宋儒对此有很大发展，他们把"乐"看作儒家人格境界最重要的特征了。例如张载说："和乐道之端乎？和则可大，乐则可久，天地之性，久大而已。"③二程说："学至涵养其所得而至于乐，则清明高远矣。"又说："循理而至于乐，则已与理一，殆非勉强之可能也。"④结合前面所引不难看出，在宋儒心目中，"涵泳"与"乐"密不可分。一方面，"涵泳"的过程即是从容不迫、平和愉悦的；另一方

---

① 张伯行集解：《濂洛关闽书》卷七。
② 参见《孟子·梁惠王下》《孟子·公孙丑下》《孟子·尽心上》等。
③ 张伯行集解：《濂洛关闽书》卷二。
④ 张伯行集解：《濂洛关闽书》卷四。

面,"涵泳"的主要目的之一正是要把心灵提升到更高的平和愉悦境界。当然,道学所谓"乐"毕竟不同于一般的喜悦之情,它不是一时一事的激动与兴奋,而是一种恒常的心理状态。这种心理状态与主体对于欲望的有效抑制直接相关,就是说,它与"窒欲"不可分。朱熹说:"人之所以不乐者,有欲耳,无欲便乐。"①如此则"乐"与具有"窒欲"之心理效应的"思"亦有着密切联系。

从以上分析中不难看出,"涵泳"实际上主要包含了上下两个维度的心理趋向:向上寻求平和愉悦、无拘无碍的心灵自由之境,此为目的;向下抑制和消解各种"人欲"②,此为手段。用现代心理学的观点来看,"涵泳"本质上乃是一种长期的心理自我调节的过程。它通过静思默想而使精神超越于荣辱得失、功名利禄等现实关注之上,驻足于一种空灵自由的状态之中。这种精神状态有似于康德所谓"无目的的合目的性"的鉴赏判断,又近于席勒所说的"游戏冲动",与叔本华所言之"自失"状态也有相通之处。换言之,宋儒所谓"涵泳"实与近现代西方美学家所描述的审美心态具有深刻的内在一致性。而这也正是这个道学范畴在宋代之后被"移植"于诗学系统的逻辑依据。

(三)"涵泳"作为诗学范畴

道学之于宋代诗学的影响可以从各个角度进行阐释,在这里我们仅从"涵泳"由道学话语向诗学话语的转变的角度来对这种影响

---

① 张伯行集解:《濂洛关闽书》卷一八。
② 对于"人欲"一词以往人们多有误解,以为亦包括人之合理欲望在内。其实在宋儒那里,"人欲"仅仅是指那些超出人的正常需求的奢望。至于正常的"饮食男女"则属于"天理"范围而非"人欲"。

予以考察。先引数例如下：

> 文公钻仰义山于前，涵泳钱刘于后，则其体制相同，无足怪者。
>
> （葛立方《韵语阳秋》）

> 东坡长句波澜浩大，变化不测，如作杂剧打猛诨入，却打猛诨出也。《三马赞》："振鬣长鸣，万马齐喑。"此不传之妙。学文者能涵泳此等语，自然有入处。

> 读《古诗十九首》及曹子建诗，如"明月入我牖，流光正徘徊"之类，诗皆思深远而有余意，言有尽而意无穷也。学者当以此等诗常自涵养，自然下笔不同。
>
> （吕本中《吕氏童蒙训》）

> 张子韶云："文字有眼目处当涵泳之，使书味存于胸中，则益矣。"韩子曰："沉浸浓郁，含英咀华。"正谓此也。
>
> 诗涵养得到自有得处，如化工生物，千花万草，不名一物一态。若模勒前人，无自得，只如世间剪裁诸花，见一件样，只做得一件也。
>
> （蒲大受《漫斋语录》）

从以上宋儒言诗的语例来看，"涵泳"（"涵养"）的诗学含义首先是体会与玩味——在学诗过程中沉潜于前人佳句名篇之中感受领悟其妙处，久而久之自然得窥作诗法门。这说明，作诗之法乃是一种非理性的经验，是不可以通过逻辑思维的方式来把握的，惟有"涵泳"，即体察玩味方能有得。其次，"涵泳"既为学诗之法，同时又是欣赏诗作的主要方式。"涵泳"的过程本身就是审美的过程。朱熹说："诗须是沉潜讽诵，玩味义理，咀嚼滋味，方有所益。"又说："看诗不须着意去里面分解，但是平平地涵泳自好。"①这就是说，在"涵泳"过程中包含着两种相互联系的效应：学习与欣赏。在宋代诗论家看来，只有在玩味与欣赏中才能把握作诗诀窍，这是很有道理的。因为，能否写出好诗并不仅仅是个技巧问题，它还取决于诗人自身的审美能力、艺术品位，甚至还有人格修养的高低深浅。

从创作角度来看，"涵泳"与宋代诗学中另一个重要范畴"悟"（"悟入"）在内涵上有所交叉，对这两个范畴做些比较分析，对于我们深入理解"涵泳"的含义与意义或许有所帮助。"悟"与"悟入"本释家语，宋代诗学将其吸纳改造为重要诗学范畴。吕本中说："作文必要悟入处，悟入必自工夫中来，非侥幸可得也。如老苏之于文，鲁直之于诗，盖尽此理也。"②又云："如东坡太白诗，虽规模广大，学者难依，然读之使人敢道，澡雪滞思，无穷苦艰难之状，亦一助也。要之，此事须令有所悟入，则自然越度诸子。悟入之理，正在工夫勤惰间耳。如张长史见公孙大娘舞剑，顿悟笔法。如张者，专意此事，未尝少忘胸中，故能遇事有得，遂造神妙；使它人观舞剑，有何干涉？"③从文中语义可知，

---

① 魏庆之：《诗人玉屑》卷一三，上海古籍出版社，1978，第267、268页。
② 吕本中：《童蒙诗训》，郭绍虞《宋诗话集佚》卷下；又见郭绍虞《中国历代文论选》第2册，上海古籍出版社，2001，第371页。
③ 吕本中：《苕溪渔隐丛话·前集》卷四九《与曾吉甫论诗第一帖》，人民文学出版社，1962，第333页。

"悟入"是指深入把握作诗的奥妙,从而令自家诗作超越凡俗,达到一个比较高的境界。如果说"涵泳"是一个沉潜于诗的世界体察玩味的过程,那么"悟入"就是这个过程的终端——跃升于一个新境界的一刹那,前者是工夫,后者是结果。从心理学角度看,"涵泳"是感觉、情感、想象、联想、感受、体验等心理因素的综合运动,"悟入"则是在长期积累的基础上对所关注对象之内在规律、特征的瞬间洞悉或直觉把握。由此可知,在整个学诗、品诗的过程中,"涵泳"与"悟入"是密切相关的两个阶段。

　　从接受角度来看,"涵泳"与宋代诗学追求"平淡""自然""外枯中膏"的诗歌风格有直接关系。宋代诗学自梅尧臣、欧阳修等人起来反对西昆体、元白体之后,渐渐形成了一种新的诗学趣味,即梅尧臣的"平淡""含蓄",苏东坡的"外枯中膏""枯澹"。这种诗学趣味的特点在于:要求作品看上去朴实无华,似不经意而得,实际上却内涵深远、意味绵长。对作品既然有此等要求,相应地也就要求接受者善于在平淡中见出奇崛,于枯槁中见出膏腴。这就要求接受主体沉潜于诗作中去体察玩味,亦即"涵泳"。惟有"涵泳"方能捕捉到那文字与意象之外的"不尽之意"。

　　有时宋人亦用"思"或"沉思"来描述学诗或品诗的过程。这样,正如作为道学范畴的"涵泳"与同为道学范畴的"思"有着密切联系一样,作为诗学范畴的"涵泳"与同为诗学范畴的"思"也是息息相通的。司马光说:"古人为诗,贵于意在言外,使人思而得之;故言之者无罪,闻之者足以戒也。"[①]这里的"思"显然与诗学中做欣赏义的"涵泳"在含义上毫无二致。姜白石说:"思

---

① 司马光:《温公续诗话》,《历代诗话》,第227页。

有窒碍，涵养未至也，当益以学。"①此处的"思"是指创作中的构思、运思，它本身不能说即是"涵泳"，但它却是"涵泳"（涵养）的结果："涵泳"到一定程度，诗思方可畅通无碍。

总之，"涵泳"在宋代诗学中是个相当重要的范畴，其之所以重要是因为它既是学诗和品诗的主要方式与心理过程，又与宋代诗学价值取向有着紧密联系，同时它还标示着道学向宋代诗学的观念渗透与话语转换。

（四）从"涵泳"看道学与宋代诗学的内在联系

道学与宋代诗学究竟有何关联？对这个问题以前人们往往疏于深入思考，仅仅满足于对道学家"文以载道""作文害道"等主张的评价与批判。实际上道学与宋代诗学作为在同一个文化语境中滋生发育的两个话语系统，它们之间存在着十分复杂而密切的联系。从以上阐述中我们已经约略论及了二者间的这种联系，下面再进行进一步分析。

道学与诗学的联系首先表现在二者所提倡的思维方式的相通性上。"涵泳"既是道学家存养（心灵的自我提升、自我锤炼）工夫的基本思维方式，又是诗学家学诗、品诗的基本思维方式。在这里自然有话语含蕴的细微差异，但二者在根本上是相通的——均要求主体收视返听、清心静虑，将全部注意都集中于自家的内心世界。尽管这两种"涵泳"的目的一是要提高人格境界，改造人的精神状态，一是探求作诗规律，提高艺术品位，但二者最主要的心理效应却都是割断主体对现实的各种功利性关注，使其心灵驻足于

---

① 姜夔：《白石道人诗说》，《历代诗话》，第682页。

空灵自由的纯精神领域。可以这样说，道学与诗学在本质上都是倡导一种艺术化、审美化的精神境界，都是寻求一种对现实世界的超越方式。只不过道学无所凭借，全靠主体一片诚敬之心去"自家体贴"，非持之以恒、戛戛独造不可，故而其精神境界一旦达到便具有恒常性；诗学则须借助于他人篇什做"涵泳"对象，主体之精神境界时时以诗的艺术境界为依傍，故而一旦离开其凭借物，主体之超越的精神境界亦随之而逝。

道学的"涵泳"重在"自家体贴"，即"自得"，诗学的"涵泳"同样也重在"自得"。从这里亦可看出宋代道学精神对诗学的一个重要影响：由道学的注重独立人格与独立的主体精神而到诗学的贵独自体悟与风格独创。"涵泳"不同于学习或模仿，它是指主体全身心投入其中、浸润其中从而使自家的精神境界或审美趣味跃升到一个新的高度。道学家之所以告诫人们要去"涵泳"，而不能仅仅停留在背诵或理解圣贤的语录文字上，正是要人们自己"悟入"，即充分发挥主体性，发动主体内在潜能。只有这样才能真正使主体的精神境界有所提高；诗学家之所以反复强调"涵泳"的重要，也恰恰是要人们借助于名篇佳作的启发，将内心深处的感受体验呈现出来，从而写出好的作品。道学家与诗学家都深知，学得的东西再好也是别人的，只有"涵泳"而得的东西才是自己的。

当然，"涵泳"这个范畴呈现出的上述意义也并非道学与宋代诗学所独有，从某种意义上说，这也正是中国古代学术与文学观念中普遍存在的一大特点。对此，我们希望有更全面、更深入的研究出现。

下篇
分论

第七章　文人趣味与宋诗风格

　　一个时代有一个时代的精神风貌，一个时代也有一个时代的趣味。中国古代文学艺术的创作主体是文人士大夫，因此从某种意义上说，中国古代文学艺术正是文人趣味之表征。宋诗风格之独特性已久为学界所关注，其原因历来众说纷纭。从本文的视角来看，则文人趣味的历史演变乃是造成宋诗与唐诗出现明显差异的重要原因。宋代文人是一个富于创造性的群体，无论是在学术研究方面还是在文学艺术的创作方面，他们都有伟大建树。从美学史的角度看，宋代文人把绵延了数百年的文人趣味发展到了极致。所谓"文人趣味"是指文人所特有的精神品位，不仅表现在琴棋书画、诗词歌赋的创作与鉴赏中，也表现在日常生活的衣食住行各个方面。欲了解宋代诗文风格就不能不考察宋代文人之趣味，欲了解宋代文人趣味则不能不考察"文人"的历史演变。本文通过剖析北宋时期文人趣味之特点进而揭示"宋诗"风格形成的主体原因。

一、文人与文人趣味

在魏晋以前"文人"并不是一个常常被使用的词语。只有后汉王充在《论衡》中使用较多并对其含义有所界定。相比之下,"文士"一词似乎使用得更为广泛一些。在东汉中期以前,"文人"和"文士"差不多是可以互换的概念,含义上并无根本差异,基本上是指那些可以撰写各类文书,当然也包括辞赋的士人,做"文学掾"(简称"文学")的官吏基本上都可以称为"文士"。人们使用这个概念主要是为了和那些专门钻研儒家经典的"经生"或"经师""经术之士"相区别。但是到了汉魏之际,"文人"一词就越来越专指那些能够创作诗词歌赋等作品的士人了。曹丕《典论·论文》《与吴质书》等文中提到的"文人"就主要是指能够创作可以用来欣赏的、具有审美特性的诗文作品的人了。从欣赏而不是实用角度来考量诗文作品乃是文人趣味成熟的标志,因此,魏晋以降,所谓文人,主要是指那些能够创作表现"文人趣味"作品的士人。"文人趣味"实为衡量一个人是不是文人最明显的标准。那么究竟什么是文人趣味呢?

中国古代的知识阶层有一个历史的演变过程。不同时期的知识阶层创造了不同的文化产品,表现出不同的趣味。从比较可以信从的文献记载来看,商周时代的贵族大约是最早的知识阶层了。特别是周代贵族,他们在殷商文化的基础上创造了极为灿烂的礼乐文化,从而成为此后三千年中国古代文明之基石。贵族阶层身兼二任:既是统治阶级,也是知识阶级,因此在贵族时代的文化与政治也是合二为一的，二者之间没有间距，因此也不可能出现系统的批判意识。我们从现存周代典籍和器物中依然可以感受到那种雍雍穆穆、平和典雅的贵族趣味。从春秋后期开始，随着贵族制度的崩坏，游士群体渐成气候，到了春秋战国之交，作为"四民之首"的士人阶层就业已形成。这是在贵族阶层基础上产生出来一个新的知识阶层，是此后中国古代精神文化的主要创造者和传承者。士人阶层虽然与周代贵族有着千丝万缕的联系，而且他们的文化身份都是知识阶层，但是有一个区别却是根本性的，那就是士人的社会身份是民，他们是被统治阶级中的一员。士人的这一社会身份也就决定了他们的精神文化创造的基本性质：批判性。批判现实政治，提出迥然不同的、对现实政治具有超越性的政治理想是士人思想家所共有的特点。正是由于和统治阶级有了这种社会身份上的差异，才使得士人阶层能够保持一种独立精神，并且在一定程度上维护被统治阶级的利益。

但是士人阶层同样是具体的历史条件的产物，不同时代的士人阶层也会呈现不同面貌，有的时候还会出现很大差异。西汉前期，即从高祖立国到武帝即位之初，士人们身上还带有很强的游士习气，战国时期那些志向高远的布衣之士是他们的榜样：欲"立言"者学著书立说、聚徒讲学的老庄孔孟之徒，欲"立功"者学以三寸不烂之舌博取富贵的纵横之士。这种先秦游士习气在贾谊、贾山、董仲舒、辕固生、枚乘、司马相如、东方朔等著名士人身上都清晰可见。到了西汉中叶以后，士人身上的游士之风渐渐褪去，变为真正意义上的"士大夫"，用今天的话说，成了"体制内"的人——做了官的和准备做官的人。二者虽然有"官"和"民"的身份差异，但在思想观念上却基本上一般无二，他们都认同这个大一统的新政权并且试图为之建构有效的国家意识形态。像先秦诸子那样试图按照自己的理想来安排社会秩序的士人是极为少见了。一直到东汉前期这种情形都没有大的变化，凭借阐发经义或者撰写文书奏议以及辞赋的能力来服务于官府是此期士人作为知识人的主要追求。在文化和精神的生产方面，士人是作为一个整体来面向社会表达自己的意见的，实际上的"民"的身份要求他们代表被统治阶级言说，要求统治者照顾到黎民百姓的利益；其所向往和追求的"官"的身份则要求他们代表统治阶级言说，证明其统治的合法性，教化百姓接受既有的社会秩序。如此士人阶层就在价值取向上表现出社会"中间人"的角色特征，常常以全社会各阶层的代表来言说，并通过论证"道"的至高无上、塑造圣人形象以及神化经典等措施极力使自己的言说获得合法性和神圣性，以便征服拥有实际权力的统治者和天下芸芸众生。应该说他们在一定程度上达到了自己的目的。士人阶层的这一"中间人"特征对中国古代精神文化具有决定性的影响。作为"中间人"角色扮演者的士人是一个阶层的代表而不是个体，在他们的话语建构中作为个体的"我"是缺席的。即使是创作诗赋这样最能够表达个体性的作品也是为了"润色鸿业"或讽喻规谏。在整个文化创造或知识生产中，个人情趣并不具有合法地位。士大夫阶层的精神生活总是与政教相关联，他们的文化创造是如此的，他们对前人文化文本的阐释也同样是如此。例如《诗经》中保留的那些充满生命活力的民歌民谣，在汉代士大夫的解读之下，也都成了"美某公，刺某王"的讽谏之作。

从周代贵族到先秦游士再到东汉前期的士大夫，千余年间，中国古代知识阶层的社会身份发生了很大变化，他们的精神风貌也代有不同，但有一点却是一以贯之的，那就是他们总是出于明显的政治功利目的来进行文化的创造和传承。无论是孔孟老庄乌托邦式的社会理想还是汉儒"经世致用"的价值追求都以政治功用为主旨。因此这里的"士人"或者"士大夫"作为文化主体都是"集体主体"而非"个体主体",他们都是社会阶层或集团的代言人而不是个体生命体验的表达者。

变化发生在东汉中叶之后。随着经学的日益知识化、玄学化,儒学原本具有的那种强烈的社会干预精神消失殆尽了;随着朝廷政治的日益腐败,士大夫"经世致用"的担当精神也日渐委顿了。于是士人阶层与朝廷之间也就越来越拉开了距离。在这种情况下,原本作为意识形态建构的经学必然失去原有的强大吸引力,当初那种发自内心的歌功颂德、润色鸿业的激情也渺然不见,士人的精神旨趣自然而然地转而投向个人的内心世界——这是前所未有的变化!士人个体精神受到关注并且获得表达的合法性:可以借助于主流言说方式来呈现了。那种思乡、忆友、伤逝、感时、寂寞、惆怅等等个体的微末情思居然可以用"诗"这样神圣的言说方式来传达,这对于士人阶层来说是具有划时代意义的,对于中国文学史、美学史来说也是有划时代意义的。这标志着士人或者士大夫阶层一种新的文化身份出现并且成熟了,这就是"文人"。士人阶层中凡是能够创作或者欣赏表达个体情趣的诗文作品者都成了文人。个人的喜怒哀乐特别是"闲情逸致"获得合法表达乃是文人身份成熟的标志。作为一种文化身份,"文人"的诞生标志着士人阶层在精神世界里获得某种独立空间,一种新型的知识人出现了。文人趣味获得传达的合法性则标志着文学与政治之间出现了间距,具有真正独立性的文学史开始了。

文人趣味也就是一种审美趣味,是个体情趣的审美化,既包括个人境遇的生命体验，也包括对自然事物的审美体验，其根本特征是"无用"，是"闲情逸致"。以个体性为特征的文人趣味与以往的贵族趣味、士大夫趣味有着根本性差异，它标志着中国古代知识人精神世界的新拓展，也标志着中国古代精神文化空间的丰富化。从历史演变来看，文人趣味是在东汉后期成熟起来并逐渐成为古代文学创作基本内容的。从汉魏之际直至清季，在文人趣味的驱动之下，无数优秀的诗文书画作品被创作出来。可以说，如果离开了文人趣味，中国文学史、美术史乃至整个文化史、思想史都将是苍白的。文人趣味固然不同于西方教士阶层的原罪意识和救赎精神，也不同于欧洲近代启蒙知识分子那种追问真相的理性精神，可以说是一种精神的自我玩味与陶醉。但是这并不是古代文人的错，而是一种历史语境的必然产物。从长远来看，文人趣味也不是消极的而是积极的，不是无聊的而是充实的，因为它关联着真正的生命体验和心灵自由，是人生艺术化之表征。

二、宋代文人趣味之独特性

与士人阶层一样，文人趣味也是历史的产物，有着历史的传承与变革，既非凭空而生，亦非蹈袭前人。一个时代是否存在着某种具有普遍性的"精神"或者"趣味"呢？当年老黑格尔的"历史精神""时代精神"等说法常常受到后人诟病，认为是一种"本质主义"或"逻各斯中心主义"的产物。实际上，平心而论，黑格尔的说法固然受到其思维方式影响，但也并非全然出于逻辑演绎，其中也包含着来自经验的概括总结。正如他的辩证法虽然是一种极具普遍性的抽象理论，但也有着丰富的经验为基础一样。一个时代或时期，在人们的精神状态及其文化表征上常常会有明显的普遍倾向，将这种普遍倾向名之为"某某精神""某某趣味"并无不妥。需要注意的是具体情况并非一刀切那么简单，同中有异、异中有同的情形也是普遍存在的。因此在对某种普遍性命名并且使用这些命名的时候一定要慎重，最好是有所限定，说明是在什么意义上使用这一说法。如果为了避免陷于"本质主义"或"逻各斯中心主义"的误区就不敢承认普遍性的存在，那就是实实在在的讳疾忌医了。时代之差异有如人面，那是必须承认的。比如中国20世纪80年代人们的精神面貌和90年代有明显不同，"十年动乱"期间人们的文化追求与当下相比判若云泥，等等。看古人的诗文，唐宋之间的差异也同样可作如是观。

　　从汉魏之际迄于五代，文人趣味大致经过了四个大的阶段的演变，可分别以几个现成的词语标识之：建安风骨、魏晋风度、南朝清音、隋唐气象，各领风骚若干年。我们这里借用"建安风骨"这个说法并不仅仅是指"三曹"和"建安七子"的诗文所透露的那种精神特征，而是代指整个东汉后期的诗文风格。除了"邺下文人集团"的作品之外，还包括蔡邕、赵壹、仲长统等人的创作，特别是还有《古诗十九首》代表的一批文人五言诗。如前所述，东汉后期是"文人"这一文化身份形成的时期。其所以能够形成主要是由于士大夫阶层与君权相疏离，士人阶层可以在一定程度上脱离政治的束缚而获得某种精神的自由。就流传至今的诗文作品来看，此期的文人大体分为三种情况：一是天下将乱未乱之时，那些对现实政治失去信心的文人开始表达个人的情怀，或者愤世嫉俗（如赵壹、郦炎），或者吟咏情性（如蔡邕）。二是天下大乱、诸侯棋峙之时，一批文人宦游不遂，无所依傍者，以《古诗十九首》的作者为代表，抒写个人的失意、孤独乃至绝望之情，并由此而生发出深刻的生命体验。三是依附于诸侯之门，心存高远志向却自觉功业难成的一批人，以"建安七子"为代表，借诗文表达豪迈之情、悲凉之意。总体观之，"建安风骨"所标志的文人趣味的基调是古朴自然与豪迈苍凉，没有丝毫人工斧凿痕，似乎是从心中流出一般。后世诗歌，除了陶渊明的田园诗庶几近之外，再也没有如此自然朴拙之作了。"魏晋风度"是指司马氏集团掌权的曹魏后期以及两晋时期的诗文风格。这是一个特殊的历史时期，对文人趣味造成重要影响的有两大因素：一是士族文人成为文化主体，二是统治集团对异己的士族文人的残酷打压。士族作为一种特殊的士人群体由来已久，他们是指那些累世为官且常有位列公卿者的士大夫家族，往往由经学起家为官，为官之后依然以所治经学传家。所以他们既是官僚世家，也是经学世家。翻开《汉书》《后汉书》，这样的世家大族可谓不胜枚举。他们在政治、经济、文化上都获得了一定特权地位，有着广泛的社会影响，在讲究砥砺名节的东汉时期，他们还往往成为天下的道德表率。除了处理政务、教化百姓之外，与外戚、宦官等权力集团的斗争以维护文官政治的稳定性是士族最重要的政治活动，因此他们被视为"清流"。然而士族虽然具有显赫的社会地位，但在乱世之中却是命途多舛，东汉桓灵时期的"党锢之祸"中士族领袖遭到大规模镇压，曹操秉政之时士族也屡受打击，而在司马氏集团执政时期，士族更是常常惨遭杀戮。政治上的悲惨遭遇并不能影响士族文人在精神文化方面的主导地位。刚好相反，这正是让他们回归内心世界进行精神创造的重要因素。玄学兴起的原因在此，诗文书画日益规范化、形式化的原因亦在此。数百年积累的在儒家经典中探赜索隐的文化惯习转移到对玄理的追问，汉末文人借诗赋表达人生感慨的传统转而为对诗文形式美的探索。因此士族文人趣味就带有明显的贵族化倾向——追求义理的高妙与形式的精美。正始之后玄风盛行，影响所及，诗文创作也颇有"玄"意。阮籍《咏怀诗》的归趣难求，嵇康四言诗的超尘拔俗都与玄学旨趣不无关联。到了西晋时期由"三张二陆两潘一左"所代表的所谓"太康诗风"注重辞藻的华美和形式的整饬，"作"的痕迹日益明显，能令后世诵之于口的佳作屈指可数。到了东晋，玄风愈盛，但后期陶渊明的田园诗及晋宋之交谢灵运的山水诗给诗坛带来一股清新之风。总体来看，"魏晋风度"所代表的文人趣味可由"华丽"和"玄意"来概括。刘勰用"结藻清英，流韵绮靡"八个字概括西晋诗风，用"诗必柱下之旨归"（《文心雕龙·时序》）来形容东晋诗风，可谓切中肯綮。及至南朝，虽然政权更迭频繁，武人秉政成为常态，但并不影响士族文人在精神文化上的主导地位。文人趣味依然是准贵族化的。与东晋不同的是，此期虽然玄学之风依然留存，但对形式美的痴迷却压倒了对玄理的热衷。除了被誉为"清水芙蓉"的谢灵运代表的山水诗之外，对音律、对仗、典故、辞藻的高度重视是齐梁诗风的显著特色。因此我们所谓"南朝清音"，"清"是指谢灵运、谢朓等人山水诗之清丽，"音"则是指沈约等人对音律的空前讲求。通观整个南朝文坛，骈体文和永明体诗庶几可以代表士族文人趣味。这类作品或许在思想内容和社会功用上微不足道，但在中国古代文学发展史上却有着重要意义，它们为后世文学创造了具有独立性的新形式，开启隋唐文学繁荣的先河。整个南朝，像鲍照这样具有社会批判精神的文人是屈指可数的。与六朝时期的文人趣味迥然不同，"隋唐气象"表征着一种雄壮豪迈的精神气质。这种精神气质的形成当然有诸多复杂原因，但择其要而言之，一是大国的心态，二是建功立业的志向。从汉末黄巾起义、诸侯割据算起，到杨坚建立统一南北的隋朝止，天下差不多纷乱扰攘了四百年之久！现在重新归于一统，作为时代精神的代表者，唐代士人阶层那种豪迈之情被激发起来。这是一种雄健之风、阳刚之气，是睥睨天下的大气派、大精神。这种气派和精神凝聚为文人趣味，便是那种充满青春朝气的风格——阳光的、率真的、积极的、一往无前、无所畏惧的精神气质。他们从不讳言对高官厚禄的向往，因为在他们眼中，官职是与建功立业联系在一起的。为做大事先做大官，无职无权则只能一事无成。对于唐代士人来说，一生不能为朝廷立功，为百姓造福，无所作为，那就是最大的耻辱。在他们眼中，"立言"的价值远逊于"立功"。为了"立功"，他们宁肯牺牲"立言"。这也就是李白、杜甫、孟浩然等人尽管诗名满天下，所到之处都会受到崇拜者追捧，但他们却感觉自己是个一事无成的失败者的根本原因。唐代士人大都有在政治上欲有所作为的雄心壮志，在他们看来读书做官是理所当然之事，鲜有以隐居为荣者。在宋明士人看来他们似乎显得浅薄，不那么善于伪装和隐瞒，这正是唐代士人最明显的精神特征之一。为了获得进身的机会他们不惜公然奉迎吹捧权贵，在"立功"这一崇高志向面前，那种文人的清高就显得微不足道了。唐代士人的这种精神状态体现在诗文书画上便是一种标志着"隋唐气象"的文人趣味。这种趣味体现在诗歌创作上，借用后人的评说，就是"唯在兴趣""尚意兴"（宋严羽），也就是把创作的目标集中在呈现内在感觉、体验上。如何能够使这种感觉和体验淋漓尽致地传达出来并直接激发起读者相近的情感体验是唐代诗人最为重视的事情。所谓"唯在兴趣""尚意兴"就是说以我的情感体验直接激发你的情感体验,让文字、韵律、事典、学问隐而不见,借用王国维的话说就是"不隔"。这正是唐诗和宋诗之大不同。

在中国历史上,作为知识主体,宋代士人是极具创造性的一批人,无论从哪个角度看,宋代士人的精神文化创造都是其他时代的士人难以企及的。陈寅恪先生说:"华夏民族之文化,历数千载之演进,造极于赵宋之世,后渐衰微,终必复振。譬诸冬季之树木,虽已凋落,而本根未死,阳春气暖,萌芽日长,及至盛夏,枝叶扶疏,亭亭如车盖,又可庇荫百十人矣。"[1]如此评价,不可谓不高了!究其原因当然有诸多方面,但在我看来,最重要的一条乃在于宋代士人的主体精神之高扬。所谓"主体精神"在这里是指一种超强的自信心和责任心。毫无疑问,宋代士人的这种主体精神主要来自朝廷的所谓"右文政策"。在中国这样一种中央集权的政治体制中,社会状况、国家走向在很大程度上取决于执政者所奉行的政策。王夫之有一段话讲到宋朝统治者奉行"右文政策"的原因:"夫宋祖受非常之命,而终以一统天下,底于大定,垂及百年,世称盛治者何也?唯其惧也……惧以生慎,慎以生俭,俭以生慈,慈以生和,和以生文。"[2]船山的意思是宋太祖的江山来得太过容易,没有像其他朝代那样浴血奋战打天下。由于来得容易就不自信,产生畏惧心理。这颇有些像周人克商以后的心情。徐复观先生认为周人的"忧患意识"即因为"小邦周"一举打败"大国商"

---

[1] 陈寅恪:《邓广铭宋史职官志考证序》,《金明馆丛稿二编》,三联书店,2011,第277页。
[2] 王夫之:《宋论》卷一,《船山全书》第11册,岳麓书社,2011,第20、21页。

而后生的不自信。也就是说，宋代帝王，特别是宋太祖本人也有着深深的忧患意识，正是由于这种忧患意识使他对武人心存戒惧，并意识到只有文官秉政才可以长治久安，因此制定了一系列"重文轻武"的政策，其后继者，从宋太宗以降，基本上继承了太祖的既定政策，以至整个两宋三百余年基本上都是文官掌权，不用说宰相、三司使之类的职务了，即使是枢密使这样的军政最高长官，也都是由文官担任的。此外再加上"两府三司制"和"台谏制"的确立与完善，比较有效地实现了权力的相互制衡，也包括对君权的监督与制约。所以宋朝的政府可以说是比较严格意义上的文官政府，是帝王与士大夫共治的政治格局。这也是有宋一代基本上没有出现汉唐时代那种外戚、宦官或地方豪强专权的情况。这种政治格局的一个重要结果就是士人阶层主体精神的高扬，他们从心底认同这个政权并且自认为对之负有不可推卸的责任。这种主体精神在政治上的表现是以天下为己任的担当精神，认真做官，为百姓造福，为朝廷分忧；在人格理想上的表现是成圣成贤，大作一个人，不肯蝇营狗苟。这样的政治抱负和人格理想就使宋代士人超越了汉唐士人普遍具有的那种或进或退、或仕或隐的二元结构，于进中能退，与仕中能隐，即使仕途不顺也心怀天下。用范仲淹的话说就是"是进亦忧，退亦忧""先天下之忧而忧，后天下之乐而乐"。这是一种成熟、自信的知识阶层才会有的文化人格。士人主体精神在精神生活上的表现则是创造力的空前勃发。宋代士人中有一大批近于"全面发展的人"，他们是优秀的政治家、博古通今的学者，在诗文书画方面也有杰出表现。最重要的是，他们无论做什么都不肯步别人后尘，总是着眼于创新。政治上的"庆历新政""熙宁变法"是士人主体精神之体现，学术上的"疑传""疑经"也是士人主体精神之体现,古文运动、诗体变革、词之勃兴无不是士人主体精神之表征。延续了千百年之久,已经斑驳陆离的传统儒学到了宋代士人手里便焕然一新,成为"活泼泼"的理学了。宋代士人的创造力委实令人惊叹。同样,文人趣味在宋人这里也是别具风采了。

三、宋诗风格及其所表征的文人趣味

那么宋代的文人趣味和唐代文人究竟有何不同呢?讨论这个话题没有什么比拿唐诗和宋诗来比较更能说明问题的了。唐诗风格,如前所述,用严羽的话说就是"唯在兴趣""尚意兴",宋人则是"尚理"。这种区分从元明以至于今日已经为人们所接受。那么究竟何为"兴趣"和"意兴"? 其实并不神秘,这就是指人们对某事某物产生兴趣时的那种兴奋的心理状态,在多数情形下这种心理状态可以用一个成语来表示,那就是"闲情逸致",当然也有时候是某种比较严肃甚至沉重的情绪。这种心理状态无论是唐人宋人还是古人今人,人人都有,并无不同。所不同的是,在作诗的时候唐人把这种"兴趣"和"意兴"当作描写的唯一对象,绞尽脑汁地使之生动完满地呈现在读者面前。宋人则不然,他们不否认这种瞬间即逝、细微幽眇的心理状态本身可以称为描写对象,但他们不认为将这种心理状态直接呈现出来就是好诗,而是认为"兴趣""意兴"之类的感觉和体验应该通过"理"和"文字"来表达。也就是说,在触发起某种感觉和兴致之后,要并不急于表达,而是要在"理"和"文字"上动脑筋、下功夫,使之间接地呈现出来。从读者角度看,在阅读宋诗时也就不能直接进入情感体验之中,而是要通过玩味其道理，分析其文字之后才能体会到其意蕴。对于宋诗而言，即使一种纯粹的情感体验，也会被他们表现为一种道理。在宋代文人强大的主体精神之下，似乎世界上的一切都可以说清楚。世上有一书不读、一事不明、一物不知他们都会引以为耻。因此，宋人的"尚理"或者说"以议论为诗""以才学为诗"根本上乃是宋代士人昂扬的主体精神的产物。这种主体精神现之于学术便是教人如何作圣人的宋学；现之于文学便是长于说理的古文和喜欢议论的宋诗。唯有不入流的诗之余——词，他们留给了"兴趣"和"意兴"。那么究竟什么是"尚理"或"以议论为诗"呢？这究竟是怎样一种趣味？对此钱锺书先生有过一段著名的评论：

> 唐诗、宋诗，亦非仅朝代之别，乃体格性分之殊。天下有两种人，斯分两种诗。唐诗多以丰神情韵擅长，宋诗多以筋骨思理见胜。严仪卿首倡断代言诗，《沧浪诗话》即谓"本朝人尚理，唐人尚意兴"云云。曰唐曰宋，特举大概而言，为称谓之便。非曰唐诗必出唐人，宋诗必出宋人也。故唐之少陵、昌黎、香山、东野，实唐人之开宋调者；宋之柯山、白石、九僧、四灵，则宋人之有唐音者。①

这是很中肯的见解，一者没有把"诗分唐宋"绝对化，二者没有随意厚此薄彼。"丰神情韵"与"筋骨思理"的分别虽然可以说与沧浪一脉相承，无非是说唐诗言情，宋诗说理。但钱先生并没有像严沧浪那样扬唐抑宋。尤其是指出唐诗宋诗之别并不仅仅源于时

---

① 钱锺书：《谈艺录》上卷，三联书店，2001，第3页。

代不同，而且乃基于两种人性，从而为宋诗的存在确立了坚实的合法性依据，是对沧浪以降历代贬低宋诗者的有力反驳，洵为卓见。依据钱先生之见，唐诗宋诗均植根于人之情性，情性中原有"情"与"理"二种基本因素，故而现之于诗便有唐宋之别。而何时人们普遍重情，何时倾向说理，则为时代条件使之然，所谓"性情虽主故常，亦能变运"是也①。基于这样的观点，钱先生才会得出这样的结论："瞧不起宋诗的明人说它学唐诗而不像唐诗。这句话并不错，只是他们不懂这一点不像之处恰恰就是宋诗的创造性和价值所在。"②这才是通达之见！远比严羽及明代那些宗唐贬宋之人高明得多了。

但是钱锺书先生借用毛泽东的"源"与"流"之说来讨论唐诗宋诗之别似乎就不那么恰当了。在援引了毛泽东关于"人民生活中本来存在着文学艺术原料的矿藏……它们是一切文学艺术的取之不尽、用之不竭的唯一的源泉……过去的文艺作品不是源而是流"的论述之后，他说：

> ……宋诗就可以证实这一节所讲的颠扑不破的真理，表示出诗歌创作里把"流"错认为"源"的危险。……把末流当作本源的风气仿佛是宋代诗人里的流行性感冒。……从古人各种著作里收集自己诗歌的材料和词句，从古人的诗里孳生出自己的诗来，把书架子和书箱砌成了一座象牙之塔，偶尔向人生现实居高临远的凭栏眺望一番。③

---

① 钱锺书：《谈艺录》上卷，第8页。
② 钱锺书：《宋诗选注序》，人民文学出版社，1989，第10页。
③ 钱锺书：《宋诗选注序》，第12页。

毛泽东强调文艺创作要植根于人民的实际生活，反映社会现实，这是现实主义文学创作的基本原则，没有任何问题。但是以此为标准来讨论宋诗风格形成的原因似乎就不那么恰当了。无论宋诗唐诗还是魏晋之诗，自从文人身份成熟之后，诗始终都是文人趣味的最直接的体现。套用艾略特的话说，魏晋以降之诗是文人趣味的"客观对应物"。宋诗与唐诗以及魏晋六朝之诗的区别绝不在于是以社会生活为"源"还是以书本为"源"的问题，而是趣味不同使然。唐代诗人除了杜甫、白居易等少数几位有一些直接描写下层人民生活状态的作品之外，绝大多数也是以个人的闲情逸致为主要描写对象的。宋代诗人也有不少直接描写劳动人民生活的作品，如欧阳修的《边户》、王安石的《河北民》之类，其与杜甫、白居易等人并无不同。当然，也和唐代诗人一样，宋代诗人更多的也是抒写个人的闲情逸致，从某种意义上说，"闲情逸致"就是古代文人的"人生现实"。不同之处在于宋诗和唐诗具体表现"闲情逸致"的方式大有区别。这正是宋诗与唐诗不同的根本之点。也是宋代文人趣味与他们的前辈不同之处。再具体点说，唐人的趣味集中于"闲情逸致"本身，浸润其中，玩味之、体认之，然后呈现之；宋人的趣味则表现在对"闲情逸致"的"观照"之中，能够在浸润其中之后出乎其外。由于是拉开了一定距离的"观照"，所以就更加理性化，更能够在文字上用心思。

下面我们可以通过对几首宋诗和唐诗的比较来看宋诗在表现文人趣味或者"闲情逸致"方面的特点。我们先来看欧阳修的《别滁》：

花光浓烂柳轻明，酌酒花前送我行。我亦且如常日醉，莫教弦管作离声。

再看李白的《赠汪伦》：

　　李白乘舟将欲行，忽闻岸上踏歌声。桃花潭水深千尺，不及汪伦送我情。

　　这两首诗都是写别离的，且都是描写友人送别诗人时的场景。细读这两首诗我们不难发现二者的显著区别。这主要表现在三个层面上：一是繁复与简约之别。《别滁》共使用了花光、柳、酒、花前、弦、管、声等表现物象的语词和送、醉、莫教、作等表现行为的语词，此外还有浓烂、轻明等形容词，明显地是想在短短的二十八个字中蕴含尽可能多的内容。相比之下，李白的《赠汪伦》就简约多了：除了诗人本人和汪伦二人物之外，只有舟、岸上、歌声、潭水几个物象，可谓十分简洁明快。二是委曲与真率之别。《赠汪伦》诗意真率直白，可一言以蔽之：汪伦的相送表达了深挚的朋友情谊。诗的表层意义之下并没有什么深层蕴涵。相比之下，《别滁》就复杂多了：在一个春光和煦、柳暗花明的日子里，朋友和昨日的同僚们为我设酒饯行；我一定要像平日那样痛饮，一醉方休，而且要叮嘱乐工不要演奏伤别离的曲子。这是字面的意思，深层蕴含的是什么？那就是诗人自己的依依惜别之情和不想让人们看出这种离别之情的心思。与李白对朋友汪伦一样，欧阳修对前来送别的朋友也同样怀有深深的感情。但是李白的情感是直接表达的，不绕弯子，这就是真率；欧阳修的情感则是隐藏在表面的若无其事后面，是间接的，这就是委曲。两首诗的区别是很明显的。三是巧思与自然。这第三点可以说是从前两点中概括出来的。这两首诗都明白如话，并没有用事用典，但相比之下，《别滁》明显是"作出来的，有巧思；《赠汪伦》则像是"流"出来的，自然而然，看不出丝毫人工斧凿痕。也就是说，两位诗人都有真情实感需要表达，而且都成功地表达了出来，并非为文造情。但是欧阳修重视如何表达自己的情感，能够把情感作为对象来审视玩味，在情感和语言文字之间设置了较为复杂的逻辑关系。李白则注重情感本身，给人的感觉是直接宣泄出来。

我们再来看另外两首诗，其一是王安石的《夜直》：

> 金炉香烬漏声残，翦翦轻风阵阵寒。春色恼人眠不得，月移花影上栏干。

另一首是柳宗元的《偶题》：

> 宦情羁思共凄凄，春半如秋意转迷。山城过雨百花尽，榕叶满庭莺乱啼。

两首诗相近之处甚多。从表面上看，二者表达的都是纯粹的文人趣味，真正意义的"闲情逸致"。前者写在一个春夜里诗人禁中值夜时偶然生出的"闲情"，后者写雨后春景触发起的"逸致"。可以说都是感物起兴，触景生情，似乎并不蕴含什么微言大义。然而，如果联系诗人作诗时的境遇，我们也可以说这两首诗还是隐约体现出了两位诗人仕途不顺，有志难逞所造成的失意和郁闷。两首诗虽然都是写春日景色，但并不给人欣喜愉悦之感，相反诗中却都透出某种"寒意"。这是其共同或相近之处。但两首诗的写法却大有不同，从而表达出趣味上的差异。《偶题》的言情写景都是直截了当的:春日里一场山雨过后,榕树落叶缤纷,宛如深秋一般,此景使诗人仕途失意和思乡两种情绪交织一起,使他更觉迷茫无着。情与景相互触发,浑然一体。《夜直》一诗总体上看也比较平易直白,并无掉书袋之弊。但一个"恼"字却尽显宋诗与唐诗之别。春色如何"恼"人?是因春色而不眠,还是因不眠而见春色?这都令人颇费思量了。给人的感觉远不像《偶题》那样即情即景,如在目前。二者都是好诗,但其"好处"则各有不同:柳诗好在情与景相契合,了无间隔,给人自然率真之感;王诗则除了同样有真情实感之外,给人以构思巧妙的感觉,字法句法颇为讲究。王安石的诗在宋诗中素以"工"著称,在这首诗中也可以看出来。此外如"春风又绿江南岸"之"绿"字,"一水护田将绿绕,两山排闼送青来"之"护"与"送"二字的使用都与《夜直》的"恼"有异曲同工之妙。

我们当然也可以在唐诗中找出和欧阳修、王安石相近之作,也可以从宋诗中找到和李白、柳宗元的相近之作。这种情形钱锺书先生早就指出过了。但是整体言之,宋诗确然有着自己的独特性,而这种独特性与宋代文人趣味有着直接的关联。唐人把情感作为作诗的动力,在它的推动下去创作,故而其诗能够最充分地呈现情感;宋人把情感作为对象来把握,在拉开一定距离之后再表达出来,所以能够在字法句法上用心思。明人常常说只有宋诗讲"诗法",唐人从来不讲"法",正是看到了这一点。换句话说,唐人借诗歌来宣泄情感,宋人用诗歌来玩味情感。如此则唐人为情感所牵引,为情感寻找最恰当的呈现方式;而宋人的情感后边则有更强有力的心理因素作为主导,这便是理性。宋代士人的空前受重视使他们获得充分的自信心,充分的自信心使他们养成了强大的主体精神,而强大的主体精神使他们成为偏重理性的人。可见并不是因为有了理学宋人才成为偏重理性的人，恰恰相反，是因为宋人是偏重理性的人，所以才有理学的产生。如果说唐代文人是血气方刚的青年人，那么宋代文人便是深沉冷静的中年人了。他们善于思考，即使是文学创作这样需要激情的活动也是在冷静的思考中完成的。因此，当受到触发欲有所言说时他们就能够在文字、才学、书籍、义理中找材料，使情感的表达变得委曲、繁复起来。他们所乐此不疲的正在于此。把情感直接宣泄出来在他们看来是浅陋的表现。所以宋人很少像唐人那样在诗文中恣意宣泄情感。宋人的情有近于王弼所谓"性其情"，即让情感被理性所掌控，不再是自然状态下的情或者为欲望所控制的情。严羽批评宋人"以文字为诗，以才学为诗，以议论为诗"。（《沧浪诗话》）恰恰指出了宋诗的以"性其情"的特点。以理性为核心审视一切事物，即使是情感、体验、感觉也是在理性的主导下被表达的。这就意味着，虽然同是文人趣味，但宋代文人趣味是在理性控制下的趣味，是收发自如的趣味而非沉浸其中的趣味。这是一种富于"理性精神"的文人趣味。

表现在诗歌创作上，这种"理性精神"首先便是"以文字为诗"。欧阳修引梅圣俞云："诗家虽率意而造语亦难。若意新语工，得前人所未道者，斯为善也。"

又："句义理虽通，语涉浅俗而可笑者，亦其病也。"[1]这都是要求作诗要在文字上下功夫，既要避免蹈袭前人，又要避免口语化，主张追求词语使用上的出人意表。严羽认为作诗应该"不涉理路，不落言筌""非关理也，非关书也"[2]，这是批评宋诗太重视

---

[1] 欧阳修：《六一诗话》，《历代诗话》第267、268页。
[2] 严羽：《沧浪诗话》，《历代诗话》，第688页。

"理"。这里的所谓"理"就是合乎逻辑,合乎常识。欧阳修说:"诗人贪求好句,而理有不通,亦语病也。"①这就是要求作诗不能违背常理,要讲逻辑。宋代文人趣味把"理""才学""文字"都囊括其中,使之成为品味欣赏的对象,这并不是他们的错,相反倒是对古代诗学空间的新拓展,正如理学是对传统儒学的新拓展一样。

---

① 严羽:《沧浪诗话》,《历代诗话》,第269页。

第八章　欧阳修在宋代诗学中的地位

自宋迄今，历代的欧阳修研究可谓多矣。在上面这个平庸的题目之下，我们不可能作出什么超越前人的锦绣文字来。如果说这一章还值得一读的话，那只能是因为其阐释视角有别于他人之故。我们是在这样三条规则下展开阐释活动的：其一，在我们的阐释语境中的欧阳修不是北宋中叶那个做过翰林学士和参政的欧阳修，也不仅仅是那个作为诗人、文章家的欧阳修，而是作为北宋士人阶层某种精神之体现者的欧阳修。这意味着，我们所阐释的对象作为一个文化主体，他不是一个个体主体，而是一个集体主体，或者说，他是一个象征，是一个另有深层所指的能指。其二，我们所追问的不是，至少不仅仅是欧阳修的学术思想和文学理论是怎样的（这已有无数研究者说过了），而是它们何以会是这样的。就是说，我们将欧阳修的整个学术文化系统（包括文学理论）不是当成阐释的终极目标，而是看作某种话语表征，并力求揭示其内在蕴含。其三，对于欧阳修的文学理论我们并不做任何价值判断，因为对其是非好丑的评判已有几百年的历史，可以说是已不容置喙了。我们有兴趣的是其诗学理论与其学术旨趣之间究竟有着怎样的内在联系。

自"五四"以来我国学界对于中国古代文学、文学理论乃至整个传统文化的研究存有很严重的偏颇：往往以西方文化为参照进行很随意性的价值评判，时而贬损得一无是处，时而褒扬为尽善尽美，一直少有客观冷静的深入分析。这样的研究一是取决于研究者的民族自尊心或民族虚无主义，完全是一种情绪化的产物。对这种研究，可称之为"随意褒贬式"。二是研究者为被研究对象所征服，对古人所言全然信以为真，其所谓"研究"完全是用现代语言来演绎古人成说，丝毫没有一个真正的研究者所应有的理论穿透力，甚至没有理论穿透的意识。对这种研究可称为"经典传注式"。近年来，还新出了一种研究倾向：专门寻找中国古代文学理论中那些貌似符合某种西方文论范畴的内容，东拉西扯、敷衍成文，还美其名曰：东西比较。其实于"东"于"西"均无助益。

上述种种偏颇是我们要着意避免的。

一、宋代士人主体意识的膨胀与欧阳修的人格追求

在欧阳修从事政治和文化活动之前的六七十年间，北宋统治者基本上采取的是清静无为、与民休息的治国方略。贬抑新进、反对生事是此期执政者的基本方针。与政治、军事、经济上奉行保守政策的同时，宋初几代帝王对于文教事业均非常重视。重用士人而抑制武人的既定国策以及与之相关的对科举制的不断完善与发展，使文人的数量及其在官吏系统中的比重大大增加。宋初帝王何以会那么重视文人与文教事业一直是论者关心的问题，但完全令人信服的解释却未曾见到。或许王船山的说法庶几近之，他认为宋初帝王

因其江山并非光明正大得来，也不是完全靠实力得来，故而对于能否坐稳江山心存疑惧，并"惧以生慎，慎以生俭，俭以生慈，慈以生和，和以生文"。①较之秦皇汉武及唐太宗那样豪横的帝王，宋代君主的确显得十分的谨小慎微，从不敢逞一时之威，任意而为。这或许是宋代文人比较有发表意见的机会的一个重要原因。不管统治者的动机如何，宋初六七十年间，已然奠定了文化繁荣的基础则是无可怀疑之事。客观上，重用文人也的确起到了稳定政权，防止武人叛乱的作用。然而统治者重视文教，重用文人的政策以及这一政策在数十年中所取得的巨大成效，还带来了另外一种社会效应却是统治者始料不及的，也是他们并不希望见到的，这就是士人阶层主体意识的空前膨胀，而这种膨胀起来的主体意识所欲规范约束的主要对象便是以皇帝为代表的君权系统。如果说武人对于君权的主要威胁是靠武装叛乱夺取政权，那么士人阶层对于君权的主要威胁则是通过文化价值观念的建构与舆论的监督而使君主为其所控制。武装叛乱固然可以令君权系统失败，文化制衡虽然在形式上保留着君权至高无上的地位，而实际上却使君主成为士人阶层的传声筒与政治工具，这同样是一种失败，只是形式不同而已。北宋自仁宗朝起，经过半个多世纪养精蓄锐而发展壮大起来的士人阶层即已开始显露其日渐膨胀的主体意识，范仲淹与欧阳修等人则因为各种主客观的原因而成为这一主体意识的集中体现。

如果说中国古代主流文化的主要建构者与传承者是士人阶层，那么这一文化的基本价值取向则主要取决于士人阶层与君权系统之间此消彼长的权力角逐。士人阶层处身于君权系统与平民百姓

---

① 王夫之：《宋论》卷一，《船山全书》第11册，岳麓书社，2011，第21页。

之间，它是二者相互联系与沟通的纽带。从一个方面来看，平民百姓无拳无勇，不具备话语建构能力，士人阶层于是便自觉承担起"为民请命"和"代天立言"（在士人的话语系统中，"天"常常是"民"的别名）的使命——建构某种在一定程度上能够体现百姓意愿的话语系统。在这种情况下，士人阶层顽固地相信自己是"天下"（全民）的代言人。而从另一方面看，则君权系统又是士人阶层必须凭借的现实力量，士人阶层只有极力维护君权系统的稳定与利益，诚心服务于它，才能换得其支持。这样士人阶层就不得不常常站在"江山社稷"的角度言说，有时他们对于"正统""名分"之类的东西甚至比帝王本人看得更重（方孝孺是最突出的例子）。士人阶层拥有自己一整套价值观念体系，这是其独特的社会地位所决定的。君主则从来都是从维护和稳定自己政权的角度看问题的。士人阶层与君主各自的价值观有其相同之处，也有其冲突之处。二者既有相互依赖的一面，又有权力角逐的一面。在士人阶层产生后的两千多年历史中，主流文化价值取向的演变主要取决于这个阶层与君权系统之间的复杂关系，主要是权力分配的具体情况。当君权过于强大时，士人就成为工具，只能为君主歌功颂德或充当君权话语的诠释演绎者。此时士人阶层的主体意识疲软萎缩，几近于无。这样的士人可以说是丧失了自我的士人。当君权相对软弱时，士人阶层就成为社会话语的实际主体，其主体意识就大大膨胀起来，有时君主亦成为士人话语的言说者，这样的君主可以说是士人化的君主。而在大多数情况下，君权系统与士人阶层处于势均力敌的权力结构之中，此时他们是一种"协商"的关系，而此时的文化话语也就成为两大权力角逐者"协商"的产物。以往论者因恪守"皮""毛"之论，过于看重士人对君权的依赖，而无视他们的权力意识,这一视角的偏颇就使许多学术问题难以澄清。

欧阳修所处的时代正是士人阶层试图使自己的权力期望通过话语建构而变为现实权力的时期,或者说是士人阶层主体意识开始膨胀的时期。所谓主体意识,实际上是一种对权力的期望和对获得权力的自信。这里有必要解释一下,这里所说的"权力"并不一定是直接的政治权力,它主要是指干预、影响和控制社会的方式与能力。对于士人阶层而言,拥有权力即意味着其社会价值观念体系得到实现的机会。欧阳修之所以是此期士人精神的体现者,主要是因为他在晚唐五代及宋初以来士人主体意识严重失落的情况下重新呼唤和高扬人格理想;他之所以能够成为一时文坛领袖,除了他的个人才华与天分之外,主要是由于他的一系列学术话语、文学理论与诗文创作,恰恰符合和代表了彼时士人阶层共同的心灵状态与价值期待,而其文化话语(文学理论)系统在某种意义上也可看作是士人人格理想的表征。欧阳修对人格理想的呼唤与高扬(或者说对士人权力意识的唤醒)主要表现在下列几个方面:

其一,崇孟与尊韩。孟子与韩愈在宋代受到空前的尊崇与礼遇绝不是偶然之事。韩孟在宋代也不是作为个体思想家或文学家而被重视的,他们是在当时特定的文化历史语境中被作为某种象征与典范来推崇的。孟子是先秦士人主体精神的杰出代表,他的一生都致力于建构儒家文化话语体系并用以规范君权系统。他那一套尊"道"抑"势"、"民贵君轻"、为帝王师的思想主张与"存心养性""养浩然之气""富贵不能淫、贫贱不能移、威武不能屈"的"大丈夫"精神令试图有所作为的宋代士人怦然心动、艳羡不已。韩愈也绝不是仅仅作为古文家而为宋儒所激赏的。他是有唐一代一位最能振聋发聩的人物。其超尘拔俗之处主要不在诗文创作,而在于他是"道"——士人阶层超越精神之象征——的高扬者。唐代统治者十分成功地将士人阶层纳入君权系统之中,以至于在相当长的一个时期里,士人们误以为自己的天职即是投身于君权系统,建功立业、封妻荫子。人们常说唐代是个感性的时代,人们缺乏对于形上价值的追求与关怀。实际上,唐代士人最为缺乏的不是入世的激情,他们缺乏的是将自己视为一个独立阶层的主体精神与建构社会价值观念体系的自觉意识。韩愈是一个例外。他是儒家道统的接续者,也即是士人阶层权力意识的重新唤醒者。这是韩愈文化建构中最为核心,亦最为重要的内容。至于古文理论等等,则不过是这一核心内容的派生物而已。韩愈的目的即是建构一套完整的文化话语体系以承载士人之道,并用以压迫、约束、规范君权系统。这是一种地地道道、纯而又纯的士人精神。这种精神恰恰是宋代士人所欲追求的人格价值理想。以往论者只是从不同学科发展演变的角度来看待宋代士人这种对孟韩的推重,而未能看出,崇孟尊韩的实质其实是宋儒的自我尊崇,是他们对自身主体意识的高度自觉与肯定。韩孟对宋儒来说不过是士人精神的象征而已。

苏东坡在《居士集叙》中论欧阳修云:"自汉以来,道术不出于孔氏,而乱天下者多矣。晋以老庄亡,梁以佛亡,莫或正之。五百余年,而后得韩愈。学者以愈配孟子,盖庶几焉。愈之后三百有余年,而后得欧阳子。其学推韩愈孟子,以达于孔子。著礼乐仁义之实,以合于大道,……故天下翕然师尊之。……士无贤不肖,不谋而同曰:欧阳子,今之韩愈也。"[1]这正是看到了欧阳修接续

---

[1] 苏轼:《居士集叙》,李逸安点校《欧阳修全集》,中华书局,2001,第2756页。

儒家道统，弘扬士人主体精神的重要作用，其于宋代士风之意义正与韩愈之于唐代同。二人的不同处是：韩愈处身一个政治黑暗、藩镇割据的动荡时代，其历史使命感以及作为士人的主体意识虽为这一时代所激发，然而亦由此一时代而无所作为，最终仅仅剩下喧嚣一时的古文运动。欧阳修则处在士人力量空前壮大，政治氛围空前宽松的大好时机，故而他的话语建构就开启了有宋一代繁荣昌盛的文化学术以及士人在政治上一系列丰富多彩的表现。就对士人主体意识的唤醒与高扬而言，可以说韩愈是失败的，欧阳修是成功的。但是从另一个角度来看，又完全可以说，欧阳修所代表的正是韩愈的精神，宋代士人主体意识的觉醒乃是韩愈的价值理想在宋代的实现。这就是说，从学术话语所负载的士人阶层的精神命脉来看，孟子、韩愈、欧阳修是一以贯之的。这才是欧阳修崇孟尊韩的真正意义。

　　以上观点并非无根游谈，这可从欧阳修本人的论说中看出，其云："君子之于学也务为道，……孔子之后，唯孟子最知道。"①又赞韩愈云："呜呼！韩氏之文、之道，万世所共尊、天下所共传而有也。"②欧阳修还直言以道统自任，其云："自孔子没而周衰，接乎战国，秦遂焚书，《六经》于是中绝。汉兴盖久而后出，其散乱磨灭，既失其传。然后诸儒因得措其异说于其间，如河图洛书，怪妄之尤甚者。余尝哀夫学者守经以笃信，而不知伪说之乱经也，屡为说以黜之。而学者溺其久习之传，反骇然非余以一人之见。决千

---

① 欧阳修：《居士外集》卷一六《与张秀才第二书》，李逸安点校《欧阳修全集》，第978页。
② 欧阳修：《居士外集》卷二三《记旧本韩文后》，李逸安点校《欧阳修全集》，第1057页。

岁不可考之是非，欲夺众人之所信，徒自守而世莫之从也。余以谓自孔子殁至今，二千岁之间，有一欧阳修者为是说矣。又二千岁，焉知无一人焉与修同其说也？"①其一系列怀疑经传的观点都是出于维护儒家之道的纯正无伪之目的，是卫道、传道之举。这与推崇韩孟一样，也是为了弘扬士人阶层干预社会的主体精神。

其二，论道。欧阳修所谓"道"，从根本而言，即是指士人主体精神和人格境界。其云："学者不谋道久矣。然道固不茀废，而圣人之书如日月，卓乎其可求。苟不为刑祸禄利动其心，则勉之皆可至也。"②又说："世之知道者少，幸而有焉，又自为过失以取累，不得为完人……仆知道晚，三十年前尚好文华，嗜酒歌呼，知以为乐而不知其非也。及后少识圣人之道，而悔其往咎，则已布出而不可追矣。"③又说："君子之于学也，务为道。……其道周公孔子孟轲之徒常履而行之者是也。……及诞者言之，乃以混蒙虚无为道，洪荒广略为古，其道难法，其言难行。孔子之言道曰：'道不远人'，《中庸》者曰：'率性之谓道'，又曰：'可离非道也'……凡此所谓道者，乃圣人之道也。"④由此数例可知，欧阳修所谓"道"不是那种虚无缥缈、玄虚深奥的抽象之物，而是人的行为准则与人格理想。具体而言，就是士人阶层自尊、自律与自

---

① 欧阳修：《居士集》卷四三《廖氏文集序》，李逸安点校《欧阳修全集》，第615页。
② 欧阳修：《居士外集》卷一八《答孙正之第一书》，李逸安点校《欧阳修全集》，第994、995页。
③ 欧阳修：《居士外集》卷一八《答孙正之第二书》，李逸安点校《欧阳修全集》，第1005、1006页。
④ 欧阳修：《居士外集》卷一六《与张秀才第二书》，李逸安点校《欧阳修全集》，第978页。

我提升、自我塑造的人生价值追求。在儒家士人看来，只有自身人格达到理想的境界，他们才能够担负起建构文化话语体系并进而规范社会、压迫君权的历史重任。宋代士人最重修身，对理想的人格境界梦寐以求，其主要目的之一即是使自身拥有完满充溢的人格力量，以便足以承担重新安排社会价值秩序之重任。

其三，论"乐"。然而，干预社会、规范君权的权力意识只是宋代士人主体意识的一个方面，做社会文化话语的建构者也只是他们人格追求的一个维度。另一方面，士人阶层对于纯粹个体性精神境界的向往之情同样是极为强烈的。他们希望能够经常驻足于绝假纯真、远离尘俗的内在世界之中，享受心灵自由的美好体验。在这方面，欧阳修同样也是士人的代表。这可以从他对"乐"的论述中见出。其与人书云："足下知道之明者，故能达于进退穷通之理。能达于此而无累于心，然后山林泉石可以乐，必与贤者共；然后登临之际，有以乐也。足下所得与修之得者同。而有小异者，修不足以知道，独其遭世忧患多，齿发衰，因得闲处以为宜尔。"①又云："居士曰：'吾之乐可胜道哉！方其得意于五物（作者注：即藏书、金石、琴、棋、酒），泰山在前而不见，疾雷破柱而不惊。虽响九奏于洞庭之野，阅大战于涿鹿之原，未足喻其乐且适也。然常患不得极吾乐于其间者，世之事为吾累者众也。'"②由此两例可知，欧阳修是将"乐"作为纯粹个体性精神活动看待的。此"乐"是一种人格境界，只有"知道"之人才能体会得到。但欧阳修也意

---

① 欧阳修：《居士外集》卷一九《答李大临学士书》，李逸安点校《欧阳修全集》，第1016页。
② 欧阳修：《居士集》卷四四《六一居士传》，李逸安点校《欧阳修全集》，第635页。

识到，这种个体性的精神愉悦与主体的现实关怀是矛盾的，二者往往不可得兼。如何统一个体精神自由与社会关怀这两大价值取向呢？这是欧阳修意识到但未能很好解决的问题，而寻求解决这个问题的有效方式则成为欧阳修之后一大批精英人物时刻萦怀之事，也成为宋代士人文化话语建构的基本动力之一。

二、欧阳修的诗学理论与其人格追求之关系

从上文所论不难看出，宋代士人之主体意识、人格追求主要表现为两大价值取向：作为集体主体，他们要建构社会话语系统，目的是按照自己的意愿安排社会秩序，让君主成为士人价值观念的奉行者；作为个体主体，他们又极为向往心灵的自由与超越，希望能得到摆脱"物累"之后的"至人之乐"。角色期待不同，价值标准亦迥然有别。基于这样相互冲突的主体意识与人格理想，欧阳修的文学理论亦表现出某种"二元性"。这主要可以从下列几个方面看出：

其一，诗文与事功。欧阳修说："君子之学，或施之事业，或见于文章，而常患于难兼也。盖造时之士，功烈显于朝廷，名誉光于竹帛。故其常视文章为末事，而又不暇与不能者焉。至于失志之人，穷居隐约，苦心危虑，而极于精思，与有所感激发愤，惟无所施于世者，皆一寓于文辞。故曰穷者之言易工也。"[①] 又说："予

---

① 欧阳修：《居士集》卷四四《薛简肃公文集序》，李逸安点校《欧阳修全集》，第618页。

闻世谓诗人少达而多穷,夫岂然哉?盖世所传诗者,多出于古穷人之辞也。凡士之蕴其所有而不得施于世者,多喜自放于山巅水涯外,见虫鱼草木风云鸟兽之状类,往往探其奇怪。内有忧思感愤之郁积,其兴于怨刺,以道羁臣寡妇之所叹,而写人情之难言,盖愈穷则愈工,然则非诗之能穷人,殆穷者而后工也。"[①]在欧阳修看来,士人的主体意识与才学可有不同表现形式,主要是事功与诗文两大类。有条件和机会时,他们就投身于社会政治生活,直接参与社会变革与权力角逐。例如历来的改朝换代,士人阶层都是积极的参加者,在他们看来,改朝换代恰恰是自己争取改变身份、获取权力的大好时机。政治改革同样是士人阶层所热衷之事。北宋的"庆历新政""熙宁改制"即是士人阶层所发动的政治改革运动。尽管士人内部意见并不一致,但那主要是在改革的方式与方法上的分歧。改革,就其根本而言,乃是士人阶层试图按自己的价值观念重新调整社会秩序、重新分配权力的努力。然而,士人并非总有直接参与社会政治活动的机会,他们中的大多数不得不经常处于政治中心的边缘。此时士人的主体意识就只能表现为诗文歌赋,从而借助于文化话语的建构间接地参与政治权力的争夺。这是诗文与事功——即士人主体意识与人格理想表现方式上的二元性。

其二,诗文与道。如前所言,"道"在某种情况下可以理解为士人主体意识与人格理想的话语表征。欧阳修所言之"道"正是如此。依照他的逻辑,此"道"倘不能表现为事功,则必然发而为诗文。其云:"夫学者未始不为道,而至者鲜。非道之于人远

[①] 欧阳修:《居士集》卷四四《梅圣俞诗集序》,李逸安点校《欧阳修全集》,第612页。

也，学者有所溺焉尔。盖文之为言，难工而可喜，易悦而自足，世之学者往往溺之。一有工焉，则曰，吾学足矣。甚者，至弃百事不关于心，曰，吾文士也，职于文而已。此其所以至之鲜也。……圣人之文，虽不可及，然大抵道胜者，文不难而自至也。"①在欧阳修看来，"文"，即一切诗文歌赋，只不过是一种话语形式，是一种能指，其背后应隐含深刻的所指——士人主体意识与人格理想，亦即所谓"道"。而某些士人沉溺于"文"之中，并以"文士"自命，这无疑是丢弃了士人阶层所应有的精神品质，也就不再是真正意义上的士人了。欧阳修将士人的主体意识与人格理想作为诗文之内涵，因而，也就将其人格价值标准作为评价诗文之尺度，如其评陈某之文云："……至于粹然仁义之言，韪然宏博之辩，蔚然组丽之文，阅于吾目多矣。若吾子之文，辨明而曲畅，峻洁而舒迟，变动往来，有驰有止，而皆中于节，使人喜慕而不厌者，诚难得也。"②这显然是以儒家士人的人格理想来衡量文章了。以此之故，学为文者当从人格修养入手，而人格修养则须从学习儒家经典入手，他说："学者当师经，师经必先求其意，意得则心定，心定则道纯，道纯则充于中者实，中充实则发为文者辉光，……"③总之是要求诗文成为"道"——士人主体意识与人格理想之显现。然而，另一方面欧阳修又很重视"文"的独立价值（后面将详细论及）。这样便出现了"文"与"道"——即诗文话语形式与其内在蕴含之二元性。

---

① 欧阳修：《居士集》卷四八《答吴充秀才书》，李逸安点校《欧阳修全集》，第664页。
② 欧阳修：《居士外集》卷一九《与陈之方书》，李逸安点校《欧阳修全集》，第1013页。
③ 欧阳修：《居士外集》卷一九《答祖择之书》，李逸安点校《欧阳修全集》，第1010页。

其三，诗文与个体精神愉悦。亦如前所述，士人阶层虽有强烈的干预社会的权力意识，但作为精神世界十分丰富的知识分子，他们又非常重视个体精神的自由和愉悦。宋代士人作为中国古代最为成熟的知识阶层，他们对个体心灵的看护更为突出。在欧阳修那里，"乐"——个体精神的自由愉悦既然是其人格理想的一个维度，那么作为人格理想之显现的诗文书画，具有娱情作用也就顺理成章了。其尝论学书之乐云："有暇即学书，非以求艺之精，直胜劳心于它事尔。……学书不能不劳，独不害情性耳。要得静中之乐者，惟此耳。"①（《笔说》）又自谓读诗之体验云："余尝爱唐人诗云：'鸡声茅店月，人迹板桥霜'，则天寒岁暮，风凄木落，羁旅之愁，如身履之。至其曰：'野塘春水漫，花坞夕阳迟'，则风酣日熙，万物佚荡，天人之意，相与融怡，读之便觉欣然感觉。"②这都说明，欧阳修并没有忽视诗文的审美价值，而且在他看来，诗文的审美价值也同样是士人人格理想一个重要维度之呈现。这样，他的文学理论就又表现出个体审美与社会功用两种价值取向的二元性。

从以上所论大略可以看出，欧阳修的文学理论是以宋代士人普遍的主体意识与人格理想为其底蕴的。但是如果细加分析，则欧阳修对于不同文类亦有不同要求。要而言之，他对文（散文）的要求最高，诗次之，词又次之。在他看来，文应为"道"之显现，绝不可轻率为之，而应以《六经》为范本。诗则既可作为传道之具，又可作为个人陶情冶性的方式。至于词，那就是纯粹个人隐秘情感的

---

① 欧阳修：《笔说》，李逸安点校《欧阳修全集》，中华书局，2001，第1967页。
② 欧阳修：《温庭筠严维诗》，李逸安点校《欧阳修全集》，中华书局，2001，第1982页；又见《六一诗话》，词语稍异。

象征了。这同样也是宋代士人普遍的为学价值观。

三、欧阳修对后学的影响

在宋代文化发展史上,欧阳修的确是个极为重要的人物,他处处开风气之先,而对其后学产生多方面的影响。当然,在各个方面他只能说是刚刚开了个头,其后继者们则从不同角度,向着不同方向深化和发展了他。

在主体意识与人格理想方面,如前文所述,欧阳修代表了宋代士人普遍的欲有所作为,有所树立的积极进取精神。在他之后,无论是以王安石为代表的新学一系(改革派),还是以司马光为代表的朔党人物(保守派);无论是二程代表的"居敬穷理"、自我约束的道学家(道德理想主义者),还是三苏所代表的潇洒飘逸、率性而为的蜀学派(自由主义者)无不以干预社会,制衡君权为己任,无不以傲然挺立的主体精神与特立独行的人格力量而为后世士人阶层所景仰推崇。可以说,一代士风由欧阳氏而变。苏轼尝言欧阳修之于宋代士风之影响甚确:"宋兴七十余年,民不知兵,富而教之,至天圣、景祐极矣,而斯文终有愧于古,士亦因陋守旧,论卑而气弱。自欧阳子出,天下争自濯磨,以通经学古为高,以救时行道为贤,以犯颜纳说为忠。长育成就,至嘉祐末,号称多士,欧阳子之功为多。"[①]这并非过誉之词。

---

① 苏轼:《居士集叙》,李逸安点校《欧阳修全集·附录》,中华书局,2001,第2756页。

就学术而言，欧阳修虽明言不喜玄奥之思，不喜心性之谈，但是他对"道统"的提倡与维护，对孟子的推崇以及大胆的疑古精神，对于后世之道学家还是产生了极大的影响。例如朱熹虽以欧阳修之学为"浅"，对其不大讲存养工夫亦有不满，然对其许多学术观点却颇为赞赏，比如他说："欧阳子曰：'三代而上，治出于一，而礼乐达于天下；三代而下，治出于二，而礼乐为虚名。'此古今不易之至论也。"①此类肯定性评论很多。魏了翁亦云："……西昆之习滋炽，人亦稍稍厌苦之，而未有能易之者。于是不以功利为用世之要学，则托诸佛、老为穷理之极功。微欧公倡明古学，裁以经术，而元气之会，真儒实才，后先迭出，相与尽扫而空之，则怅怅乎未知攸届也。"②这是对欧阳修之于宋代学术发展之贡献的充分肯定。至于新学、蜀学中人，更是直接接受了欧阳修学术思想的影响，对此人们已多有论及，兹不赘述。

与欧阳修在人格理想与学术旨趣方面的影响相比，他在文学理论和诗文创作方面的影响则更为突出。完全可以说，宋代文学价值观基本上是在欧阳修所设定的框架中发展演变的。这种影响主要表现为两个方面。

其一，古文运动的成功。欧阳修对于宋代文学发展最为重要的贡献是倡导发动了古文运动并使之获得彻底的胜利。毫无疑问，宋代的古文运动是在"尊韩"的口号下进行的，在基本价值取向上，宋代古文运动与唐代古文运动也的确有着深层的一致性。但是二者

---

① 朱熹：《晦庵先生朱文公文集》卷七〇《读唐志》，朱杰人等主编《朱子全书》第23册，第3373页。
② 魏了翁：《鹤山先生大全文集》卷五四《裴梦得注欧阳公诗集序》，《全宋文》第310册，上海辞书出版社、安徽教育出版社，2006，第49页。

的客观效应却有着巨大区别——唐代古文运动虽也喧嚣一时，但对于唐代后期的文学以及整个文化领域的基本格局并无根本性影响，这是因为韩愈所希望与呼唤的士人主体意识在当时并未能形成普遍的社会心态，其古文理论仅仅作为一种文学创作原则而受到一些人的响应，它始终没有像韩愈所预期的那样由文章作法革新进而深入到学术旨趣，再进而激发起士人阶层昂扬奋进的主体精神。宋代古文运动则不然，欧阳修不仅仅在文学发展上代表了士人阶层的普遍价值取向，更重要的是他恰好还代表了他那个时代普遍存在的、已然流露出来的士人主体意识。他由于机缘巧合而在彼时彼地成了一种宏大精神的象征，成了一个含有丰富意蕴的符号，所以他所倡导的古文运动就以燎原之势不可抗拒地成为文学发展的主流。宋代古文运动的胜利实质上乃是士人阶层主体意识——确立士人价值观念系统以及与之相应的文化话语系统的积极努力获得合法性的标志，是宋代士人争夺话语权力的斗争的胜利。嘉祐二年欧阳修知贡举在宋代文化史上是一件颇富象征意味的事件。后来成为宋学和宋代文学之代表人物的苏轼苏辙兄弟、曾巩、程颢、张载及朱光庭、吕大钧等人都于此科进士及第，得人之盛，号为空前。然而其主要价值却不在此。韩琦尝论此事之意义云："嘉祐初，权知贡举。时举者务为险怪之语，号'太学体'，公一切黜去，取其平澹造理者，即预奏名。初虽怨纷纭，而文格终以复古者，公之力也。"①苏辙亦云："自退之以来，五代相承，天下不知所以为文。祖宗之治，礼文法度追迹汉唐，而文章之士，杨刘而已。及公之文行于天下，乃

---

① 韩琦：《赠太子太师文忠欧阳公墓志铭》，李逸安点校《欧阳修全集·附录》，中华书局，2001，第2704页。

复无愧于古。於乎！自孔子至今，千数百年，文章废而复兴，惟得二人焉，夫岂偶然也哉！"[1]欧阳修此次知贡举标志着宋代古文运动的初战告捷，更标志着士人阶层主体意识的觉醒。它不仅预示着一场轰轰烈烈的诗文革新运动拉开了序幕，而且标志着一场在更大范围内的文化学术思潮已然开始。

其二，其二元论文学理论演化为以"道"为主与以"文"为主两种一元论文学理论。如前所述，欧阳修继承了韩愈的古文理论，试图在"道"与"文"之间寻找一条相互沟通、相互契合的途径。这是欧阳修文学理论的基本价值取向，并且后来也成为整个宋代文学理论的基本原则。欧阳修一方面是位儒家道统的承担者，于儒家学说有很深的造诣，并且开启了宋代学术的疑古之风；但另一方面，他又是真正的诗人文章家，在诗文创作上同样是开风气的领袖人物。如何将这两种角色统一起来呢？欧阳修所采取的策略是"文"与"道"兼顾，并力求二者相得益彰。所以他既讲"圣人之文虽不可及，然大抵道胜者文不难而自至也"[2]，又讲"君子之所学也，言以载事，而文以饰言，事信言文乃能表见于后世"。[3]由前者观之，似乎只要"道胜"则"文"是自然而然之事，无须专门留心于此；由后者观之，则"言"须"文"而后可，"文"又是不可不专门留意之事。这显然是矛盾的。但这里所显露出的其实并非"文"与"道"或"事"与"言"之间的矛盾，因为要求二者并

---

[1] 苏辙：《欧阳文忠公神道碑》，李逸安点校《欧阳修全集·附录》，中华书局，2001，第2713页。
[2] 欧阳修：《居士集》卷四八《答吴充秀才书》，李逸安点校《欧阳修全集》，第664页。
[3] 欧阳修：《居士外集》卷一八《代人上王枢密求先集序书》，李逸安点校《欧阳修全集》，第984页。

重是完全合理的，也是可能的，并无矛盾可言。这里的矛盾所表征的实质上乃是一种角色冲突——是宋代士人普遍存有的人格矛盾。强调"道胜"或"事信"实质上是以社会价值为本位的文学理论；强调"言文"则是以个体价值为本位的文学理论。作为宋代士人主体意识的代表者，作为儒家"道统"的承担者，欧阳修的历史使命是建构一套相应的社会文化话语体系，诗歌也罢，文章也罢，对他说来都不过是其话语建构工程的工具而已。然而，作为一位有着丰富精神世界与深厚文化修养的文人，他又要超越尘俗，摆脱功名利禄的束缚，使个体心灵驻足于自由自得之境，对他来说，则诗文书画无不成为纯个体性的精神活动方式。前者要求诗文明白晓畅，具有普遍可传达性即可，后者则要求诗文具有审美价值，能够沁人心脾、脍炙人口才好。欧阳修对此两大价值取向均不想轻视，往往从不同角色的立场言说，自然难免自相矛盾了。

欧阳修的后学们继承了他这种在"道"与"文"的关系中确定诗文价值的思路，当然也同样存留了他理论中那难以调和的矛盾。与欧阳修不同之处是，在他之后的文学理论不再试图在"道"与"文"之间维持平衡，而是或偏重于"道"，或偏重于"文"，从而变二元论为一元论。这是因为，在欧阳修之后，士人阶层虽然张扬主体意识与人格理想的基本精神没有变化，但是在为实现主体意识与人格理想所设计的具体方式上却出现了严重分歧。简言之，以王安石为首的新学一派主要倾向于实际的政治活动，试图通过制度上的革新与调整来实现自己的理想。在文化上他们基本上奉行实用主义策略，不大讲玄虚之理。以二程、张载为首的道学家则倾向于形而上的理论探究，试图从心性之根本处入手，走由内圣而外王的路子。这两派士人虽然对"道"的理解大相径庭，但在"文"与

"道"的关系上却都重"道"轻"文",其极端表现甚至是为了突出"道"的重要性而否定"文"的价值。新学是将"文"与"道"统统归之于"治教政令",从而抹杀"文"的独立性;道学则直言"作文害道",试图用心灵的自我提升来代替人的一切精神活动。以苏东坡为代表的蜀学一派则偏重于"文",继承了欧阳修对诗文审美价值的重视。此派人物虽也热衷于政治事务,却不主张像王安石那样大规模改革;虽也注重人格修养,却不像道学家那样惺惺戒惧、居敬穷理。他们倾向于将政治家的社会角色与文学家的社会角色分开,作为政治家,他们就关心国事,恪尽职守,作为文学家,他们则情之所至,任意挥洒。对于他们来说,诗文创作即是个体心灵寄托之所,是其精神自由的象征。因此,这派人物对于诗文创作的独特规律体悟最深,对于宋代诗学的贡献亦最大。

第九章　蜀学与诗学

一、从生存智慧到诗性探求——论蜀学与苏轼诗学观念之关系

宋学与宋代诗学观念之间是怎样的关系？宋学无论是作为"义理之学"还是作为"心性之学"都是对于人生意义与价值的形上之思。诗学观念则仅仅是对诗文的意义与价值的具体关注。在人的精神阶梯上，宋学较之宋代诗学观念显然处于距离人的生命存在更近一些的位置。前者比后者更多一些功利性，因而对人的"用处"也就更直接一些。具体而言，对于宋代士人来说，如何做人，如何实现人生的价值，什么是安身立命之本等等比起怎样吟诗作赋来说是更为重要、更为迫切的问题。这就意味着在宋代这一特定历史文化语境中，学术话语的"分量"较之诗学话语更重一些。因此，宋学能够给予宋代诗学观念很大的影响，而宋代诗学观念给予宋学的影响却可以忽略不计。从某种程度上说，宋代诗学观念是宋学价值观在文学问题上的呈现。

从思想史发展的角度来看，宋学并不是隋唐五代学术合逻辑的展开，它更多地体现的是宋代士人的批判勇气、超越精神和建构

个体独立人格的主体意识。这就是说,要想对宋代诗学观念进行合理阐释必须从宋学入手;而欲要对宋学予以准确把握则不能不从分析宋代士人心态开始。这里,我们就沿着这一思路对苏轼的人格追求、学术建构、文学观念三者间的层递关系进行梳理,以期对苏东坡这个古代文化巨人有更深入、更全面、更准确的理解。

(一)苏轼的人格理想

宋代士人最大的整体特征是关心政事,有较强的进取精神。这大约是由于契丹、西夏的环伺,人人都有民族危机感的缘故。看宋代史实,无论是侈谈心性的道学家还是雕章琢句的诗文家,甚至于如陈抟、种放之类栖隐林泉的高明之士,无不关心国计民生,表现出强烈的社会责任感和历史使命感。那些谈心论性时精微幽眇、高深莫测的哲人,那些吟诗作赋时潇洒飘逸、超尘拔俗的雅士,一旦立朝为官或主政一方时,都会变成兢兢业业、娴于吏事的实干家。真、仁、神、哲等朝文化学术上的一流人物,诸如范仲淹、欧阳修、王安石、三苏、二程、黄庭坚等人都是如此。然而这只是宋代士人人格追求的一个方面。另一方面,他们又都有个体性的精神追求。宋代士人亦如历代士人一样,都怀有对个体精神自由的强烈向往之情。他们为了有所建树、有所作为,当然也为了生存,不能不跻身于以君权为核心的政治序列之中,由布衣之士而为官吏。但他们绝无意于全身心投之于此,绝不想失去个体的精神领地。于是精心营构自己的精神家园便成为宋代士人人格追求的另一大维度。如果说社会责任感和历史使命感作为宋代士人的共同特征,其表现方式大同小异,那么,营构个体精神家园作为个人的心灵活动则表现出诸多差异。例如与政治家(范仲淹、王安石等)和道学家(周敦颐、张载、二程等）相比，苏东坡在个体精神追求方面就表现出明显的个性特征。具体而言，这表现在三个方面：

其一，崇尚自然，反对蝇营狗苟。东坡尝言：

> 余，天下无思虑者也。遇事则发，不暇思也。未发而思之则未至，已发而思之则无及。以此终身不知所思。……少时遇隐者曰："孺子近道，少思寡欲。"曰："思与欲，若是之均乎？"曰："甚于欲"。庭有二盎以蓄水，隐者指之曰："是有蚁漏。是日取一升而弃之，孰先竭？"曰："必蚁漏者。"思虑之贼人也，微而无间。隐者之言，有会于余心，余行之。且夫不思之乐，不可名也。虚而明，一而通，安而不懈，不处而静，不饮酒而醉，不闭目而睡。……《易》曰："无思也，无为也"我愿学焉。①

这段话正可视为东坡一生行事之准则。这种"不思之乐"绝非不通世情、不明道理的浑人之乐。这是一种人生至上境界。达于此一境界之人是坦坦荡荡、自自然然的人，是那种如光风霁月、通体透明的人。看苏东坡一生所作所为，他正是一个达到这种"不思之乐"境界的人。在任何情况下他都不肯违心行事，其一言一行无不发自内心。他一生仕途坎坷，屡踬屡起，从不气馁。无论官职大小一概能勤于职守、兢兢业业，同时又能心态超然，从容闲雅。这种以"自然"为最高旨趣的人生理想与陶渊明的回归自然有某种

---

① 苏轼：《思堂记》，张志烈、马德富、周裕锴主编《苏轼全集校注》第11册，河北人民出版社，2010，第1146、1147页。

相同之处——都是对功名利禄、荣辱进退的超越，是对世俗通行的价值标准的否弃。但二者又有很大区别。陶渊明从人格追求到生存方式都基本上是老庄思想的推崇者与实践者——他只是借助于回归自然的生存方式才能达到其以自然为最高旨趣的人格追求。倘若处身于仕途，他就只能"以心为形役"，镇日在名缰利锁中挣扎了。苏东坡高于陶渊明处正在于，他并没有以牺牲社会价值追求为代价来换取个体精神价值的实现，而是使二者并行不悖并相得益彰。在社会价值层面上，他是个好官吏，能尽自己所能来利国利民；在个体精神价值层面上，他是个"自我实现者"，能够经常保持平和愉悦的心境并且在最大程度上表现出对世界无比丰富的美感体验。这可以说是一种"自然境界"（不是冯友兰先生所说的那个"自然境界"），它的特点是纯真无伪。试想，假如苏东坡在人格追求上没有达到这种超越世俗价值观的自然境界，他如何能够那样充分地发挥自己的诸多潜能从而成为他那个时代最为多才多艺，近于"全面发展"的人？假如他的胸怀中经常萦绕着追名逐利的念头，他又如何能够对世上的一草一木、一山一水、鸢飞鱼跃、夏云暑雨乃至村姑缫车、古柳黄瓜无不充满欣喜之情？唯有自然本色之人才是真正意义上的人，才有可能成为一流的诗人和艺术家。苏东坡正是这样的人。

其二，心有所主，无所依傍。东坡的崇尚自然又与老庄不同，他不是靠消解（即老子所谓"损"）自身对于自然万物的主体性来达到自然境界的，相反，他特别重视人的独立性与主体性。他说："士之求仕也，志于得也。仕而不志于得者，伪也。苟志于得而不以其道，视时上下而变其学，曰：吾期得而已矣，则凡可以得者，无不为也，而可乎？"①又说："孔子曰：'思无邪。'凡有思皆邪也，而无思则土木也。孰能使有思而非邪，无思而非土木乎？盖必有无思之思焉。夫无思之思，端正庄栗，如临君师，未尝一念放逸，然卒无所思。"②前者是说士人要恪守自己所奉行的价值准则，不能为了达到"求仕"的目的而任意妄为。后者是说立身行事既要做到"不思"：不为功名利禄等身外之物而殚思极虑；又要做到"思"：时时自我提醒、自我戒惧，在任何情况下都不放任自流。"不思之思"近似于道学家所说的"居敬""常惺惺""主一"等等，从心理学角度来看，是指人的注意不在任何外在事物而是集中于自己的内心，是对自己的意识的自我省察与自我监督，有类于弗洛伊德人格结构理论中"自我"与"超我"两个层面的结合。从这两段引文即可看出，东坡所追求的理想人格是这样一种人：他有自己为人处世的价值准则并能身体力行之。他有自己的"终极关怀"，不肯做一个浑浑噩噩的利禄之徒。总之这是那种有原则的、特立独行的、绝不人云亦云、随波逐流的人。这种人格看上去与上文所说的"自然"人格似乎是矛盾的，其实不然。"自然"绝非放任自流，唯有那些心有所主，能够自我修持、自我约束的人才有可能达到"自然"境界。"自然"与独立自主、真诚无伪本质上是相通的。东坡尝赞陶渊明为人云："孔子不取微生高，孟子不取於陵仲子，恶其不情也。陶渊明欲仕则仕，不以求之为嫌；欲隐则隐，不以去之为高；饥则叩门而乞食，饱则鸡黍以迎客：古

---

① 苏轼：《送杭州进士诗叙》，张志烈、马德富、周裕锴主编《苏轼全集校注》第11册，第1013页。
② 苏轼：《续养生论》，张志烈、马德富、周裕锴主编《苏轼集校注》第18册，第7133页。

今贤之，贵其真也。"① 渊明所以能够如此，正在于他有自己独特的人生准则，能超越世俗价值观的束缚，既卓然高标、不同流俗，又自然真率，毫不做作。在这一点上，东坡与陶渊明又是相同的。

其三，从容闲适、自由自得。东坡一生追求心灵自由并以之为人生至境。他说："君子可寓意于物，而不可留意于物。寓意于物，虽物微足以为乐，虽尤物不足以为病。留意于物，虽微物足以为病，虽尤物不足以为乐。"② 这是维持心灵自由的经验之谈。"寓意于物"即人与物保持一定心理距离，能超然于物之表而不为物所钳制。此时人的心灵是自由的，故而他能够于物之中捕捉到美，于心灵之上感受到乐。"留意于物"则是人之心灵为外物所掠，人成为纯粹受动之物，既不自主，更无自由。此时之人唯有"疲于奔命"与"走马兰台类转蓬"之感，丝毫体会不到从容闲适、自由自得之乐。东坡以这种"寓意于物"心态处身于世自能无往不乐。其尝赞秦观画像云："以君为将仕也，其服野，其行方；以君为将隐也，其言文，其神昌。置而不求君不即，即而求之君不藏。以为将仕将隐者，皆不知君者也。盖将挈所有而乘所遇，以游于世，而卒反于其乡者乎。"③ 这其实是东坡处世艺术的自我表白：在进与退、仕与隐这令历代士人深感为难的两大基本选择之间达成某种平衡，将非此即彼的传统选择模式变为即此即彼、彼此一体的新模式。正是借助于这种新的选择模式，苏东坡才在人格建构

---

① 引自胡仔纂集：《苕溪渔隐丛话·前集》卷三，人民文学出版社，1962，第15页。
② 苏轼：《宝绘堂记》，张志烈、马德富、周裕锴主编《苏轼全集校注》第11册，第1122页。
③ 苏轼：《秦少游真赞》，张志烈、马德富、周裕锴主编《苏轼全集校注》第13册，第2340页。

方面超越了陶渊明,将社会价值追求与个体精神价值追求,社会责任感、使命感与心灵的自由愉悦统一起来。这种处世艺术标志着中国古代士人阶层在长期交替扮演"仕"与"隐"两种社会角色之后,终于走向成熟,凭借自由自主的独立人格超越了以往那种顾此失彼的二项选择之困境。东坡的诗文中展示这种人格理想和处世艺术的作品随处可见。其《和陶归田园居》(六首之一)有云:"禽鱼岂知道,我适物自闲。悠悠未必尔,聊乐我所然。"充满了对闲适自由、自得其乐生存状态的赞美之情。即使身处困厄之境,他同样能保持内心的平静与通达。其于远谪儋耳时作的《寄子由》有云:"莫嫌琼雷隔云海,圣恩尚许遥相望。平生学道真实意,岂与穷达俱存亡。天其以我为箕子,要使此意留要荒。他年谁作舆地志,海南万里真吾乡。"其中虽有安慰子由之意,但其豪迈乐观精神亦昭然可见。

以上所分析的苏轼人格理想的三个维度,并不完全是他的现实人格。无可否认,生活中的苏东坡毕竟也有常人所有的忧愁与烦恼、痛苦与恐惧,有时也许会有某种鄙俗气。但是,以上所论毫无疑问是他所向往与追求的人格境界,而且他的确能够时时以此自励,他的心灵也常常得以驻足其中——这已足以令他成为一个脱离了低级趣味的人,令其精神生活丰富多彩并达到很高的层次了。

(二)蜀学与苏轼的学术旨趣

也许是因为"三苏"及其门人诗文成就过于辉煌,他们的学术建树——蜀学历来不大被人看重,好像苏氏父子昆仲仅仅是多愁善感、雕章琢句的文人骚客而不是深刻严谨的学者。在当时这种错觉即已产生。苏门高足秦观对此愤愤不平,其云:"阁下谓蜀之锦绮，妙绝天下，苏氏蜀人，其于组丽也，独得之于天，故其文章如锦绮焉。其说信美矣！然非所以称苏氏也。苏氏之道，最深于性命自得之际，其次则器足以任重，识足以致远，至于议论文章，乃其与世周旋，至粗者也。"①此言绝非矫情溢美之词。通观三苏著述，他们的确有自己独特的思想体系，特别是在人生哲学方面有极精微深湛的见解。在宋学系统中，蜀学完全可与荆公新学以及濂洛关闽之学并立而毫无愧色。在蜀学中，则又以苏轼为代表。

苏轼的学术思想可以说是他的人格理想的学理化，也可以说是其生活准则和处世艺术的理论升华。当然，反过来他的学术思想对其人格追求和生活准则也有着巩固和强化之作用。概括地说，东坡的学术思想主要有三个方面，下面我们分别予以简略分析。

第一，天地万物依自然之理运行，人亦应循自然之理行事。如《苏氏易传》（又称为《东坡易传》和《毗陵易传》）注《系辞》"天地设位，圣人成能"云："万物自生自成，故天地设位而已。"又注"顺"云："循万物之理，无往而不自得，谓之顺。"②又注"与天地相似，故不违"云："天地与人一理也，而人常不能与天地相似者，物有以蔽之也。"③这显然是对中国古代以人合天、效法自然传统思想的继承。但与老庄以"退""损"，即消解人的主体性的方式去顺应自然的主张不同，苏轼看到了人的主体精神的重要性。其云："阴长而阳消，天之命也，有以胜之，

---

① 秦观：《淮海集》卷三《答傅彬老简》，《全宋文》第119册，上海辞书出版社、安徽教育出版社，2006，第337页。
② 苏轼：《苏氏易传》，丛书集成本，中华书局，1985，第186、192页。
③ 苏轼：《苏氏易传》，第158页。

人之志也。君子不以命废志。"①这自是儒学精神的表现。东坡既不以儒家自命,也不以老庄之徒相标榜,但他对于这两大思想体系却均有吸取。既承认天地万物自生自化的客观自在性以及人顺应自然的必要性,又能看到主体精神的意义与作用,这种兼顾"天道"与"人道"的思路正是儒道融汇的产物,是《易传》(或"易庸之学")的真精神。

第二,论"道"。东坡关于天地万物客观自在性的思想集中体现在他的"道"论中。其释"生生之谓易"云:"相因而有,谓之生生。夫苟不生,则无得无丧,无吉无凶。方是时也,易存乎中而人莫见,故谓之道,而不谓之易。有生有物,物转相生,而吉凶得丧之变备矣。方是之时,道行乎其间而人不知,故谓之易而不谓之道。"②又《日喻》论道云:"故世之言道者,或即其所见而名之,或莫之见而意之,皆求道之过也。……道可致而不可求。……君子学以致其道,莫之求而自致,斯以为致也与?"③由此观之,东坡所谓"道"是指天地万物发生和演变的内在依据而不是发生和演变本身。事物的发生和演变是人可以看到的,称为"易",其内在依据是人所不能看到的,称为"道"。"道"是就体而言,是"易"的依据;"易"是就用而言,是"道"的显现。二者不可分。对于"道",人们不能靠妄自猜测和刻意寻求而获得,只有通过长期学习而自然悟见。"可致而不可求"是说"道"不是靠理智的思考、分析、判断、推理得到的,人所能做的只是默默读书学习,到一定

---

① 苏轼:《苏氏易传》,第107页。
② 苏轼:《苏轼易传》卷七,第161页。
③ 苏轼:《日喻》,张志烈、马德富、周裕锴主编《苏轼全集校注》第18册,第7120页。

程度，"道"就会自动现身。道学家论"道"侧重于强调其价值本原性，即赋予"道"以道德意义并把它看作人世间一切价值的最终依据。东坡的"道"论所强调的一方面是天地万物生成运作的客观自在性，另一方面强调的是体道方式的非理性、直觉性特征，并没有赋予"道"以价值本原的意义。可以说，道学家主要是在价值本体论的层面上理解"道"的，苏东坡则主要是在自然本体论的层面上理解"道"的。在这一点上他与道学家表现出根本的区别。

第三，论"性"。蜀学的独到之处还表现在对"性"的理解上。东坡论"性"云：

> 世之论性命者多矣，因是请言其粗曰：古之言性者，如告瞽者，以其所不识也。瞽者未尝有见也，欲告之以是物，患其不识也，则又以一物状之。夫以一物状之，则又一物也，非是物矣。彼惟无见，故告之；以一物而不识，又可以多物眩之乎？古之君子患性之难见也，故以可见者言性。夫以可见者言性，性之似也。君子日修其善，以消其不善，不善者日消，有不可得而消者焉；小人日修其不善以消其善，善者日消，亦有不可得而消者焉。夫不可得而消者，尧舜不能加焉，桀纣不能亡焉，是岂非性也哉！君子之至于是，用是为道，则去圣不远矣。……情者性之动也，溯而上至于命，沿而下至于情，无非性者。性之与情非有善恶之别也，方其散而有为，则谓之情耳。命之与性非有天人之辨也，至其一而无我，则谓之命耳。
>
> （《苏氏易传》卷一）

这段话两点值得注意，一是何为"性"的问题。以往儒家多将"性"置于价值论范畴予以论述，或言"性善"（孟子），或言"性恶"（荀子），或言"善恶混"（扬雄）。道学家高于前人之处在于分"性"为"气质之性"（自然本性）与"天命之性"（社会本性）二层。但他们主张"天命之性"比"气质之性"更带有根本性，是第一位的，则有本末倒置之嫌。东坡不同于道学家之处是，他将"性"置于认识论范畴予以考察，不再纠缠善与恶的问题。但他又不像告子那样以为"性"可善可恶。他认为，"性"是人所共有的本性，是人所以为人的根本依据。对它不可以善恶衡量。它与作为天地万物生成化育之依据的那个"道"是相通的，它就是"道"。东坡注"继之者善也，成之者性也"云："阴阳交而生物，道与物接而生善。物生而阴阳隐，善立而道不见矣。故曰继之者善也，成之者性也。……善者道之继，而指以为道则不可，……学道而自继者始，则道不全。昔孟子以善为性，以为至矣，读《易》而后知其非也。孟子之于性，盖见其继之者而已，……"[①]不能不说这是十分精辟的见解。这里"性"与"道"显然是相通的概念：就物言之谓之"道"，就人言之谓之"性"，它们都是指那个使包括人在内的万事万物各是其所是的自然本体。二是"性"的善恶问题。在东坡看来，"性"人人具足，至恶之人不能使之有一毫之损，至善之人不能使之有一毫之增。它本身是无善无恶的。但是一个人如果能够纯然按照自身具足的"天命之性"而行事，将它视为人生之准则，那么这个人的行为则不仅是善的，而且近之于"圣人"了。这就是所谓"继之者善也"以及"君子之至于是，用是为道，则去圣不远矣"的含义。如果用现代学术话语来解

---

① 苏轼：《苏氏易传》卷七，第161页。

读苏东坡这一观点则是：自然之道体现在人身上叫作"性"，它是本体论范围的问题，不能用"善恶"这样的伦理价值标准来衡量。但是一旦"性"这一人之自然本体显现为人之行为，则由本体论范畴转变为价值论范畴，对它就可以进行或善或恶的价值判断了。人之"性"虽不就是善，但人由之而呈现的行为则是善的，因此，"性"是人形成善的品德的潜在可能性，"善"则是"性"的具体呈现或产物（即所谓"性之效"）。人倘能事事处处依其"性"而行则能成为一个道德完善的人。至于人何以会有恶的品行，那只能是他的"性""物有以蔽之"之故了。在这里，我们可以看出一种统一自然本体论与价值本体论的努力。如果将这种学术话语还原为生存智慧，则是主张主动与受动、自为与自然，或者进与退、仕与隐的统一。

此外，苏轼还借助于对卦象的解释来阐述自己的人生哲学。其释"坎"卦云：

> 万物皆有常形，惟水不然，因物以为形而已。世以有常形者为信，而以无常形者为不信。然而方者可以斫以为圆，曲者可以矫以为直，常形之不可恃以为信也如此。今夫水虽无常形而因物以为形者，可以前定也。是以工取平焉，君子取法焉。惟无常形，是以遇物而无伤，未莫之伤也，故行险而不失其信。由此观之，天下之信，未有若水者也。……所遇有难易，然而未尝不忘于行者，是水之心也。物之窒我者有尽，而是心无已，则终必胜之。故水之所以至柔而能胜物者，维不以力争而以心通也。（卷三）又释"艮"卦云：

> 所贵于圣人者，非贵其静而不交于物，贵其与物皆入于

吉凶之域而不乱也。故夫"艮"圣人将有所施之。"艮",止也。止与静相近而不同。方其动而止之,则静之始也;方其静而止之,则动之先也。故曰,时止则止,时行则行,动静不失其时,其道光明。此言"艮"之得其所失者也。

(《苏氏易传》卷五)

"信"可引申理解为诚实,有信念、信义。水虽无常形,须因物而赋形,但却是最可信赖的。如以水的特点比喻人之处世,则可以说是原则性与灵活性之完美融合。以最为灵活的处世之术来奉行最为严肃的人生准则,这正是苏东坡所努力追求的理想境界。在先秦,大儒孟、荀早有过"观水"之论,东坡可以说在一定程度上是继承了他们的观点。但孟子论水旨在借以强调人的内在修养之重要;荀子亦以之比附人的各种道德品性。东坡则在肯定了人生理想与生活准则的首要性的前提下,着重强调了人在各种情况下的适应能力的重要性,是在提倡一种"以不变应万变"的生存艺术。另一段释"艮"卦时的动静行止"不失其时"之论也是同样的意思。"时"(时中)在《易传》中是个非常重要的概念,它的意义在于集中表现了先秦士人阶层的处世艺术,是儒学与老庄之学相结合的产物①。在这一点上东坡可谓深得易学真谛。

总之,苏轼的学术思想与其人格理想息息相通。在人格上,他既追求自然纯真、自由自得,又能自我节持,有所不为。与此相应,在学术上,他一方面坚持自然本体论,承认"道"与"性"的

---

① 关于"时"范畴的文化内涵可参见拙文《论"时"——兼谈儒家处世之灵活性》,见《中国文化研究》1996年第四期。

本然自在性与先在性，在学理上有取于老庄之学；另一方面他又很重视人的主体性，认识到"志"对于"命"的独立性，不肯将一切均归于自然，这在思想渊源上又本之于儒学。在人格上，他超越了"达则兼济天下，穷则独善其身"的二项选择模式，达到了一个新的高度；在学术上，他努力融合自然本体论与价值本体论，试图开出一条新的思路。东坡的这种人格追求与学术旨趣不仅在其大量诗文中随处可见，而且还对他的诗学观念产生了决定性的影响，这就使得他的诗学观念带有十分深厚的文化学术内涵。

（三）苏轼诗学观念的基本价值取向

从前两节的分析中我们不难看出，贯穿苏轼人格追求与学术旨趣的核心精神可由两个概念予以概括，这便是自然与自由。同样，苏轼文学观念的核心精神也完全可由这两个概念来表示。对于东坡文学观念中的自然精神，我们可从三个方面看出。

其一，在有意无意之间。无意为文是东坡一贯主张的，其云："夫昔之为文者，非能为之为工，乃不能不为之为工也。山川之有云雾，草木之有华实，充满勃郁而见于外，虽欲无有，其可得耶？自少闻家君之论文，以为古之圣人有所不能自已而作者。故轼与弟辙为文至多，而未尝敢有作文之意。"[①]又赞文与可之画云："与可之于竹石枯木，真可谓得其理者矣。……千变万化，未始相袭，而各当其处，合于天造，厌于人意。盖达士之所寓也欤？"[②]这都

---

① 苏轼：《南行前集叙》，张志烈、马德富、周裕锴主编《苏轼全集校注》第11册，第1009页。
② 苏轼：《净因院画记》，张志烈、马德富、周裕锴主编《苏轼全集校注》第11册，第1160页。

是强调创作过程的自然状态，所反对的是矫揉造作、强刮狂搜。从东坡的论述来看，这种创作过程的自然状态主要有赖于主体的创作冲动。他在《南行前集叙》中描述道："山川之秀美，风俗之朴陋，贤人君子之遗迹，与凡耳目之所接者，杂然有触于中而发于咏叹。"[①] "有触于中"即是创作冲动的产生过程。从今天的心理学角度看，创作冲动是在无意识中产生的，它"来不可遏，去不可止"，并非人力所能安排。在它的驱动下，主体会自然而然地进入创作过程。这样，整个创作过程就呈现出一种自然状态。因此，东坡所追求的这种创作过程的自然状态，近似于近现代西方学术界所讨论的文艺创作的"非自觉性"。它的真正意义并不在于创作时这种"不经意""无意"本身，而是在于只有在这种情况下创作出来的作品才是真实感人的。如此看来，东坡以及其他中国古代诗人所主张的创作过程的自然状态，是深合文学创作的审美规律的。

但是完全的"无意为文"实际上是不可能的。在创作过程中除了"无意识""非自觉"之外，毫无疑问还需要"自觉"与"意识"的参与。对此东坡亦深明其理，他说："儋州虽百家之聚，州人所须取之市而足。然不可徒得也，必有一物以摄之，然后为己用。所谓一物者，钱是也。作文亦然。天下之事散在经子史中，不可徒使，必得一物以摄之，然后为己用。所谓一物者，意是也。不得钱不可以取物，不得意不可以用事，此作文之要也。"[②] 这里强调的是"意"在创作过程的重要意义，只有"意"才能将杂乱无章的"事"联为一体。那么如何使"无意"与"意"统一于同一创

---

① 苏轼：《南行前集叙》，张志烈、马德富、周裕锴主编《苏轼全集校注》第11册，第1009页。
② 张镃：《仕学规范》卷三五，上海古籍出版社，1993，第176页。

作过程呢？其实二者并不构成难以调和的矛盾："无意"是就创作动力、动因而言，作为创作之动力、动因的冲动和激情是主体不能控制的，是"非自觉"的，此即"无意"；"意"是就进入创作过程以后主体的自觉意识而言的，在创作冲动的驱使下，主体意欲有所表达并对于如何表达亦有所考虑，这便是"意"。二者各有各的"职能"，并行而不悖。

其二，看上去恰到好处，无人工痕迹。其赞谢民师之诗文云："大略如行云流水，初无定质，但常行于所当行，常止于不可不止。文理自然，姿态横生。"[①]又自赞其文云："吾文如万斛泉源，不择地而出，在平地滔滔汩汩，虽一日千里无难。及其与山石曲折、随物赋形而不可知也。所可知者，常行于所当行，常止于不可不止，如是而已矣。其他虽吾亦不能知也。"[②]所谓行于当行，止于当止云云，听上去好像有点故弄玄虚、英雄欺人的味道，其实如果仔细体味，其中毕竟有理可循。我以为可从两个层面来理解它的含义。一是就写作过程而言，是说主体以气运笔、直抒胸臆，有话则长，无话则短，不去雕章琢句、为文造情。二是就作品而言，是说文章令人看上去自然浑成、毫无人工斧凿之痕。总之是强调创作过程与作品风貌的自然品格。另外，"初无定质，随物赋形"云云，是讲为文的文字与技巧应根据表现和描写对象来设定，实质上是在强调描情状物的准确与逼真，即东坡所谓"写物之功"。其云："诗人有写物之功，'桑之未落，其叶沃若'，他木不可以当此。林

---

① 苏轼：《答谢民师书》，张志烈、马德富、周裕锴主编《苏轼全集校注》第16册，第5292页。
② 苏轼：《文说》，陶秋英编选《宋金元文论选》，人民文学出版社，1984，第174页。

逋《梅花诗》'疏影横斜水清浅，暗香浮动月黄昏'绝非桃李诗。皮日休《白莲诗》'无情有恨何人见，月冷风清欲堕时'绝非红莲诗。此乃写物之功。"①能将景物情状逼真地呈现出来，这也就使作品显得有如自然天造，不见人工痕迹。

其三，外枯中膏，有味外之味。东坡"外枯中膏""似澹实美""发纤于简古，寄至味于澹泊"②之论，历来言者甚众。然而何以要令诗文看上去"枯澹""简古"，然后才感受到其中的"膏腴"与"纤"呢？这有何好处？以往论者有将此视为"含蓄"的别名的，这是不够确切的。我以为对东坡此论亦可从两个层面来看。第一，深刻的哲思与丰富的情感以平淡无华、司空见惯的文辞来呈现。就是说，不让华丽生僻的语词分散读者注意因此而遮盖诗文的意蕴，这样才能使作品达到王国维所说的"不隔"的状态。第二，将创作的技巧与匠心深藏不露，给人以"不经意"之感。看上去是率意而为、天籁自鸣，实则精心结构、千锤百炼。因此，东坡此论也是在追求一种作品效果——自然。

苏轼对创作过程与作品风格这种"自然"境界的追求毫无疑问是其人格理想与学术旨趣的诗性显现。他的诗学观念有着十分深厚的"人学"内涵。明乎此，我们在阐释其诗学观念时就必然会有更多的领悟与发现。

下面我们再来分析东坡诗学观念中的自由精神。在中国古代文化系统中，"自由"（主体心灵无羁绊、无滞碍）境界从来都

---

① 见胡仔纂集：《苕溪渔隐丛话·前集》卷三二，人民文学出版社，1962，第228页。
② 苏轼：《书黄子思诗集后》，张志烈、马德富、周裕锴主编《苏轼全集校注》第19册，第7598页。

是与"自然"（真诚无伪、本然自在）境界紧密相连的：只有自然，方能自由。东坡诗学的理想境界既是自然的，也是自由的。其论陶渊明云："陶渊明意不在诗，诗以寄其意耳。'采菊东篱下，悠然望南山'，则既采菊又望山，意尽于此，无余蕴矣，非渊明意也。'采菊东篱下，悠然见南山'，则本自采菊，无意望山，适举首而望之，故悠然忘情，趣闲而景远，此未可于文字精粗间求之，……"①东坡何以赞成"见"字而否弃"望"字？最主要的是因为"见"乃无意为之，用此字正好表现出主人公那种自由闲适的精神境界。"望"则是有意为之，又采菊又望山，不惟互相妨碍、于理欠通，而且也全然失却了自由闲适之趣，不是陶渊明的风韵。东坡于诗之一途最为服膺渊明，尝作"和陶诗"百余首，开创了生者和逝者诗之先例。其所推崇渊明处，主要即在于陶诗所呈现的这种自由闲适、超然自得的精神境界。

东坡诗学对"自由"的追求还表现于他对创作技巧与方法的理解上。宋代诗学自黄庭坚之后渐渐重视法度规矩，至两宋之际则有"活法"之论。吕本中说："学诗当识活法。所谓活法者，规矩备具，而能出于规矩之外；变化不测，而亦不背于规矩也。是道也，盖有定法而无定法，无定法而有定法。知是者则可以与语活法矣。"②如果说，孔子的"七十而从心所欲不逾矩"之论是指一种生存的自由状态，那么吕氏的"有定法而无定法，无定法而有定法"之论则是指诗歌创作的自由状态。这种论调虽说直承山

---

① 见胡仔纂集：《苕溪渔隐丛话·前集》卷三，人民文学出版社，1962，第16页。
② 吕本中：《夏均父集序》，郭绍虞《中国历代文论选》第2册，上海古籍出版社，1979，第367页。

谷诗学而来，然究其渊源，实始于东坡。其"常行于所当行，常止于所不可不止"之论，即含有所谓"活法"之意。我们再看他的另一段话："予尝论书，以谓钟王之迹，萧散简远，妙在笔画之外。至唐颜柳始集古今笔法而发之，极书之变，天下翕然，以为宗师。而钟王之法益微。至于诗亦然。苏、李之天成，曹、刘之自得，陶、谢之超然，盖亦至矣。而李太白、杜子美以英玮绝世之姿，凌跨百代，古今诗人尽废。然魏晋以来，高风绝尘，亦少衰矣。"[①]东坡此论无疑是在推崇真率自然的诗风，但细加体味则又并不如此简单。"天成""自得""超然"这三个概念既有自然的意味，又有自出机杼、无所依傍之意。也就是说，苏、李等诗人并非自己无"法"，只是不学他人之法而已。正如书圣钟王自有"钟王之法"一样。至于李杜则亦与颜柳相同，虽集前人之法而大成，作品达到极高境界，但较之前人之自然真率、毫不蹈袭终究略有欠缺。这里东坡实际上是在提倡"无法之法"，亦即"活法"。这种"活法"是创作主体对"法"的征服，主体不是胶柱鼓瑟地在"法"的制约下创作，相反，"法"完全为主体所支配，为其表情达意服务，这是自由自得的创作状态。

总之，从苏东坡诗学观念中我们不难发现，对于东坡而言，诗文创作绝不是可有可无的闲情逸致或人生点缀，他是将文学创作视为生命的存在方式的，而且是最高意义上的生命存在。因此，他就以对自身生命存在的最高要求，亦即其人格理想来要求其文学创作。在他眼里人性与诗性是相通的。从其人格理想、学术旨趣以及

---

① 苏轼：《书黄子思诗集后》，张志烈、马德富、周裕锴主编《苏轼全集校注》第19册，第7598页。

诗学观念三者的整体性上我们可以对苏东坡的文化建构有一个总体把握：他是在特定的历史语境与文化语境中成长起来的特殊文化人物。就精神世界的丰富性而言，无论是在古代还是在今天，像他这样的人物都是极为罕见的，是近于"全面发展"的人。他之所以能够成为这样的人，除了各种外在原因之外，他对以自然、自得、自由为特征的人格理想的追求是最重要的主体条件。但这种人格理想又并不是纯然个体性的，它是中国古代知识分子在上千年的历史演进中沉淀积累下来的生存智慧的升华，是超越时间与空间限制的、具有普适性的人性价值。东坡的人格理想直接进入了蜀学体系而转变为一种学术话语。可以说，蜀学不过是以苏轼为代表的文人集团人格追求的学理化呈现而已。东坡的人格理想以及蕴含了这种人格理想的学术观念体系又对东坡诗学产生了决定性影响，正是它们构成了东坡诗学的基本价值取向。如果这种观点成立的话，我们对东坡诗学的阐释就不应忽视其中蕴含的主体精神与人性价值的光辉。也就是说，应将其诗学观念置于某种整体性文化结构的坐标中予以审视和评价。

二、从人学价值到诗学价值——论苏辙"养气说"的深层含蕴

在蜀学系统中，苏辙占有相当重要的地位。他的人格理想、学术旨趣、诗学观念与其父兄有相近相通之处，也有其个人的特点。就诗学观念而言，苏辙最为引人瞩目的当然是他的著名的"养气说"。以往论者对苏辙此论一般都仅限于诗文创作范围予以阐释，认为苏辙是在强调交往游历对于诗文创作的重要作用。这种阐释

是不够准确的,因为论者没有将"养气说"置于苏辙学术思想的整体性结构中来考察。实际上,"养气说"中具有十分丰富的深层含蕴。这里所涉及的在根本上是做人与作诗为文、人学价值与诗学价值的关系问题。因此,我们要想真正深入把握"养气说"的内涵,就不能不从苏辙的人格追求入手。

(一)苏辙的人格理想

与乃兄相比,苏辙似乎缺少一点潇洒飘逸、奔放豪迈,而多一点厚重笃实、沉稳干练。《宋史》本传说他"性沉静简洁,为文汪洋澹泊,似其为人,不愿人知之,而秀杰之气终不可掩,其高处殆与兄轼相迫"。①苏辙不是纯粹的文人,他不仅关心时事,极为投入,而且娴于吏事,颇有政治头脑。在仕途上他也远较苏轼顺达。但苏辙又绝不是一个仅仅沉浸于"功利境界"的务实主义者,他亦如宋代其他的一流人物一样,有着自己超越的精神追求。他说:"予少而力学,先君,予师也;亡兄子瞻,予师友也。父兄之学,皆以古今成败得失为议论之要,以为士生于世,治气养心,无恶于身,推是以施之人,不为苟生也。"②这说明苏辙与其父兄一样,不肯浑浑噩噩地苟存于世,是有自己的人格理想的。他论这种人格理想云:"今夫水无求于深,无意于行,得高而停,得下而流,忘己而因物,不为易勇,不为险怯,故其发也,浩然放乎四海。古之君子,平居以养其心,足乎内无待乎外,其中潢漾,与天地相终始。止则物莫之测,行则物莫之御。富贵不能淫,贫贱不能忧。

---

① 脱脱:《宋史》第31册,中华书局,1977,第10835页。
② 苏辙:《历代论引》,《栾城集》,上海古籍出版社,1987,第1212页。

行乎夷狄患难而不屈，临乎死生得失而不惧，盖亦未有不浩然者也。"①又说："士方其未闻大道，沉酣势利，以玉帛子女自厚，自以为乐矣。及其循理以求道，落其华而收其实，从容自得，不知夫天地之为大与生死之为变，而况其下者乎？故其乐也，足以易穷饿而不怨，虽南面之王不能加之，盖非有德不能任也。"②从这两段话中我们不难看出，苏辙所追求的理想人格境界主要有两个层面：其一，超越功名利禄达于精神自由之境。其"止则物莫之测，行则物莫之御"及"从容自得"云云，都是指心灵自由状态，有近于东坡所谓"寓意于物而不留意于物"。其二，独立自主，无所依傍。所谓"足乎内无待乎外""富贵不能淫，贫贱不能忧"等等，是说达到这一人格高度之人心有所主——有自己独立的价值尺度，不为外在因素所动。这种人格境界之所以令人神往，主要在于它实质上意味着人的精神的解放与心灵的舒展——这是一种真正的高层次的快乐和愉悦。苏辙说："士生于世，使其中不自得，将何往而非病？使其中坦然，不以物伤性，将何适而非快？"③又释《孟子》"乐天"云："乐天者，非有所畏，非不得已，中心诚乐而为之也。"④"自得"是宋代文人（包括道学家）普遍向往的人格境界。仔细体味"自得"二字，除了"得之于己"和"自己得之"的义项之外，其中还包含着心灵的自由与自主两层含义。由于心灵能够自由自主，因而主体精神就处于一种平和愉悦，即"乐"的状态中。苏辙说："予闻之乐莫善于如意，忧莫惨于不如意。今予退居

---

① 苏辙：《吴氏浩然堂记》，《栾城集》，第511页。
② 苏辙：《东轩记》，《栾城集》，第508页。
③ 苏辙：《黄州快哉亭记》，《栾城集》，第513页。
④ 苏辙：《孟子解二十四章》，《栾城集》，第1200页。

一室之间，杜门却扫，不与物接。心之所可，未尝不行；心之不可，未尝不止。行止未尝少不如意，则予平生之乐，未有善于今日者也。"①可知苏辙之所以能达于至上之"乐"，完全是由于心灵的自由自主。宋儒对这个"乐"的心灵状态是极为重视的，连爱讲大道理的道学家们亦大讲"寻孔颜乐处"。从总体上，苏辙追求的人格境界实际上是一个三维结构：心灵的自由与自主以及以二者为基础的整个心态的和乐愉悦。自由是对物欲的征服与超越，是主体精神突破功利层面向更高境界的跃升。它显然不同于西方哲人所追求的以理性对必然的把握或主体对客体的征服为特征的自由。一是内在的、自我的超越，一是外在的、对象性的超越。前者指向纯粹个体性的人格境界，营造的是一种心灵的完满自足；后者指向自然与社会，建构的是合理合法的秩序。自主是个体主体坚守独立的人生准则与价值标准，不肯屈从官方的或者世俗的观念体系。这是中国古代士人阶层千百年间在同君权的合作与抗争中渐渐形成的一种主体意识，是士人自尊自贵精神的体现。"乐"是主体达到自由自主之人格高度时的心理体验，它不仅是一种高层次的精神享受，而且也是一种标志，标志着主体达到了最高的人格境界。因此，"乐"既是主体长期"治气养心"的产物，同时也是检验这种修身工夫之成效的主要标准。如道学家亦云："学至涵养其所得而至于乐，则清明高远矣。"②可见宋代士人所追求的这种"乐"实是至高无上的人生境界。

这种自由自主与和乐愉悦的人格理想绝非苏辙所独有，苏洵、

---

① 苏辙：《遗老斋记》，《栾城集》，第1565页。
② 程颢、程颐：《二程集》，中华书局，2004，第1189页。

苏轼以及许多宋代文学家、思想家都有同样的追求。但是苏辙与其父兄亦有所不同：老泉与东坡更强调这种人格境界潇洒超脱、从心所欲的一面，而不大看重自我约束、自我砥砺的工夫与过程。苏子由则比较重视存心养性的工夫，重视心灵的自我锻造与自我提升。观其著述，常常可以见到"养气""养心"之论，对孟子学说比较推崇。相比之下，东坡则受庄子的影响更多一些。然而从总体性上来看，这种人生境界是儒家的道德自律、人格提升与道家的清静无为、顺应自然的结合，既有主体进取精神的一面，又有适性逍遥、无可无不可的一面。

（二）苏辙的学术探索

思想史研究者普遍认为蜀学融合了儒、释、道三家思想，这当然是不错的见解。因为整个宋学体系，无论是新学、蜀学还是濂洛关闽之学无不不同程度、不同侧重地接受了三家思想。宋代士人在准备建构自己的学术话语体系时，面对的思想资源与价值观的挑战都只能来自这三家学术系统。宋儒绝非人云亦云、抱残守缺的庸碌之辈，尽管儒释道各自拥有强大的思想惯性，宋儒却能凭借更为强大的主体精神来面对它们。在他们心目中，三家思想当然有轻重之分，但他们实际上又同时将这三家思想都既视为思想资源，又看作超越或重构的对象。他们都能够从各自的学术旨趣和价值取向出发对三家思想进行重新梳理、评判、吸纳与摒弃。由于宋儒不仅有很强的共同性的主体精神，而且各自又有很强的个体性的主体意识，所以他们对三大思想系统的取舍也各有不同。即使在同一学术流派内部，情况亦是如此。例如与苏轼相比，苏辙学术建构就有自己的特点。

苏辙的学术思想是其人生理想、人格追求的学理化，这与苏轼是相同的。同样，由于他们人格追求的差异，在学术建构上也表现出不同的倾向，如果说苏轼致力于将儒家的社会关怀与庄子的个体超越结合起来，形成了一种以儒家精神为根基，以庄子思想为补充的新型学术结构，那么苏辙则是试图将孔孟的人学与老子的道论融合为一，建构起一种以儒家的存心养性、人格提升与道家的顺应自然、无为自化相统一的人学体系。对于苏辙这种学术上的追求，我们可以从下列两个方面看出：

其一，对"道"的阐释。在对"道"予以阐释时，苏辙有一个前提性的观点，即认为老子之道与孔孟之道是同一个东西，既是指万物本原，又是指人生准则。例如他注《老子》"为道日损"句云："苟一日知道，顾视万物，无一非妄。去妄以求复性，是谓之损。孔子谓子贡曰：'汝以予为多学而识之者乎？'曰：'然。非与？'曰：'非也，予一以贯之。'"[①]老子所"为"之"道"是天地万物的本然自在性，人只有消解心中各种文化知识与价值观念，方能使心灵恢复到这种本然自在状态，"消解"便是"损"。孔子"一以贯之"的"道"并不是本体论意义上的范畴，而是指儒家立身处世的行为准则。但苏辙为了自己的学术建构目的，人为地将二者统一起来了。沿着这条思路，苏辙一方面用儒学观念来曲解老子思想，另一方面又力求在儒学中融进老子思想。他注"道可道非常道"云："莫非道也，而可道不可常，惟不可道，而后可常耳。今夫仁、义、礼、智，此道之可道者也。然而仁不可以为义，而礼

---

① 苏辙：《老子解》，曾枣庄、舒大刚主编《三苏全书》第5册，语文出版社，2001，第451页。

不可以为智，可道之不可常也。惟不可道，然后在仁为仁，在义为义，礼、智亦然。"①其实，老子所言之"道"何尝有涉于"仁义礼智"？苏辙既保存了"道"不可言说的本体性特征，又把"仁义礼智"说成是"道"的具体显现，这无疑是有意融合二者。又如其注"上德不德，是以有德"云："圣人从心所欲不逾矩，非有意于德而德自足；其下知德之贵，勉强以求不失，盖仅自完耳，而何德之有？"②这显然是用孔子的人格理想来理解老子的观点。在孔子那里，"从心所欲不逾矩"是说人的道德修养到了一定程度就能进入一种自由境界，无须自我戒惧、自我约束便可中规中矩。老子"上德不德，是以有德"云云，是讲顺应自然、清静无为，二者形同而神异。

当然，苏辙也并不是一味地以儒解老，他也试图将老子的思想融进儒学系统之中，以使儒学在价值观上更具超越性。其释"是以圣人欲不欲……"云："人皆徇其所欲以伤物，信其所学以害理。圣人非无欲也，欲而不欲，故虽欲而不伤于物；非无学也，学而不学，故虽学而不害于理。然后内外空明，廓然无为，可以辅万物之自然，而待其自成矣。"③这实际上是主张用道家的自然无为思想改造儒家的人格理想，从而使"有欲"与"无欲"、"有为"与"无为"、"学"与"不学"统一起来。又注"是谓深根固蒂，长生久视之道"云："孟子曰：'存其心，养其性，所以是天也，……'古之圣人保其性命之常，不以外耗。内则根深而不可拔，蒂固而不可脱，虽以长生久视可也。盖治人事天，虽有内外之

---

① 苏辙：《老子解》，第401页。
② 苏辙：《老子解》，曾枣庄、舒大刚主编《三苏全书》第5册第442页。
③ 苏辙：《栾城集》，第452页。

异,而莫若啬则一也。"①此处表面上是以孟子解释老子,实际上也就将老子自然无为、返璞归真的思想注入孟子存心养性、求放心的修身工夫之中了。又注"天下神器,不可为也,……"云:"凡物皆不可为也,虽有百人之聚,不循其自然而妄为之,必有龃龉不服者,而况天下乎!"②这里很明显是主张应该运用道家"顺应自然"的思想来治理天下。

苏轼尝盛赞其弟《老子解》云:"子由寄《老子新解》,读之不尽,废卷而叹。使战国有此书,则无商鞅;使汉初有此书,则孔子老子为一;使晋宋间有此书,则佛老不二,不意老年见此奇特。"③从这评价中我们不难看出,东坡所看重此书之处主要是其融汇儒释道三家学说的努力。苏辙自己也的确认为三家学说有其内在的相通之处。他说:"老佛之道,非一家之私说也,自有天地,而有是道矣。古之君子以之治气养心,其高不可婴,其洁不可溷,天地神人,皆将望而敬之。圣人之所以不疾而速,不行而至者,一用此道也。……诚以形器治天下,导之以礼乐,齐之以政刑。道行于其间而民不知,万物并育而不相害,道并行而不悖,泯然不见其际而天下化,不亦周孔之遗意哉!"④这就承认了佛老之学的合理性及其与儒家之道的深层一致性。

其二,对"性"的阐释。儒家自孟子始基本持性善之说。苏辙对此颇有异议,他认为人们所谓"善""恶"都是"性"的表现而不是其本身。他说:"孟子道性善曰:'……恻隐之心,仁之端

---

① 苏辙:《栾城集》,第463页。
② 苏辙:《栾城集》,第433页。
③ 苏辙:《老子解》,第483页。
④ 苏辙:《历代论四》,《栾城集》,第1259页。

也。羞恶之心，义之端也。辞让之心，礼之端也。是非之心，智之端也。'人信有四端矣。然而有恻隐之心而已乎？盖亦有忍人之心矣。有羞恶之心而已乎？盖亦有无耻之心矣。有辞让之心而已乎？盖亦有争夺之心矣。有是非之心而已乎？盖亦有蔽惑之心矣。……是八者，未知其孰为主也？均出于性而已非性也，性之所有事也。"[①]在苏辙看来，"性"是与生俱来、人人具足的，尧舜不能使之加，桀纣不能使之减，对它不能以善恶论。但"性"亦并非与善恶毫无关联，它是善恶产生的潜在可能性。在一定条件下它能导致善，在另一种情况下，它又能产生恶。就像火既能"熟物"，又能"焚物"一样。这种观点与道学家显然有较大差异，它没有道学家所说的"天命之性"这一本体论层面。道学家沿着"合外内之道""仁者浑然与物同体"的易庸之学的老路，努力在本体论层面打通天与人的分界，以便为成圣成贤的儒家人格理想寻到一个坚实的价值依据。在道学家看来，"天道"与"人道"本为一体，就天地万物之内在依据而言，即是"天之道"；就人世价值之本原而言，即是"天命之性"。苏辙所论之性显然没有这种本体论特征。可以说，苏辙的"性"更接近于道学家所说的"气质之性"，这是一种既可以趋于善，又可以导向恶的自然人性。正是基于这种自然人性的观点，苏辙才格外重视"养气"——人格的自我培养，以为通过"养气"即可使自然人性变为"善"的人性。但在道学家那里"养气"是"求放心""发掘善根"的过程，是对本来属于自己，后来失却或被遮蔽的心之"本体"的追寻；在苏辙这里，"养气"则完全是对一种前所未有的主体精神的建构。当然，这种差异是纯

---

① 苏辙：《孟子解二十四章》，《栾城集》，第1207页。

粹学理上的，实际上，二者都是在探索对现实的超越之路，都是在寻求个体心灵的充实与完满。苏辙实际上是希望建构一种融儒家之"善"与道家之"自然"为一体的独特的人性学说，这与他在论"道"时的汇通儒、道、释三家的努力是完全一致的。

（三）"养气"说在苏辙学术系统中的位置

前面对苏辙人格理想与学术追求的分析完全是为了勾勒起一个他本人的文化心理结构，以便于我们将"养气"说置于这个整体性的文化心理结构中予以考察，从而对其文化底蕴进行发掘与阐释。下面让我们先来看看"气"在苏辙那里有着怎样的内涵。

苏辙释孟子"浩然之气"云："是何气也？天下之人莫不有气，气者心之发而已。行道之人，一朝之忿而斗焉，以忘其身，是亦气也。方其斗也，不知其身之为小也，不知天地之大、祸福之可畏也，然而是气之不养者也。不养之气横行于中，则无所不为而不自知。于是有进而为勇，有退而为怯。其进而为勇也，非吾欲勇也，不养之气盛而莫禁也；其退而为怯也，非吾欲怯也，不养之气衰而不敢也。"① 苏辙这里所说之"气"显然不同于孟子所说的"浩然之气"。后者是某种善的精神力量，是达到最高人格境界的人才具有的；前者则是一种中性的、没有固定指向性的内在驱力，是一股躁动不安的能量。有时，苏辙又把"气"理解为一种生命活力，似乎具有某种善的属性。其云："神者何也？物之精华果锐之气也。精华果锐之气，其在物也，晔然而有光，确然而能坚。……夫是气也，时叩而存之，则日长而不衰；置而不知求，则脱去而不

---

① 苏辙：《孟子解四十二章》，《栾城集》，第1201页。

居。是气也,物莫不有也,而人为甚。"①这种"精华果锐之气"是一种生命的活力,它越是充沛人就越是身体健康、精神旺盛。它虽不是伦理学范畴的善,但却是生存论意义上的善。由此可知,苏辙论"气",亦完全与其论"道"论"性"相同,也是在致力于道家学说与儒家学说的融会贯通。

明白了苏辙话语系统中"气"的内涵,我们可以来看看他的"养气"之说了。其云:"辙生好为文,思之至深,以为文者气之所形。然文不可以学而能,气可以养而致。孟子曰:'吾善养吾浩然之气。'今观其文章宽厚宏博,充乎天地之间,称其气之小大。太史公行天下,周览四海名山大川,与燕赵间豪俊交游,故其文疏荡,颇有奇气。此二子者尝执笔学为如此之文哉?其气充乎其中而溢乎其貌,动乎其言而见乎其文,而不自知也。"②对于这段话,联系到苏辙整体性文化心理结构,可做三个层面的阐释。其一,所谓"文不可学而能",不是说文章的写法技巧不能由学而得,而是说文章的风格与感染力是不能学到的。所谓"气可以养而致"是说创作主体如果能像孟子那样下一番"存养工夫",培养出"浩然之气",亦能写出像孟子那样"宽厚宏博"的文章;如果像司马迁那样游历天下名山大川,就也能写出他那种"颇有奇气"的文章。也就是说,学写文章不能仅从文章本身入手而要从人格修养入手,亦即"工夫在诗外"之意。其二,此处"可以养而致"的"气"不同于孟子和韩愈所主张的基于道德修养的那种精神力量,更不同于曹丕所说的那种作为个性气质的"气",它是指一种完满充沛、强而

---

① 苏辙:《进策五道》,《栾城集》,第1646页。
② 苏辙:《上枢密韩太尉书》,《栾城集》,第477页。

有力的生命体验。它可以由道德修养、人格提升而来，但并不停留于伦理价值层面；它亦可以由饱经沧桑的人生阅历而来，但又绝不等同于生存的经验与智慧。它是人格修养、游历天下以及丰富而曲折的阅历等有意和无意的人生经验在主体身上激发和积蓄起来的强大的生命能量。这种生命能量在主体心理层面上表现为一种激情，一种全身心的激活状态。对于人的行为而言，这是一种无与伦比的强大内驱力，它推动主体的诗文创作并表现为独特的作品风格与不同寻常的艺术感染力。文学史上诸如屈原的《离骚》，孟、庄、荀、韩的散文，荆轲的《易水歌》，刘邦的《大风歌》等许许多多感人至深的诗文作品都主要是凭借这种"气"的力量才传唱千古的。其三，苏辙"养气"之论与其人格理想、学术追求一样，也具有兼收并蓄的特点。苏辙有取于孟子儒家思想，却绝不仅限于"存心养性"与"求放心"；有取于司马迁的遍游天下，却又不囿于见闻之广博。从根本上说，苏辙的"养气"说还是试图融合儒家的人格提升与道家的自然无为。"气"既可以从儒家的道德修养而来，又可以由游历天下而来，这说明它不纯然是一种道德精神，也不纯然是自然心态，而是二者兼而有之。

从以上分析我们不难看出，苏辙的文化心理结构贯穿于其人格理想、学术追求与诗学观念三大精神领域。在人格理想上，他试图同时兼有儒家的入世、建功立业、济世救民的社会价值维度与道家的清静无为、适性逍遥的个体价值维度，从而建构一种新型的、超越了退与进、仕与隐、兼济与独善二元选择模式的理想人格结构。与此相应，在学术旨趣上，他也力图将儒家之道与老庄之道，道德心性与自然心性融合起来，建立一种以自然本体论为基础，以价值建构为目的的理论体系。以人格理想和学术追求为依托，在诗学观念方面，苏辙强调主体的内在生命体验、内在驱力的重要性，而这种生命体验与内驱力则又是儒家精神与道家精神共同作用的产物。我们在苏辙文化心理结构的总体性上来考察其"养气"之说，旨在将这一文化心理结构各个层面间相互依存、环环相扣的联系揭示出来：如果把"养气"说这一诗学观念视为"能指"，那么其谈"道"论"性"的学术探索即为"所指"；如果将其学术建构视为"能指"，那么其以自由自主与和乐愉悦为主要价值追求的人格理想则为"所指"。各个层面均以其下一个层面为含蕴而以上一个层面为表征。就是说，苏辙的诗学观念是其学术旨趣之表征，而其学术体系又是其人格理想之表征。至于苏辙何以会有如此人格理想，那当然也是极有追问价值的话题，只是限于文章结构的要求，不宜在这里再展开讨论了。

三、在有意与无意之间——黄庭坚诗学理论的文化心理内涵

黄庭坚的诗学理论在宋代乃至整个中国古代文学思想史上都占有举足轻重的位置。他的诗学理论无疑是很丰富而深刻的，但也充满了矛盾。例如，他一方面强调"诗法""句法"的重要性，一方面又希冀浑然天成的诗歌境界；一方面主张"以理为主"，一方面又强调"情性"的本体地位。对于这种矛盾现象如果仅仅在诗学理论本身找原因，那是永远不会有什么结果的，因为这是黄庭坚整体性文化心理结构中深刻矛盾的显现。因此，我们要探寻黄庭坚诗学理论矛盾之原因，就必须从分析其文化心理结构入手。

(一)黄庭坚诗学理论的内在矛盾

黄庭坚的诗学理论可以说充满矛盾性,这主要表现在下列几个方面:

其一,在"情性"与"理"之间。"吟咏情性"是中国古代诗学理论中传统悠久的基本观念之一,早在"诗大序"中即已出现。"以理为主"则是宋代诗学的重要观点。前者强调诗歌创作的本真性,"情性"是指人心理上本然自在的情绪、情感以及才性禀赋等非理性因素。后者强调诗歌内容的合理性,"理"是指道理或义理,是纯粹的理性因素。一般说来,"吟咏情性"与"以理为主"恰属两个对立的诗学本体论体系。然而在黄庭坚这里,这两种观点却同时存在。他说:"诗者,人之情性也。非强谏争于廷,怨忿诉于近,怒邻骂坐之为也。其人忠信笃敬,抱道而居,与时乖逢,遇物悲喜,同床而不察,并世而不闻,情之所不能堪,因发于呻吟调笑之声,胸次释然,而闻者亦有所劝勉;比律吕而可歌,列干羽而可舞,是诗之美也。"[1]这显然是将抒泄情感作为诗歌创作的根本动力,而以情性作为诗歌本体的观点,可以说是继承了六朝隋唐诗学理论的基本价值观。与后来严沧浪之于宋诗的批评亦相吻合。然而山谷却还有别一种主张,其云:"好作奇语,自是文章病,但当以理为主,理得而辞顺,文章自然出类拔萃。观杜子美到夔州以后诗,韩退之自潮州还朝后文章,皆不烦

---

[1] 黄庭坚:《书王知载朐山杂咏后》,郑永晓整理《黄庭坚全集辑校编年》,江西人民出版社,2011,第838页。

绳削而自合矣。"①这里又将"理"提到了诗歌本体地位，与前面所引"诗者，人之情性"之论自是有着根本不同。他的"以理为主"之论绝非率意言之，这与宋儒对"学问""经术"的普遍重视直接相关。黄庭坚就说过："诗词高胜要从学问中来。"②又教导晚辈说："吾甥择交不妄出，极副所望，诗正欲如此作。其未至者，探经术未深，读老杜、李白、韩退之之诗不熟耳。"③由此可知，山谷所言之"理"乃由"学问"与"经术"中得来。如此则两种不同价值取向的诗学本体论观点就同时存在于黄庭坚的理论系统中了。

其二，在有意与无意之间。黄庭坚很看重创作过程的不经意、不穿凿特征以及诗文作品浑然天成，无人工斧凿痕的风格。他说："子美诗妙处乃在无意于文。夫无意而意已至，非广之以国风、雅、颂，深之以离骚、九歌，安能咀嚼其意味，阒然入其门耶？"④又说："文章成就更无斧凿痕，乃为佳作耳。"⑤这是说不刻意为文，不在技巧辞藻上用气力。但他又认为："自作语最难。老杜作诗，退之作文，无一字无来处，盖后人读书少，故谓韩杜自作此语耳。古之能为文章者，真能陶冶万物，虽取古人陈言入于翰墨，如灵丹一粒，点铁成金也。文章最为儒者末事，然既学

---

① 黄庭坚：《与王观复书》，郑永晓整理《黄庭坚全集辑校编年》，江西人民出版社，2011，第939页。
② 转自张镃：《仕学规范》卷三九，上海古籍出版社，1993，第195页。
③ 黄庭坚：《与徐师川书》，郑永晓整理《黄庭坚全集辑校编年》，江西人民出版社，2011，第856页。
④ 黄庭坚：《大雅堂记》，郑永晓整理《黄庭坚全集辑校编年》，江西人民出版社，2011，第927页。
⑤ 黄庭坚：《与王观复书》，郑永晓整理《黄庭坚全集辑校编年》，江西人民出版社，2011，第940页。

之,又不可不知其曲折,幸熟思之。至于推之使高如泰山之崇崛,如垂天之云;作之使雄壮如沧江八月之涛、海运吞舟之鱼,又不可守绳墨令简陋也。"①这无疑是强调"有意"的重要性。倘若"无意"为之,那如何能"无一字无来处"呢?可见在"有意"与"无意"之间,黄庭坚同样是前瞻后顾、自相矛盾的。

那么,黄庭坚诗学理论的这种内在矛盾是因何而生的呢?要回答这一问题我们就不能不深入到他的学术旨趣与人格追求中去。

(二)黄庭坚的学术旨趣与人格追求

在文化学术上黄庭坚属于何门何派?这恐怕不是一个很容易回答的问题。他是著名的"苏门四学士"之首,在政治观点上亦接近苏轼,以常理度之,当属"蜀学"无疑。然而,谓之"蜀党"则诚有之,谓之"蜀学"则大有可疑。钱锺书先生尝言:"山谷已常作道学语,如'孔孟行世日杲杲'、'窥见伏羲心'、'圣处工夫'、'圣处策勋'之类,屡见篇什。汪圣锡《文定集》卷十一《书张士节字序》称山谷'信道之笃',又《跋山谷帖》谓其'诲人必以规矩,非特为说诗而发'。黄东发《黄氏日抄》卷六十五云:'今愚熟考其书,晚年自列其文,则欲以合于周孔者为内集,不合于周孔者为外集。方苏门与程子学术不同,其徒互相攻诋,独涪翁超然其间,无一语雷同,岂苏门一时诸人可望哉。'几如《法言·修身》所谓'在夷貊则引之',引山谷傍伊洛之户。"②此处所引汪、黄之论显然欲将山谷视为道学家。《宋元学案》卷十九

---

① 黄庭坚:《答洪驹父书》,郑永晓整理《黄庭坚全集辑校编年》,江西人民出版社,2011,第733页。
② 钱锺书:《钱锺书论学文选》第五卷,花城出版社,1990,第114页。

《范吕诸儒学案》亦将山谷列为其舅父李常（公择）门人，这说明在后代儒者眼中，他虽非濂洛嫡传，毕竟属于道学家范围。然而，此论亦非毫无问题。《五灯会元》卷十七列"太史黄庭坚居士"于"黄龙心禅师法嗣"之下。他本人的确亦曾作《发愿文》及《黄龙心禅师塔铭》等一系列阐扬释道的文章。发誓"今日对佛法大誓，愿从今日尽未来世，不复淫欲饮酒食肉，设复为之，当堕地狱，为一切众生代受其苦"。[①]俨然是一个虔诚的佛教信徒了。尽管如胡仔所言山谷"其后悉毁禁戒，无一能行之"[②]，然其于佛释之学有所向慕则无可怀疑。如此，山谷既倡道学，又慕释教，而且身列蜀党，于蜀学浸润亦深，他究竟算是何家何派呢？他本人有几句论赞王安石的话倒很像是对自己人格理想的描画："荆公学佛，所谓吾以为龙又无角，吾以为蛇又有足者也。然余尝熟观其风度，直视富贵如浮云，不溺于财利酒色，一世之伟人也。"[③]山谷虽不大赞成王安石的政治观点，但对他的人格修养以至诗文书法却是推崇备至。这里山谷虽然是说荆公学佛不像，而其态度却是肯定的。这说明，他本人所追求的亦恰恰是这种似龙无角、像蛇有足的人格境界。他既不是排佛辟老的淳儒，又不是离经叛道的二氏之徒，但对各家学说又均有所吸纳，他的文化心理结构是多层次、多维度的角色期待所构成的复合体，儒、道、释各家价值观在其中各有各的位置。下面我们就对他的这一文化心理结构做一扼要解析。

---

① 胡仔纂集：《苕溪渔隐丛话·后集》卷三一，人民文学出版社，1962，第245页。
② 胡仔纂集：《苕溪渔隐丛话·后集》卷三一，第245页。
③ 黄庭坚：《跋王荆公禅简》，郑永晓整理《黄庭坚全集辑校编年》，江西人民出版社，2011年，第1582页。

黄庭坚有取于儒家学说者，除了其关怀国计民生与世道人心的一面外，主要是其独立不倚的主体精神。他于儒家先贤中最服膺孟子，认为"由孔子以来，求其是非趋舍与孔子合者，唯孟子一人。孟子圣人也"。①他之所以如此看重孟子，主要是因为孟子思想中洋溢着一种大丈夫精神并且有一套养心治性的工夫理论。山谷从孟子思想出发，认为"养心治性"，即人格的自我提升乃是为学之要，其云："治经之法，不独玩其文章，谈说义理而已。一言一句皆以养心治性、事亲、处兄弟之间、接物、在朋友之际、得失忧乐一考之于书，然后尝古人之糟粕而知味矣。"②又说："学问之本，以自见其性为难。诚见其性，坐则伏于几，立则垂于绅，饮则列于尊彝，食则形于笾豆，……故见己者无适而不当。"③这些言论如果置于二程、横渠等道学家的著述之中，谁能分辨出非他们所言呢？这种观点毫无疑问是对孟子的"存心养性""求放心"思想的继承。这是一种修身工夫，其目的是培养自己的圣贤人格。所谓圣贤人格，其核心是心有所主，独立不倚。山谷云："然学有要道，读书须一言一句自求己事，方见古人用心处，如此则不虚用功。又，欲进道，须谢去外慕，乃得全功。"④"自求己事""谢去外慕"云云，只是说要看护自己本然自在之心性，不受外物诱惑。

---

① 黄庭坚：《孟子断篇》，郑永晓整理《黄庭坚全集辑校编年》，江西人民出版社，2011，第198页。
② 黄庭坚：《书赠韩琼秀才》，《山谷全书》卷二五；郑永晓整理《黄庭坚全集辑校编年》，江西人民出版社，2008，第1521页。
③ 黄庭坚：《答秦少章帖》，郑永晓整理《黄庭坚全集辑校编年》，江西人民出版社，2008，第608页。
④ 黄庭坚：《与徐甥师川书》，郑永晓整理《黄庭坚全集辑校编年》，江西人民出版社，2011，第725页。

因为"待外物而适者,未得之,忧人之先也;既得之,忧人之夺之也。故……得之亦忧,失之亦忧,无时而乐也"。只有那些达到一定人格修养的高度,能做到"自适其适"者才会"无累于物,物之去来,未尝不乐也"。^①这些思想都说明,儒家的心性之学确然是黄庭坚文化心理结构中最基本、最主要的一个维度。

然而,黄庭坚服膺孟子,于儒家心性之学多有心得,这并不意味着他对于二氏之学便持拒斥态度。事实上他对老庄佛禅均有所取。他曾名其同乡兼友人的释者惠言所居之庐为"自然堂"并释云:"动作寝休,颓然于自得之场。其行也,不以为人,其止也,不以畏人;时损时益,处顺而不逆,此吾所谓自然也。"^②这显然是老庄"安时处顺""清静自然"的人生准则。其又云:"正念现前,常乐我禅,于法不难;生死险地,施物无畏,于法不易。能易能难,则无难易。……至道之极,不出于圣人;万物之祖,不归于天。后百世而见尧舜,忘义忘年,不动不禅,坐无生禅。"^③又"诸行无常,一切皆苦;诸法无我,寂灭为乐"。^④这又是对禅家明心见性、即心即佛以及随缘自适思想的表述了。如此看来,则山谷于老庄佛释之学亦颇有撷取。他并不像道学家们那样至少在表面上对二氏之学采取激烈的排斥态度。他与其他蜀学人物以及许多宋

---

① 黄庭坚:《北京通判厅贤乐堂记》,《山谷全书》卷一六;郑永晓整理《黄庭坚全集辑校编年》,江西人民出版社,2011。
② 黄庭坚:《自然堂记》,郑永晓整理《黄庭坚全集辑校编年》,江西人民出版社,2011,第1641页。
③ 黄庭坚:《李元中难禅阁铭》,郑永晓整理《黄庭坚全集辑校编年》,江西人民出版社,2011,第358页。
④ 黄庭坚:《清隐院顺济王庙记》,郑永晓整理《黄庭坚全集辑校编年》,江西人民出版社,2011,第355页。

代士人一样，认为三家学说在根本上是相通的。

造成黄庭坚以及绝大部分宋代思想家对于儒、道、释三家采取兼收并蓄的文化策略的主要原因是他们深刻的人格心理矛盾。这种矛盾表现在下列几个方面：首先，他们受到所处历史语境的刺激与鼓励，具有强烈的主体意识，打算凭借自己的话语建构来规范君主，安排社会。因此对于孟子那种大肆张扬士人独立人格与主体精神的"存心养性"之论就深有会心。孟子在宋代被大大推崇，以至有人称此为"孟子升格运动"，正是基于宋代士人的这种独立意识的觉醒。然而宋代士人又绝非彻底的入世主义者，他们一方面愿意积极参与社会话语的建构与实际的政治经济事务，一方面又极欲保持一片个体心灵的乐土。这即是说，他们在通过话语建构和实际的政治活动来干预社会的同时，还努力维持个体精神的独立与自由。他们试图将"兼济"与"独善"、"仕"与"隐"、"进"与"退"融为一体，这虽说是一种新的人格追求，但也是深刻的人格矛盾的显现。其次，黄庭坚与许多宋代士人一样，一方面向慕儒家的圣贤人格，也想靠个人的自我约束、自我修持，即道学家所说的"居敬穷理"的工夫来成圣成贤；另一方面他们又对老庄之徒的适性逍遥、无可无不可与佛释之徒的寂灭空如、无住无执之人生境界十分神往。这就是说，即使在纯粹个体性人生理想方面，宋代士人常常同时存有多种价值取向，完全恪守某家某说的人物，在宋代是不多见的。再次，黄庭坚所代表的这类士人一方面大讲"治气养心"，大讲性命义理，要塑造超凡脱俗的人格；一方面又乐于饮酒高会、诗文酬唱，向往才子加名士的生活方式。只是道学家中有少数人物为了人格修养而拒斥诗文书画，其他学派中人，一流的思想家往往也是一流的诗人文章家。这在以苏轼为核心的文人集团那里表现得最为突出。黄庭坚是其中最热衷于谈道论性的，同时也是最为多才多艺的，两种不同指向的精神追求在他身上十分奇妙地统一在一起。

由此可知，正是黄庭坚身上体现出来的上述在学术旨趣与人格追求两个层面的矛盾状况进而导致了其诗学理论的内在矛盾。

四、在人学与诗学之间——心性之学对张耒诗学理论之影响

宋代诗人和诗学理论家大都受宋学浸染甚深。儒家心性之学乃是宋学主体，故而在宋代诗学理论中常常能够看到心性之学的烙印。诸如二程、杨时、吕本中、朱熹、包恢、魏了翁等人的诗学理论受心性之学影响并不足为奇，因为他们本身即是道学家，心性之学本来就是他们的看家本领。然而如果说像苏门学士这样主要以诗文名世的风流才子亦受心性之学的浸染，则是一个值得深入探寻的学术问题了。因为这个问题不仅涉及对个别人物及其诗学理论的评价与定位，而且还涉及同一文化语境究竟能够在多大程度上影响到不同诗学话语这一诗学阐释学的根本问题。在这个问题上有比较清醒的认识，对于我们准确地把握中国古代诗学理论并进而有效地利用它来建设我们当今的文论体系，应该说具有十分重要的意义。因此，张耒诗学理论的重要性就不仅仅在其自身，而且还在于它带有某种"案例"的意味。

（一）诗的价值与人的价值

张耒的诗学似乎没有注意到"意图迷误"的危险，他完全是从

诗人的角度来规定诗歌文本的意义与价值的。他说："夫诗之兴，出于人之情喜怒哀乐之际，皆一人之私意……。"①这就是说，诗之发生仅与诗人的"私意"相关，故而诗之优劣高下亦完全由诗人之"私意"的性质所决定。如此则诗人人品之高下、心灵之清浊并一一见之于作品。其云："士方其退于燕闲寂寞之境，而有以自乐其乐者，往往英奇秀发之气发为文字言语，超然自放于尘垢之外，盖有可欣者。然一行为吏，此事便废。敲朴喧嚣，牒诉倥偬，即已变易其平生矣。……俗虑日进，道心日销。士之道艺不进者以此。"②这是讲诗歌创作与诗人精神境界的关系问题。只有处心于超越之境，远离名利之途，方能创作出不同尘俗的诗歌。一有功名利禄之心萦怀，则无法再有上乘之作。这里隐含有将人格修养（即培养"道心"）视为诗歌创作之前提条件的意思。他又说："抑闻之古之文章，虽制作之体不一端，大抵不过记事辨理而已。记事而可以垂世，辨理而足以开物，皆词达者也。虽然，有道词生于理，理根于心，苟邪气不入于心，僻学不接于耳目，中和正太之气溢于中，发为文字言语，未有不明白条畅。"③就是说，"心"生"理"，"理"生"词"，因而为文者必须于"心性"这一根本之处用功才行。只要在自家内心培养起"中和正太之气"，就自然会写出好文章。那么如何方能使"邪气不入于心"并培植出"中和正太之气"呢？他认为这就有赖于儒家的存养工夫了。其云："且

---

① 张耒：《上文潞公献所著诗书》，傅信、孙通海、李逸安点校《张耒集》，中华书局，1990，第840页。
② 张耒：《许大方诗集序》，傅信、孙通海、李逸安点校《张耒集》，第755、756页。
③ 张耒：《答汪信民书》，傅信、孙通海、李逸安点校《张耒集》，第826页。

夫天下之道，不过于内外，而内外之道，其初何出哉？凡在内者，乃吾之所受于天，而虚静明达无所待于外者，所谓喜怒哀乐之未发者。凡在外者，取吾所受于天者而显诸形名事物之际，与物两得而布之天下，取诸心而施诸事，本乎天而成乎人，动于无为而著于有形，使天下万物蒙其利，所谓喜怒哀乐发而中节者也。故内外之道虽殊，而同出于吾性。……故能尽己之性，则能尽天下之道，能尽天下之道，而后为圣人。"①此论完全秉承对于宋儒影响至深的儒家经典《中庸》而来。人之性与天地之道本为一物，因而只要能通过修身而尽己之性，则能把握天地之道，从而达于最高的人格境界。人的自我修养到了这一高度则"大之为礼乐，小之为政刑"，无施而不可。其人格境界现之于诗文书画，则为"明白晓畅"之佳作。

张耒强调修身对于诗文创作的重要性并非主张只要有了超越的人格便万事大吉，诗文只是自然而然之事。在他看来，这里还有个创作态度问题，他说："某尝以谓君子之文章，不浮于其德，其刚柔缓急之气，繁简舒敏之节，一出乎其诚，不隐其所已至，不强其所不知，譬之楚之人必为楚声，秦之人必衣秦服也。惟其言不浮乎其心，故因其言而求之，则潜德道志，不可隐伏。盖古之人不知言则无以知人，而世之惑者，徒知夫言与德二者不可以相通，或信其言而疑其行。呜呼！是徒知其一，而不知夫君子之文章，固出于其德，与夫无其德而有其言者异位也。"②这就是说，人们通过人格修养使心灵达到"合外内之道"的高度后，还必须自觉遵守心口如

---

① 张耒：《尽性论上》，傅信、孙通海、李逸安点校《张耒集》，第719页。
② 张耒：《上曾子固龙图书》，傅信、孙通海、李逸安点校《张耒集》，第844页。

一、不矫情、不做作的创作原则，使"其言不浮乎其心"，方能使作品成为内在人格境界的展现。只有这样的作品才是真正的佳作。

（二）诗之美与人之诚

张耒注重人格修养之于诗文创作的首要意义，这毫无疑问是受了儒家心性之学的影响。那么张耒所理解的作为诗文价值之内在依据的人格境界究竟如何呢？观其所论，可标示张耒所理解的这种儒家人格境界的主要范畴乃是"诚"。

"诚"是儒家心性之学最重要的本体范畴之一。在《中庸》中，"诚"被理解为天地万物生成化育的基本依据，所谓"诚者物之终始，不诚无物"；同时又是人性之本然，所谓"自诚明，谓之性"。人与天地万物正是以"诚"为契合而获得同一性的，所谓"诚者非自成己而已也，所以成物也。成己，仁也；成物，知也。性之德也，合外内之道也，故时措之宜也"。（《中庸》）张耒正是在这样的意义上来理解"诚"的。他说："盖物者，诚之表；诚者，物之主。物备而诚不至者有之矣，未有诚至而物不备者也。"① 这是讲"诚"乃外在之道。又说："心诚之而无隙，则物不可得而间，物不可得而间，则心一，一心以格物，则物为之动，则天地为之远，……"② 这是讲"诚"乃内在之道。在张耒看来，正是这个"合外内之道"的"诚"乃是诗文价值之内在根据。他说："诚动其中，则无情之声知以其类为应；物感其心，则至微之物不待音而感。"③ 又说："夫情动于中而无伪，诗其导情

---

① 张耒：《礼论三》，傅信、孙通海、李逸安点校《张耒集》，第599页。
② 张耒：《至诚篇上》，傅信、孙通海、李逸安点校《张耒集》，第691页。
③ 张耒：《至诚篇下》，傅信、孙通海、李逸安点校《张耒集》，第693页。

而不苟,则其能动天地,感鬼神者,是至诚之说也。夫文章蓄其变多矣,惟诗独迩于诚。故欲观人者,莫如诗。故古之君子相与燕乐酬酢之际,必赋诗以观宾主之意,虽不作于其人,而必取古人之诗而见其志。"① 人经过自觉的人格修养而达到"诚",诗基于"诚",并因"诚"而获得强大的艺术感染力,这一方面可以感动人心,达到教化之目的,另一方面又使君子之间获得相互沟通的渠道。在张耒这里,"诚"既具有个体价值意义,又具有社会价值意义;它既是一种极高的人格境界,同时又是诗歌之本体。

张耒将"诚"作为诗之内在依据或云本体,就必然呼唤一种自然风格。他说:"文章之于人,有满心而发,肆口而成,不待思虑而工,不待雕琢而丽者,皆天理之自然而情性之道也。"② "吟咏情性"之说乃是中国古代诗学本体论的基本观点之一。从《诗大序》提出此说之后经魏晋六朝之阐扬,遂为隋唐之时最主要的诗学观念。"情性"并不仅仅指情感而言,它包括人的心理上的全部非理性内容,诸如气质、才性、情绪、心境等等。古人强调"情性"之于诗歌的本体地位主要是为了获得真实自然的艺术效果。例如钟嵘就说:"至乎吟咏情性,亦何贵乎用事?'思君如流水',既是即目;'高台多悲风',亦惟所见;'清晨登陇首',羌无故实;'明月照积雪',讵出经史。观古今胜语,多非补假,皆由直寻。"③ 皎然亦云:"曩者尝与诸公论康乐为文,真于情性,尚

---

① 张耒:《上文潞公献所著诗书》,傅信、孙通海、李逸安点校《张耒集》第840页。
② 张耒:《贺方回乐府序》,傅信、孙通海、李逸安点校《张耒集》,第755页。
③ 钟嵘:《诗品序》,《历代诗话》第4页。

于作用，不顾辞彩，而风流自然。"①观历代诗论，凡倡言以"情性"为本者，无不希冀自然之风格，盖"情性"者，乃人人具足之本然自在心性故也。惟"自然"风格，方能呈现此本然自在之心性，方能令作品成为主体内在之"诚"的话语表征。张耒所谓"满心而发，肆口而成"云云，即指人之内在情性的自然呈现。

然而在儒家看来，"情性"虽为人人具足之物，却并非一切本然自在心理内涵都是"情性"。"情性"乃是"性之情"，也就是说，它是指那种适度的、有节制的，或经过改造的心理因素。这便是"诚"的境界。在此境界中，人的内心世界是纯一无伪、有善无恶的。而此一境界的获得则要借助于儒家那套"存心养性""求放心""反身而诚"的人格自我提升工夫了。因此，张耒一方面强调作诗为文的"满心而发，肆口而成"之不经意、非自觉，即艺术直觉状态，另一方面又强调修身工夫之于诗文创作的重要性。他的逻辑是这样的：诗人文章家首先要注重自身的人格修养，使心灵达到"诚"的境界，这样便可脱离功名利禄等世俗欲望的缠绕，从而为进行高层次的精神活动——诗文创作提供必要的心理条件与人格精神资源。当人格修养完成以后，诗人文章家就需要恪守心口如一的原则，"满心而发，肆口而成"，使内在精神充分而真实地呈现出来。前引张耒所言"词达"之论，即是说要将通过修养而得来的"中和正太之气溢于中而见于文"。根据张耒这一逻辑，诗文创作的工夫主要在创作之外，即人的自我修养、自我提升。这与韩愈及苏辙"气盛言宜""养气"之说显然一脉相承，是为儒家诗学观念之阐扬。

---

① 皎然：《诗式·文章宗旨》，《历代诗话》第30页。

（三）张耒诗学理论的矛盾及其原因

前论张耒强调人格修养之于诗文创作的重要作用，这只是其诗学理论受儒家心性之学影响的一个方面。另一方面，儒家"文以明道""文以载道"的传统思想在张耒诗学观念中亦有所显现。他说："能文者固不能以奇为主也。夫文何谓而设也？知理者不能言，世之能言者多矣，而文者独传。岂独传哉？因其能文也而其言益工，因其言工而理益明，是以圣人贵之。自《六经》以下，至于诸子百氏、骚人辩士论述，大抵皆将以为寓理之具也。是故理胜者文不期工而工，理拙者巧为粉泽而隙间百出。……故学文之端，急于明理。夫不知为文者，无所复道，如知文而不明理，求文之工，世未尝有是也。"①此处之所谓"理"与人们常说的"道"相通；"寓理之具"之说则与唐李汉所谓"贯道之器"说，道学家"文以载道"说如出一辙。这是一种工具主义诗学理论。如此则张耒的诗学思想就自相矛盾了：既强调"情性"之于诗文的本体地位，主张"满心而发，肆口而成"，又将诗文看作"寓理之具"。这样，"情性"与"理"都成了诗之本体，这是典型的二元本体论观点。如何看待这一矛盾呢？对此，可以在两个层次上予以阐释。其一，从中国古代诗学观念的发展来看，"情性"与"理"的确是矛盾的：前者是非自觉、非理性的心理因素，对于这种心理因素创作主体只能宣泄它、呈现它，而不能辨析它、论说它。后者则是自觉的、理性的，对它大可条分缕析地进行言说。就创作目的而言，以"情性"为主的作品主要产生于主体"一吐为快"的心理需求，

---

① 张耒：《答李推官书》，傅信、孙通海、李逸安点校《张耒集》，第829页。

对其客观效果事先并无过多关注。以"理"为主的作品则主要出于教育或影响他人的目的，并不全然出于个体心理需求。换言之，以"情性"为本体的作品所建构的主要是一种个体性的精神价值——在接受者那里也主要是唤起某种个人的思绪与情感，与世道人心并无直接关联。以"理"为主的作品所建构的则主要是一种社会价值——巩固强化某种既定社会秩序，或消解某种社会秩序而呼唤另一种社会秩序。在张耒这里，其"寓理之具"之说，毫无疑问是出于儒家的社会关怀——稳定和谐调各种人际关系。其所举"寓理之具"之例，首先即是《六经》。何为经？其云："先王之治天下，其赏罚荣辱天下者，可谓众矣，然先王未尝有心焉，何则？其赏天下之所共与，其罚天下之所共弃，取天下之同好恶而制荣辱焉，故吾何所用心哉？夫惟好恶不出于吾心，而天下举同焉。是故其好者非苟可悦者也，其恶者非私可怒者也，是之谓经。"①这就是说，"经"是儒家社会价值观之集中体现，是指一种普遍的人生准则。由此可知张耒所谓"理"之所指者何。张耒的"情性"与"满心而发，肆口而成"之论，主要是从个体精神需求出发的。就是说，张耒自己并不想成为儒家学说的传声筒，他在强调儒家学说之于诗文创作的重要意义的同时，也还顾及诗文创作之于个体心灵的价值和意义。这意味着，张耒在诗学本体论观点上的矛盾，本质上乃是其人格矛盾之显现。他既希望成为社会价值的承担者，又想成为个体精神自由的看护者，所以，他对于诗文亦持有相互矛盾的两种价值取向。

其二，就张耒本人的实际情况来看，这种矛盾又可以说并不

---

① 张耒：《说经》，傅信、孙通海、李逸安点校《张耒集》，第739页。

存在。这是因为张耒本人意识到了这种矛盾并且力求消除它。前面所论其修身与诗文创作之关系的种种思想正是这一努力的表现。按张耒的逻辑，通过修身工夫而使"情性"得到改造从而成为"性之情"——符合儒家价值标准的个体精神，然后见之于诗文作品，则表现为"情性"与"理"的统一；见之于客观效果，亦表现为个体价值与社会价值相统一。如此则即使是"满心而发，肆口而成"，"出于人之情喜怒哀乐之际"的诗文作品亦不再是一己之私念的产物，而是既能满足个体性精神需求，又有利于世道人心的多重价值的统一体。

　　张耒诗学理论的内在矛盾及其消除这一矛盾的努力正是儒家心性之学的固有矛盾以及解决这一矛盾之方式的体现。儒家学说就其根本而言是一种社会价值观念体系，它的最终目的乃是重新安排合理的社会秩序，从而使士人阶层能够获得稳定的社会地位并与君权系统保持权力的张力平衡。然而，士人阶层作为知识分子所固有的对个体心灵自由与超越的渴望，又使其不能忘怀对人格境界的自觉建构。再加上士人阶层历来缺乏建构社会价值秩序的政治权力，其实现价值理想的一切具体运作无不建立在文化渗透的基础上，因而，在人心上用功夫就自然而然地成为儒家士人无可选择的文化策略。他们试图将个体人格修养与社会价值的建构统一起来，使人格修养在满足个体心灵自我提升、自我超越之需求的同时，还成为建构社会价值体系的有效方式。这意味着，心性之学在宋代终于成为儒家学说之主导，这绝非偶然之事，而是由士人阶层深层心理结构所决定的必然结果。就学理而言，心性之学自是融汇了二氏之学，并吸取了魏晋玄学的成果，从而成为中国古代分析最为细密，探究最为深邃的本体论哲学体系。就价值取向而言，心性之学则最为集中地体现了中国古代士人阶层既要以天下为己任，向上制衡君权，向下教化百姓，按自己的意愿规范社会价值观念体系，又要看护自家心灵，向往纯然个体性的精神自由与超越之境的角色冲突，也体现了他们为解决这一冲突所做的努力。心性之学所负载的这种内在冲突表现于张耒的诗学理论，就构成了如前所论的本体论矛盾——既倡言"吟咏情性"，又大讲"寓理之具"。

进而言之，张耒作为蜀学系统的重要人物，其学术旨趣毕竟与道学家有所不同。对于儒学他并不像二程、张载、周濂溪等人那样迷信。例如他说："夫先王之道，其始若钝而后能利，其始若迂而效最切。老子曰：'非以其无私耶，故能成其私。'夫成其私而惟私之求，则天下去之。夫惟公以得天下之情者，天下之所归也。天下之所归，而有不能得其所欲者乎？盖梁惠王问孟子以利，而孟子对以仁义，其说以为上下交征利而国危，又曰：'未有仁而遗其亲，未有义而后其君者。'利非危国，而其极至于国危。仁义者，若非所以自利也，而其效也，使人不敢遗而后之。"①从这段话中我们可以窥见张耒之于儒学的真实看法：他将孟子之学与老子之学相提并论，认为都不过是为了"使人不敢遗而后之"的治人之术而已。将孟子之学视为与老子之学并无根本区别的治人之术，这无疑是把儒学从万世不易之法则的至上高度，降到了一种较为高明的文化策略的地位，这不能不说是对儒学一种比较客观公允的评价。张耒这一思想是苏氏蜀学体系的一贯主张，源于这个学术流派的奠基者苏洵。例如苏洵曾说："圣人之始作礼也，不因其势之可以危亡困辱者，以厌服其心，而徒使之轻去其旧，而乐就吾法，不能

---

① 张耒：《敦俗论》，傅信、孙通海、李逸安点校《张耒集》，第605页。

也。故无故而使之事君，无故而使之事父，无故而使之事兄。彼其初非如今之人知君父兄之不事则不可也，而遂翻然以从我者，吾以耻厌服其心也。"①这是说人对于君父兄之敬事之心并非如孟子"四端说"所言乃生而有之，而是由"圣人"采取种种措施"以耻厌服其心"的结果。这也就意味着，儒学并非什么天地之道的自然呈现，而是"圣人"为了治国治民所采取的文化策略。所以苏洵大讲"权变"著《几策》《权书》《衡论》《六经论》等等，专讲治国治民之术。以至朱熹指责他说："看老苏《六经论》，则是圣人全是以术欺天下也。"②观苏轼、苏辙兄弟及苏门诸贤，大体都持此种观点，他们从不把儒学当作应该顶礼膜拜的圣经来读，他们之所以于各家学说中最为推崇儒学，完全是因为在他们看来只有儒学才最适合治理国家，教化百姓。

基于对儒学的这种实用主义态度，张耒在诗学理论上也就能够不完全恪守儒家成说，而往往有较为切实的看法。例如他一方面认为诗文创作应以修身为基础，作品要表现"中和正太之气"，表现"道心"，但另一方面，他又认为诗文是自然情感之呈露。譬如他说："古之能为文章者，虽不著书，大率穷人之词十居其九，盖其心之所激者，既已沮遏壅塞而不得肆，独发于言语文章，无掩其口而窒之者，庶几可以舒其情，以自慰于寂寞之滨耳。"③这与夫前引修身尽性之论、"寓理之具"之说，显然是判然不同。因而，有

---

① 苏洵：《宋元学案》卷九九《苏氏蜀学略》，魏得良校点《黄宗羲全集》第6册，浙江古籍出版社，2012，第840页。
② 朱熹：《朱子语类》卷一三〇，黎靖德编、王星贤点校，中华书局，1986，第3118页。
③ 张耒：《投知己书》，傅信、孙通海、李逸安点校《张耒集》，第831页。

取于儒学而又非淳儒,这也是张耒诗学内在矛盾的一个重要原因。

(四)余论

对张耒诗学的阐释本身即有某种诗学阐释学的意义。至少可以说,对张耒诗学特点的揭示有助于我们对中国古代诗学理论这一特定阐释对象之共同性的理解与把握,并进而在阐释视角与方法方面获得某些启示。这可以从下列两个方面看出。

其一,文化语境与诗学话语的关系。张耒诗学理论与儒家心性之学的复杂关系无疑证明了这样一个道理:诗学话语的建构不是纯而又纯的诗学话语系统内部的重组、调整与创新。也就是说,在诗学话语建构过程中,除了来自本学科先在话语资源的历时性影响与制约外,还会受到来自其他学科话语资源的渗透与冲击。诗学以外的各种学科,诸如哲学、伦理、政治、宗教等等,经常能够以某学科为核心形成一种特定的文化语境。这种文化语境具有无比强大的渗透力,它能使在其笼罩下的所有相关学科深深地打上它的烙印。这意味着,在同一文化语境之下的不同学科之间基本存有某种程度的"互文性"——不仅表现为话语形式的重叠交错,更表现为价值观念的相互渗透。在张耒生活的时代,经过"宋朝三先生"及范仲淹、欧阳修、王安石、道学的"北宋五子"、三苏等人的呐喊呼吁、戛戛独造,一种以儒家易庸之学为主体,又暗自汲取道释之学,侈谈"性命义理"的学术思潮已然形成。对于彼时其他各个人文学科来说,也就存在着一个以"性命义理之学"或云"心性之学"为主导的文化语境。对这一时期的文学观念、诗学理论进行阐释就不能不对这一文化语境的作用予以充分注意。

其二,诗学理论的内在矛盾与主体人格矛盾之关系。通过对张耒诗学的考察，我们看到，其诗学理论的内在矛盾实质上乃是其人格矛盾的显现。而张耒的人格矛盾又并非纯私人性的偶然现象，这是中国古代士人阶层普遍存有的人生困境的表现。由于士人阶层乃是整个中国古代主流文化的建构者、承担者，故而，在中国古代诗学与人学之间就具有极为紧密的联系。如此，我们在研究诗学问题时，只有牢牢抓住主体人格结构这一潜在因素，才能挖掘出诗学问题所包含的文化底蕴。

第十章 道学与诗学（一）

在宋代学术中，道学无疑是居于主流地位且成就最为显赫、对中国古代学术文化影响最为深远的一派。但说到道学家的诗学观念则是一个极为复杂的问题。因为道学本身即是派中有派、学中有学，道学家之于诗学的看法就更是缺乏统一的观点。那么我们在"道学与诗学"这样一个题目之下，实际上就要包容方方面面的见解。尽管如此，我们还是要力求寻找出道学家诗学观念的某些一以贯之的线索，从而寻绎出这派诗学主张的共同特点。而要做到这一点，我们就必须在与其他诗学论者的对比中找到道学－诗学论者在文化心态上的特点来。

首先，道学－诗学论者与其他诗学论者不同之处在于：在精神结构中前者是以对"道"的追求为主要价值取向的，而后者虽然也有对"道"的追求，但这种追求并非其精神结构之主导倾向。例如以王安石为代表的"新学"一派也大讲其"道"，但他们所谓"道"主要是一种社会政治理想，即外指性的价值追求，是他们事功追求的理论表述，本质上乃是士人乌托邦精神与官方意识形态的统一体。①故新学之"道"较少个体精神价值方面的内涵而较多社会政治方面的内涵。道学家的"道"则不同，其最终指向虽然也标榜"治国平天下"，但其实际价值却主要在个体精神方面，是对个体生命最终价值依据的探寻，所以求道的过程也是个体心灵的自我提升与陶冶，目的是形成一种有效的生存智慧。安放心灵、使内心充实完满才是道学家们的真正目的。这样一来，新学一派对于诗文的要求除了使之成为政治教化的工具之外，还需要它成为承担陶冶个体心灵、消解内在焦虑的有效方式。②道学家对"道"的体认过程事实上已经是一种心灵的自我陶冶与调节，这样就取代了诗文在这方面的功能。因此，道学家普遍来说是比较轻视诗文的。

蜀学一派也有对"道"的追求，但与道学家不同的是，蜀学的"道"主要是一种"寓意于物而不留意于物"的人生哲学，即灵活通达的处世态度。故而这种"道"可以很有效地解决人于社会生活中的种种困境与烦恼问题，却不足以为人提供心灵栖息之所，因为它本身就缺乏终极价值关怀。例如苏东坡，他有通达的心态面对仕途坎坷与人生挫折，但他绝对没有成圣成贤的人生理想；他有修身

---

① 新学的这一特点是很有意思的现象，因为在中国古代，士人乌托邦与官方意识形态一般是两种话语形态，如子学主要是士人乌托邦精神的话语显现，而经学则主要是官方意识形态话语；玄学主要是士族乌托邦话语，而魏晋六朝时期的名教、礼学则是官方意识形态话语。在整个宋代，道学也主要是作为士人乌托邦精神的话语表征而存在的，只是经过南宋末年乃至元明统治者们有意识的改造、吸纳，道学才转变为官方意识形态的。新学之中充溢着士人主体意识与乌托邦精神，但由于王安石的特殊政治地位，这种士人乌托邦精神却实际上同时也成为一种官方意识形态话语了。

② 王安石、王令等新学人物在观念上只是强调诗文的政治教化功能，不愿去讲其陶冶心灵的功能，但实际上他们是充分利用了诗文这方面的功能的，这只要读一读他们的作品就明白了。

养性之心（佛释、道教甚至民间方式，目的是益寿延年，甚至成仙了道），却绝对没有心灵自我提升的志愿。所以苏氏蜀学可以使人不被厄运压垮，却不足以使人心灵充实完满。这就是蜀学人物无不热衷于诗文创作的真正原因。实际上，诗文书画正是他们的心灵驻足之所，离开了诗文书画他们就会感到空虚无助。

道学家也有人对诗文创作很有兴趣，这有几方面的原因。一是将诗文作为传达体道之乐的方式。他们对"道"有所领悟，不想独得其乐，就借诗文方式公之于众，邵尧夫是这方面的典型代表，所以这种诗文创作不是作为文学意义上的诗文而存在的。二是在话语层面俨然是道学家，而实际上却对"道"无所体认。就是说，他们言说"道"却没有践履其"道"，"道"对他们来说是认识对象而不是人生境界。他们可以将"道"说得十分细密深刻，但只是在知识与逻辑上下功夫，而不在"体"上下功夫。这类道学家的心灵依然无所驻足，非借诗文创作以为寄托不可。

宋学各派的不同倾向说明，一个时代的学术发展，尽管受同样一种文化语境与历史语境的制约，都关涉同样几种基本意义项类，但不同派别亦有各自的"主导符码"[①]，并围绕这一"主导符码"而形成一种相对独立的话语系统。如果说苏氏蜀学、王氏新学、濂洛关闽之道学都是以"道"作为"主导符码"，那么蜀学之"道"是"寓意于物而不留意于物"的处世之道；新学之"道"是所谓"治教政令"，即政治之道；道学家之"道"则是"合外内之道"，即"天之道"与"人之道"的统一，是在本体论意义上人生

---

① "主导符码"（master code）是美国著名马克思主义文化批评家弗雷德里克·杰姆逊（Fredric Jameson）的术语，意指一种学说中居于核心位置的范畴。

价值的最终依据。

一、"宋初三先生"的诗学观念

我们先提出一个与诗学没有直接关系的问题:"宋初三先生"之学与濂洛关闽之学有何异同?何以后世道学家在排列道学统系时往往将周濂溪作为道学之开山,而将"三先生"排除在外?①

"三先生"之学毫无疑问对于道学之形成具有极为重要的作用,再加上程伊川曾在太学受教于胡瑗并得其奖掖,故而将"三先生"视为道学之开山祖似乎亦无不可。更何况"三先生"之学虽主要在治经,然其方法已摒弃汉唐经学的章句训诂而重在心性义理的探讨,实已开荆公新学及道学之先河。然道学家何以不承认他们的奠基之功呢?

道学家们的确有他们的充足理由。"三先生"之学与道学家的确存有根本性区别。这种区别在于基本学术旨趣的不同:"三先生"面对晚唐五代以来的思想混乱局面而倾全力弘扬儒学,目的是为北宋政权建构统一的官方意识形态,从而稳固既定的社会秩序。所以他们的"主导符码"虽然同样是儒家之道,但其价值指向则偏重于社会伦理秩序与道德自觉。"三先生"对于个体生命的生存意义以及与之相关的人生境界、心灵安顿重视不足。相反,自周濂溪而后的道学家们虽然也关注社会伦理道德方面,但其主要兴趣却是

---

① 朱熹《伊洛渊源录》、李心传《道命录》、张伯行《濂洛关闽书》均不言"三先生"之学;黄宗羲、全祖望编《宋元学案》则凡儒家而有学者均列其间。

如何完成"内在超越"——通过存心养性功夫而使个体心灵提升到澄明无碍的自由之境。相比之下"三先生"之学是庄严肃穆的、质实的,是一套外部规范而缺乏内在的自足与自由的学术思想;周程之学则是灵动的、活泼泼的,是个体精神的张扬。一是外指性的,一是内指性的;一是纯粹的约束与规范,一是在自律的基础上实现自由。总之,在弘扬儒学、规范社会秩序方面二者是一致的,而在个体心灵的提升方面则有根本性差异。

"三先生"的思想旨趣可以在石介的一段话中充分见出:

> 厥初生人,无君臣、无父子、无夫妇、无男女、无衣服、无饮食、无田土、无宫室、无师友、无尊卑、无冠婚、无丧祭、同乎禽兽之道也。伏羲氏、神农氏、黄帝氏、陶唐氏、有虞氏、夏后氏、商人、周人作,然后有君臣、有父子、有夫妇、有男女、有衣服、有饮食、有田土、有宫室……。噫!圣人之作,皆有制也,非特救一时之乱,必将垂万代之法。故君臣之有礼而不可黩也,父子之有序而不可乱也,夫妇之有伦而不可废也,男女之有别而不可杂也,衣服之有上下而不可僭也,饮食之有贵贱而不可过也,田土之有多少而不可夺也,宫室之有高卑而不可逾也,师友之有位而不可迁也,尊卑之有定而不可改也,冠婚之有时而不可失也,丧祭之有经而不可忘也;皆为万世常行不可易之道也,易则乱之矣。①

---

① 石介:《复古制》,《全宋文》第29册,上海辞书出版社、安徽教育出版社,2006,第298、299页。

这显然是一种极为保守、毫无生气的陈腐之论。不禁令人想起汉儒在《白虎通义》中的论调。"三先生"正是希望通过对儒家思想资源的重新阐释而建构起一种大一统的官方意识形态话语,从而稳定、强化北宋既定的社会秩序。他们的学术旨趣是在社会伦理政治方面,而对于个体精神价值与心灵自由则殊少关注——这是他们的学术从总体上不为道学家所重的主要原因。

"三先生"学术上的这种价值取向也自然而然地显现于他们的文学观念之上。我们来看看他们的论述,孙复云:

> 夫文者,道之用也;道者,教之本也。故文之作也,必得之于心而成之于言。得之于心者,明诸内者也;成之于言者,见诸外者也。明诸内者,故可以适其用;见诸外者,故可以张其教。是故《诗》、《书》、《礼》、《乐》、《大易》、《春秋》皆文也,总而谓之经者也,以其终于孔子之手,尊而异之尔,斯圣人之文也。……自西汉至李唐,其间鸿生硕儒,摩肩而起,以文垂世者众矣,然多杨墨佛老虚无报应之事、沈谢徐庾妖艳邪侈之言杂乎其中,至有盈编满集,发而视之,无一言及于教化者。此非无用赘言,徒污简策者乎?至于终始仁义,不叛不杂者,惟董仲舒、扬雄、王通、韩愈而已。[①]

可知在孙复眼中除儒家六经及少数儒家著述之外其他种种是算不得真正的"文"的。石介的论述则更有过之,其云:

---

① 孙复:《答张洞书》,《全宋文》第19册,上海辞书出版社、安徽教育出版社,2006,第293、294页。

> 文之时义大矣哉!……故两仪，文之体也；三纲，文之象也；五常，文之质也；九畴，文之数也；道德，文之本也；礼乐，文之饰也；孝悌，文之美也；功业，文之容也；教化，文之明也；刑政，文之纲也；号令，文之声也；圣人职文者也，君子章之，庶人由之。①

这就全然将"文"等同于儒家之典章制度了。

"三先生"为宋学奠基者，他们急于建构适合于北宋政治秩序的意识形态系统，故而不大看重章句训诂而重义理之探寻，开创了一代学术风气。但他们也正是因为以官方意识形态的建构者自任，因此一切都以此为出发点与标尺，对于诗文自身的独特价值是不屑一顾的——他们不是不懂得诗文的心灵陶冶功能，而是不愿意在理论上承认其价值。他们倡导的是令诗文也都成为官方意识形态话语工具，参与到社会价值秩序的建构工程中来。

二、邵雍的诗学观念

邵雍虽然不属于濂洛关闽的道学统序，但他无疑是公认的道学家。他与周程之学的相通处是对内在心性的空前关注——重视个体心灵的自由与超越。这也正是他不同于"宋初三先生"而被视为道学家的主要原因。他与周程之学相异处是他热衷于象数之学，而濂

---

① 石介：《上蔡副枢密书》，《全宋文》第29册，上海辞书出版社、安徽教育出版社，2006，第204页。

溪，特别是二程却对此毫无兴趣。这种对象数之学的热衷使邵雍在某种程度上与道学旨趣相背离——道学主要是心性之学，是关于个体心灵的自我锻造、自我超越、自我完足的学问，而象数之学却是对自然宇宙运演规律的描画。二者在价值取向上是格格不入的。幸亏邵雍也还有大量心性之论，否则他就会很难跻身于道学家行列了。

邵氏之学最值得重视的不是那套烦琐的象数之学，而是其"观物"之说。因为通过对"观物"的论述，他将自己对心、性、情、理、命、物等范畴及其关系的理解比较系统地表达出来了。其论"观物"云：

> 夫所以谓之观物者，非以目观之也，非观之以目而观之以心也。非观之以心，而观之以理也。天下之物，莫不有理焉，莫不有性焉，莫不有命焉。所以谓之理者，穷之而后可知也；所以谓之性者，尽之而后可知也；所以谓之命者，至之而后可知也。此三知者，天下之真知也。虽圣人无以过之也。而过之者非所以谓之圣人也。
>
> 夫鉴之所以能为明者，谓其能不隐万物之形也。虽然鉴之不能隐万物之形，未若水之能一万物之形也。虽然水之能一万物之形，又未若圣人能一万物之情也。圣人之所以能一万物之情者，谓其圣人之能反观也。所以谓之反观者，不以我观物也。不以我观物者，以物观物之谓也。既能以物观物，又安有我于其间哉？是知我亦人也，人亦我也。我与人皆物也。此所以能用天下之目为己之目，其目无所不观矣；用天下之耳为己之耳，其耳无所不听矣；用天下之口为己之口，其口无所不言矣；用天下之心为己之心，其心无所不谋矣。

夫天下之观，其于见也，不亦广乎？天下之听，其于闻也，不亦远乎？天下之言，其于论也，不亦高乎？天下之谋，其于乐也，不亦大乎？夫其见至广，其闻至远，其论至高，其乐至大。能为至广、至远、至高、至大之事而中无一为焉，岂不谓至神至圣者乎！①

这段著名论述的逻辑是这样的：天下万物都有理、性、命三种性质②，这是事物的本质，是其存在的依据。这些性质不能用眼来观看，即它不是人的感性能力所能把握的，而必须用"心"来把握。但这个"心"又不能是带有主观意识或情感的"心"，而必须是澄明透彻，能够像镜子一样呈现万物之理的"心"。只有这样的"心"方能丝毫不加歪曲地将事物之理反映出来。所谓"非观之以心，而观之以理"不是说对理的把握可以离开心，而是说，穷理之心必须不杂纤尘，这样才能按照事物之理的本来面目去把握它。

万事万物虽千奇百怪，但它们所含之理、所蕴之性、所秉之命却又是相通的。万川印月、理一分殊。一物有一物之理、之性、之命，但这些理、性、命又是运演于宇宙之间同一之理、之性、之命的具体表现形式，就如同天地间一切动植物，虽形形色色，却都是

---

① 邵雍：《太极图说·通书·观物篇》卷二《观物内篇下》，上海古籍出版社影印道藏本，第14页。
② 据道学家的普遍观点，任何事物均有其外部形态及理、性、命等内在性质。理、性、命又非三种彼此并立的属性，而是同一性质的不同表现，或者说是对同一性质从不同角度来看。所谓"理"是指一事物之所以是这一事物的内在根据，是在与该事物的可见形态的对比中言说的；所谓"性"是指一事物不同于其他任何事物的根本之点，是在与其他事物的对比中言说的；所谓"命"是指一事物成为自身的必然性，是从事物发生的角度言说的。所以"穷理"则能"尽性"，而后才能"至于命"。

宇宙大生命表现形式一样。正是由于万事万物的这种内在相通性的存在，圣人才能够"一万物之情"。

所谓"一万物之情"，就是能把握万物之理的意思。依照邵雍的逻辑，圣人之所以能"一万物之情"是因为他善于"反观"。这里就出现问题了：何以善于"反观"就能够"一万物之情"呢？这岂不与"观物"的逻辑轨迹相悖了？要知道"物"是外在于人的，所以"观物"是人向外探寻的过程，是外指性的意识活动而不是内指性的自我意识。症结在这里，奥妙也恰恰在这里。下面几句话对于理解这奥妙是至关重要的："是知我亦人也，人亦我也。我与人皆物也。"——从外在表现形态上言之，我与人、人与物、物与物彼此分界，判然有别；但从其内在禀受于宇宙大生命的理、性、命而言之，则我与人、人与物、物与物都存有深刻的一致性。正是这种一致性使得人对他人，对他物的认识可以通过"反观"而得到——自身存有与万事万物相通之理，只要反观自身即可把握万事万物之理——这也就是孟子"万物皆备于我也，反身而诚，乐莫大焉"之意。

由于人与人、人与物之间具有内在相通性，所以人就能够根据自家所思所想去了解他人，进而了解天下之人与天下之事。

但这里有一个关键点，那就是在"观物"过程中必须消除一己之小我，即纯属个人的意念与情感，而使自己成为一个具有普遍性的精神主体。也就是说，主体心灵之中完全排除私欲私心，使其禀受于天的理、性、命朗然呈现。所以"观物"的主体不是个体化的主体，而是集体化的主体，他体现天下一切主体的共通性。只有这样的主体才能"以物观物""以理观理""以性观性"。

那么，这种"观物"之论与诗学有何关联呢？先来看看邵雍自己的论述：

> 近世诗人，穷戚则职于怨憝，荣达则专于淫佚。身之休戚，发于喜怒；时之否泰，出于爱恶。殊不以天下大义而为言者，故其诗大率溺于情好也。噫！情之溺人也甚于水。……
>
> 予自壮岁，业于儒术，谓人世之乐，何尝有万之一二，而谓名教之乐，固有万万焉。况观物之乐，复有万万者焉。虽死生荣辱，转战于前，曾未入于胸中，则何异四时风花雪月，一过乎眼也。诚为能以物观物，而两不相伤者焉。盖其间情累都忘去尔，所未忘者，独有诗在焉。然而虽曰未忘，其实亦若忘之矣。何者？谓其所作异乎人之所作也。所作不限声律，不沿爱恶，不立固必，不希名誉，如鉴之应形，如钟之应声。其或经道之余，因闲观时，因静照物，因时起志，因物寓言，因志发咏，因言成诗，因咏成声，因诗成音。是故哀而未尝伤，乐而未尝淫。虽曰吟咏情性，曾何累于性情哉？[①]

在邵雍看来，"溺于情好"之诗不是好诗，因为这些诗所依据和表达的乃是与个人之荣辱得失直接相关的个人情感。这种情感只能遮蔽人的心灵，使理、性、命这类人的真正本性隐匿不见。表达这种情感的诗自然也不是好诗。那么怎样的诗才算是好诗呢？这就要靠"以物观物"的功夫了。依邵雍的逻辑，诗人首先须"不沿爱恶，不立固必"，即放弃关乎一己之私的情感意念，将自己提升为

---

① 邵雍：《伊川击壤集序》，郭彧整理《伊川击壤集》本，中华书局，2013，第1、2页。

一个"集体主体"——超越个人的荣辱得失与喜怒好恶。然后则能"因闲观时,因静照物"——以闲适无住、虚静澄明之心去体验四时运演与万物变化。最后四时运演与万物变化就会激起诗人的一种与个人情感迥然不同的情志,并在诗人胸中形成能够显现这些情志的物象,于是诗人胸中情志与物象形之于言咏,就创造出"哀而不伤,乐而不淫"的好诗了。

那么这种摒弃了个人情感的诗是否还能给人以美感享受呢?依邵雍的逻辑,唯其不含有个人情感,这种诗才能给人以真正的精神愉悦。因为"以物观物"——不带个人功利关怀的静观默察能够给人以巨大快乐。这种"观物之乐"是体验到物我一体、我中有物、物中有我、我即是物、物即是我的一种大快乐,是超越小我、超越尘俗、超越物欲的纯净无伪之乐。

对于邵雍的"观物"说,以往人们大都重视不足,以为是道学家的唯心之论。其实仔细参详其说,并与《伊川击壤集》中的诗作相比照,我们就不难发现,邵氏所言,大有道理。西方自康德提出审美无功利之说,二百年来已被人们普遍接受。审美主体与审美客体必须保持一定距离方可构成审美关系。所谓"距离"实际上是主体心境摆脱对于客体的功利关怀。邵雍所谓"以物观物"也就是指主体摒除了个人物欲私念之萦绕,以一种澄明无碍之心去体验对象。这时的客体才能作为真正的审美对象而存在,或者说,主体对于对象自身的种种不关乎人之利害的审美特征才能予以关注,并因此而获得美的享受。这种美的享受也许远不如人们有所得、有所失时所产生的情感那样强烈,但却是纯净无比的,是真正意义上的精神愉悦。

邵雍"观物"说也并非独创,这是儒家一贯追求的人生目标。实质上乃是一种艺术化或者审美化的人生境界。孔子所赞赏的曾点之志与颜回之乐正是指这种人生境界，宋儒（主要是道学家）孜孜以求的"孔颜乐处"也表现出对这种人生境界的无限向往。邵雍的"观物"说不过是将儒家的这一人生理想进一步学理化而已。所以"观物"之观不是认识之"观"，不是宗教之"观"，也不是道德伦理之"观"，而只能是艺术之"观"、审美之"观"。

看邵雍的诗学观念与"宋初三先生"颇有不同，他并没有将诗文等同于典章制度与人伦规范，没有取消文学的独立性；而且他也没有将诗文当作社会教化或传道的工具，他没有给诗文规定任何外指性功能。他只是将诗文当作一种心境的自然流露，当作艺术化人生境界的记录。所以他的诗论主要不是讲诗如何作，如何显现其价值，而是讲人如何调整自己的观察视角，如何调整自己的心态，从而使"物"向人呈现其美的特性。他眼中的诗即是人之诗意存在的话语显现。

因此邵雍作诗也就必然会"不限声律，不沿爱恶，不立固必，不希名誉，如鉴之应形，如钟之应声"。完全超越了诗家之樊篱。我们不妨看一首他的诗作，以便对其诗学观念有更真切的体会。其《后园即事》（第一首）云：

> 太平身老复何忧，景爱家园自在游。
> 几树绿杨阴乍合，数声幽鸟语方休。
> 竹侵旧径高低迸，水漫春渠左右流。
> 借问主人何以乐，答云殊不异封侯。

诗中透露的乃是一种平和愉悦的心态。邵氏之学追求这样的人生乐境，邵氏之诗即呈现这种人生乐境。

三、周、程之诗学观念

濂溪之学与"宋初三先生"不同处在于,他已由外指性的官方意识形态话语建构转向内指性的个体心灵的自我提升与自我锤炼;其与邵氏之学不同处在于,邵雍用象数之学演绎宇宙自然与人类社会的生成运演,以"观物"之说描绘个体心灵境界,二者自成系统、殊难沟通,而濂溪之学则从无极而太极之阴阳变化、动静交替的天地宇宙生成运作而直通人之仁义情性,在学理上真正继承了思孟之学"合外内之道"的理路。而濂溪真正要解决的问题乃是个体心灵的充实与自由,所以内在之存养无疑是濂溪之学的主要内容。心灵达到完满自足而后自然会有所呈现。

所以在诗学观念上,濂溪提出"文以载道"之说,其云:

> 文所以载道也,轮辕饰而人弗庸,徒饰也。况虚车乎?文辞,艺也;道德,实也。笃其实而艺者书之;美则爱,爱则传焉,贤者得以学而至之,是为教。故曰:"言之无文,行之不远。"然不贤者,虽父兄临之,师保勉之,不学也;强之,不从也。不知务道德而第以文辞为能者,艺焉而已。[①]

濂溪所谓"道"既不是"三先生"作为官方意识形态话语

---

① 周敦颐:《通书·文辞》,梁绍辉、徐荪铭等点校《周敦颐集》,岳麓书社,2007,第78页。

的"道",也不是邵尧夫作为宇宙运演之法则的"道",他的"道"是指个体道德修养与人格理想,也就是其于《通书》中反复阐述的"诚"之境界。所以"文以载道"之说并不是要让诗文成为宣传某种政治伦理观念的工具,其真正含义有二:一是,完满自足的心灵世界与富于技巧的诗文形式相结合,就会产生出令人喜爱的,因而可以流传久远的作品,即所谓"笃其实而艺者书之;美则爱,爱则传焉"。二是,只有以道德修养与人格境界为内涵,再加上辞采技巧的诗文才是好作品,仅仅讲究辞采技巧的诗文是毫无价值的。诗文的社会功能也正在于它能够将美好的道德修养与人格境界传达给他人,使人们由爱其文辞而明其道德,这就在客观上起到了"教",即教化的作用。实质上,这是儒家传统的"己欲立而立人,己欲达而达人""以先觉觉后觉,以先知觉后知"思想之表现。

因此,周濂溪之所以承认诗文的价值完全是因为其作为"艺"所具有的审美特性有助于儒家道德修养与人格理想的普及。换言之,诗文是凭借着道德才获得意义的,它并不具备独立的意义。这意味着,在周濂溪看来,诗文对于有良好道德修养与人格境界、心灵世界完满自足的个人来说不具有任何意义,因为它只是作为载体具有传达功能,对于旁人有启蒙之功。

二程的心性之学与濂溪之学十分相近。在道学的学理逻辑上,二程所提供的新贡献是将心、性、诚、敬、思这些濂溪之学已然充分注意的基本范畴进一步规范化、严密化。从而使道学完全成为一种以心灵的自我改造为鹄的的知行合一、体用不二、具有强烈实践性的人生哲学。

如果从纯粹的学理逻辑来看,二程与周濂溪的确是一脉相承的，不管二程究竟在多大程度上直接受惠于濂溪之学，不管二程自己有多少"自家体贴出来"的东西，洛学都可以视为濂溪之学合乎逻辑的继承与发展。在这一点上朱熹是慧眼独具的。其《伊洛渊源录》所勾画的道学生成演变轨迹是令人信服的。

然而在诗学观念方面二程却与濂溪大相径庭。二程由濂溪的"文以载道"之说转而为"作文害道"之论。伊川语录载：

问：作文害道否？曰：害也。凡为文不专意则不工，若专意则志局于此，又安能与天地同其大也。《书》云："玩物丧志"，为文亦玩物也。……古之学者，惟务养情性，其他则不学。今为文者，专务章句，悦人耳目；既务悦人，非俳优而何？曰：古者学为文否？曰：人见六经，便以为圣人亦作文，不知圣人亦抒发胸中所蕴，自成文耳。所谓有德者必有言也。曰：游、夏称文学，何也？曰：游、夏亦何尝秉笔学为词章也。且如"关乎天文以察时变，关乎人文以化成天下"，此岂词章之文也。

或曰：诗可学否？曰：既学时须是用功方合诗人格，既用功，甚妨事。古人诗云："吟成五个字，用破一生心。"又谓"可惜一生心，用在五字上"。此言甚当。先生尝说王子真曾寄药来，某无以答他，某素不作诗，亦非是禁止不作，但不欲为此闲言语。且如今言能诗无如杜甫，如云："穿花蛱蝶深深见，点水蜻蜓款款飞。"如此闲言语道出做甚。某所以不常作诗。今寄王子真诗云："至诚通化药通神，远寄衰翁济病身，我亦有丹君信否？用时还解寿斯民。"子真所学，只是独善，虽至诚洁行，然大抵只是为长生久视之术，止济一身。因有是句。①

对伊川这两段文字历来多有征引，然而却从未见到予以客观而深入之阐释者。人们往往囿于对道学家的先入之见，斥之为荒谬绝伦之说，而不肯对伊川思路作平心静气的探讨。余不揣冒昧，尝试为之。

伊川之论是否具有合理性呢？我的回答是肯定的。这表现在两个方面：其一，作文的确害道。什么是"道"呢？在伊川的语境中，"道"不是代表统治者意志的官方意识形态，也不是外在于人的僵化的社会伦理规范，而是指一种活泼泼的、当下体认的道德修养过程和理想人格状态，是个体心灵在一瞬间超越物欲羁绊缠绕时的空灵自在与平和舒展，是人的精神处于一个高度之上的状态。这也就是道学家反复描述论证过的那种"常舒泰"的、无往不乐的、自得的、物我一体的人生境界。这种境界不是宗教的，不是哲学的，也不是道德的，它是一种真正意义上的诗的境界、审美境界，是儒家"艺术化的人生"之理想。如前所述，真正的儒者自孔子以降都对这种人生境界充满向往之情。

然而这种作为人生境界的"道"却不是自然而然地出现的，它是一个远大的人生目标，甚至是一种纯粹的个体乌托邦——人们只有在持续的追求中不断地体验到它，却不能够一劳永逸地完全实现它。于是就少不得通过"敬""思""常惺惺"的功夫进行不间断的践履。于是就出现了这样的情景：对于尚未体验到这种人生境界

---

① 程颐：《河南程氏遗书》卷一八《伊川先生语四》，王孝鱼点校《二程集》，中华书局，1981，第239页。

的人来说，目标在前，根本无暇分心去吟诗作赋；而对于已然体会到这种境界的人来说，他已经享受到诗的或审美的愉悦，他的精神已然提升至诗的或审美的高度，他何尝还需要依靠吟诗作赋去寻觅诗之美呢！

那么什么是"作文"呢？它何以会"害道"呢？当然，如果"作文"完全是对诗意的或审美的境界之寻觅与体验，那么这就与周、程对"道"的追求殊途同归了。但中国古代的"作文"却往往并不是如此。尤其是宋代诗文家，其吟诗作赋往往只是一种技艺的卖弄，仅仅停留在文字符号与缺乏深刻内涵的意象层面上，根本达不到真正的审美境界。这样的诗文只能起到让人暂时与现实利害拉开距离的作用，却不能使心灵得到提升。这是任何一种"艺"（包括种种游戏与技艺）都可以具有的功能。我们每提及诗文创作，辄以作为人生至上境界的审美活动估量之。殊不知历代相传的万千诗文作品，真正达到这种人生境界的只是很少的一部分。绝大部分作品都是糟粕，是文字游戏。真正具有审美价值的诗文作品无不标志着人生的一种高度，这样的作品是"悟"出来的而不是"作"出来的。伊川所谓"作文"显然不是指那种真正意义上的审美活动，而是指那种雕琢文字、玩弄技巧的诗文创作。这在北宋乃是一种具有普遍性的创作倾向。[①]即使是后来被列入"唐宋八大家"中的那些古文家们的文章也只是少数达到超越的人生境界。大部分或叙事，或论理，在文章技巧方面都有独到之处，但与作为人生理想与人格境界的"道"是不搭界的。

---

① 诗的创作终宋之世都是如此。可参见严羽《沧浪诗话》对宋诗的激烈批评。文的创作则以宋初之杨大年代表的四六体，稍后太学中出现之"时文"为代表。逮欧阳修主盟文坛，风气始变。

道学家追求的人生理想是一种真正的诗意境界，所以真正的道学家是不写诗的诗人；诗文家大都追求的是文字的工巧与词采的精美，所以他们乃是写诗的俗人。只有少数诗文家能够达到真正的审美境界而成为写诗的诗人。如此看来，那些在文字上卖弄聪明，镇日写些"闲言语"的人如何不受到道学家的鄙视呢？这样的"作文"如何不"害道"呢？所以说程伊川的"作文害道"之论是言之成理的。

其二，伊川虽称"作文害道"，但他并不否认诗文存在的必然性与必要性。首先，他并不否认六经及于游、于夏之"文学"同样是文，只是说它们是"抒发胸中所蕴"的"自成"之"文"而已。可知，凡是"有德者"自然流露出来的"文"既是必然的，又是必要的。其次，只有"作"出来的"词章之文"才会"害道"。因为这类诗文都有一套规矩模式，有独特的评价标准，不写则已，一写，就须按照既定规矩来，否则就会受到人们的耻笑，而要按照规矩来写，就须花费时间与气力。这当然不仅"害道"，而且还耽误许多正经事。

人们每提及中国古代文献之多，浩若烟海，辄不免沾沾自喜。实际上，这如许文献绝大部分都是毫无价值的废物垃圾。不我予信，请翻翻文人集部，究竟有几篇真正表达了个人生命体验与真知灼见，不去重复前人的文字？即使是韩愈、苏轼这样的大家、名家的文集，也是废话多，真话少，更遑论其他！造成这种情形的原因很多，撮其要者有二：一是一体化的官方意识形态话语过于霸道，凡为文者难以逾其樊篱。人们在诗文中所表达的往往是完全同样的思想观点，甚至连用语句式都没有分别。最可怪者是几百年甚至上千年间的许多诗文看上去从内涵到文字居然没有明显差异。二是中国古代，人们一经读书识字而跻身文人之列，不管其出身如何，都必定带上一点贵族趣味。诗文的写作常常不是其生命体验与真知灼见的流露，而是特殊身份的标志，是文人集团所形成的"公共领域"的沟通方式，是一种精神贵族的话语。因此，这样的诗文只是在其产生的语境中具有重要意义，而在今天看来则毫无价值。令人遗憾的是，这样的作品几乎在任何一位诗文家的集子中都是主要部分。

如此看来，伊川的"作文害道"之论貌似偏激，实则大有道理。即使以今天的价值标准衡量，那些玩弄文字游戏或充当传声筒的"作文"也是有害无益的。伊川反对这样的"作文"，斥之为"玩物丧志"是不为过的。

"存心养性"的理论与方法是中国古代文化系统中最具独特性的内容，也是最具现代意义的部分，因为这一套学问是以人的生存为根基，以人的幸福为旨归的。[①]人类社会瞬息万变，而且愈变愈快[②]，但亘古不变者乃是人之欲壑难填。人们整日焦灼着、烦恼着、痛苦着、企盼着——古人如此，今人同样如此，如果说有一点变化的话，那就是今人焦灼、烦恼的程度更超过古人。有鉴于此，

---

① "存心养性"的实质乃是"为己之学"，是"主一""自守"的学问。其所针对的乃是外在之功名利禄与内在之种种物欲对人的诱惑与遮蔽。人的痛苦均来自在这种诱惑与遮蔽之下而失去自我——其喜怒哀乐都随外物而动，只有有所得时的狂喜与有所失时的伤心，而没有真正的幸福感，也没有真正的悲剧感（离开了个人利益关怀的悲剧感是人的一种精神享受，应属于幸福感范围）。"存心养性"的最高境界乃是使主体心灵恒久地处于不关乎利害的审美状态之中，即如二程所言："学至涵养其所得而至于乐，则清明高远矣。"

② 宋智圆和尚尝云："三皇步，五帝趋，三王驰，五霸骛。"言社会之演变愈古愈缓，愈近愈速，虽出臆断，却符合历史运演规律。古代是如此，近代工业社会以来更是如此。

则中国古代文化中那一套无数一流思想家经过成百上千年的苦思冥想与身体力行而后得出的"存养"之理与"存养"之术,在今日依然存在合理性。所以程伊川将其看得较之雕琢文字更重要些,又有什么值得大惊小怪的呢!

周濂溪的"文以载道"与程伊川的"作文害道"并无矛盾悖立之处,甚至也没有程度上的差别①,因为二者乃是从不同角度立论的。濂溪是从"传道"角度来言说的,所以认为无文则道不得传;伊川是从"体道"角度言说的,所以以为专意于文则有碍于对道之领悟。而且濂溪之所谓"文"是一个共名,包括六经在内;伊川之所谓"文"则指雕章琢句之文,专指文章家之文。濂溪也不专意于诗文,是怕有碍于体道;伊川也有诗文之作,乃是为了传道。在"文"与"道"的关系问题上二人是相通的。

四、胡寅、吕本中的诗学观念

北宋中叶之后,道学与文学齐头并进,共同促成了文化繁荣的局面。道学兴起之初,道学家为开宗立派,戛戛独造,无暇旁顾。对于诗文,的确持轻视态度。濂溪以之为载道之具,纯粹是工具主义态度;伊川以为作文害道,完全是无视诗文之于人类生存的独到价值。可以说,他们都未能看到儒家心性之学所追求的人格境界与

---

① 论者多以为濂溪之论已是道学家的片面之见,伊川之论就更是极端偏激之辞了。

诗文所体现的审美境界具有深刻的一致性。

但随着道学按照自身的学理逻辑渐渐展开时，许多道学家逐渐悟到了"思"与"诗"之间的相通性，开始关注诗文创作，并有所发现。在两宋之交，胡寅与吕本中就是此类道学家之代表。

胡寅是两宋之交著名道学家，其父胡安国、弟胡宏（五峰）及堂兄弟胡宪等实为两宋道学之承前启后者。胡寅幼时为应科举而从塾师修王氏新学，后受其父影响而接触到二程及其弟子杨、谢诸人语录，渐渐觉王学之非而倾心洛学[①]，后又受教于杨龟山而成为道学中人。所以，胡寅的诗学观念也与周、程之诗学观念颇有相近之处，其论"文"与"言"之关系云：

> 文生于言，言本于不得已。或一言而尽道，或数千言而尽事，犹取象于十三卦，备物致用为天下利。一器不作，则生人之用息。乃圣贤之文言也。言非有意于文，本深则末茂，形大则声宏故也。……汲汲学文而不躬行，文而幸工，其不异于丹青朽木俳优博笑也几希。况未必能工乎？游、夏以文学名，表其所长也。然《礼运》，偃也所为；《乐记》，商也所为。华实彬彬，亚于经训。后之作者，有能及邪？从周之文，从其监于二代，忠质之致也。文不在兹者，经天纬地，化在天下，非吮笔书简，祈人见知之作也。《离骚》妙才，太史公称其与日月争光，尚不敢望《风》、《雅》之阶席，况一变为声律众体之诗，又变而为雕虫篆刻之赋。……是则无之不为损，有之非

---

① 如前所述，王学乃是士人乌托邦与官方意识形态的奇妙混合体，其主旨在于为宋代社会政治经济秩序寻求合法性依据，所以主要是外指性的规范体系；洛学则主要是存心养性之学，是内指性的自我规范体系。

惟无益或反有害，乃无用之空言也。夫竭其知，思索其技巧，蕲于立言而归于无用，果何为哉？然自隋唐以来，末流每下，择才论士，皆按以为能否升沉之决。而欲夫人通经知道，守节秉义，有君子之行，不亦左乎？①

这段文字一是讲儒家传统"有德者必有言"之成说，二是讲空文之无用有害。一方面强调了"文"存在的必然性；一方面又指出了雕虫篆刻之文与守节秉义之道的内在冲突。其所谓文之"用"有两层含义：一是所谓"经天纬地，化在天下"，即外指性的教化功能；二是指对于"言"的记载与传达功能。其逻辑是这样的：先有可言之道与可言之事，然后有言，有言然后有文，文的产生不是人为的制作，而是言的自然显现。言因其所载之道、所记之事而获得价值；文因其所附之言而得以流传。纯粹着眼于文，则为"雕虫篆刻"，是无用而有害的。由此可知，胡寅之论乃是周濂溪的"载道"之说与程伊川的"害道"之说的综合，是地地道道的道学家的诗学观念。

然而，胡寅毕竟不同于周、程，其于文学之独特性有自己的深入体察。这不是说他的思想有悖于周、程，而是意味着他的文化语境不同于周、程之时——道学家已经无法无视诗文之独到价值了。胡寅有一段关于宋词的著名言论，其云：

> 词曲者，古乐府之末造也。古乐府者，诗之傍行也。诗出

---

① 胡寅：《斐然集》卷一九《洙泗文集序》，容肇祖点校，中华书局，1993，第401页。

于《离骚》、《楚辞》，而《离骚》者，变风变雅之怨而迫、哀而伤者也。其发乎情则同，而止乎礼义则异。名之曰曲，以其曲尽人情耳。方之曲艺，犹不逮焉；其去《曲礼》则益远矣。然文章豪放之士，鲜不寄意于此者，随亦自扫其迹，曰谑浪游戏而已也。唐人为之最工者。柳耆卿后出，掩众制而尽其妙，好之者以为不可以复加。及眉山苏氏，一洗绮罗香泽之态，摆脱绸缪宛转之度，使人登高望远，举首高歌，而逸怀浩气超然乎尘垢之外。于是《花间》为皂隶，而柳氏为舆台矣。①

从这段文字中可以看出胡寅对文学特征的熟知与见解之精辟。他对东坡词的肯定表现出极为健康的审美趣味——"使人登高望远，举首高歌，而逸怀浩气超然乎尘垢之外"，既是对东坡词审美功能的赞扬，又是他自己审美趣味的流露。在这里胡寅终于找到了文学与心性之学的相通处：提升人的心灵，超越尘俗之羁绊。

如前所述，心性之学的价值追求，从根本上来说乃是希冀一种精神的空灵自由与平和愉悦状态，其心理动因是士人阶层对自身生存状态的超越冲动。与往代相比，宋代士人的生存境遇不可谓不佳，但这并不足以安顿其心灵——正是由于仕途较为畅通与物质待遇较为丰厚，他们才向往更高层次的生存境界。宋代君主对士人的宽容与礼遇至多给他们带来了较为正常的政治生活与物质生活，而有质量的精神生活则要靠士人自己去创造了。宋代君主也许没有料到，正是他们为士人阶层提供的政治与物质生活境况构成了士人们

---

① 胡寅：《斐然集》卷一九《向芗林酒边集后序》，容肇祖点校，第402、403页。

向更高一层的生存境界跃进的现实基础。政治上的宽容与重用、物质上的丰厚待遇诱发了士人阶层两方面的贪欲：对功名利禄的热衷与豪华奢侈生活的向往。而这恰恰是使士人阶层精神堕落的根本原因，同时也构成了士人中不愿安于现状者追求更高生存境界的动因。所以，心性之学的根本在于通过心灵的自我锤炼与提升完成对作为通行世俗价值观的功名利禄与作为过分个体物质需求的肉欲的超越。只有完成了这种超越，个体心灵才能充实完满、自由自足、澄明纯净、平和愉悦。在这个意义上我们可以说，心性之学是不借助于感性形象而向诗意性生存境界的迈进。

中国古代文学，尤其是诗词，其最低层次乃是一种词语与技巧的卖弄，其次是对日常生活片段及情绪情感的描摹展示。在这两个层面上诗词完成着一种士人阶层"公共领域"的交流与沟通功能。诗词最高层次乃是负载个体心灵达于超越的生存境界，而这正是诗词创作与心性之学在价值论上的契合点。这也就是胡寅这类道学家能够看到并承认诗词价值的根本原因。然而，即使是最高层面的诗词创作也不能代替心性之学的功能，这是因为诗词的超越是有所凭借的，因而是有限的、瞬间的——只有在主体心灵与外在景物达到某种契合时，主体心灵才能凭借客观景物的牵引实现超越。一旦情景相离，主体心灵就立即回到世俗关怀之中。心性之学则致力于整体心灵的改造——不借助于任何外在条件而实现心灵的整体性提升，在心灵中开拓出一块不黏着于任何现实利益的纯净空间，从而改变了对一切事物的观照方式与评价标准。所以心性之学向往的是彻底的超越，诗词创作追求的是瞬间的超越，二者有着根本的不同。这也就是胡寅这类道学家尽管也留意于诗词并肯定其价值，但他们绝不肯因此而放弃心性之学的根本原因。

如果说胡寅在价值论上找到了心性之学与诗词创作的契合之处，因而对诗词不再仅仅以工具主义的眼光来对待，那么与其同时期的另一位道学家吕本中则在方法论上寻找心性之学与诗词创作的相通处了。

吕本中是北宋极为显赫的吕氏家族中人，其高祖吕夷简、曾祖吕公著均做过宰相，祖吕希哲、父吕好问亦官位显赫。而且，自公著、希哲以降吕氏家族均热衷心性之学，并渐渐形成独特的学术风格。到了吕本中，更是"平日学问，以穷理尽性为本"。吕氏家族的学风是广收博采，所谓"不名一师""不私一说"。正如吕本中所言："既自做的主张，则诸子百家长处，皆为吾用。"①就是说，在认定"穷理尽性"这一根本目标的前提下，一切学问均可为我所用。所以吕门学人对于佛禅之学亦多有吸纳。吕氏学派的这种学风可以说是相当灵活、相当开放的。

吕本中的诗学观念也浸透了这种灵活开放的风格。与胡寅不同，吕本中的道学精神对其诗学的影响主要不是表现在诗学价值旨趣方面，而是表现在对诗歌创作方法的探求上。这一方面说明道学家受文学的浸染日深，另一方面也说明道学精神对诗学观念的影响也更加具体化、细微化。吕本中在诗学上的贡献主要是提倡"活法"之说，其云：

> 学诗当学活法。所谓活法者，规矩俱备，而能出于规矩之外；变化不测，而又不背于规矩也。是道也，盖有定法而无定

---

① 黄宗羲、全祖望：《宋元学案》卷三六《紫微学案》，吴光主编《黄宗羲全集》第4册，浙江古籍出版社，2012，第518页。

法，无定法而有定法。知是者，则可以与语活法矣。谢元晖有言，"好诗（疑脱流字）转圆美如弹丸"，此真活法也。近世惟豫章黄公，首变前作之弊，而后学者知所趣向，毕精尽知，左规右矩，庶几至于变化不测。然余区区浅末之论，皆汉、魏以来有意于文者之法，而非无意于文者之法也。子曰："兴于诗"，"诗可以兴，可以观，可以群，可以怨；迩之事父，远之事君，多识于鸟兽草木之名。"今之为诗者，读之果可使人兴起其为善之心乎，果可使人兴、观、群、怨乎？果可使人知事父、事君而能识鸟兽草木之名之理乎？为之而不能使人如是，则如勿作。①

作为一个道学家而能深谙作诗之法，并且其说能为后世所普遍认可，这本身即是一个颇可玩味的现象。这不仅证明心性之学与诗歌创作可以并行不悖，而且也说明心性之学的为学之道与诗歌创作的方法之间也存在着某种相通之处。在吕本中的道学观念中，"穷理尽性"——人格的充实完满与自我提升乃是既定目标，是确定不疑的。在此前提下，无论诸子百家还是佛禅之学都可以为我所用。就是说，目标是不变的，方法则可以尽量灵活。同样，在其诗学观念中，也主张在既定目标的前提下，于方法上可以灵活机变、不拘一格。那么其"既定目标"是什么呢？

观吕本中之论，其心目中最高诗歌境界乃是以"无意于文者之法"创作出来的作品，即汉魏之前的《诗经》《楚辞》之作。其

---

① 吕本中：《夏均父集序》，郭绍虞主编《中国历代文论选》第2册，上海古籍出版社，1979，第367页。

于诗歌功能的最高要求则是儒家正宗的"兴观群怨"之论，其要在于"修齐治平"四字。然而吕本中又清楚地知道，自汉魏以降，诗歌创作早已由"无意于文"而至于"刻意为文"，诗歌的功能也由"兴观群怨"而转为吟花弄月与应和酬唱。所以他提倡"活法"乃是不得已而求其次的举措——既然"无意于文"之作已不可再得，那么面对宋以来诗人于诗法、句法上殚思极虑的现实，在诗歌功能方面重提"兴观群怨"之说，在诗法方面倡导不囿于字、词、句与声、韵、律的"活法"也不失为一种姑妄行之的救弊之术。

所谓"活法"即"无法之法"，亦即"有定法而无定法，无定法而有定法"。看上去很是玄妙难解，实则十分简单。掌握"活法"的唯一途径乃是"悟入"。"悟入"也不像许多论者说的那样神秘，是什么佛禅之学的法门，观本中之论，所谓"悟入"也就是"不知不觉地掌握"的意思。要"悟入"就须"涵泳"，也就是找出古人佳作反复吟诵、体味、咀嚼的意思。所以他说"悟入必自工夫中来"。按吕本中的逻辑，好诗读得多了，体味得深了，自然而然就形成了高的眼光与品味，也就实际上掌握了作诗的路数，写起诗来就会出手不凡。但诗人本人却不一定能够说出具体的作诗之法，"法"对他来说成了一种不知不觉的能力，所以称为"活法"。这种"法"可以说有，因为诗中蕴含着；也可以说无，因为诗人并不自觉。这就是"有定法而无定法，无定法而有定法"之意。

从吕本中的诗论中我们不难看出道学与诗学之间的复杂关系。一方面，道学精神的确对诗学有所渗透，这主要表现在道学的方法论——涵泳与体认对诗歌创作方法的影响以及道学的价值论——修、齐、治、平对诗歌功能论的影响。身为道学家的诗论者无法完全放弃以道学精神规范诗学精神的倾向。另一方面，道学与诗学毕竟是完全不同的两种话语,诗歌的长期发展演变的确形成了其独特的方法与价值,所以硬要以道学精神规范诗学,就必然出现一种方枘圆凿的紧张关系。吕本中对"诗法"的重视与其试图对通行"诗法"的颠覆就恰恰反映了道学与诗学的这种紧张关系。在这一点上,倒是程伊川的承认作诗有作诗之法,为道有为道之术,二者具有不可调和的内在冲突更坦率一些。事实上,吕本中自己的诗歌创作也基本上是遵循宋诗的一般创作规则的,其与兴观群怨的功能相去甚远,也很难说实践了他所倡导的"活法"。这意味着,作诗时他是一个诗人,论道时他是一个儒者,二者并未能浑然一体。相比之下,倒是邵康节以诗论道的方式使诗与道结合得更紧密些。

第十一章　道学与诗学（二）

在两宋道学家与诗论者兼具的人物中，真正在深层上揭示道学与诗学不可分割之紧密联系的是朱熹。这一章专门探讨朱熹是如何处理道学与诗学之关系。

一、体与用

朱熹之学历来被称为道学（或理学）之集大成。其学识之广博、见解之深邃、逻辑之谨严、体系之完备均非其他道学家可比。观朱熹之学，其贯通心性、诚敬、仁义、已发未发、性情、理欲、天人等一系列道学基本范畴的乃是"体用"二字。其看待道学与诗文之关系也同样是以体用为基本思维模式。所以我们要深入理解朱熹的学术旨趣就不能不从体用角度入手；要深入理解朱熹的诗学观念也不能不从体用角度入手。

体与用这对概念被用于哲学范畴并非自朱熹始。老庄之学虽未用体用之名，然其道论之中实已含有体用思想之实。《易传》中体与用已被用为具有相当概括性的概念，至于魏晋玄学家以"无"为体，以"有"为用，已经是在纯粹的哲学意义上使用这对范畴了。佛释之学于此亦有精深之论。在北宋道学家中最早使用这对范畴并赋予基本思维模式意义的是程伊川。伊川易学的基本思路即是将卦爻之象视为"用"，将卦象后面隐含的道理视为"体"。并以之推及万事万物，提出"体用一源，显微无间"这一在后世道学中影响至深的著名论点。在二程之学中基本上是贯穿了体用的思维模式的。例如伊川说："配义与道，即是体用。道是体，义是用，配者合也。"①又云："仁、义、礼、智、信五者，性也。仁者，全体，四者，四支。仁，体也；义，宜也；礼，别也；智，知也；信，实也。"②可知其将道学基本范畴分别以体用论之的思路是十分清晰的。另外张横渠在体用问题上也有不少精辟之见。这里所谓"体"是指根本的、内在的、起决定作用的因素；所谓"用"是指从属的、外在的，体现或实现"体"的那些因素。"体"是内在规定性，"用"是"体"的可见形式。二者是浑然一体、不可分拆的关系。

朱熹的体用论直接秉承了二程的思路，并使之更加完备圆融，从而贯穿于其整个思想体系之中。

朱熹论"道"云："道者，兼体用，该费隐而言也。"③又回答弟子"道之体用"的问题云："假如耳便是体，听便是用。目是

---

① 程颐：《河南程氏遗书》卷一五《伊川先生语一》，王孝鱼点校《二程集》，中华书局，1981，第161页。
② 程颢、程颐：《河南程氏遗书》卷二，王孝鱼点校《二程集》，中华书局，1981，第14页。
③ 朱熹：《朱子语类》卷六，黎靖德编、王星贤点校，第99页。

体,见是用。"①可知在朱熹看来,"道"即是一个兼具体用的范畴。道之体是隐含的、超验的、寂然不动的。道之用则是外部形态的、经验的、动态的。可见之物即是道之用,而其内在依据即是道之体。耳听目见之喻乃是强调体用之间决定与被决定的关系,并非说道之体也像耳与目那样是可见之实物。世上万事万物均可称之为道之用,而道之体却是隐而不见的。老子论道主要着眼于道之存在样式,重在道之体;庄子虽兼顾道之体用而论之,却又并归之于虚无。孔子论道主要着眼于人事而不及于天理,基本上没有体用之观念;孟子虽有合外内之道的意识,却又未能明确分清体用之关系。只是在宋代道学家,特别是朱熹这里,对"道"这个中国古代哲学中至关重要的核心范畴才从体用的角度予以了合理的阐释。

性情之论也是中国古代哲学中久已有之的一个重要话题。先秦时儒学大师荀子认为"情性"是人生而有之的本性,其云:"今人之性,饥而欲饱,寒而欲暖,劳而欲休,此人之情性也。"又说:"夫子之让乎父,弟之让乎兄;子之代乎父,弟之代乎兄;此二行者,皆反于性而悖于情也。然而孝子之道,礼义之文理也。故顺情性则不辞让矣,辞让则悖于情性矣。"(《荀子·性恶》)可知荀子是将"情性"视为人的本能欲望的。在这里还没有区分出"性"与"情"之间的差异来。然而到了后世儒者那里却往往崇性而抑情,甚而至于认为性善而情恶。②

那么善的"性"何以会生出恶的"情"呢?这是令宋儒煞费苦

---

① 朱熹:《朱子语类》卷一,黎靖德编、王星贤点校,第3页。
② 例如唐李翱《复性书》说:"性者,天之命也;圣人得之而不惑者也。情者,性之动也,百姓溺之而不能知其本者也。"这就将世间的一切恶均归于情了。

心的一个难题。二程借伪《古文尚书·大禹谟》中的"人心惟危，道心惟微，惟精惟一，允执厥中"之说，以"道心"指人之本性，以"人心"指人之情欲，认为"人心私欲故危殆，道心天理故精微，灭私欲，则天理明矣"[①]。至于有善无恶的"性"如何会导致"危殆"的"私欲"，二程也从"气"之禀受上解释，认为"气有清浊"，故而人有善恶。这与张横渠的"天地之性""气质之性"的性二元论是一致的。实际上问题并没有真正解决：无论二程还是张载都无法回答这样一个问题："气"之"清浊"究竟何意？同样是具有"天地之性"的人何以会在对"气"的禀受上有所差异？

其实道学家们在性情问题上的窘境乃是其学说之体系的逻辑矛盾的必然结果，是根本无法回避的。盖道学乃是儒家早已有之的心性存养之说的细密化、理论化。自孔子以至思孟学派，先秦儒家提倡修身养性之说具有强烈的策略性——这是他们在没有丝毫现实物质力量的情况下欲重新安排社会秩序的高远志向之必然产物，是目的与手段的巨大反差之结果：儒者无法凭借现实权力来实现自己的宏图大志，那就只好依靠话语权力了。如果人人自觉约束自己，自觉遵守儒家开出的社会价值准则，岂不是"不战而屈人之兵"了？这就是说，从发生学角度看，道学所凭借的主要理论资源即先秦儒家的"性善""四端""求放心"等，压根儿就不是严格的学理逻辑的产物，而是基于现实的需求制造出的独断之论。所以宋儒无论如何绞尽脑汁也无法真正达到理论上的圆融自洽。但这并不等于道学就因此而失去现实的功能——作为一种士人阶层的意识形态话语（而不是严格的科学），儒家心性之学具有极为明确的价值指向，

---

① 程颢、程颐：《二程集》，王孝鱼点校，中华书局，1981，第312页。

这就是压制人的情欲而凸显道德理性,将现实自然状态的人改造为具有道德自律意识的人。

朱熹同样无法超越北宋道学家们这一理论困境。但他借助体用论的思维模式来阐释性与情的关系,并大量吸收了周、张、二程等人的探索,又确然在理论上更进一步,至少在形式上较之前人更加完备细密了。下面我们就来看看朱熹是如何阐释性情关系的。

首先,朱熹明确将性情关系设定为体用关系。他说:"横渠心统性情之说大有功。孟子言恻隐之心仁之端也,仁,性也,恻隐,情也。性是体,情是用。"又说:"心有体用。未发之前是心之体,已发之际乃心之用。"①"心之体"即是性,"心之用"即是情。在朱熹看来,孟子所谓"恻隐之心"等"四端"均为已发之情,而非未发之性。确定了性与情之间的这种体用关系在理论上具有重要意义:情不再是仅仅联系着"气",即人的肉体存在的东西,而是植根于人之所以为人的合当之理,即性之中的。这样情的意义无疑是大大提高了。所以他极力反对性善情恶之论,更不遗余力地驳斥佛释之学的灭情之说。

其次,确定了性体情用的关系模式之后,情就成为性之表现:性是"未发",即超验之理,是不可见的;情是"已发",是经验之实,是可见的。朱熹说:"有这性,便发出这情。因这情,便见得这性。因今日有这情,便见得本来有这性。"②又说:"仁,性也,爱是情。情则发于用,性者指其未发。"③这就等于说情乃性之表征,性须因情而呈现。儒家说人生而即有善性,可以通过存养

---

① 朱熹:《朱子语类》卷五,黎靖德编、王星贤点校,第90页。
② 朱熹:《朱子语类》卷五,黎靖德编、王星贤点校,第89页。
③ 朱熹:《朱子语类》卷二〇,黎靖德编、王星贤点校,第464页。

（求放心）功夫而发扬光大，生出充塞天地宇宙的浩然之气，那么如何得知人生而即具善性呢？孟子是从人的"恻隐之心"推知的。在朱熹看来，"恻隐"就是情。性是超验之理，是不可说的，可说者是情。所以可以说，情即是性之可见形态，二者不可须臾分离，也可以说二者就是一体。

朱熹以体用模式阐释情性关系至少在逻辑上较以往儒者那种情性二分、崇性抑情的观点是严密顺畅得多了。那么既然情是性之呈现，性为情之根基，何以性无不善而情却有善有恶呢？

按朱熹的逻辑，性乃是天地万物之理，是"公共之理"，是"理之总名"[①]，亦即是万事万物"合如此底"的理，即必然性。所以性之"善"不是一般伦理道德意义的善，而是指天地之序、日月之明、四时交替、万物化生的当然之理，是本体论意义上的善。所以朱熹称之为"纯善"或"至善"。人禀受天地之理以为性，也就是那种使人能够"与天地合其德""赞天地之化育"的潜能，也就是使人能够产生仁、义、礼、智之善行的内在可能性。人既然的确能够表现出符合仁、义、礼、智的情感与行为，就说明人的心中确然存在这种潜在可能性，这也就是"性"了。这种"性"人人具足，但它又不是一种具体事物或属性，是不可见的、自然的，它当然绝不能以作为伦理道德范畴的善恶论之。而从本体论言之，宇宙大生命的化育流行正是中国古代哲学，无论儒家还是道家，都一致推崇备至的最高价值本原，自然是有善无恶的。只是此"善"非彼"善"，对此必须清楚。

明白了性为何物、善的含义之后我们就不难把握朱熹的性无不

---

① 朱熹：《朱子语类》卷二七，黎靖德编、王星贤点校，第92页。

善而情则有善与不善的运思轨迹了。先看他的说法:

> 人之生,不能不感物而动,曰感物而动,性之欲也,言亦性所有也。而其要系乎心君宰与不宰耳。心宰则情得其正,率乎性之常,而不可以欲言矣。心不宰则情流而陷溺其性,专为人欲矣。①
>
> 孟子道性善,性无形容处,故说其发出来底,曰:乃若其情可以为善,则性善可知。若夫为不善,非才之罪也,是人自要为不善耳,非才之不善也。情本不是不好底,李翱灭情之论,乃释老之言。②

联系前所论及,对朱熹此论可以做如下理解:其一,性本身虽然是"未发",是"寂然不动"的,但它却具有"感物而动"的特点。"未发"必然地指向"已发"。"未发"之性不可见、不可知,可知可见者乃"感物而动"的"已发"之性,亦即情。故而人们虽然大谈其性,实际上都是由情而见性,对性的把握不能靠经验手段,而要靠逻辑推理。可知离开了情,性也就无着落了。其二,"未发"之性乃是人禀受于天地的纯然至善之性,但它本身却不等于人世间的伦理道德之善。这种本体意义上的纯然至善之性如何落实为具体的社会伦理之性呢?这里起至关重要作用的乃是"心君"——主体的理智与意志。理智包括认知能力与价值判断能力,意志则是选择决断的能力。其三,人之所以会做不善之举,既不是

---

① 朱熹:《朱文公文集》卷六四《答何㭗》,朱杰人等主编《朱子全书》第23册,第3115、3116页。
② 朱熹:《朱子语类》卷五九,黎靖德编、王星贤点校,第1381页。

像荀子所说的是性使之然，也不是像佛释之学认为的是情使之然，而是"人自要为不善"，即主体之"心君"决定的。有见于此，朱熹才对张载的"心统性情"之说大加赞赏（不过张载虽然看到了心对于性情的重要性，却未能像朱熹这样对三者关系作出精细的分析）。本体论意义上的纯然至善之性可以发为仁、义、礼、智等道德伦理之善，但这并不是一个自然而然的过程，而要靠主体的理智与意志来判断选择与节制。如果主体没有或者放弃了这种判断选择与节制的能力，性的发用过程就有可能为外物所牵引，从而反善而成恶。例如，按朱熹的逻辑，吃饭穿衣乃是人性之当然，但是倘没有合理的节制，一味追求珍馐佳肴、绫罗绸缎，那么性的发用就会导致不善的私欲。其四，儒家大讲存心养性、居敬穷理，正是要人明白人之性虽是纯然至善，但要使之成为现实之善还需要主体凭借理智与意志自觉对自身之善根予以培育、呵护，要下一番苦功方可。

如此看来，朱熹思考情性关系是凭借体用模式的。他认为世上万事万物有体必有用，有用必有体。体隐微难见，是超验之物，所以沿"用"以寻"体"就成为朱熹之学的基本理路。

朱熹将性与情的关系定位为体用关系，将情视为性的可见形态，将性视为情的内在依据，这不仅对儒家心性之学的圆融自洽具有重要意义，而且对他的诗学观念更有指导价值。正是在这种情性关系理论的基础上，朱熹才能够产生最深刻、最完备也最合理的道学之诗学，从而使他不仅仅是道学的集大成者，而且也是道学之诗学的集大成者。

二、文与道

　　文与道的关系一直是儒家思想家们思考的重要问题。远在战国之末荀子就有过"心也者，道之工（有人认为"工"是"主"之误——引者）宰也。道也者，治之经理也。心合于道，说合于心，辞合于说……"（《荀子·正名》）的说法，认为"道"乃是文辞与辩说的根本。后代儒者历来都十分重视文与道的关系，例如扬雄有"述正道"之说，刘勰有《明道》之篇，王通、李汉有"贯道"之论……其说种种，不一而足。到了宋代，凡儒者之论及文章者几乎人人都有论及文与道的关系。然而总体观之，朱熹之前儒者的文道之论基本上都是将文视为载道之具，文自文、道自道，二者是判然有别的两个物事。只是到了朱熹这里这种根深蒂固的传统观念才被打破。他说：

　　　　道者，文之根本；文者，道之枝叶。惟其根本乎道，所以发之于文，皆道也。三代圣贤文章，皆从此心写出，文便是道。今东坡之言曰：吾所谓文必与道俱，则是文自文而道自道，待作文时旋去讨个道来放入里面，此是他大病处。①

　　依据朱熹之见，过去儒者所谓"明道""载道""贯道""文与道俱"之论都犯了同样一个毛病，那就是将文与道视为二物，似

---

① 朱熹：《朱子语类》卷一三九，黎靖德编、王星贤点校，第3319页。

乎离开了道也能有好文章。而在他看来，文并不是一种独立存在的东西，它是道的发用。道作为超验之理是不可见的，可见者乃是具体的万事万物。而万事万物又不能自明其所含之道，这就需要有人使道变为可以理解把握的形态，这种形态也就是文。所以圣贤们总是先领悟万事万物之道，然后才发而为文。其心中所存之道与其所发之文只有内外、隐显之别而无根本之异。用现代的哲学表述方式来说，朱熹的意思是：文是使存在者的存在之光显露的方式，真理即以文的形式呈现于人们面前。文使被遮蔽之物去蔽，使世界成为世界。这显然是赋予了文以某种本体论意义。朱熹与前人在文与道的关系上之根本差异即在于此。

显而易见，朱熹是以体用模式而前人是以工具论模式来观察文与道之关系的。体用思维模式与工具论思维模式的本质性差异在于：前者将同一个事物分为内在规定性（即本体）与外在显现（即发用）两个方面；后者将两个事物以某种人为的方式连结为一体。所以朱熹不能容忍苏东坡那种"文自文，道自道"的文道关系论。当有人问他是否能够只学东坡文章之妙而不取其道时，被他断然否决，其云：

> 夫学者之求道，固不于苏氏之文矣。然既取其文，则文之所述，有邪有正，有是有非，是亦皆有道焉，固求道者之所不可不讲也。若曰惟其文之可取，而不复议其理之是非，则是道自道，文自文也。道外有物，故不足以为道。且文而无理，又安足以为文乎？即文以讲道，则文与道两得而一以贯之。否则亦将两失之矣。中无主，外无择，其不为浮夸险诐所入，而乱

其知思也者几希。①

这里强调了文与道体用不二的紧密关系。但是这里有一点是值得注意的：既然朱熹认为文与道不可分拆，认为凡可称为文者均为道之显现，那么文何以会有正邪好丑呢？假如"体"为正，何以其"发用"却可能为邪呢？如果说"体"均为正，只是"发用"过程出了问题，那么文也只能有高与下、好与坏之分，而不可能有正邪之别，何以朱熹却说文"有正有邪"呢？对这些问题只可能有一个答案，那就是作为文之本体的道本身是有正邪之分的。朱熹正是如此看待问题的，他说：

屈宋唐景之文，熹旧亦尝好之矣。既而思之，其言虽侈，然其实不过悲愁放旷二端而已。日诵此言，与之俱化，岂不大为心害，于是屏绝不敢视。又窃意其一时作于荆楚之间，亦未必闻于孟子之耳也。若使流传四方，学者家传而人诵之，如今苏氏之说，则为孟子者，亦岂得而已哉。况今苏氏之学，上谈性命，下述政理，其所言者，非特屈宋唐景而已。学者始则以其文而悦之，以苟一朝之利。及其既久，则渐涵入骨髓，不复能自解免。其坏人材败风俗，盖不少矣。②

盖苏氏之蜀学亦以心性义理为主要内容，前有论及，此不赘

---

① 朱熹：《朱文公文集》卷三〇《与汪尚书书》，朱杰人等主编《朱子全书》第21册，第1305页。
② 朱熹：《朱文公文集》卷三三《答吕伯恭》，朱杰人等主编《朱子全书》第21册，第1428页。

言。朱熹正有见于此，才以为东坡文章之危害远远超过屈宋唐景。其所设论，恰恰基于对苏氏之学所奉之道的拒斥。在朱熹眼中，东坡之道是邪而非正的。那么，道如何能够有正邪之分呢？观朱熹之言，道这一称谓实际上有两层含义：一是指天地宇宙、万事万物，包括人的心性所含之道，这是客观自在之道；二是人们对这种客观自在之道的理解与把握，即主观自觉之道。客观自在之道乃是天地万物化育流行、生生不息的内在依据，是纯然至善、有正无邪的；主观自觉之道却是人对道的理解，带有主观因素，故而是正邪兼有的——契合客观之道者为正，有悖客观之道者为邪。在道学家眼中，二氏之学所奉之道即是对客观自在之道的背离，是邪而非正的。

这种逻辑正与其论性情关系相同：性虽纯然至善，但其发用处却或善或恶。人们对客观自在之道的理解之所以会发生偏差，究其根本原因，乃在于人的私欲会遮蔽其心智，使其对真正的道视而不见。儒家心性之学的根本指向也恰恰在于令人通过自觉的存养功夫拂去遮蔽人心灵的尘埃，使心之体朗然呈露，然后发现心之所存、万物共有的客观自在之道。这种存养功夫下足，然后再分为言说、诗文，则无往而非道。

以上所论为朱熹于文道关系的总体之见。然具体言之则又并非如此简单。兹略论如下：

朱熹以体用模式考察文道关系，指出文与道之不可分拆性。但在道与文之间毕竟还横亘着一个有血有肉的作为主体的人，人的精神气质乃至生命状态都会渗透于文之中。这样即使是"道之文"也不可能处处表现这个道。对此朱熹是明了的。例如，他认为人的精神风貌会现之于诗文，从而形成某种风格。其云："前辈文字有气骨，故其文壮浪。"①又云："人老气衰，文亦衰。""人晚年做文章，如秃笔写字，全无锋锐可观。"②这都是讲精神气质对诗文的影响，与道并无直接关联。

总之，朱熹对文与道之关系的阐述较周濂溪的"文以载道"与程伊川的"作文害道"都远为精深细密，也更具合理性。所以朱熹之论可以说是道学家在文学方面最有价值的思想了。

三、诗文之独特处

朱熹的文道关系论在体用思维模式的支撑下在学理上达到了较以往道学家更为细密圆融的程度。但是无论如何，诗文在宋代早已是一种具有独特内在规定性与话语形式的文本形式了。所以仅仅从文与道的关系来阐释诗文的价值、意义与特征无论怎样合乎逻辑，也还是不可能真正揭示诗文的独特规律。对此朱熹是心知肚明的。他说："苏氏文辞伟丽，近世无匹。若欲作文，自不妨模范。但其词意矜豪谲诡，亦有非知道君子所欲闻。是以平时每读之，然未尝不喜。虽既喜，未尝不厌。往往不能终帙而罢，非故欲绝之也。"③从这里我们可以看出朱熹的内心矛盾：喜欢东坡之文的文辞，但不喜其文之意。显然朱熹是从两个标准来衡量东坡之文的。一是文学的标准，以此标准衡量东坡之文，他感觉的确令人可喜；

---

① 朱熹：《朱子语类》卷一三九，黎靖德编、王星贤点校，第3318页。
② 朱熹：《朱子语类》卷一三九，黎靖德编、王星贤点校，第3311页。
③ 朱熹：《朱文公文集》卷四一《答程允夫》，朱杰人等主编《朱子全书》第22册，第1864页。

二是道学的标准,以此衡量东坡之文,他就有离经叛道之感。

由此观之,在朱熹这里,文与道之不可分离乃是一种价值取向,是应然之理而非当然之事。无道之文或背道之文是能够存在的。这就意味着,即使按朱熹的评价标准,一方面文与道应该是一体之两面,不应有丝毫间隔,而另一方面文又具有自身独特之处。即使同为有道之士,发而为文,也会有高下之分、美丑之别。例如他说:"人说话也难。有说得响,感动得人者。如明道会说,所以上蔡说,才到明道处,听得他说话,意思便不同。……伊川便不似他。伊川说话方,终是难感动人。"①明道与伊川均为有道之人,然说话却有高下之异。说话如此,作文亦然。以此理而论,有道之人为文反而或许不如无道之人,故其有云:"匡衡文字却细密,他看得经书极仔细,能向里做工夫。只是做人不好,无气节。仲舒读书不如匡衡仔细,疏略甚多。然其人纯正开阔,衡不及也。"②匡衡为人不好,自非有道之士,但其文章却高于董仲舒。

正是在承认诗文之独特性的基础上,朱熹才能够对诗文之独特规律与价值予以深入阐发,此又为一般道学家所不及处。朱熹论文,大至三代以降历代的文之流变,小至作诗作文用字的响与不响、文句的畅与不畅、条理的明与暗、风格的雄浑与平淡等等,均有自家独到之见,雄辩地证明了自己乃是一个十分内行的批评家。这里我们仅就朱熹对诗文之"意思"的论述从一个侧面了解其于诗文独特规律的深刻理解。

"意思"一词在古文中有意味、情趣之义。刘向《列仙传·鹿

---

① 朱熹:《朱子语类》卷九五,黎靖德编、王星贤点校,第2485页。
② 朱熹:《朱子语类》卷一一六,黎靖德编、王星贤点校,第2806页。

皮公》:"小吏白府君,请木工斤斧三十人,作转轮悬阁,意思横生。"梅尧臣诗云:"梨花半残意思少,客子渐老寻游非。"均为意态情趣之义。韩愈《与冯宿论文书》:"辱示《初筮赋》,实有意思。"《朱子语类》卷七一:"此处有意思,但是难说出。"这里的"意思"是指可以意会难于言传的某种意味。朱熹论诗文常常使用这一概念,显示出他对文学独特审美特性的深刻理解与肯定。其云:

> 陈才清说诗,先生曰:谓公不晓文义则不得,只是不见那好处。正如公适间说穷理,也知事事物物皆具此理,随事精察,便是穷理。只是不见得所谓好处。所谓民生日用而不知,所谓小晓得而大晓不得,这个便是大病。某也只说得到此,要公自去会得。久之又曰:大凡事物须要说得有滋味,方见有功。而随文解义,谁人不解?须要见古人好处。如昔人咏梅云:疏影横斜水清浅,暗香浮动月黄昏。这十四个字,谁人不晓得?然而前辈直恁地称叹,说他形容得好。这个便是难说,须要自得言外之意始得。须是看得那事物有精神方好。若看得有精神,自是活动有意思。跳掷叫唤,自然不知手之舞足之蹈。这个有两重。晓得文义是一重,识得意思好处是一重。若只识得外面一重,不识得他好底意思,此是一件大病。……又曰:须是踏翻了船,通身都在那水中,方看得出。[①]

从这段极为精辟的论述中我们至少可以读出下列几重"意

---

① 朱熹:《朱子语类》卷一一四,黎靖德编、王星贤点校,第2755页。

思"来：

其一，诗文之内涵可分为"文义"与"意思"两个层次。"文义"是指字面之义，即诗文直接说出的东西；"意思"则是表面的言辞之下所隐含的"好处"与"滋味"，即诗文没有直接说出的东西。阅读诗文作品主要就是体会其"文外之义"。

其二，所谓"意思"，以今日眼光观之，一是指诗文形式之美，即文辞使用的巧妙。"文义"是"说什么"，"意思"是"怎样说"。同样一个道理，说得巧妙，就会有某种情趣意味透将出来；说得不好，就只剩下干巴巴的意义了。但"意思"又不仅仅是形式之美，它还包含更深刻的文化意味。即如朱熹所举"疏影横斜水清浅，暗香浮动月黄昏"之句，除了对仗工稳、意象生动之外，还包含更深层的文化内涵——自然。因为自然乃是中国古代文化观念中最重要的价值取向之一，故而这两句准确呈现自然之静谧、和谐、生气的诗就自然而然地受到人们普遍喜爱。正如"池塘生春草，园柳变鸣禽"，这样的诗句受到人们历代称颂是同样的道理。读诗者只有悟见了这一层，才算是"大晓得"。

其三，由于"意思"是隐而不见的，所以也就不能用通常的思维去把握。这就需要"自得"，即自家涵泳体会其"文外之义"。这里朱熹所用的一个比喻十分恰切，学诗或读诗之人不能"自得"个中之味，就会像坐在船上看水那样，无论怎样真切，总是只有视觉的表象而无切身之体验。只有踏翻了船，落入水中，这才能够明了水之滋味。所以朱熹主张学诗、读诗要"自得"，要"涵泳"。用现代学术话语来表述，那就是，主体须借助审美直觉（艺术直觉）和艺术想象的能力，完全进入那由意象与情感所构成的诗的境界，才会真正把握到诗的妙处。

其四，朱熹对诗文的"意思"以及把握方式的理解与其对道或天理及其把握方式的理解是相通的。也就是说，在朱熹看来，所谓格物致知、居敬穷理之类道学家的基本功夫，并非要主体纯然客观地去理解万事万物的自在之理，而是要全身心投入其中，调动全部心理机能去体会、认知、内省、感受，从而使外在之理与内在之理融合无间。道学家将这种功夫称之为"体认"——体察、体会与认知的统一。盖道学家们从来不愿意离开主体心性而纯然客观地谈论天地万物。在他们眼中世界上并不存在与主体心性毫无关联的事物。在他们看来，只有联系主体来谈客体才有意义，所以不能去"认识"，而要去"体认"——这恐怕也是中西方在思维方式方面的一个重要差异。

"意思"乃是较"文义"更深一层的诗文内蕴，是诗文之真正价值所在。那么如何方能使诗文具有"意思"呢？换言之，怎样才能令诗文具有真正的价值呢？这样，我们就将话题从诗文之本体追问转向对创作问题的探讨了。应该说，在这方面朱熹亦如其他许多道学家一样是充满矛盾的。对于这种矛盾的分析庶几可以让我们对道学与诗学之间的复杂关系有一个更为清晰的认识。

就总体而言，朱熹在诗文创作的问题上基本上是继承了"有德者必有言"这一古老的儒家观念的。他说："古之圣贤，初岂有意学为如是之文哉。有是实于中，则必有是文于外。如天有是气，则必有日月星辰之光耀。地有是形，则必有山川草木之行列。圣贤之心，既有是精明纯粹之实，以旁薄充塞乎其内，则其著见于外者，亦必自然条理分明，光耀发越，而不可掩。盖不必托于言语，著于简策，而后谓之文。"①这里所贯穿的依然是体用论的思维模式——"文"之体，即"有精明纯粹之实"的"圣贤之心"，早已存在，不必待文之用，即诗文的言语形式而后生。而此文之体一旦发而为用，则必然是"条理分明，光耀发越"之文。基于这样一种根深蒂固的观念，朱熹当然以为诗文的创作主要是向内里做功夫。他说："作诗间以数句适怀，亦不妨，但不用多作，盖便是陷溺耳。当其不应事时，平淡自摄，岂不胜如思量诗句。至其真味发溢，又却与寻常好吟者不同。"②这就是说，作诗是可有可无的事情，倘有闲暇就用以养心更有价值。而一旦内在精神充溢完满，发而为诗，则非寻常雕琢诗句之人可比。所谓"真味"是指一种靠修身而成的精神境界，在道学家看来，这种精神境界才是诗之体。因此要作诗，首先要在存心养性方面努力，使人格境界提升到一定的高度。换言之，就是要在本体上下功夫而不能专注于文辞与技巧。

基于这种重体轻用的思路，朱熹在诗文风格方面主张平易自然而反对华丽奇巧。其论文云："今人作文，皆不足以为文，大抵专务节字，更易新好生面辞语。至说义理处，又不肯分晓。观前辈欧苏诸公作文，何尝如此？圣人之言坦易明白，因言以明道，使天下后世由此求之。使圣人立言要教人难晓，圣人之经定不作矣。"③又论诗云："古人之诗，本岂有意于平淡哉？但对之狂怪雕镂，神头鬼面，则见其平。对今之肥腻腥臊，酸咸苦涩，则见其淡耳。

---

① 朱熹：《朱文公文集》卷七〇《读唐志》，朱杰人等主编《朱子全书》第23册，第3374页。
② 朱熹：《朱子语类》卷一四〇，黎靖德编、王星贤点校，第3333页。
③ 朱熹：《朱子语类》卷一三九，黎靖德编、王星贤点校，第3318页。

自有诗之初,以及魏晋,作者非一,而其高者无不出此。"①朱熹提倡自然明白、平淡质朴的风格,主要是出于其体用论的思维模式而非专就审美趣味言之。他强调的是内在精神气质的自然呈现,即体用一源、显微无间的境界;其所反对的是舍体而求用,专门在文辞技法上用心思。所以他对诗文风格的显现要求自然而然,反对刻意模仿。即如平淡的风格,陶渊明的诗平淡是出于自然,并非有意求之,故而为上乘佳作;而后世因慕其平淡而学之者,则往往失于做作而落于下乘。由此可知,朱熹虽然是从道学角度来审视文学观念,但他也的确揭示了一些深刻的规律。

然而,在朱熹的文学观念中却并非只关注"体"的优先地位而无视"用"的独特性。朱熹并不认为只要能将存养功夫做到家,"透得上头一关"之后就万事大吉了。他深刻地懂得欲作出好诗文还必须遵循文学独有的规则。这就是所谓"法"。所以他说:"余尝以为天下万事,皆有一定之法。学之者须循序而渐进。如学诗,则当以此等为法。庶几不失古人本分体制。"②这里是讲学诗当以《文选》《乐府》之作为法式。又说:"著述文章,皆要有纲领。"又:"前辈做文字,只依定格依本分做,所以做得甚好。后来人却厌其常格,则变一般新格,本是要好,然未好时先差异了。"③所谓"纲领""格"都是指作文作诗的法度而言。可知朱熹对诗文的独特技巧也是持肯定态度的。

---

① 朱熹:《朱文公文集》卷六四《答巩仲至》,朱杰人等编《朱子全书》第23册,第3097页。
② 朱熹:《朱文公文集》卷八四《跋病翁先生诗》,朱杰人等主编《朱子全书》第3968页。
③ 朱熹:《朱子语类》卷一三九,黎靖德编、王星贤点校,第3320页。

朱熹一方面主张在"体"上下功夫,认为好的诗文都是"道"的自然流露,反对在文字技巧上煞费苦心,而另一方面又肯定"法""格"的合理性,这显然是矛盾的。造成这种矛盾的原因有二:就浅层来说,信奉"有德者必有言"这一儒家古老信条对道学家而言乃是当然之理。按道学的逻辑,只要存养功夫到家,其余一切——大到治国平天下,小到立身行事、吟诗作赋就无不中规中矩、恰到好处。所以古代圣贤都是无意为文而文章自然光耀千载。但是自魏晋以降,诗文早已作为一种独立的话语形式存在于世间,博学深思如朱熹者无论如何也不能无视诗文的独特性。这样一来,他的文学观念就必然陷入矛盾之中。事实上,这种矛盾在其他许多文学家身上都不同程度地存在着,如前面论及的黄庭坚、吕本中等人都是如此。就深层来说,朱熹文学观念中的矛盾又是道学本身内在矛盾的一种折射。就道学的价值取向而言,它是要使人的心灵超越现实物质利益的束缚而达到解脱的目的,是要通过自律而达到自由。也就是说,其旨归在于天机一片的"无法"(即从心所欲)境界,而其手段却是居敬、慎独等严格的自我警戒、自我约束,即"有法"的状态。从"有法"而臻于"无法"是道学的逻辑,同时也是道学家之文学观念的逻辑。在道学家看来,唯有经过严格的自我控制、自我锤炼,心灵方能真正获得解放,否则就会永远沉沦于外在之功名利禄与内在之肉欲的羁绊之中而不得安宁。依照这样的逻辑,朱熹认为作诗为文也应从法度、体格入手方能达到自然平淡的境界。这一思路在逻辑上似乎并无悖谬舛错之处,但实际上如果说凭借居敬、慎独功夫或许会有少数人能够真正达到心灵的自由愉悦,仅凭借对"文法""诗法"的恪守就能达到平淡自然的文学境界的话,则是令人难以置信的事情了。

朱熹文学观念中的这种矛盾现象表明他作为道学家与文论家两种身份之间有某种"不兼容"之处，也就是说道学与文学两种话语系统之间存在着某种内在的冲突。为了解决这种冲突，程伊川的"作文害道"论采取的是否定诗文存在之合理性的办法，周濂溪的"文以载道"论采取的是否定诗文之独特性的办法，而胡寅、吕本中和朱熹则实际上是采取"文""道"并存的办法。但是朱熹等人又不肯承认文学是与道学毫无关联的独立话语形态，力求在承认文学独特性的同时又纳文于道，这就难免出现上述矛盾了。本来朱熹以体用论的思维模式统摄文道关系，至少在逻辑上达到了圆融自洽，但一涉及诗文的审美特性与技巧方法，他就无法自圆其说了。他陷入了一个明显的悖论之中：既然"文"作为"用"，是道体的自然呈现，那么只要把握了道体就必然会作出能够表征它的"文"，根本不需要什么"法"；既然"文"有其独特的审美特性与技巧方法，那么它就必然另有其内在规定性而不仅仅是道的呈现方式。朱熹走不出这一悖论，所以他就只好在道言道，在文言文了。

四、道学意义结构与诗学意义结构之间的关系

以朱熹为代表的宋代道学历来被称为"新儒学"，其之所以"新"，并不仅仅是因为它较之汉唐以前的儒学更为细密化、学理化，也不仅仅在于它提出了若干新的范畴与命题。道学之"新"主要在于其深层意义结构（或意义生成模式）较之往代儒学发生了重要变化。对此我们可以稍做论证。

先秦儒学作为诸子之学的一支乃是对当时礼崩乐坏、诸侯割据之政治局面的回应，因而其最高旨趣是重新安排混乱无序的社会现实。如孔子是恢复曾经存在的西周的礼乐传统，孟子是创造未曾有过的仁政理想社会。如此高远的政治抱负对于儒家知识分子来说实际上是根本无法实现的，因为他们并不拥有任何改造社会的物质力量。于是他们也像其他所有的士人思想家一样，试图借助某种价值观念的建构来推行自己的政治主张。欲以言说的方式来实现自己的政治理想是诸子之学的共同特征。所以尽管先秦儒学也讲心性、讲存养，但这仅仅作为实现其政治理想的手段而存在。孔子讲作为人的内在价值的"仁"，是为了给作为外在社会价值的"礼"寻找主体依据；孟子大讲"四端"，讲"性善"，是为了给其仁政、王道理想寻求逻辑起点。他们的入手处均为主体心性，而着眼点却都是社会政治秩序。所以在孔孟的思想体系中处于核心位置的范畴是"礼"或"仁政"——都是社会价值规范。诸如"下学上达"、"谨言慎行"、"君子"人格、"求放心"、"养吾浩然之气"等，这类个体精神价值无一例外地属于第二层，即手段范畴。如何做人并不是目的，通过做人而使社会安定、天下太平才是目的。毫无疑问，先秦儒学并不是官方意识形态话语，而是纯粹的知识分子的民间话语，但它却不是为了解决个体心灵问题而是为了解决社会政治问题才被建构起来的。这也就使这套话语具有转化为官方意识形态话语的潜在可能性。

汉唐儒学无疑是在先秦儒学的基础上发展起来的，但其意义结构却发生了根本性变化。首先，汉唐儒学已然转换为一种官方意识形态话语，成了君主专制政体控制人们思想的有效工具。所以先秦儒学的那种活泼泼的乌托邦精神已经丧失殆尽。它的根本价值取向不再是改造现实而建构新的社会价值秩序，而是为现存的社会秩序寻求合法性依据。其次，汉唐儒学基本上就是经学，而经学的本质特征不是建构某种价值理想，而是按照统治者的现实需要解说先秦儒学的基本典籍。所以汉唐儒学的基本意义结构不像先秦儒学那样是围绕个体心性价值与社会政治价值这一关系维度构成的，而是围绕经典本义与释义之间的关系维度构成的。对于先秦儒学来说，通过个体心性的发掘与培育进而实现社会政治理想，虽然是一种不切实际的，甚至幼稚的主观设想，但其强烈的现实关怀却令人钦佩；而对于汉唐儒学来说，阐释经典的真义似乎成了其最高价值追求，社会现实的关怀反倒是第二位的事情。尤其是当统治者将经学与读书人的晋身之路联系起来之后，其学术上的创造性就更进一步失去了。

　　道学的兴起可以说是对汉唐儒学的一种反动。道学家普遍轻视汉唐儒学，这并不是出于妄自尊大与自以为是，而是学术旨趣的差异所致。统观道学思想体系，个体精神的自我充实、自我完善事实上是其最高目的。道学在宋代并不是官方意识形态，而是士大夫阶层寻求精神超越与心灵自由之主体需求的话语表征。道学要解决的问题既不是令社会由无序而至于有序，因为社会价值秩序早已成为既成事实，也不是阐释经典的真义，因为道学家深知注经式的思维方式无助于解决他们面对的实际问题。道学的根本目的是要为人的生存找到一个最终的价值依据，并在基础上实现个体心灵的超越与自由。所以道学实质上乃是一种生存论的哲学，是中国古代知识分子长期积累的生存智慧的理论化形态。这显然与先秦儒学和汉唐经学大异其趣。

　　儒家文学观念之意义结构的演变正是与儒学本身意义结构的

这种演变历程同步的。后者毫无疑问是前者的原因。先秦儒学是将诗文（也包括音乐）作为实现其政治乌托邦的工具来看待的。孔孟主张通过人们，特别是当政者的自我修养来实现社会的改造，所以他们也就要求诗文具有修身及干预社会的价值功能；经学作为一体化的官方意识形态以稳定既定社会等级秩序并使之合法化为目的，所以要求诗文具有美刺与教化的功能。道学作为一种以个体精神超越为旨归的生存论哲学，则或者否定诗文的价值，或者要求诗文成为心性价值的外在呈现。道学家对诗文的这两种态度实际上并不矛盾，因为即使是承认诗文存在之合理性的一派，也认为这种合理性主要不是诗文自身具有的，而是"道"所给予的。因为在他们看来，有价值的诗文恰恰是"道"这一价值本体的自然发用，它就是"道"。

朱熹的文学观念在两宋道学家中具有代表性。这种文学观念的基本意义结构是由性、情、文三者之间的关系构成的。在朱熹看来，道即是天理，即是天地万物存在与运作的根本依据。道在人身上的显现即是性情——道之未发为性，道之已发为情。性作为未发之道是超验的，不可以言说；情作为已发之道是可以觉知的，因而也是可以言说的。诗文则是对情的恰当的言说方式。性作为人禀受于天的天理，是至善；情虽然是性的发用，但它只有"中节"，即有所规范时才是善；诗文作为情之言说方式则一方面因情之善恶而分好丑，另一方面又因文辞与技法自身的工拙而有高下。

纵观朱熹的文学观念，其主旨是在肯定道之于文的本体地位的前提下，尽力为文寻找一种合法性依据。尽管他并没有彻底解决道学与文学之间的内在矛盾，但毕竟是在最大限度上调和了二者的关系，从而成为道学家中最为近理的文学观念。

第十二章　诗学对宋学精神的背离——从杨万里到严羽

统观宋代文学观念基本上有三条线索交织在一起：在功能论上儒家传统的美刺教化主张依然居于主导地位，从北宋前期的穆修、柳开、王禹、三先生直到南宋的杨万里、叶适、陈亮、陆游、辛弃疾等人均坚持诗文的社会作用。这种传统的儒家文学功能论在北宋中叶的李觏、王安石、王令那里被推至极端，提出"治教政令"为文之根本的观点。道学家的文学观念虽然不像以往儒者那样过于看重文学的教化功能，但对此无疑也是持肯定态度的。在诗文本体论方面，宋代文学观念受道学影响至深，基本上坚持以道，即心性为诗文之本的观点。这与先秦的"言志"说、汉魏六朝以至隋唐的"吟咏情性"说是有根本不同的。在严格意义上道学家的这种文学本体论与北宋诗人文章家的"以意为主""以理为主"之论也有相当的差异。在文学形式论，即技法、风格论方面宋人充分继承了六朝隋唐以来的成就，在"文法""诗法"以及各种诗文风格的探讨上多有建树。文学观念的这三条线索在不同人身上往往有所侧重，一般说来，道学家偏重本体论，新学一派偏重功能论，蜀学一派及不属于任何学术派别的诗人与文章家则偏重于形式论。但它们又常常同时集中于同一个人身上，例如胡寅、吕本中、朱熹、杨万里等人都是三者并举的。这种情形实际上反映了这些人社会角色、文化身份的多重性：他们既是道学家，又是政治家、文学家。当他们从不同角度考察诗文时，就会赋予它不同的价值意义。然而当我们把这三种基于不同社会角色的文学观念视为一种整体系统时，就马上看出其学理上的对立与冲突，例如基于道学的文学本体论与基于文学自身规律的形式论之间就存在着明显的紧张关系，而且根本上是无法调和的，因为这实际上是表征着道学与诗学这两种大异其趣的话语形态之间的紧张关系。

　　道学与诗学之间的紧张关系在胡寅、吕本中、朱熹那里已经有了明显的表现。道学家的文学观念都一无例外地证明，一个人无论怎样熟悉诗文特性，只要他是从道学的思维模式出发来思考文学问题的，那他就不可避免地受到极大的局限，就难免陷入逻辑的矛盾之中。这是因为道学与文学作为两种迥然不同的话语形态的确存在着价值取向上的不兼容性。道学在根本上是强化理性而压抑感性，从而成就一种理想的道德人格；文学在根本上则是将主体情感转化为一种话语形式，从而将心灵寄托在一种情感与语言共同建构的独特趣味之中。这是两种完全不同的价值取向。它们唯一的共同点就是都完成了对现实利益及肉欲的超越。此外作为不同的精神层面，二者的评价标准及其对于主体和社会的功能意义则毫无共同之处。正是由于这个原因，尽管两宋时期的文学观念从整体上都笼罩在心性义理之学（不仅是道学，还包括新学、蜀学等）的影响之下，但也始终存在着诗学精神对学术话语的抗争与拒斥。从某种意义上说，这是人的感性对理性的反抗（这种反抗是与人类文明的产生与发展相伴随的），具体说是趣味人格对道德人格的反抗。从杨万里到严沧浪的诗学演变中,这种反抗最终走向胜利。

一、杨万里对诗歌本体的追问及其意义

杨万里虽然不是一个严格意义上的道学家(这主要是由于他没有严格的师承),因而他的《诚斋易传》《庸言》等学术著作就与正统道学家的思想颇有出入,但他的学术话语无疑是在宋学语境的熏陶下的产物。他所探讨的话题,诸如无极与太极、阴与阳、仁与义、知与行、道与术以及诚与修、齐、治、平等范畴都属于宋学范围,只是在具体阐释上常常能够自出机杼而已。他又是一个对政治极为热衷却又没有机会一展抱负的人物,这当然与他所处的社会历史状况直接相关。另外,众所周知他还是一位独具特色、成就斐然的著名诗人,而且这正是他能够名垂千古的主要原因。这样多重的文化身份集于一身就造成了他的文学观念的复杂性与内在矛盾。也使他能够在一定程度上突破宋学语境的影响而在文学观念方面有独到之见。

杨万里的文学观念中的宋学痕迹主要不在本体论方面而在功能论方面。在《诗论》中他认为,天下有善有不善,"善而莫之导,是谓窒善;不善而莫之矫,是谓开不善"。圣人为了"导其善者以之于道,矫其不善者以复于道",于是创作出诗歌。所以"《诗》也者,矫天下之具也"。为什么圣人用《诗》作为"矫天下之具"呢?杨万里认为这是因为善与不善与"天下之至情"相关联,所以"必先有以钩天下之至情,得其至情而随以矫",方能使天下同归于善,而诗恰恰最能打动人之至情,故而圣人以诗为"矫天下之

具"。总之,《诗》的价值就在于导天下之善而矫天下之不善,使天下同归于道。①这种观点与宋学精神是一脉相通的。

但杨万里毕竟不属于任何严格意义上的宋学门派,他的学术话语虽然亦为宋学语境的产物,但也包含了许多自己独到的体验与理解。对他而言,与其恪守那些学派的规则,不如相信自己的理智。而且作为一位成就斐然的著名诗人,他也不可能无视文学的独特规律而完全屈从于某种学术话语的规范与制约。这就使他在文学观念上能够摆脱心性义理之学的束缚而慧眼独具。他对宋学思维模式和价值取向的突破主要表现在下列两个方面:

首先在文学本体论方面,他突破了在宋学精神影响下产生的"以意为主""以理为主"和以道为体、以文为用等当时居于主流地位的观念。诗是什么?诗存在于何处?这是在中国古代诗学发展中极少有人自觉追问的真正的本体论问题,而杨万里正是这样做的。他说:

> 夫诗,何为者也?尚其词而已矣。曰:善诗者去词。然则尚其意而已矣?曰善诗者去意。然则去词去意,则诗安在乎?曰:去词去意,而诗有在矣。然则诗果焉在?曰:尝食夫饴与荼乎?人孰不饴之嗜也,初而甘,卒而酸;至于荼也,人病其苦也,然苦未既,而不胜其甘。诗亦如是而已矣。昔者暴公谮苏公,而苏公刺之,今咏其诗,无刺之之词,亦不见刺之之意也。乃曰:"二人从行,谁为此祸?"使暴公闻之,未尝指我也,然非我其谁哉?外不敢怒,而其中丑死矣。《三百篇》

---

① 杨万里:《诚斋集》卷八四《诗论》,四部丛刊本;又见辛更儒笺校《杨万里集笺校》,中华书局,2007,第3372、3373页。

之后，此味绝矣，惟晚唐诸子差近之。《寄边衣》曰："寄到玉关应万里，戍人犹在玉关西。"《吊战场》曰："可怜无定河边骨，犹是春闺梦里人。"《折杨柳》曰："羌笛何须怨杨柳，春风不度玉门关。"《三百篇》之遗味，黯然犹在也。①

观诚斋之意，诗之本体不在言辞之上，亦不在言辞所负载之意义上，而是在词与意的背后，即所谓"言外之意"。也就是说，言辞的能指与所指都不是诗之所在，只有那言辞之外暗含着的情趣、意味才是诗的真正寄寓之所。对此，他称之为"味"。例如他论江西诗派的共同之处时说："人非皆江西，而诗曰江西者何？系之也。系之者何？以味不以形也。"②这就是说，江西诗派之所以被称为派不在于诗人们在词与意或技巧上有什么共同之处，而在于他们在诗的本体，即味的方面有其一致性。

在谈诗论文时讲趣味、滋味、兴味自六朝以降已成共识，绝非自诚斋始。但是将"味"视为诗之所在，赋予其以本体意义却是诚斋独到之见。这种观点的出现在"以意为主""以理为主"或道体文用的诗文本体论居于主导地位的宋代文学观念的发展过程中是极为重要的一件事。一方面它标志着独立的文学观念对宋学思维方式与价值观念的拒斥与挣脱，一方面又预示着文学观念为维护自身的独立性而对宋学影响的自觉清算，这种清算工作是到了严羽才最后完成的。

---

① 杨万里：《诚斋集》卷八三《颐庵诗集序》，四部丛刊本；又见辛更儒笺校《杨万里集笺校》，第3332页。
② 杨万里：《诚斋集》卷七九《江西宗派诗序》，四部丛刊本；又见辛更儒笺校《杨万里集笺校》，第3230页。

其次，杨万里对宋学语境中形成的文学观念的突破还表现在他对创作方法的认识上。在宋学精神的熏染之下，宋人在诗文本体论上放弃了六朝以来"吟咏情性"的传统观点，提出"以意为主""以理为主"的主张，与此相应，在创作方法上也就讲求法度、体式，反对不讲诗法、文法、句法的直抒胸臆。以至黄庭坚的"点铁成金""夺胎换骨"之论被江西诗派奉为圭臬。到了两宋之交的吕本中那里开始对这种重"法"的创作倾向进行反思，提出"活法"之说，实际上是要求扩大诗歌创作的空间，提倡一种灵活自由的创作方法。杨万里基于对诗歌本体的独到认识，进一步提倡"无法"之说，他在一首题为《酬阁皂山碧崖道士甘叔怀赠十古风》的诗中写道："问侬佳句如何法，无法无盂也没衣。"这实际上是提倡一种自由书写的创作主张。

但是仅仅讲"无法"还不足以使杨万里突破江西诗派樊篱，从而真正摆脱宋学之于文学观念的影响。杨万里更进一步提出师法自然的主张，其云：

> 戊戌三朝时节，赐告，少公事，是日即作诗，忽若有悟，于是辞谢唐人及王、陈、江西诸君子，皆不敢学，而后欣如也。……自此每过午，吏散庭空，即携一便面，步后园，登古城，采撷杞菊，攀翻花竹，万象毕来，献予诗材，盖挥之不去，前者未雠，而后者已迫，涣然未觉作诗之难也。盖诗人之病，去体将有日矣。①

---

① 杨万里：《诚斋集》卷八〇《诚斋荆溪集序》，四部丛刊本；又见辛更儒笺校《杨万里集笺校》，第3260页。

黄庭坚的"点铁成金""脱胎换骨"之类的诗法，不管其运用得如何灵活巧妙，如何能够化腐朽为神奇，但毕竟是在前人诗句中讨生活，这就在很大程度上背离了中国古代"情以物迁，辞以情发"的"感物"论的诗歌传统，将诗歌创作变为一种文辞与技巧的游戏。杨万里通过自己的创作实践终于悟到了这种"诗法"的弊端，自觉从自然中寻找诗材，这无疑是对当时诗歌创作普遍倾向的一大突破。其"春花秋月冬冰雪，不听陈言只听天"之句在彼时文化语境中实足以振聋发聩。这与同时期陆游的"君诗妙处吾能识，正在山程水驿中"及"如果欲学诗，工夫在诗外"的见解正是基于同样的领悟，标示着一种新的创作倾向的形成。

杨万里以"味"为体的诗学本体论与师法自然的诗歌创作论有着内在的必然联系。观前引杨万里诗句可知，其所谓"味"主要是指一种难于言传却又感人至深的情趣、意味，是在主观之情与客观之景的融汇处呈现出来的诗歌审美特性。所以这种诗歌的本体属性是不可能从改造前人的诗句中得来的，也不可能靠某种"句法"生出，它是真的情感与真的景物相互作用、彼此触发的产物。这就是说，以"味"为体的诗学本体论必然以师法自然的创作论为依托，二者不可分拆。

事实上道学家朱熹也已经悟到了这一层。前面论及他的"意思"之说就与诚斋的"味"庶几近之。只是朱熹作为道学家不可能超越自己道体文用的基本原则，所以他不可能在本体论层面上来认识这个"意思"。

二、严羽的"兴趣"说与宋代"以意为主"、
道体文用诗学本体论的终结

杨万里、陆游等人开启了对宋学语境中形成的诗学本体论、创作论的反思之先河,但真正从理论上全面清理这种诗学观念的是南宋末年的严羽。

严羽的主张极为鲜明、目的极为明确,其矛头所向,正是两宋以来在宋学精神影响下形成的诗学本体论、创作论及创作实践。他说:"诗者,吟咏情性也。"此实为其诗论之总纲,亦为其考评历代诗学观念与诗歌创作的基本尺度。在此总纲之下,严羽从下列几个方面展开了自己对宋代诗学的清算工作:

其一,提出"兴趣"说的诗学本体论。北宋的欧、王、苏、黄诸家基本上是以"意"或"理"为诗歌本体的。这个"意"或"理"包括诗人对社会人生的政治性、伦理性认识与评价,也包括诗人对自然万物的哲理性把握。它们虽然亦可与某种情绪相伴随而构成"意趣""理趣",但就其主体而言乃是属于理性范畴的心理内容。道学家以"道"为诗文本体,其所谓"道"又是一个内涵丰富的概念。其中既包含伦理道德观念,也包含对天地万物的理解,而其核心则是一种通过道德修养而达到的人格境界。这两种诗学本体论尽管不尽相同,却同为宋学语境的必然产物,而与魏晋六朝至于晚唐之间的"感物起兴"的主流诗学传统相异。严羽针对这种情形,提出"兴趣"概念作为诗歌本体,正是要恢复宋代以前的诗学传统而拒斥宋学语境下的诗学本体论观念。在《沧浪诗话·诗辨》

中，严羽提出"诗之法有五：曰体制、曰格力、曰气象、曰兴趣、曰音节"。其中"体制"是指诗歌的体裁，"格力"是诗歌的格调与气势，"气象"是指诗歌的整体风貌，"音节"是指诗歌的音响节奏，"兴趣"则是指诗歌之所以为诗歌的根本之处，即诗歌本体。所以严羽说："盛唐诗人惟在兴趣，羚羊挂角，无迹可求。"

"兴趣"作为诗歌本体究竟是什么东西呢？严羽提出这个概念是为了矫正宋人以"意""理""文字""才学""议论"为诗歌本体的创作倾向，所以，"兴趣"就必然是"意""理""才学""议论"等概念的相反面。实际上，这个概念的意义正在于此，它本身并没有十分具体的特别所指。自六朝以降，历代诗论以至书画论中倡导的"滋味""韵味""气韵""风神""情趣""兴象""兴味""味外之旨""韵外之致"等诗学或美学范畴均与严羽的"兴趣"范畴相通，它们是一脉相承的。严羽使用这个范畴而不用其他范畴，恐怕完全是从标新立异的角度考虑的。其实将这个词换成"兴象""兴味"等等，丝毫不会改变严羽所要表达的意思。如果说"意""理""议论"等范畴的核心内涵乃是某种知识、认识或理解，那么"兴趣"的核心内涵就是情感。只不过作为诗歌本体，"兴趣"并不是指纯粹的情感本身，而是指情感的形式化——融汇于某种物象之中，并借助富于特征的言辞呈现出来。这是一种情感的象征形式，是情感的审美升华。它的功能意义不仅仅在于令接受者觉知这种情感，而且更能在其心理上激发起类似的情感体验。

基于这样的诗学本体论，严羽进一步提出"入神"之说："诗之极致有一：曰入神。诗而入神，至矣，尽矣，蔑以加矣！"所谓"入神"，就是指诗歌达到"惟在兴趣"的境界，诗人的情感与物象及言辞都浑然一体,"羚羊挂角,无迹可求"。也就是说,诗歌本体得到最充分的显现。那么如何才能达到这种"入神"的境界呢?于是严羽提出"悟"和"妙悟"之说。说到"悟"或"妙悟"有几点需要说明:一是诗歌创作之"悟"与禅学之"悟"的关系。有不少论者以为严羽是受了禅学的影响才提出"妙悟"之说的,换言之,"妙悟"说是用禅学之法来规范诗歌创作。这其实是对严羽的误读。在这里严羽只是基于参禅之法与作诗之法的某种相近性而借禅喻诗罢了,并非要人们以禅学精神来作诗。参禅之要在于通过"悟"的方式来打破惯常的思维方式与价值观念,从而在精神上超越尘俗物欲之羁绊,使心灵获得某种纯粹的自由与自主。而严羽所倡导的诗歌创作也是通过"悟"的方式使诗人摆脱现实的思维方式与评价标准,从而达到"入神"的境界以显现"兴趣"这一诗歌本体。正是在超越惯常的思维方式与价值标准这一点上诗歌创作与参禅具有相通性。但二者的最终指向却是大相径庭的。就根本的价值取向而言,严羽追求的是纯粹的、不带丝毫功利色彩的,却又是活泼泼的审美境界,而绝非禅家追求的空虚寂灭之境。二是什么是"悟"和如何去"悟"的问题。"悟"究竟是学诗之法还是作诗之法?观沧浪"参诗"之论,"悟"无疑是学诗之法——学习前人作诗法门而不是具体的作诗之法。他认为汉魏之前的诗是天机一片的自然呈现,并非学而能者,所以也就用不着"悟";六朝至盛唐的一流诗人则靠"悟"而全面掌握了前辈诗人作诗之法,故而称为"透彻之悟";其他诗人则学得前人一知半解的作诗之术,未能完全掌握作诗奥妙。所以,所谓"悟"即是通过大量吟诵、体味、涵泳前人佳作,从而悟出作诗的道理,是谓学诗之法而非作诗之法也。那么什么是作诗之法呢?这就还要回到诗的本体——兴趣上来说。观沧浪之意,从前人佳作中"悟"到诗的体制、气象、格力、兴趣、音节之后也就获得了一种眼光、一种品味,明白了诗的本体是"兴趣"而不是"才学"的道理,这只是在学诗过程中走上了正路,至于具体如何作诗,则是另外一个问题。然而令人遗憾的是,在究竟如何作诗这样一个根本问题上严羽显露出他的浅薄。观《沧浪诗话·诗法》于作诗之法的论述实在没有什么高明之见,依然是在如何用词,如何表意,如何结构方面着眼,基本上没有超越前人(如唐之皎然、司空图,宋之陈师道、范温、姜白石等人)的独到见解。就诗歌创作方法而言,严羽的观点较之杨万里、陆游的以自然为法之论相差甚远。这表明,严沧浪作为一位诗评家可以说是独具慧眼的,他的确能够看出前人诗作的优劣高下,并且能够指出优在何处,劣在何处。但他却不能揭示其何以优,何以劣的根本原因。正是所谓知其然而不知其所以然。实际上,即如严羽所称许的"采菊东篱下,悠然见南山""池塘生春草"这类诗句之所以传诵千古,乃是由于它们以自然素朴的言辞呈现了一种真切自然的情趣意味,是主观之情与客观之景浑然一体的融洽,是外在词采与内在韵味天衣无缝的契合。这是"即景会心""心目相取"的产物,不是绞尽脑汁、强刮狂搜地作出来的。只有真性情、真景物机缘巧合地碰在一起时才会出现这样的佳句。有意为之,无论如何"妙悟"也是得不到这样的诗句的。

由此可见,严沧浪虽是识货者,知道何为"本色当行",却不知道如何才能达到"本色当行"。他深知"兴趣"实为诗之本体所在,却不知道如何才能创造出"兴趣"。他的作诗之法不过是六朝隋唐以来形式论诗学主张的重复而已。他的真正价值乃在于从本体论和价值论上彻底扭转宋学语境中的诗学观念,使诗歌回归于纯审美的道路。事实上，严羽的诗学本体论对于明清诗歌创作与诗学观念的发展演变的确起到了重要作用。

三、三种诗学本体论的文化底蕴

纵观宋代诗学，在诗文本体论方面可以说有三种主要观点："有意为主"或"以理为主"的观点、道体文用的观点、"兴趣"说。这三种诗学观念分别代表了三种诗文创作倾向，同时也表征着三种人生旨趣。

"以意为主"或"以理为主"的诗学观念其实是美刺教化的文学功能论在本体论上的反映。宋代士大夫大都热衷于政治，对一切有关国计民生的事情都要发表意见。帝王的倚重与台谏制度的发达使得文人士大夫能够有机会充分发表意见，于是议论之风大兴于世。无论是三朝元老、重臣耆旧还是新进小吏、布衣举子都欲有所言说。此种风气影响所及，就使得宋代文人无不善于大发议论、夸夸其谈，辨言析理，头头是道。翻翻宋人集部，诸如纵论天下古今、大讲兴利除弊之文比比皆是。这种高涨的政治热情使古代传统的诗文美刺教化的功能论得到充分继承与发扬。"以议论为诗""以才学为诗"的创作倾向正是这种政治热情的表现。"以意为主""以理为主"的文学观念后面也隐含着这种积极进取的精神。

通过话语建构来影响社会政治，进而重新安排社会价值秩序原是先秦诸子普遍奉行的文化策略。这种话语建构当然也是一种权力运作的形式，但这种权力运作一旦遇到现实政治权力（物质力量）就显得微不足道了。除非它的价值取向恰恰与政治权力的运作方向一致，否则就很难真正实现为一种现实的权力。但是先秦诸子之学，尤其是孔孟之学、老庄之学与申韩之学却成为后世历代文化学术取之不尽的话语资源，并渐渐作为带有某种神圣意味的、本原性的知识系统而实实在在地实现为现实权力。汉初奉行黄老之学的宰臣、汉武帝以后的经生、历朝历代无所不在的能臣酷吏分别是道家、儒家与法家话语系统权力运作的承担者。宋代文人士大夫的文化特征在于：他们希望通过对传统文化学术资源的创造性发展来建构更为完备的话语系统，进而在一定程度上改变社会存在形式，最终实现"治国平天下"的宏伟目标。他们的话语建构毫无疑问暗含着权力运作。他们是自先秦诸子之后欲借助纯粹话语建构来改造社会人生的第二批自高自大、目空一切、气贯长虹的文化妄人，是中国古代文化精神的真正创造者、传承者。

对于这样一批有宏图大志的文人来说，当然会要求诗文成为表现其思想观念的工具，当然会提倡"以意为主""以理为主"的文学本体论观点了。

然而宋代文人士大夫的目标还不仅限于此。他们作为自先秦士人阶层产生以来已经发展演变近一千五百年的文化知识阶层，已然渐趋成熟，积累了丰富的生存智慧，所以他们不仅要改造社会政治秩序，使之更趋合理，而且还要改造自身，以便找到最佳生存方式，更加有意义的生活。道学或理学正是这样一种学术话语，它是以使个体生命更充分实现其价值，使人的心灵更充分地享受到高层次的自由愉悦为鹄的的。道学的核心范畴"道"或"天理"在理论上虽然包含宇宙本体的意义，但就其实际的价值而言，乃是个体生命自我充实、自我提升的逻辑起点，是人生意义的本体论表述。应该如何做人？怎样的生活最有价值？如何获得真正的幸福？这些问题实际上是道学所要解决的根本性问题。这种对人生价值与意义的关怀与追问显现于文学观念就必然是道体文用的观点——要求诗文的话语形式成为人的内在精神、人格境界、人生理想的呈现。

然而宋代文人的精神世界太过丰富了，仅仅对社会政治的关心与对个体生命意义的追问还不足以满足人的全部精神需求，他们还要驻足于对各种情趣、意味的体会玩赏，也就是说，他们在干预社会和自我完善之余还要"游于艺"——满足审美的需要。所以对于诗文的审美价值，在整个宋代三百余年的文学发展过程中，几乎是无时不受到关注的。宋代一流的诗文家，不管他们是否强调过诗文的审美特性，在实际的创作过程中他们都无一例外地十分讲究文法、诗法，注重文学的审美价值。严羽的"兴趣"之说就是这种审美需求的反映。

宋代文人的这三种精神需求在中国古代历朝历代都是具有代表性的。通过话语建构的方式来实现干预社会的政治目的本来就是知识阶层的专利，古今中外都是如此。所以无论是注重人格修养的道学家也好，还是注重个人情趣的诗文家也好，一涉及事功方面大抵都会表现出积极的态度来。所以政治需求与人格修养及个人情趣之间并不存在实质性的矛盾，至多也只是侧重不同而已。然而人格修养与个人情趣两种精神需求之间的关系却没有这样简单。如前所述，二者的根本价值取向都是对现实利益关系的超越，都是心灵的自由状态。但是二者的运作方式却是完全不同的。人格修养本质上是一种压抑性的精神活动——强化某种理性原则来压制乃至消解主体的利益关怀与肉体欲望。修养的结果是这种理性原则成了主体心灵的主宰甚至全部，是理性对于感性的彻底胜利。这时主体或许也能够得到道学家极力标举的那种孔颜之乐，但这种"乐"最多也只能是一种精神上的平静闲适、从容不迫，绝不会是强烈的喜悦之情。达到这种人格境界的主体当然还会有情感，但这情感却是在理性原则规范下的情感，是"发而皆中节"的喜怒哀乐之情，即是理性化的情感。所以主体一旦真正达到这样的人格境界，他就会在思维方式、价值观念乃至整个精神结构都不同于常人，也就是"心有所主"。

追求个人情趣的主体则迥然不同。他们不满足于整日处于日常俗务的萦绕之中，不愿意成为那种"心随物转"的庸人。所以他们就将精神寄托于一种悬浮于日常生活之上的情趣之中。借助于将外在事物与个体情绪置于一定距离之外来体味、玩赏的办法超越这些事物与情绪，从而也超越了对现实的功利性关注。对他们来说，诗文书画的创作与品味正是这种超越的最佳方式。他们驻足于此，自得其乐，流连忘返。与道学家追求的人格境界相比，这种个人情趣不受任何的理性原则规范，只是一种淡化了功利色彩的心理体验。但它又是瞬间的感受，不足以真正解决人的现实困扰问题。而且这种寄托于诗文中的个人情趣除了使人在瞬间摆脱与现实的利益关系之外，并没有更高的价值指向，所以也就不能将主体心灵引向更高的精神境界。也就是说，这种超越方式只能慰藉人的心灵却不能提升它。

这样，道学家的确有足够的理由指责诗文创作是"玩物丧志"——以个人情趣为主要内涵的诗文创作本质上的确与"玩"没有什么区别，它就是一种"玩"的方式，只不过较之一般的游戏在形式上更"雅"一些，难度大一些而已。中国古代有无数文人在谋生之外就是以这种"玩"的方式寄托自己的心灵的。这对于以心灵的改造与提升为人生最高理想的道学家来说自然是蹉跎光阴、浪费生命。那么为什么还是有许多道学家来吟诗作文呢？这除了他们离不开诗文的工具作用、交际功能之外，更因为道学陈义过高，实难企及之故。道学在理论上是圆融自洽的——人具有成为仁义之人的潜在可能性，通过存养践履功夫他就能够实现自己的潜能，从而达到心灵自主、摆脱物累的目的。但是在实践上现实利害与自身肉欲是难以摆脱的，甚至是不可能完全摆脱的。所以即使是有相当高的修养之人，也无法总是能做到心静如水、和乐舒泰。更不用说达到"廓然大公，物来顺应"和"与天地万物浑然同体"的理想境界了。所以他们也需要借助诗文来消解内心焦虑、实现瞬间的超越。何况诗文还能呈现他们有所得之后的充实和乐之心态呢！所以除了极个别的例子外，道学家一般是不否定诗文之于个体心灵的价值的。

然而对于那些没有道学家心灵提升之志的大部分文人来说，寄托个体情趣的诗文创作就具有十分重要的意义了。他们靠诗文创作与欣赏消解内心焦虑，舒泄情感，反过来也就要求诗文成为个体情趣的象征形式。这就是严羽"兴趣"说诗文本体论的现实依据。道学家承认诗文的超越作用，却绝不同意将全副精神寄托于诗文，所以他们在诗文本体论上依然是坚持道体文用的观点。诗文家无"道"可言，所以能够堂而皇之地视个体情趣为诗文本体之所在。

宋代文学观念承晚唐余绪而生，本是纯然专注于个体情趣与辞藻技法的。继而，士大夫在统治者右文政策的鼓励及现实弊端的刺激下渐渐生发出强烈的政治干预意识，与此相应，也出现了建构学术话语的激情。于是以先秦儒学为基本思想资源、兼取魏晋玄学及佛学因素、表征宋代文人士大夫阶层主体精神的宋学勃然而兴。宋学涵盖范围极为广大，可以说自仁宗朝起直至南宋末，文人士大夫阶层中的一流人物几乎都参与到这种学术话语的建构之中。这样宋学的思维方式、价值观念乃至话语形式就构成了一种具有强大统摄作用的文化语境。宋代文学观念一方面基于同样的原因而直接参与了这种文化语境的建构过程，一方面又作为一种独立的话语系统而深深地受到这一文化语境的浸染与牵引。诸如"以意为主"与"吟咏情性"、"治教政令"与"自然天成"、"道"与"文"、"才学、议论"与"兴趣、妙悟"等等，都表现了这种文化语境之牵引与诗文作为特殊话语系统的内在规定性之间的某种紧张关系。宋代文学观念的发展演变史也就是宋学思维方式、价值观念与文学审美特性相互冲突、相互妥协的过程，也就是宋代文人的社会意识形态与个体精神乌托邦之间的对立与整合的过程。"以意为主""以理为主"及道体文用的诗文本体论标志着文化语境对文学独特性的胜利，"别材别趣""兴趣妙悟"则标志着文学独特性对宋学文化语境的挣脱，也标志着文化语境自身的某种多元化趋势。

文化语境的形成与演变取决于文人心态的普遍状况。北宋中叶是文人阶层主体意识与进取精神最为高昂之时，人人欲有所作为，有所言说。当此之际，直接的政治行为是他们的首要任务——试图靠政治上的兴利除弊、建立合理的社会政治秩序与价值观念系统来实现自己的价值。这时他们对诗文的要求自然也就带有明显的工具主义倾向。到了南宋中叶之后，文人阶层政治改革之心已渐趋黯淡，恢复之志也消磨殆尽，主体精神的寄托方式便渐渐转向私人领域。在这样的情况之下，关注诗文独特审美功能的文学观念自然走向主导地位。

中国古代文人阶层心态的形成与变化基本上与社会经济结构即生产方式并没有直接的关联——事实上，中国古代自秦汉以降，社会生产方式从来也没有发生过根本性变化。所以直接左右着文人心态的最主要的因素就只能是政治状况，也就是文人阶层在社会政治结构中所处的位置，他们可能扮演的角色。文人阶层对特定社会角色的认同与预期直接决定着他们的心理状态，也就决定着他们话语建构的价值取向。而在中国古代的专制政体中，能够决定文人阶层扮演什么社会角色以及如何扮演社会角色的唯一力量是君权。所以君权与文人阶层之关系的特点一直是制约着中国古代文化学术与文学观念发生演变的最主要的因素。当然，在这一关系中君权毫无疑问是处在主导地位的，所以不能排除君主个人思想倾向甚至个性特征的重要作用。但总体来说君权对文人阶层的态度是社会阶级关系、政治格局所规定的。而要深入探讨特定时期社会阶级关系与政治格局的形成原因，则不能不进入到社会生产方式、经济结构中去了。

第十三章　文本分析

前面我们主要探讨了宋学与宋代诗学之间的内在联系，主要是阐明了宋学语境中诗学观念生成轨迹与诸特性。为了进一步了解宋学对诗学观念的影响与渗透作用，我们有必要做一些简略的文本分析。

一、宋诗与唐诗究竟何异——尝试一种文本分析的方式

（一）小引

对于宋诗与唐诗之异，有古今二人曾发表精辟见解：古者为严羽，今者为钱锺书。

严羽以为宋诗异于唐诗者主要有下列两点：其一，在创作的运思方式上，唐诗"惟在妙悟"，宋诗则"自出己意以为诗"。观沧浪之意，乃是说唐人作诗靠的是感觉与体验，或者说艺术直觉，而宋人作诗靠"法"，即某种技巧与规则。其二，在诗歌本体上，唐诗"惟在兴趣"，"吟咏情性"，"尚意兴而理在其中"；宋诗则

"以文字为诗，以议论为诗，以才学为诗"。即是说，唐诗之本体乃是某种非理性的情绪情感与兴趣意味，是一种朦朦胧胧的整体性心理状态；宋诗的本体则是理性的思考与精心的设计，是一种清清楚楚的意识状态。在严羽看来，唐诗"乃为本色，乃为当行"，宋诗则是邪魔外道了。然而何以唐诗如此就好，宋诗如彼就坏呢？严羽只是说宋诗"夫岂不工，终非古人之诗也。盖于一唱三叹之音，有所歉焉"①。至于何以"非古人之诗"、有歉于"一唱三叹之音"就不好，他并没有回答。

钱锺书言唐诗与宋诗之异云："天下有两种人，斯分两种诗。唐诗多以风神情韵擅长，宋诗多以筋骨思理见胜。"②又云："夫人之禀性，各有偏至。发为声诗，高明者近唐，沉潜者近宋，有不期而然者。"又云："且又一集之内，一生之中，少年才气发扬，遂为唐体，晚节思虑深沉，乃染宋调。"这里讲了三层意思：一是说唐宋诗之别根本上乃是由于天下本有两种情性气质的人，有斯人则有斯诗；唐诗宋诗之分，并非全然由于时代之异。二是说唐诗之风格是重风神，重自然地呈现；宋诗的风格是重筋骨，重精心地营构。三是说唐诗的本体是情性气韵，即非理性的心理体验与感觉，亦即"吟咏情性"；宋诗的本体是人之思与事之理，即技巧上的巧思与内容上的道理，亦即"以意为主"。

观上引古今二人之论可谓精辟深刻，切中肯綮。既然如此，我们还有置喙的余地么？

---

① 此处所引均见《沧浪诗话》之《诗辨》与《诗评》，何文焕辑《历代诗话》，第688–696页。
② 此处与下文所引均见钱锺书《诗分唐宋》一文，见《钱锺书论学文选》第五卷，花城出版社，1990，第2、3页。

本文所要解决的问题一是唐诗与宋诗在文本层面上到底有怎样的差异,二是这种差异究竟表征着怎样的深层文化意蕴——我们正是要在严、钱二人沉默之处言说。

(二)通过对李白与苏轼诗歌的文本分析看唐诗与宋诗之异

李白与苏轼都是天才型的大诗人,二人创作风格亦有相近之处:都不肯墨守成规,而是追求对个人的才情气质的充分张扬显现。但两位大诗人的作品从语言文字到意象设置,从文本意义到文化意蕴,都带有明显的根本性差异。下面我们通过分析他们的几首七言绝句来看看这种差异在文本中究竟是如何显现的。

李白《春夜洛城闻笛》:

谁家玉笛暗飞声,散入春风满洛城。此夜曲中闻折柳,何人不起故人情。

苏轼《听武道士弹贺若》:

清风终日自开帘,凉月今宵肯挂檐。琴里若能知贺若,诗中定合爱陶潜。

这两首诗一咏闻笛,一咏听琴,内容相近。李诗首句是说只闻笛声而不知吹笛之人。一个"暗"字用得极好,既与"谁家"相应,点名了不知笛声所从来,又突出了笛声传播的特点——看不见,摸不着,无形无色。而且"暗"字还与"夜"字相合,可以说意蕴丰富,耐人寻味。第二句写笛声传播之广。此句将笛声与春风两个意象融为一体，极尽其妙，是全篇之眼。笛声借助春风而传遍洛城，春风亦借助笛声而增添魅力。虽然在意象的设计与文字的使用上均十分精妙，但让人感觉却非常自然，丝毫没有锻炼推敲的痕迹。相比之下，苏诗的前两句就更见匠心了。"清风""凉月"两个意象有四层意蕴：作为实物意象它们起着烘托气氛的作用，在清风吹拂之中、凉月朗照之下听琴，这是何等闲雅脱俗之事！作为隐喻意象，它们又被描写成琴声的欣赏者。一个"自"字，一个"肯"字使这两个意象"活"了起来。当然其文本意义还是为了突出琴声之动听。作为时间意象，它们还暗含了听琴的时间——月明风清的秋夜。最后，这两个意象还是作为琴声的象征而存在的。因为看后两句诗意可知，诗人所闻之琴曲必是清幽雅淡之声，所以"清风""凉月"的意象恰恰使这琴声成为"可视的"。

　　看二诗的前两句，我们只能说都是匠心独运的佳句，并无高下之分。二者之不同在于：李诗自然浑成，虽云妙语，但绝非刻意营构而成；苏诗则用心深微，虽给人以不经意之感，但必定煞费苦心。我们再来看后两句：

　　李诗后两句极为直白：既然听到了笛中《折杨柳》之曲，任何人都会产生思念家乡的情绪。苏诗则不然，这里用了一个推理：一个人如果能喜欢"贺若"之曲，那么他也定然偏爱陶潜之诗。而且这还只是最表层的含义。作为"能指"，这两句诗下面还有两层含义：一是对"贺若"之曲的评价——此曲之格调有近于陶渊明之诗。这既是对琴曲的一种理解，又是对它的高度赞扬，因为大家都知道，在苏东坡的眼里，古往今来的诗人中，陶渊明是最值得称道的一位。二是表达了自己的审美趣味——诗则陶诗，琴则贺若。这是苏东坡"似澹而实腴""外枯而中膏"之诗学原则的自然流露。

我们再来看两位大诗人的两首咏物之作：

李白《横江词》（第四首）：

> 海神来过恶风回，浪打天门石壁开。浙江八月何如此？涛似连山喷雪来。

苏轼《六月二十七日望湖楼醉书五绝》（第一首）：

> 黑云翻墨未遮山，白雨跳珠乱入船。卷地风来忽吹散，望湖楼下水如天。

这两首诗一写江中风浪之险，一写湖上风雨之骤，内容相差不远。李诗第二句形容浪涛之力量，运用了夸张手法：浪涛将天门山的石壁都打开了。第四句描写浪涛之形貌：就像雪山崩摧那样气势宏伟。虽连用夸张，但处处扣住江浪之大，反而给人以平实自然之感。相比之下，苏诗就显得更雕琢些了：以"翻墨"形容云之黑，以"跳珠"比喻雨之骤，均颇见匠心，给人以追新求奇之感。而且全诗句句押韵，显得节奏急凑，与诗中所写之雨骤风狂恰恰相合。李诗的修辞也很讲究，但主要表现在整体构思上运用夸张手法；苏诗的修辞则不仅表现在整体构思上，而且还表现在具体词语的使用与意象的构成上。

下面我们再看两位诗人的两首七律。

李白《金陵城西楼月下吟》：

> 金陵夜寂凉风发，独上高楼望吴越。白云映水摇空城，白

露垂珠滴秋月。

月下沉吟久不归,古来相接眼中稀。解道澄江静如练,令人长忆谢玄晖。

苏轼《和晁同年九日见寄》:

仰看鸾鹄刺天飞,富贵功名老不思。病马已无千里志,骚人长负一秋悲。

古来重九皆如此,别后西湖付与谁?遣子穷愁天有意,吴中山水要清诗。

前者月下思念古人,恨知音罕见;后者重阳惦记旧友,亦感佳朋难寻。二诗亦有相近之处。我们不看二诗的意象与修辞,只看其所表达之内涵:李诗写诗人登楼望远,深秋夜景使之发思古之情。其所表达,仅仅是深感知音难觅,因此想起谢玄晖来。其隐含之意是:假如谢玄晖生于今日,一定会成为自己的知音的。李白的诗大抵如此——明明白白地表达简简单单的情绪与意念。苏诗则不然。在这首诗中至少表达了这样几层意思:其一,自己的潦倒情绪:富贵功名已非所想,老骥伏枥之志亦与自己无缘。其二,然而骚人墨客的春感秋悲却与往昔一般无二。就是说还有情可发。其三,重阳节对友人的思念之情。其四,安慰友人。诗的最后两句尤其含义丰富——既是对友人的安慰,又借以表达了"诗穷而后工"的观点。而且还暗含了这样的意思:一个人仕途腾达、富贵顺遂了,精神境界就不会很高,因而也就不可能写出清雅脱俗的好诗来。

由此可见,苏诗与李诗不同之处,除了前面所言之外,还表现在苏诗尽量在一首诗中融进更多的意义蕴含,似乎是多多益善;李诗则尽量使很单纯的情绪最充分地表现出来,绝无微言大义。一者繁复深微,一者简洁明白,判然而别。

通过以上分析,李白与苏轼二人诗作的异同可以说是一目了然了。李、苏二人分别为自己时代诗界之翘楚,极有代表性,所以他们的不同大体上可以体现唐诗宋诗的差异。为了使这种差异更鲜明地显现出来,下面我们再来对比分析几首杜甫与黄庭坚的作品。

(三)杜甫与黄庭坚诗歌文本的比较分析

我们之所以将杜甫与黄庭坚放到一起来对比,并不仅仅因为他们都是大诗人,还因为二者诗风相近,被江西诗派奉为"一祖三宗"(杜为"祖",黄为"三宗"之首),而且黄庭坚明确表示自己是学杜的。把这样两个诗风相近的诗人的作品比较一番,于同中见异,就更能看出时代文化语境对诗歌创作的重要影响。

先看看杜甫的《登高》:

> 风急天高猿啸哀,渚清沙白鸟飞回。无边落木萧萧下,不尽长江滚滚来。
> 万里悲秋长作客,百年多病独登台。艰难苦恨繁霜鬓,潦倒新停浊酒杯。

再看黄庭坚的《登快阁》:

> 痴儿了却公家事,快阁东西倚晚晴。落木千山天远大,澄江一道月分明。

朱弦已为佳人绝,青眼聊因美酒横。万里归船弄长笛,此心吾与白鸥盟。

二诗均为登高望远的遣怀之作,又都是诗人为人称道的佳作。所以将此二诗进行比较,颇可见出诗人的整体性差异。杜诗首句即写景,"风急""天高""猿啸"三组意象紧密排列,在一个"哀"字的点染下,构成一个表现了凄冷的深秋景象的集合意象,作为能指意象,它暗含凄怆悲哀之情,从而为全诗定下基调。紧接着第二句的"渚清""沙白""鸟飞回"三组意象相连,进一步勾画出一幅清冷的秋景图,也进一步渲染了凄怆悲哀之情。第三、四句依然写景。二句各有一个意象:一是落叶,一是江水。这本是写秋景最俗最滥的两个意象,但经杜甫的点化,就成了千古名句。"落木"之前冠以"无边",后面连以"萧萧下",则其势开阔无比,远非一般写秋叶之句可以比肩,又暗含了深秋肃杀之气无所不在之意,从而表现了悲凉之情至深至巨的深层意蕴。"长江"意象虽无甚新奇之处,但用以表征哀伤情绪的无尽无休,亦极富感染力。此二句进一步为前二句所勾勒之秋景添上一笔浓重的色彩,从而使一幅气势宏大的深秋图景以及其所负载的深沉绵长的悲哀情绪活灵活现地呈现于读者面前。诗的后四句直抒胸臆,具有强化前四句所含情感的重要作用。

黄诗起手即用典,令未读过《晋书·傅咸传》者颇感突兀,然亦勉强知其所欲言。第二句呼应诗题,其中"倚晚晴"这个集合意象值得玩味——它不仅点出了时间,而且为全篇隐含的情感意蕴定了调。一个"倚"即呈现出一种轻松愉快情绪,与杜诗恰好相反。三、四句是景句,历来为人所称道。"落木""千山""天远大"三组意象联合，亦构成一幅秋景图，可以说境界开阔，也较为恰当地显现了诗人那种轻松愉快的情感。虽写"落木"，却无入"悲落叶于劲秋"之常套。"澄江一道""月分明"两组意象相连，也给人以朗净宏阔、赏心悦目之感。然而与杜甫"无边落木萧萧下，不尽长江滚滚来"二句相比，黄诗的这两句明显是精心雕琢而成的。杜诗仅仅有"落木""长江"两个基本意象，而黄诗则有"落木""山""天""江""月"五种意象；杜诗意象背后的意蕴极为清楚，那就是悲哀忧愁之情，意象与意蕴结合极为完美，显得十分自然。黄诗则既包含了"了却公家事"之后的轻松愉快，又有对自然景物的审美观照，显然还有创造"佳句""名句"的意识与匠心融于其中。所以，杜诗仿佛是"流"出来的，黄诗则好像是"作"出来的，差别明显。黄诗后四句几乎句句用典，表达的意义却含混不清——又似是知音难觅之叹，又似是愤世嫉俗之情，还流露出归隐江湖之意。诸般含义聚在一处，令人感到真是一点儿真情实意都没有，完全是在"为文而造情"。与杜诗的真情流露，直可动人肺肝相比，黄诗实在是在玩文字、玩学问。从全诗来看，杜诗前四句写景，而悲愁的情调已然渲染得尽足，后四句直接抒发胸中郁闷，与前面景句呼应，大大增强感染效果。全诗浑然一体，无论是写景还是抒情，都给人自然而然之感，绝无丝毫做作之态。黄诗前四句轻松愉快，后四句故作失意惆怅之情，截然二橛，令人莫名其妙。就艺术成就来看，二者差距洵难以道里计。下面我们再看杜、黄二人另外两首诗。

杜甫《和裴迪登蜀州东亭送客逢早梅相忆见寄》：

东阁官梅动诗兴，还如何逊在扬州。此时对雪遥相忆，送客逢春可自由？

辛不折来伤岁暮，若为看去乱乡愁？江边一树垂垂发，朝夕催人自白头。

黄庭坚《寄黄几复》：

我居北海君南海，寄雁传书谢不能。桃李春风一杯酒，江湖夜雨十年灯。

持家但有四立壁，治病不蕲三折肱。想见读书头已白，隔溪猿哭瘴溪藤。

两首诗都是寄赠友人之作，均为叙述友情之意。二诗的区别主要是在词语的选择运用方面。杜诗只是首联用典，且不含任何深意。其余各句，通俗几如白话。全诗只是围绕早梅向友人抒发了一点思念之情与个人的感慨而已。黄诗则不然。全诗几乎真是"无一字无来处"："北海""南海"云云，出自《左传·僖公四年》楚君之言；"寄雁"出自"鸿雁传书"之传说；"谢不能"出自《史记·项羽本纪》；"四立壁"出自《史记·司马相如传》"家徒四壁立"；"三折肱"出自《左传·定公十三年》。读杜诗是玩味其意境，体会其情感，不劳猜想；读黄诗则是理解其文字，摸索其出典，有如猜谜。

通过以上两组诗的比较我们已然看出，尽管杜甫在唐代诗人中算是最讲究声律与文字的了，但与黄庭坚相比还是有着明显的差异。杜黄之间的差异与上文李苏之间的差异大体相同，这种差异基本上反映出了唐诗与宋诗的主要不同之处。通过文本的具体比较，我们也可以看出，唐诗与宋诗的差异基本上就是严羽与钱锺书二人业已指出的那几个方面。尽管如此，我们还是要作几点补充：其一，唐诗主要是表现诗人的生命体验——是感性与理性、情绪与思想、需求与愿望浑然一体的心理状态。宋诗则主要是表现诗人的想法，而且往往是很理智、很冷静的想法。所以唐诗显得浑朴真诚，宋诗显得深刻机智。其二，唐代诗人务心于如何将那种内在思绪和盘托出，使内外合一；宋代诗人致力于其所见所想如何异于他人，从而在诗中标新立异。其三，唐诗的表达实际上乃是呈现：或者将所思所想所感直接说出来，或者借用某种方式将其从整体上"象征"出来。宋诗的表达就是表达，是通过精巧别致、不同凡响的话语形式来表达搜肠刮肚出来的奇思妙想。其四，唐诗给人的感觉是一幅画、一首歌、一个故事，总之是一种有着紧密内在联系的有机整体。宋诗给人的感觉是一个个景点、一条条道理、一句句格言，总之是有太多的东西挤在一起、互不统属。唐诗适合有情人流泪捧读，涵泳其韵致；宋诗适合有闲人玩赏，细究其思路。那么唐诗宋诗何以会有如此之异呢？下面我们就通过对文化语境的重建来探讨这个问题。

（四）唐诗宋诗相异之文化原因

诗歌创作是一种话语建构。任何话语建构都必然受到种种其他因素的制约与影响。特定历史语境对于话语建构主体之心态具有决定性影响，而这种具有普遍性的心态恰恰是一个时代诗歌创作整体倾向形成的直接原因。当诗人进入创作过程时，特定文化语境又起到了更重要的决定性作用：诗歌创作作为一种话语建构的方式绝不是一种孤立的话语行为，它要受到来自其他话语系统的重要影响与渗透。在同一文化语境中，又往往有着某种决定着各种话语系统之建构的深层意义模式，它对于诗歌创作同样具有制约作用。所以对于唐诗与宋诗之异的原因，我们必须在不同话语系统的关系中，在文化语境深层意义模式中来寻找。

对于唐代士人阶层的文化心态来说，当时社会政治生活中有两个因素起到了重要的影响作用。一是取士制度的变化。六朝取士看门第，仕途为士族所把持，寒门子弟的晋身之路受到严重阻遏。隋唐兴科举，为寒门庶族文人的晋身辟出一条通路。这是最令士人阶层欢欣鼓舞的事情。然而在唐代，士族势力依然很大，贵族意识形态还有很大市场，士族子弟往往靠门第即能获得高官厚禄。钱穆先生指出："当时门第仕进，亦较进士等科第为易。建官要职，仍多用世家。大臣恩荫，得至将相。……可见唐代政权，尚与门阀有至深之关系。"[①]因而庶族文人只有靠建功立业方能真正跻身于官僚系统的上层，再加上唐代国力强盛，统治者雄心勃勃，于是士人阶层就将在政治生活中积极进取、有所作为当作人生最高目标。为了达到这一目标，即使干谒自荐、奔走于权贵之门也丝毫不以为耻。所以唐代士人绝对是俗人，是光明正大的俗人——建大功、立大业、做大官是他们时时诵之于口的人生理想。

影响唐代士人文化心态的另一个重要因素是官方意识形态话语控制的松弛。唐代统治者从未建构起一种一体化的、一以贯之的官方意识形态体系。他们时而崇老，时而尚佛，又差不多都同时尊儒。这就使士人阶层完全可以按照自己的兴趣和意愿去选择学术

---

① 钱穆：《国史大纲》，第483、484页。

文化，从而形成一种多元化的文化格局。在这种极为宽松的文化语境中，士人阶层本可以在学术上大有作为，建构起较先秦子学、两汉经学、魏晋玄学更为深刻细密的学术话语系统。但唐代士人的兴趣却不在文化学术方面而在建功立业方面。所谓"宁为百夫长，胜作一书生"，恰是彼时士人阶层的共同心声。于是在文化领域他们选择了文学而放弃了学术。其内在逻辑是这样的：一方面是积极进取、试图建功立业，但这种宏图大志却很难如愿以偿，所以另一方面是吟诗作赋，以排遣因"有志不获逞"而生的惆怅失意之情。建功立业之豪情不得已而化为诗情时，就造就了唐诗那种豪迈雄奇的总体风格。所以，唐诗的繁荣固然有赖于"以诗取士"之类的政策，但更根本的原因乃是士人阶层维持心理平衡之内在需要——建大功、立大业、做大官的人生理想受挫时，诗歌就成为他们舒泄内心郁积的有效方式。又因为诗文酬唱乃是当时文人社会"公共领域"最重要的交往方式之一，所以诗歌创作也就成为士人实现自身价值的又一条重要途径。诗歌的勃兴也就顺理成章了。

所以，诗对于唐代士人来说主要是舒泄内心焦虑、维持心理平衡的手段，因此与人的生命存在直接联系。这样，唐诗就不需要过多的雕饰与精心的营构，它所追求的是如何能够更好地将诗人内心郁积的情绪情感和盘托出。所以唐诗总是能够恰到好处地表情达意，仿佛诗的形式即是情绪情感的同构体。这便是皎然所说的"但见情性，不睹文字"，和司空图所说的"不著一字，尽得风流"，亦即王国维所说的"不隔"。我们前面分析的李白与杜甫的几首诗已经证明了唐诗的这一特点。

宋代诗人所处的文化历史语境与唐人有很大不同。宋代士族势力已基本不复存在，政治文化领域成了士人阶层的一统天下。再加上宋代帝王自太祖、太宗以降对文人均极为重视重用，因而士人做官较唐代容易得多，俸禄也较唐代优厚得多。可以说，士人阶层在宋代得到了中国有史以来最为理想的生存环境。在这样的条件下，士人阶层就不甘寂寞了——他们的主体意识（既是作为个体的，又是作为阶层的）得到空前膨胀，他们不再仅仅满足于驰骋于仕途，而且还要在文化学术领域有所建树。上至天文，下至地理，他们都有兴趣搞清楚；至于人之本性、人之价值更是被他们当作最有追问意义的事情了。在宋代士人的价值坐标系中，在政治领域建功立业并非最高追求，能究天人之际、辨性命之理并能身体力行、成圣成贤，才是人生最高境界。所以诗歌创作对于宋代士人来说主要不是生命体验的呈现，而往往是其所洞见的人伦物理的表达形式，或者是一种技巧和显示博学的方式。这一点在前面我们分析过的苏轼与黄庭坚的诗中可以清楚地看出。

（五）结语

唐诗与宋诗的区别可以说是明显的，对此历代均有人予以论及。但对于造成这一区别的原因却历来疏于探讨。过去人们常常以为唐人已将好诗都作尽了，所以宋人无论如何不可能达到唐人的水平。而钱锺书先生则从人的性格角度来看唐诗宋诗的区别。这虽然也不无道理，但毕竟未能说明真正原因——人们会问，难道唐人大都是一种性格，而宋人大都是另一种性格吗？唐人有人作"宋调"，但毕竟是少数；宋人有人发"唐音"，也只是凤毛麟角。不能以偏概全。因此我们从士人文化心态与文化语境的角度来寻找唐诗与宋诗相异之原因，虽不能说完全解决问题，但无疑也是一种有益的尝试。简而言之，唐代士人多一些天真烂漫而少些机心；宋代士人则多一些对宇宙人生的洞察和领悟而少些自然淳朴。唐代士人追求形而下的价值：堂堂正正地追求功名利禄，明目张胆地张扬感性欲望，很少自我规范、作为约束；宋代士人追求形而上的价值：苦思冥想人生真谛，试图在天人之际、性命之间发现人的安身立命之本——这就造成了唐代士人与宋代士人迥然不同的文化心态。这两个时代的诗歌创作也正是在这两种不同心态的直接影响下产生的。从文化语境角度看，唐代是世俗精神占统治地位的时代，士人们一方面追求功名利禄、建功立业，另一方面则吟诗作赋，寻求情感宣泄之途。当时的学术话语建构不是时代文化之主流（经学虽有人研究，却不为时人所重；佛学虽系统而精深，但一般世俗之士并不能领略其奥妙），因而对诗文创作没有太大的影响。只是韩愈等少数人意识到了唐代士人阶层在学术话语建构方面的孱弱无力，这才提出重振道统的号召，然而，终唐之世却响应者寥寥。宋代则恰恰相反。士人们主体精神得到空前高扬，为使这种主体精神得到实现，他们以极大的热情致力于学术话语体系的建构（宋学中有新学、洛学、蜀学、朔学、关学等学派，这是唐代所不可能有的），这种建构工程成为时代文化主潮，并对其他一切形式的话语行为产生了巨大影响。这就构成了宋诗与唐诗之差别的又一个重要原因。

二、宋词的兴起与宋代士人人格结构之关系

宋词何以会在宋代成为一种重要的文学样式？宋词的兴起与宋代士人心态有怎样的关联？宋词与宋诗在功能上有何区别？这里我们从文本与文化语境相互关系的角度来探讨这些问题。

（一）词之兴起与士人新型文化人格

词作为一种文学样式又称为曲子词，有时也称为乐府。从这些称谓上即可看出，这种文学样式与乐曲关系紧密。先秦时诗与乐不可分，《诗三百》均可入乐。所以也可以说《诗经》中的作品都是曲子词。然春秋战国文化乃是西周礼乐文化之余绪与变体，故而重形式的庄重与内容的典雅，特别是儒家文化更是极为强调诗乐的教化功能。因而诗乐主要是在官方"公共领域"，如宴饮朝会、祭祀典礼时被使用，基本没有进入个人化的"公共领域"，不是个人的交往形式。至于儒家的教育家用诗乐教人修身，诸侯的政治家、外交家用诗乐作为一种外交辞令，那就更与个体性的精神生活关系不大了。只是后来出现的那种受到儒家极力贬斥的"郑卫新声"或许与个体性审美活动有较为密切的联系。但其词与曲究竟如何"淫"法，谁也不知道。由于儒家文化的抵制，这种具有较高审美价值的诗乐终究未能堂而皇之地进入居于主导地位的文学艺术话语系统之中，而始终是作为民间艺术而传衍着。

两汉乐府虽有取于大量民歌民谣，具有鲜明的民间色彩，但由于受官方把持，依然不属于个体性精神生活的内容。观汉乐府之内容，无非两大部分：一是所谓"美刺之作"。这是汉代经学语境在文学方面的表现。汉儒试图以文化制衡的方式对君主施加影响，赋予诗乐的任务是"主文而谲谏"。由于这种文化语境的作用，汉乐府中就出现了一大批对社会进行批评的作品。二是那些保存了民歌风格的作品，其中有许多大胆泼辣地表达了纯真无伪的爱情，可以看作是为个体性精神生活留了一席之地（《诗经》中虽然也有不少这类作品，但可惜都被说诗者进行了曲解。乐府中的此类作品则体现了某种对个人精神价值的肯定）。只是到了东汉末年，由于社会动荡、王纲解纽，官方意识形态话语对社会精神生活的控制渐渐失去其有效性，这才出现了一批舒泄纯粹个体心灵的乐府诗，如《古诗十九首》之类。魏晋以降，乐府诗虽代有作者，但由于诗乐的分家日趋明显，文人们都热衷于将诗作为一种独立的文学话语形式来建构和完善，不大有人专门去考虑"歌"或"曲子"之"词"应如何作了。

唐代由于国力强大、天下太平，再加上南北融合，胡汉交汇，乐舞得以极大地兴盛。从官方到民间，乐舞成为一种极为普遍的艺术活动。而且即使在官方，乐舞的庙堂典仪之政治、宗教、伦理色彩也大大淡化，而审美因素则大大强化。在这种情况下，各种民间曲调产生出来，如《竹枝歌》《踏歌行》《长相思》《渔歌子》《望江南》《南歌子》《虞美人》《杨柳枝》《鹊踏枝》等等。这些曲调又需要填词而歌，于是一班文人便出来撰写歌词——这就是在宋代发达起来的文学样式"词"之早期形式。但唐代士人毕竟豪迈不羁，并有较重的功利主义倾向，所以对于填写此类婉转细腻的歌词并无太大兴趣，只不过是偶一为之而已（例如白居易、刘禹锡等人的《竹枝词》《忆江南》《杨柳枝》之类）。对词的兴趣远不能与对诗的兴趣同日而语。只是到了晚唐五代，社会动荡、国力衰颓、士风亦委顿不堪，这才有一大批皇室贵胄与贵族化的文人热心于此，并带动一大批文人追随其后。于是词的创作蔚为风气。

宋代立国重文轻武，文人的生存境遇之佳堪称历代之最。这主要表现在两个方面：一是官容易做——科试之额逐年增加，而且各种恩荫、恩科不胜枚举。大凡读过书，或略有名气，或家族中有人做官的，总能得到一官半职。像王令那样才高命蹇之人是极为少见的。而且倘若王令再多活几年，也定会有官可做的。二是做官的待遇优厚——俸禄也是逐年增加的。钱穆先生说："宋室优待官员的第一见端，即是官俸之逐步增加。当时称'恩逮于百官，惟恐不足；财取于万民，不留其余'。可以想见宋朝优待官吏之情态。官吏俸禄既厚，而又有祠禄，为退职之恩礼。又时有额外恩赏。"①朝廷对士大夫的优待产生了两个方面的效应：第一，大大激发了他们的主体精神与进取意识。中国古代士人阶层之精神状态往往取决于统治者对待他们的态度。所以凡是君主或执政者雄才大略、"圣躬独断"之时，必然是士人阶层之精神委顿之日。相反，凡是君主或执政者孱弱无力、"礼贤下士"之日，必是士人阶层精神高涨、意气风发之时。宋代朝廷由于并非从马上得到天下，而且得来太过容易，因此不够理直气壮，而是处处谨慎小心，如履薄冰、如临深渊。在这种心态之下，形成了一整套的重文轻武的治国方略，试图靠与士大夫的密切合作建立永固之江山。于是士人阶层便牛气冲天了。提倡革新政治者有之，呼唤成圣成贤者有之，大言"为万世开太平"者有之，鼓吹北伐，欲混一环宇者亦有之。在这些气盛才高的文人眼中，天下几无不可为之事。然而现实毕竟严峻——外敌环伺，内部冗官冗费，都是足以导致覆亡的因素。于是士人阶层的主体精神与进取意识除了政治方面的有限表现之外，就主要显现于话语建构方面了。宋学之足以与先秦子学、两汉经学、魏晋玄学、隋唐佛学相提并论而绝无愧色，完全是得益于宋代士人那种不可一世的"狂"的精神。第二，在个人精神生活方面的追求享受与奢靡。在这方面颇有些像六朝士族文人的习气——在琴棋书画、诗文辞赋

---

① 钱穆：《国史大纲》，第543、544页。

等方面精益求精，追求高雅脱俗。不同之处是，六朝文人是在摆脱了现实关怀之后的精神享受，而宋代士人则是在现实关怀之余的精神享受。由于现实关怀对于宋代士人来说过于强烈（他们总以为自己肩负着治国平天下，或为天下苍生制定人生准则之重任。好像如果离开了他们，天下百姓就不知道应该如何活着了），所以如诗文这样严肃的文学样式，是不能仅仅用以表达个人一己之私的，必须令其担负起教化或"治教政令""世道人心"之重任方可。那么个人的情怀到哪里去抒发呢？在这里"词"的价值就显示出来了。

宋代的乐舞与唐代明显不同之处是：唐代乐舞之主流在宫廷中，而宋代乐舞之主流是在民间。"宋代最繁荣的音乐样式是曲子，一种曲词合一的抒情歌曲。曲子受到社会各阶层的普遍钟爱，上至帝王，下至市井百姓，皆喜好唱曲填词，士大夫文人更是乐此不疲。宋词创作的杰出成就，正是在这一风气的沾溉下获得的。"① 这种风气的形成当然与城市的发展、经济生活的活跃、市民阶层的崛起都有着直接的关系，但从"词"的主要创作者——士大夫的文化心态来看，则取决于他们的双重性的文化人格。

如前所说，宋代士人人生旨趣的主流乃是有所作为——或者在政治生活中有所建树，或者在文化话语建构方面有所表现。但这种使命感实际上是十分沉重的，有时会令人感到渺茫无望，从而生厌烦之心。那些接受了中国古代儒、释、道三大思想体系之熏陶，并开始致力于融会贯通以建立新的学术格局的宋代士人绝不想做一个殉道者——他们追求的是一种能够将现实关怀与个体性精神享受融为一体的新型文化人格。在这种文化人格中，个体价值取向乃是与社

---

① 彭吉象主编：《中国艺术学》，高等教育出版社，1997，第265页。

会价值取向居于同等地位的一个基本维度。作为一种新兴的文体，"词"就成为最适合展现和负载这种个体价值取向的话语形式。下面我们通过文本分析来看一看"词"是如何完成它的这一功能的。

（二）对北宋中期几位重要政治人物词作的文本分析

宋初词坛是"花间派"的天下。这是典型的贵族趣味之表现。盖因此时宋代士人的主体精神尚未彰显之故。然而到了仁宗年间，那些锐意革新政治，积极进取，欲大有作为的政治家却也常常用词来表现自己幽深隐秘的意念与情感。这主要表现在下列几个方面：

其一，借词来表现与主导价值观念相矛盾的意念和想法。我们先看看范仲淹的《剔银灯》：

> 昨夜因看蜀志。笑曹操孙权刘备。用尽机关，徒劳心力，只得三分天地。屈指细寻思，争如共、刘伶一醉？
> 人世都无百岁。少痴騃、老成尪悴。只有中间，些子少年，忍把浮名牵系。一品与千金，问白发、如何回避？

范仲淹是对北宋一代士风产生过重要影响的人物。他作为"庆历新政"之改革运动的核心人物、作为在西北前线抗御西夏入侵的国之干城，在当时士人阶层中享有极高威望。他本人除热心事功、以天下为己任之外，还极重自身人格修养，对儒家修身养性之学颇多心得。他的一生是轰轰烈烈的一生、是积极进取的一生。在其诗文创作中，也充满着那种忧国忧民的精神。然而在他的词作中，却时时流露出一种较为消沉忧郁的情绪。读这首《剔银灯》，我们就不难看出其中蕴含了一种与其诗文中那种昂扬向上的进取精神不相人的价值倾向。曹操、孙权、刘备三人都是一时间叱咤风云的英雄豪杰，实际上乃是范仲淹深深倾慕的古代人物。但在这里却被说成还不如刘伶那样镇日沉溺醉乡、任诞妄为的狂放之士。功名利禄与建功立业乃是一体两面，是宋代士人，包括范仲淹自己倾大力追求的目标，而在这里却被当作应予"回避"的"浮名"。读这首词，我们很容易将作者想象为看破红尘的隐者一类。让我们再看看另一位政治家、改革家王安石的一首《诉衷情》：

练巾藜杖白云间。有兴即跻攀。追思往昔如梦，华毂也曾丹。

尘自扰，性长闲。更无还。达如周召，究似丘轲，祇个山山。

王安石是中国古代极为罕见的杰出政治家、改革家。他的革新主张及一系列具体措施可以视为宋代士人主体精神与进取意识在政治层面的集中表现；而他致力于建构的"新学"体系乃是宋代士人主体精神与进取意识在文化学术层面的集中表现。他在这两个方面的建树对整个宋代，甚至对整个后来的中国政治文化的发展都有着重要影响作用。在其政治意识中，周公、召公都是最值得尊敬与效法的历史人物，而孔子与孟子又是他在学术建构与人格修养方面极为推崇的榜样。然而在这首词中，周、召、孔、孟的通达深刻却不如那种闲云野鹤般的生活方式更令人神往，因为他们早已成为荒冢一堆了。这里也透露出王安石内心深处的一种遁世情怀。我们再看看他的一首《雨霖铃》：

孜孜矻矻。向无名里、强作窠窟。浮名浮利何济,堪留恋处,轮回仓猝。幸有明空妙觉,可弹指超出。缘底事、抛了全潮,认一浮沤作瀛勃。

本源自性天真佛。只些些、妄想中埋没。贪他眼花阳艳,谁信道、本来无物。一旦茫然,终被阎罗老子相屈。便纵有、千种机筹,怎免伊唐突。

似这种看破红尘、四大皆空的佛家语,很难想象是出自那位为推行自己的改革政策百折不挠、义无反顾的政治家和重新阐释儒家经典、大力提倡"义理之学"的儒学思想家之手。他倾全力追求的那些东西,在这里均成为"浮沤",那么他所希冀的"全潮"又是何物呢?是否是成佛呢?如果是这样,那么,成佛之后又当如何?这些恐怕王安石自己也未必能说清楚。词中所蕴含的价值倾向显然与作者在平日奉行的主导价值观处于矛盾状态。

其二,用词来表达在诗文中不宜表达的情绪与意念。换言之,诗文中所表达的是主流话语、通行话语,而词中表达的乃是私人话语。我们先来看一看欧阳修的《蝶恋花》:

腊雪初销梅蕊绽。梅雪相和,喜鹊穿花转。睡起夕阳迷醉眼。新愁长向东风乱。

瘦觉玉肌罗带缓。红杏梢头,二月春犹浅。望极不来芳信断。音书纵有争如见。

这是一首写闺中少妇思念远人的词。前三句写初春景色之美,具有某种象征意义:梅、雪、喜鹊三个具体意象所构成的组合意象是一幅早春图，可以视为生机与和谐的象征，它使人想到，面对此美妙春景应是夫妇同赏才相宜。其文本意义是反衬思妇的思念之情与孤寂之心。后数句除"红杏梢头，二月春犹浅"外，均直写相思之苦。这首词抒情婉转，描写细腻，与作者那些具有豪放倾向的诗歌作品判然有别。再看他的《玉楼春》：

> 尊前拟把归期说。未语春容先惨咽。人生自是有情痴，此恨不关风与月。
> 离歌且莫翻新阕。一曲能教肠寸结。直须看尽洛城花，始共春风容易别。

这是一首写离愁别绪的词。在将离未离之时，痴情人已是容惨声咽、肝肠寸断。全篇直写痴男怨女之离情，毫无掩饰。这里没有讽谏，没有议论，也没有什么哲理奥义，有的只是细腻缠绵的男女之情。这在作者其他形式的文学作品中是见不到的。再看一首《生查子》：

> 去年元夜时，花市灯如昼。月上柳梢头，人约黄昏后。
> 今年元夜时，月与灯依旧。不见去年人，泪满春衫袖。

去年元宵之夜、赏灯之时，情人相会、极尽款曲；今年元夜，唯余一人。月与灯和去年一般无二，而伊人却渺无音信，睹物思人，不禁悲从中来。伊人为谁？去年何得而相见，今年何由而相离？个中种种，只有作者一人知晓。

以上所举欧阳修词最能代表词的私人话语性质。词人内心深处隐藏的东西都可以借词的形式展现出来。这里无须任何豪言壮语，既不要"美刺"，亦不要"教化"。语言放弃了一切神圣的使命，只诉诸纯粹个人的心灵；主体也摘下了种种角色面具，摆脱了种种话语规则，只向着感觉、体验、生命存在言说。

（三）词对于宋代士人之独特意义

宋词之所以能够在宋代大兴于世，原因自然是多方面的，但最主要的原因无疑是宋代士人的精神需要——词对于他们有着不可替代的作用与意义。这主要表现为两种功能，一是消解功能，二是游戏功能。下面我们分别予以阐释。

词的消解功能是指，作为一种话语建构，词的创作对主体具有一种自我解构的作用。这表现在三个方面：

其一，对作为政治角色之自我的解构。所谓"政治角色之自我"是指士人阶层深层心理中根深蒂固的做官意识，当然也包括建功立业的雄心壮志。其最高表现是"以天下为己任"的社会责任感；其最低表现是仕途顺遂、飞黄腾达的利禄之心。对于中国古代士人阶层而言，这一"自我"乃是与生俱来的。它代代相传，成了深入士人阶层之骨髓的"原型"意识。是得到普遍认同的一种文化身份。只是在不同社会境遇中，它会有不同的表现形式而已。但是，这种"自我"无论处于何种层次上、无论以怎样的形式表现，对于主体自身而言，它都是一种沉重的负担与严厉的压制——主体为了实现这一"自我"，就不得不进入早已规定好的程序运作之中，换言之，他一旦受到这种"政治自我"的牵制，就要身不由己地在某种外力的控制下行动。李义山所谓"走马兰台类转蓬"正是这种情形之写照。历代士人大都处于一种矛盾冲突之中：一方面受到这种"政治自我"的牵引,将"治国平天下"或高官厚禄、光宗耀祖作为人生至上追求,去殚思竭虑、奔走忙碌;另一方面又时时生出对这种人生追求的厌倦与痛恨,极欲挣脱枷锁,使心灵得以自由伸张。这种矛盾实际上是构成中国古代各种文化学术话语系统的深层意义模式,就是说,这种根深蒂固的矛盾作为一种潜在结构生成着各种意义系统。所以士人阶层的文化产品就主要分为两大方面:一是主流意识形态话语,基本上以向上之"美刺"与向下之"教化"为主要内容;二是私人话语,表现为自家心灵之呈露,不负载任何外在的责任与义务。诗文创作自先秦以降始终处于这两种价值倾向的争夺之中,时而偏向"治教政令",时而偏向"吟咏情性"。例如,两汉偏重于前者,魏晋六朝以至隋唐偏重后者,但始终是在两种价值倾向所构成的张力的控制下运作的。也就是说,即使是"吟咏情性"之作,也往往受到某种社会价值观的浸透而在审美风格上受到限制(例如"哀而不伤、乐而不淫""温柔敦厚""中正平和"之类)。审美风格的限制实际上是主流意识形态话语限制的一种形式,同样使诗文创作不能充分展现主体心灵,就是说,不能成为真正的私人话语。然而士人阶层呈现个体心灵的愿望却与日俱增——特别是在他们越来越意识到个体生命价值之后。晚唐五代之时,政治的崩坏与社会的动荡使士人阶层那种个体生命意识大大膨胀,而作为社会话语的主流意识形态却分崩离析。于是词这一本来流行于民间的艺术形式受到士人阶层的青睐,得以发展起来。宋代立国之后,士人阶层主体意识与社会责任感大大强化,建构主流意识形态话语体系的愿望渐渐强烈起来。诗文创作也就自然而然地被他们当作这种话语建构工程的重要方式了。但是,他们处身积贫积弱、强族环伺的境遇之中,又要改革弊政,又要富国强兵，还要进行人格的自我提升，其肩负之重又大大超过往代。在意识层面自我设定的建构任务愈是重大，无意识层面被压抑的解构需求也就愈是强烈。因此他们较之往代士人就更加需要为个体心灵的呈露保留一种有效的手段，从而舒泄被压抑的情绪。这就导致了作为私人话语的词之创作的勃兴。换言之，词在客观上起着使主体变换角色的作用——以个体性的、本真自我代替作为政治角色的自我，从而使主体心灵暂时放弃历史使命与社会责任之重负，从某种压制与束缚中解脱出来。这是宋代士人维持心理平衡的有效手段。宋代士人可以在文章与诗歌中大讲"治教政令"与"心性义理"或其他人生哲理，但很少在词中讲大道理。至于自两宋之交以至南宋的豪放词则是历史情境使然，对此我们后面将有所论述。

其二，对作为道德意识之自我的解构。中国古代士人阶层有着严格的道德自律意识，这是自先秦儒家学说成为历代主流意识形态话语之后所造成的结果。我们知道，先秦儒学乃是西周礼乐文化的世俗化形式（即由贵族文化演化为普遍的社会文化）。礼乐文化是西周宗法制社会必不可少的意识形态，其作用是使这种以血缘关系为纽带维系起来的政治制度获得合法性。照理，随着宗法制的崩毁，这种一方面等级森严、不得越雷池一步，一方面又温情脉脉、循循善诱的文化话语就应该随之而去。然而情况并非如此。礼乐文化的精神不仅在儒家文化中找到了栖身之地，而且还随着儒家文化被汉代以降的士人阶层与君权系统共同选择为主流意识形态话语而获得了永生。究其根本，当然是由于宗法制的因素始终未能在政治生活中完全退场，因而那种既讲长幼差异、上下尊卑，又讲亲亲仁也的文化话语也就始终有其存在的合理性。因此之故，道德价值对于中国古代士人阶层来说，始终是最主要、最核心的精神价值，而道德自我也始终是对古代士人阶层之生命存在的最主要的压制力量。对于宋代士人来说就更是如此了——他们由于极为难得的社会政治境遇而使主体意识（既是集体的，又是个人的）空前膨胀起来，宋代士人中的一流人物无不自以为肩负天下之重任，都有舍我其谁的豪气。那么他们如何才能使这种主体意识呈现出来呢？在政治上是寻求革新之路（就实质而言，北宋仁宗以下的著名士大夫都是革新家，包括司马光、苏东坡及二程等）；在军事上是探索抗敌御辱之法（宋代士人政治家、思想家几乎人人深研军事，无数人上过"御戎十策"之类的东西）；而从文化话语建构的角度看，他们就又都是理想人格的追求者。一流政治家、思想家、文学家几乎人人都有成圣成贤的主观努力。成圣成贤的人格理想，作为一种道德自我，那是宋代士人在文化话语建构方面超越汉唐士人，并傲视明清士人之处，是宋代文化的重要特点之一。然而这也是宋代士人最大的精神重负，是他们的生命存在难以舒展的主要原因。因此，对于词的喜爱与创作，也可以看作是他们在无意识中对这种道德自我的一种内部颠覆，或自我解构，是那被压抑的生命存在的自由舒展。观欧阳修等人的词作，无一语及于道德说教，就正说明这一点。

其三，对于宋代士人来说，词的繁荣还表明私人情感获得合法性。那些以表现一己之情的词能够大兴于世，这本身即是在说，与以天下为己任的政治责任感及自我规范、自我提升的道德关怀一样，怜香惜玉、风花雪月的文人情怀也获得了话语权力，能够堂而皇之地进入士人交往的公共领域了。这一方面表现出宋代士人社会境遇的良好，具有一定文化价值观的选择自由；另一方面又说明了宋代士人文化人格的多维性特征。最重要的是这种人格结构的多维性合法化了——都能够升华为话语形式了。文化价值观的多元并存实际上乃是对汉唐士人"穷则独善、达则兼济"的二元对立选择模式的突破，证明了士人阶层文化人格的渐趋成熟。

总之，词作为一种独特的话语形式兴盛于宋代是与宋代士人的精神特点密切相关的。可以说这表征着士人阶层在文化人格的自我建构方面又走出了重要的一步。

（四）豪放词出现的文化意义

胡寅尝言："词曲者，古乐府之末造也。古乐府者，诗之旁行也。诗出于离骚、楚辞，而离骚者，变风变雅之怨而迫、哀而伤者也。其发乎情则同，而止乎礼义则异。名曰曲，以其曲尽人情耳。……唐人为之最工，柳耆卿后出，掩众制而尽其妙，好之者以为不可以复加。及眉山苏氏，一洗绮罗香泽之态，摆脱绸缪宛转之度，使人登高望远，举首高歌，而逸怀浩气，超然乎尘垢之外。于是《花间》为皂隶，而柳氏为舆台矣。"[①]这里指出了豪放词产生的过程及其风格特征。那么，苏东坡词之风格主要表现在哪些方面呢？

一是苍凉悲慨。举一例为证，其《满江红·天岂无情》云：

> 天岂无情？天也解、多情留客。春向暖、朝来底事，尚飘轻雪？君过春来纤组绶，我应归去耽泉石。恐异时、怀酒忽相思，云山隔。
>
> 浮世事，俱难必。人纵健，头应白。何辞更一醉，此欢难觅。欲向佳人诉离恨，泪珠先已凝双睫。但莫遣、新燕却来

---

① 胡寅撰：《酒边集序》，张惠民编《宋代词学资料汇编》，汕头大学出版社，1993，第213页。

时，音书绝。

写离愁别绪，又触发人生无常、世事难料之感叹。这在以前本是为诗歌所垄断的表现内容，在这里被表现在词作之中，无疑是对欧阳修、晏殊等人浓艳缠绵风格的超越。当然更是对花间词风的超越。

二是古朴自然。亦举一例，其《浣溪沙·簌簌衣巾落枣花》云：

簌簌衣巾落枣花。村南村北响缫车。牛衣古柳卖黄瓜。
酒困路长惟欲睡，日高人渴漫思茶。敲门试问野人家。

写于乡村所见所闻所感，极为真切自然，充满强烈的生活气息。虽相隔千载，令人读来依然即如目前。前人之作有其真者无其朴，倘非对人世一切都充满兴趣与美感，是不可能写出这样淳朴动人的作品的。

三是哀婉缠绵。举《江城子·恨别》为例：

天涯流落思无穷。既相逢，却匆匆。携手佳人，和泪折残红。为问东风余几许，春纵在，与谁同。
隋堤三月水溶溶。背归鸿，去吴中。回首彭城，清泗与淮通。寄我相思千点泪，流不到，楚江东。

写男女相思之情，十分深挚宛转，动人肺肝。较之宋初词人那种写离愁亦不忘华丽香艳的风格是大异其趣了。

四是构思奇特。其《渔家傲·金陵赏心亭送王胜之龙图》云：

千古龙蟠并虎踞。从公一吊兴亡处。渺渺斜风吹细雨。芳草渡。江南父老留公住。

　　公驾飞车凌彩雾。红鸾骖乘青鸾驭。却讶此洲名白鹭。非吾侣。翩然欲下还飞去。

此送别之作，构思极为巧妙新奇。因被送之人奉命守金陵，才一日，复移别郡。又因此人是龙图阁学士，故而东坡以龙喻之。白鹭非龙之侣，故不欲久居。既赞其人，又咏其事，堪称绝妙。

五是劲健豪迈。其《念奴娇·中秋》云：

　　凭高眺远，见长空万里，云无留迹。桂魄飞来光射处，冷浸一天秋碧。玉宇琼楼，乘鸾来去，人在清凉国。江山如画，望中烟树历历。

　　我醉拍手狂歌，举杯邀月，对影成三客。起舞徘徊风露下，今夕不知何夕。便欲乘风，翻然归去，何用骑鹏翼。水晶宫里，一声吹断横笛。

词人大有以天地为屋宇的豪迈精神，万里长空，一任我游。李太白仅仅是邀月降而共饮，苏东坡则要飞升月宫之中与之同游。

　　观东坡词的五种风格类型，的确大大超出了以往词作之樊篱。然细考其词作内容，亦大抵为纯粹私人情怀，或相思、或离愁、或遐想、或即目，在基本功能上与前人之作并无根本差异。它的特点一是没有那些香软妩媚、艳情淫靡的倾向，二是不大注意词与诗的界限，在意象、境界及韵味诸方面均是诗亦可、词亦可，无明确分野。造成这种情形的原因主要有两个方面：一是苏轼个人的原因。

他是一个特立独行、处处标新立异、事事不肯随人后的人物。再加上生性豪放旷达，因此在词的创作方面也就开创了一个新天地。二是社会的原因。当苏轼之时，北宋文化中的儒学主潮已然形成。在胡瑗、孙复、石介等人的极力鼓吹之下，在王安石的大力推行之下，在周敦颐、张载、二程的精研深思之下，一种以治国平天下为社会政治目的，以成圣成贤为个体人格理想，以心性义理为基本内容的新的儒家思想体系已经悄然形成了。苏东坡在思想学术上虽广收博采，不肯拘泥于一家一说，但从骨子里却是一个比较纯正的儒家。他对洛学不满，对荆公新学也颇多微词，这都是儒学内部的分歧，并不意味着苏轼不信奉儒家学说。事实上，在许多方面苏轼较之王安石、二程诸儒显得更为正统保守，有时甚至有些迂腐（例如在对若干历史人物的评价上）。当然最主要的还是由于在苏轼的时代形成了一种不同于欧阳修时代的文化语境，或者意义生成模式。处身其中，无论何人均难免受到浸染。

就词这种文学形式的发展来说，苏词的出现又证明着词由"变"而为"正"的转变。在苏轼之前，事实上苏轼本人也包括在内，人们对词的看法的确存有轻视之意，认为它不能与诗和文相提并论。但作为一种具有特定功能的文学话语形式，它必然要随着文学主体思想观念的转变而改变其功能。在苏轼之时，词的风格与表现内容发生了很大变化，但基本上还是与诗有所不同的。例如人们很少用词来表现诸如"咏史""美刺""教化""哲理"之类的内容。只是随着金人的入侵、民族矛盾的尖锐，人们才开始用词来表现极为严肃的社会政治内容，从而真正形成了豪放词派。对这个词派而言，苏轼仅仅起到了奠基的作用而已。

那么，豪放词对于其创作者而言是否还具有解构功能呢？就以上分析的苏东坡的情况来看，这种功能同样是存在的。因为苏词所涉及的虽然不是那些近于色情的内容，但也基本上是属于纯粹的私人情感，这种词作的存在本身即是对那种以心性义理为主要内容的意识形态话语的解构。甚至两宋之交的那些以民族情感为内容的豪放派作品也同样具有解构功能，因为这些作品都包含着一种献身疆场的英雄主义精神，而这种精神正是对个体主体性最充分的张扬，是与宋代主流意识形态格格不入的。只是南宋某些理学家，如朱熹等人，借着词的形式宣讲心性之学，这样的词才真正失去了解构功能，是词的异化。

总之，豪放词之兴起，一方面取决于苏东坡通达豪迈的个人性格与敢为天下先的精神；另一方面更取决于由宋初至北宋中叶文化语境的变化。应该说，个人方面的因素也是通过文化语境才发挥作用的。但豪放词并没有失去词的解构功能，它出现的文化意义在于：词作为一种文学话语形式取得了与诗文并驾齐驱的地位，而词的地位的提高又表征着纯粹的私人情感也与作为社会主流意识形态话语的政治伦理具有了同样的重要性，而这又正是士人文化人格走向成熟的标志。

（五）元曲的解构功能

前文分析了宋词对于士人阶层的精神世界所具有的自我解构功能。其实凡是真正的文学创作都具有某种程度的解构功能。马尔库塞认为文学就其本性而言都存在着革命性，是对个体自由的维护，是对专制和压迫的抗争，这是很有道理的见解。那些旨在宣传主流意识形态话语的文学作品，必然存在着一种内在的矛盾，即目的与手段之间的矛盾。费尔巴哈在论及中世纪宗教艺术时曾经十分精辟地指出过这种矛盾想象。①但是就不同文学门类而言，在特定时期，的确会出现某种文学形式更倾向于解构，或者说具有更强的解构功能的情形，上面分析的宋词是这样，我们下面要论及的元曲也是这样。

元代士人处于与以往迥然不同的社会境遇。异族统治作为一种极为严酷的事实摆在他们面前。就具有普遍性的士人心态而言，大致可分为三大类。一是恪守华夷之防，拒绝与异族统治者合作。二是勉强出仕为官，但内心却深感愧疚。三是堂皇出仕，认为理所当然。最后一种人不足论，前两种人在文化价值观上又有两种取向：一是继续坚持程朱理学精神，在存心养性上用功夫。其入世者则还试图用儒家学说影响元代统治者，以期延续汉文化之命脉（事实上他们取得了很大成功），因此这类士人尽管心底里暗藏着对异族压迫的愤恨，但在总体精神面貌上还是积极进取的、欲有所作为的。诸如刘因、许衡、吴澄等元代大儒均属于这类士人。另一类人则不如前一类人那样充实。他们由于精神上遭受了巨大创伤，对人世间一切价值追求都失去了信心与热情。充斥他们心胸的是一种极强烈的虚无主义情怀，似乎对他们来说已然没有什么令人振奋的事情。然而这两类士人在那个特定的历史时期都做出了自己文化上的重要贡献——前者不仅使宋明理学得以延续，而且还使之最终成为主流意识形态话语；后者则造就了一种新的文学样式——元曲的兴盛局面。

元曲亦如宋词一样也是来自民间通俗艺术形式。但二者的兴盛也同样都取决于文人士大夫的积极参与。如果说宋代士人借助宋词

---

① 费尔巴哈：《关于哲学改造的临时提纲》，李金山译《费尔巴哈哲学著作选集》（上卷），商务印书馆，1984，第105页。

来解构自己内心世界的政治自我与道德自我，从而宣泄这两种自我所造成的内心压力、焦虑，维持心理的平衡，那么元代士人则借助元曲来解构千百年来通行的社会价值观念，从而摆脱因异族统治与社会不平等所造成的心理失衡状态。大体而言，元曲所解构的是通行价值，即功名利禄四字，下面让我们略举数例以证之。

元好问《骤雨打新荷》之下曲云：

> 人生百年有几，念良辰美景，休放虚过。穷通前定，何用苦张罗。命友邀宾玩赏，对芳尊浅酌低歌。且酩酊，任他两轮日月，来往如梭。

又如倪瓒《折桂令·拟张鸣善》：

> 草茫茫秦汉陵阙。世代兴亡，却便似月影圆缺。山人家堆案图书，当窗松桂，满地薇蕨。侯门深何须刺谒，白云自可怡悦。到如今世事难说。天地间不见一个英雄，不见一个豪杰。

此类作品在元曲中数量极多。历来为士大夫所热衷的安邦定国、济世救民、高官厚禄、光宗耀祖在这里都失去了光辉，成了没必要"苦张罗"的事情。又如白朴《庆东原》：

> 忘忧草，含笑花，劝君闻早冠宜挂。那里也能言陆贾？那里也良谋子牙？那里也豪气张华？千古是非心，一夕渔樵话。

又如《寄生草》：

> 长醉后方何碍，不醒时有甚思？糟腌两个功名字，醅渰千古兴亡事，曲埋万丈虹霓志。不达时皆笑屈原非，但知音尽说陶潜是。

又如马致远《拨不断·布衣中》：

> 布衣中，问英雄。王图霸业成何用！禾黍高低六代宫，楸梧远近千官冢。一场恶梦！

在这里往昔那些最令士人崇敬不已的千古名臣们也变得不值一哂了，甚至历代帝王们打天下、坐江山的伟业也毫无用处了，唯有陶渊明这样的隐者才真正值得景仰。此处隐含的意义是：是时间消解了价值，唯有当下存在是值得庆幸的事情。

从士人阶层的历史演变来看，元代士人（那些程朱理学的信奉者除外）与六朝士人多少有些相近——他们都对功名利禄失去了热情。但二者也有很大区别，简而言之，六朝士人对政治不感兴趣，其实质是不愿意与那些失去了正统地位，只是靠权术加武力夺取帝王宝座的统治者们合作。对于那些士族名士来说，除了做君权的工具外，对其他价值还是充满热情的。例如他们对抽象的哲理以及诗文书画就有极大的兴趣。元代士人则要悲观得多。他们不仅对政治失去了兴趣，而且对其他价值理想的追求也毫无热情。在他们大多数人的价值系统中就只有无是无非、无病无灾、快快乐乐地活着乃是人世间最值得追求的事。从上面所引的若干首小令中不难看出，仅就悲观主义与虚无主义情绪而论，元代士人是远非六朝士人可以比肩的。

就审美趣味来说，元曲所表征的士人精神与六朝的"永明体"诗和骈体文所表征的士族文人心态也是大异其趣的。总体而言，六朝士族文人是唯恐其诗其文之不雅，这与实际上他们在政治经济方面的贵族地位是相符的。元代士人在元曲中表现出来的却是俗之又俗的审美价值取向。这并不意味着元曲的作者都是平民百姓，事实上，其中许多人都是官高位显的达官贵人。关键在于元代士人在整体性精神状态上有一种深刻的悲观主义倾向。这种精神倾向孕育了一种强有力的解构兴趣——在社会价值方面，解构传统士人梦寐以求的功名利禄；在审美趣味方面则解构传统士人的雅化追求。可以说，元曲之俗乃是士人阶层整体性精神倾向发生重要变化的重要标志之一。但具体而言，元曲的每首曲子又往往并非通篇皆俗，而经常是先雅后俗、雅俗相混，更加增强了对"雅"的消解效果。

中国古代文学文本的样式当然有其自身内部生成与演变的规律，但作为一种"能指"，文学文本与其特殊"所指"——士人阶层的文化心态之间有着十分紧密的联系。从这个角度来看，中国古代文学文本的演变即是士人阶层文化心态之历史演变的象征形式。以韵文类的文学文本而论，五言古诗之兴起于后汉，格律诗之肇端于六朝；唐诗之浑然天成，宋诗之思精义深；宋词之由香艳狭隘而至于雄豪开阔，元曲之雅俗参半而相映成趣。如此种种，无不与士人阶层之特定心态密切相关。如果我们寻本溯源，专门从文本分析入手来探讨士人阶层文化心态的演变历程，那也是一件很有意思也很有意义的工作。

后记

　　这本小书初版于2001年，迄今整整二十年了。说起写这本书的缘由似乎颇有点偶然。记得是1994年的某一天，在北师大中文系攻读博士学位的李山和过常宝两位年轻人造访寒舍——名副其实的寒舍，一间18平方米的"筒子楼"。闲聊中，我发现李山怀里抱着一摞破旧不堪的小书，拿过来一看，是二十世纪三十年代商务印书馆"万有文库"的十几本书，李山说是从旧书摊上挑选的。细看一下书名，有《河南程氏遗书》《濂洛关闽书》《伊洛渊源录》《近思录》《道命录》等。当时我的博士论文《乌托邦与诗——中国古代士人文化与文学价值观》刚刚完成不久，主要讨论的是从先秦到魏晋时期士人精神的变化及其对文学观念的影响。对我来说，唐宋以下士人精神的演变正是一个我极有兴趣却基本没有涉足的领域，看到这几本书，可以说正中下怀。于是也不管李山是否乐意，便强行留了下来。此后的几年中一直沉浸在宋代士人的精神世界之中，乐而忘返。有一次和一位搞文字学的朋友聊天，谈起宋代道学家的语录，他说每一个字、每一句话都明明白白，简简单单，绝不生僻，但是读下来一段文字在说什么却是茫然不知，让人无法卒读。我说，我刚好相反，感兴趣的正是这些淡而无味的白话后面的义理，每句话、每段文字都能读得津津有味。到了1997年，感觉已然积累了一些"自家体贴出来"的见解，于是就申请了一个国家社科基金项目，叫作"宋学与宋代文学理论"。此后数年便一边继续阅读宋人著述，一边撰写这本小书了。到了2000年，书稿基本完成，正好赶上我的老师童庆炳先生要编一套丛书，问我有没有现成的书稿，于是这本小书就顺利面世了。我出版的书大多是如此，写的时候没有想到何时出版，到哪里出版，等写好之后，自然而然就有了出版机会。

这本书里关于儒家心性之学基本概念、观点和学理逻辑的理解都是自己从宋儒的著述中硬读出来的，这些概念、观点、学理逻辑与宋代文学观念之间的关系也完全是我个人的一隅之见，因此许多观点在那些专门做中国思想史或中国文学史研究的真行家们看来很可能是不入流的外行话。为了避免贻笑大方，该书出版二十年来我从来没有申报过任何奖项。但学界朋友对此书还是给予了充分肯定，至少说明这本书是有人读的。对于一个作者来说，最大的肯定莫过于"有人读"了。

此次修订，对初版的观点基本上没有改动，只是增加了若干章节而已。此外，除了润色文字，还对全书引文和注释进行了重新核对与调整。二十年前书籍出版远没有现在这样规范，当时能读到的古籍许多都是没有经过点校整理的线装本和影印本，因此当时著述征引古籍一般只注版本和卷数。为了方便读者查找，这次修订对每条注释都根据后来新出版的点校本做了调整。

这本小书得以再版有赖于谭徐锋先生的鼎力支持，四川人民出版社的封龙先生也为此付出了辛劳，在此一并表示最诚挚感谢！

2021年7月21日于北京京师园

壹卷
YE BOOK

洞 见 人 和 时 代

官方微博：@壹卷YeBook
官方豆瓣：壹卷YeBook
微信公众号：壹卷YeBook
媒体联系：yebook2019@163.com

壹卷工作室
微信公众号